ARTHUR CONAN DOYLE

# SHERLOCK HOLMES

ARTHUR CONAN DOYLE

# SHERLOCK HOLMES

# MEMÓRIAS DE SHERLOCK HOLMES

tradução
Silvio Antunha

Principis

**Dados Internacionais de Catalogação na Publicação (CIP) de acordo com ISBD**

| | |
|---|---|
| D754m | Doyle, Arthur Conan |
| | Memórias de Sherlock Holmes: The memoirs of Sherlock Holmes / Arthur Conan Doyle ; traduzido por Silvio Antunha. - Jandira, SP : Principis, 2019. |
| | 288 p. ; 16cm x 23cm. |
| | Inclui índice. |
| | ISBN: 978-65-509-7025-3 |
| | 1. Literatura inglesa. 2. Contos. I. Antunha, Silvio. II. Título. |
| | CDD 823.91 |
| 2019-2075 | CDU 821.111-3 |

Elaborado por Vagner Rodolfo da Silva - CRB-8/9410

Índice para catálogo sistemático:
1. Literatura inglesa : Contos 823.91
2. Literatura inglesa : Contos 821.111-3

Esta é uma publicação Principis, selo exclusivo da Ciranda Cultural
© 2019 Ciranda Cultural Editora e Distribuidora Ltda.

Título original
*The memoirs of Sherlock Holmes*

Texto
Sir Arthur Conan Doyle

Tradução
Silvio Antunha

Preparação
Angela Viel

Revisão
Fernando Mauro S. Pires
Edson Nakashima
Fernanda R. Braga Simon

Diagramação
Manuel Hsu

Produção editorial e projeto gráfico
Ciranda Cultural

Imagens
Shutterstock

1ª edição revista em 2020
www.cirandacultural.com.br
Todos os direitos reservados.
Nenhuma parte desta publicação pode ser reproduzida, arquivada em sistema de busca ou transmitida por qualquer meio, seja ele eletrônico, fotocópia, gravação ou outros, sem prévia autorização do detentor dos direitos, e não pode circular encadernada ou encapada de maneira distinta daquela em que foi publicada, ou sem que as mesmas condições sejam impostas aos compradores subsequentes.

# Sumário

Silver Blaze — 7

A aventura da caixa de papelão — 36

O rosto amarelo — 60

O corretor de ações — 80

O caso do *Gloria Scott* — 100

O Ritual dos Musgrave — 122

O enigma Reigate — 143

O homem torto — 166

O paciente residente — 186

O intérprete grego — 206

O tratado naval — 227

O problema final — 266

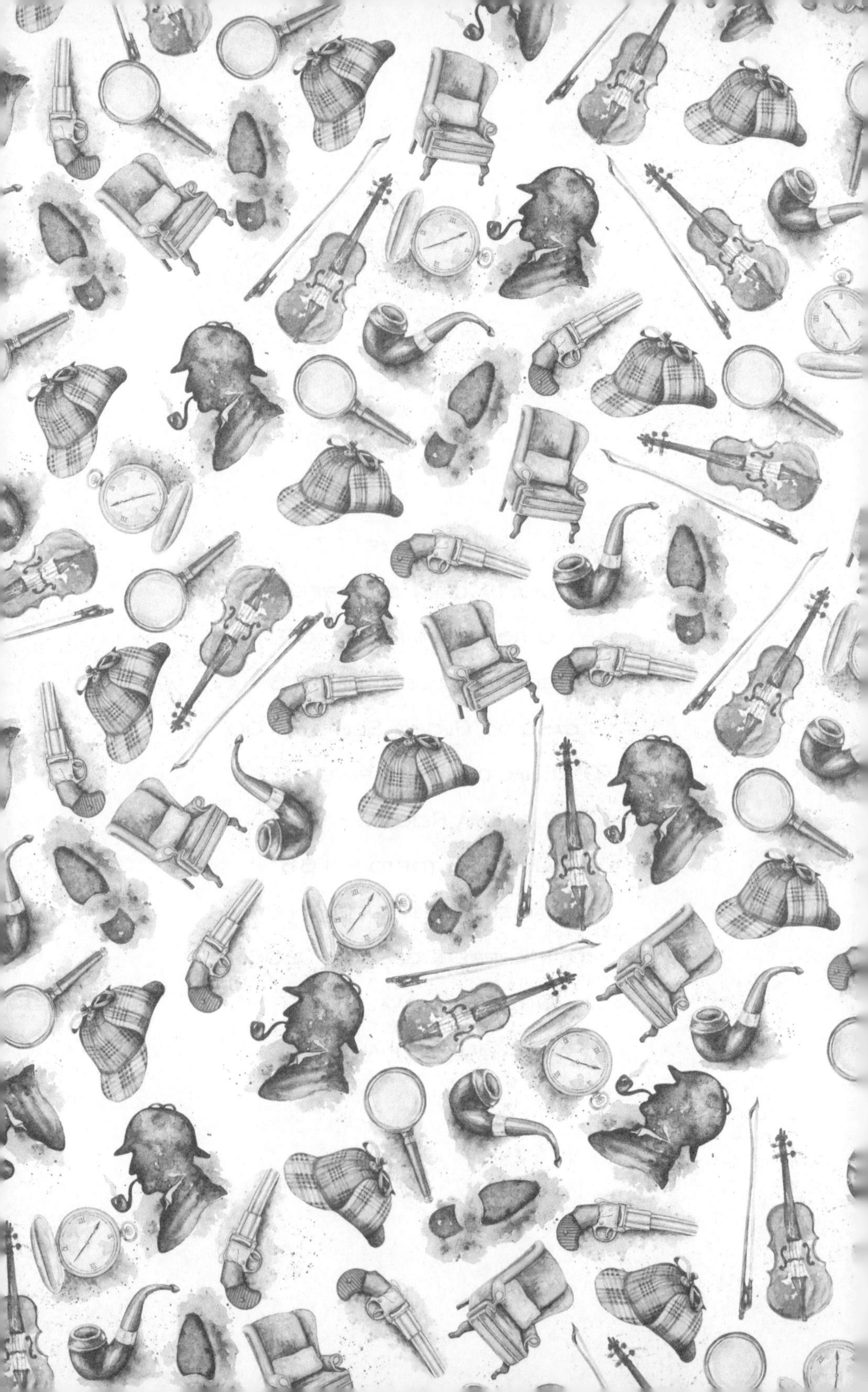

# Aventura 1

● Silver Blaze ●

Receio, Watson, ter de partir – Holmes me disse certa manhã, enquanto nos sentávamos para tomar o café.
– Partir! Para onde?
– Para Dartmoor, para King's Pyland.

Não fiquei surpreso. De fato, a minha única surpresa seria se ele já não estivesse envolvido nesse caso extraordinário, que era o único assunto de conversas em toda a Inglaterra. Durante o dia inteiro, meu companheiro caminhou pelo quarto com o queixo enfiado no peito e as sobrancelhas franzidas, carregando e recarregando seu cachimbo com o tabaco preto mais forte, absolutamente surdo para qualquer uma das minhas dúvidas ou comentários. As edições extras de todos os jornais eram enviadas pelo nosso jornaleiro, apenas para serem vistas de relance e jogadas num canto. No entanto, por mais silencioso que ele estivesse, eu sabia perfeitamente bem sobre o que estava matutando. Havia apenas um problema em pauta, diante do público, que poderia desafiar as suas capacidades de análise: o estranho desaparecimento do cavalo franco favorito para a Wessex Cup e o trágico assassinato de seu treinador. Então, quando Holmes, de repente, anunciou a intenção de partir para a cena do crime, ele fez apenas o que eu imaginei e o que já esperava que fizesse.

– Eu ficaria muito feliz de ir com você, se isso não o incomodar – repliquei.

– Meu caro Watson, você me faria um grande favor vindo comigo. Com certeza o seu tempo não será desperdiçado, pois há pontos nesse caso que prometem torná-lo absolutamente único. Temos apenas tempo de pegar o trem em Paddington. Vou colocá-lo a par do assunto durante a viagem. Agradeço muito se você levar o seu excelente binóculo.

E foi assim que, cerca de uma hora depois, eu estava no fundo de um vagão de primeira classe que se deslocava velozmente a caminho de Exeter, enquanto Sherlock Holmes, com seu ar decidido e inquieto e o rosto emoldurado pelo boné de viagem com proteção de orelhas, mergulhava rapidamente no monte de jornais novos que comprara em Paddington. Tínhamos deixado a cidade de Reading muito para trás, quando ele enfiou o último deles embaixo do banco e me ofereceu seu estojo de charutos.

– Estamos indo bem – ele comentou, olhando pela janela e observando o relógio. – A nossa velocidade no momento é de oitenta e cinco quilômetros por hora.

– Não notei as placas que marcam a quilometragem – retruquei.

– Nem eu. Mas os postes do telégrafo nesta linha estão a cinquenta e cinco metros de distância e o cálculo é simples. Presumo que você tenha se interessado por essa questão do assassinato de John Straker e o desaparecimento de Silver Blaze?

– Li o que o *Telegraph* e o *Chronicle* noticiaram.

– É um desses casos em que a arte do raciocínio deveria ser usada mais para a separação de detalhes do que para a obtenção de novas evidências. A tragédia foi tão incomum, tão completa e de tamanha importância particular para tantas pessoas, que estamos sofrendo de excesso de suposições, conjecturas e hipóteses. A dificuldade é separar o quadro real dos fatos – os fatos absolutos, inegáveis – das fantasias dos teóricos e dos repórteres. Então, a partir dessa base sólida, a nossa obrigação é verificar quais conclusões podem ser tiradas e quais são os pontos especiais em torno dos quais gira todo o mistério. Na noite da terça-feira, recebi telegramas do coronel Ross, dono do cavalo, e do inspetor Gregory, que cuida do caso, solicitando a minha cooperação.

– Terça à noite! – exclamei. – Mas estamos na quinta de manhã. Por que não partiu ontem?

– Porque cometi um erro, meu caro Watson, o que receio ser uma ocorrência mais comum do que qualquer um imaginaria se me conhecesse só de ouvir falar. Na verdade, eu não podia acreditar que o cavalo mais famoso da Inglaterra pudesse permanecer escondido por muito tempo, especialmente num lugar tão pouco habitado como a região norte de Dartmoor. Ontem, a todo momento, eu esperava ouvir que ele tinha sido encontrado e o assassino de John Straker o havia sequestrado. Mas, quando descobri, nesta manhã, que, além da prisão do jovem Fitzroy Simpson, nada mais havia sido feito, senti que era hora de entrar em ação. Porém, sinto que, de certa forma, ontem não foi um dia totalmente desperdiçado.

– Então você já formulou alguma hipótese?

– Pelo menos tenho alguma noção dos fatos essenciais deste caso. Vou enumerá-los para você, pois nada esclarece melhor uma ocorrência do que a expor a outra pessoa, e dificilmente poderei contar com a sua cooperação se eu não lhe mostrar o ponto a partir do qual começaremos a investigação.

Encostei-me nas almofadas, baforando meu charuto, enquanto Holmes, inclinado para a frente, contando os pontos abordados na palma da mão esquerda com o indicador longo e magro, fazia um esboço dos acontecimentos que nos levaram a nossa viagem.

– Silver Blaze – ele disse –, é descendente de Somomy e tem um retrospecto tão brilhante quanto o famoso antepassado. Está agora competindo em seu quinto ano e conquistou todos os prêmios do turfe para o coronel Ross, o afortunado proprietário. Até o momento da catástrofe, era o franco favorito para a Wessex Cup, sendo de três para um a cotação das apostas. Sempre foi, portanto, um dos maiores favoritos do público das corridas sem nunca desapontá-lo, de tal modo que, mesmo com os riscos, enormes quantias são investidas nele. É óbvio, então, que há muita gente interessada em impedir que Silver Blaze esteja na pista ao ser dada a largada na próxima terça-feira.

– O fato, é claro, foi considerado em King's Pyland, onde está localizado o haras de treinamento do coronel. Todas as precauções foram tomadas com relação à segurança do favorito. O treinador, John Straker, é um jóquei aposentado que defendeu as cores do coronel Ross antes de se tornar pesado demais na balança. Ele serviu ao coronel por cinco anos como jóquei e por sete anos como treinador, e sempre se mostrou zeloso e honesto. Com ele ficam três rapazes, pois o estabelecimento é pequeno, contando apenas com quatro cavalos ao todo. Um dos rapazes permanece de vigia toda noite no estábulo, enquanto os outros dormem no sótão. Todos os três têm excelente caráter. John Straker, que é casado, morava em um vilarejo, a cerca de cento e oitenta metros das estrebarias. Ele não tem filhos, mantém uma criada e vive confortavelmente. O campo ao redor é muito isolado, mas a cerca de oitocentos metros ao norte existe um pequeno aglomerado de casas que foram construídas por um empreiteiro de Tavistock para uso de inválidos e outras pessoas que desejam desfrutar do ar puro de Dartmoor. A própria Tavistock fica três quilômetros a oeste, enquanto depois da charneca, também a cerca de três quilômetros de distância, está o maior haras de treinamento de Mapleton, que pertence a lorde Backwater e é administrado por Silas Brown. Em qualquer outra direção, a charneca é completamente deserta, habitada apenas por alguns ciganos errantes. Essa era a situação geral na noite da segunda-feira passada, quando ocorreu a tragédia.

– Nessa noite, os cavalos foram exercitados e banhados, como de costume, e as estrebarias foram trancadas às nove horas. Dois rapazes foram à casa do treinador, onde jantaram na cozinha, enquanto o terceiro, Ned Hunter, permaneceu de guarda. Pouco depois das nove, a criada, Edith Baxter, levou ao estábulo o jantar dele, que consistia em um prato de carneiro ao *curry*. Ela não levou nenhum líquido, pois existe uma torneira nas estrebarias e a regra é que o rapaz de plantão não deve beber nada além de água. A empregada levou uma lanterna, porque estava muito escuro e o caminho atravessava a charneca ao ar livre.

– Edith Baxter estava a trinta metros das estrebarias, quando um homem saiu da escuridão e pediu-lhe que parasse. Ao entrar no círculo de luz amarela lançado pela lanterna, ela viu que era um sujeito de porte elegante, vestido com terno cinza de *tweed* e boné de pano. Ele usava polainas e carregava uma pesada bengala encastoada. A moça, porém, ficou muito impressionada com a extrema palidez de seu rosto e o nervosismo de seus modos. A idade dele, pelo que ela avaliou, seria mais acima do que abaixo de 30 anos. "Pode me dizer onde estou?", ele perguntou. "Eu estava quase decidido a dormir na charneca, quando vi a luz da sua lanterna." "Você está perto do haras de treinamento de King's Pyland", ela respondeu. "Oh, que bom! Estou com sorte!", ele exclamou e prosseguiu: "Sei que um rapaz do estábulo fica sozinho ali todas as noites. Você deve estar levando o jantar para ele. Então, tenho certeza de que não é orgulhosa a ponto de recusar o valor de um vestido novo, certo?". Então, ele tirou um pedaço de papel branco dobrado do bolso do colete. "Faça o rapaz receber isso hoje à noite e você terá o mais belo vestido que o dinheiro pode comprar."

– Ela ficou assustada com a firmeza do jeito dele e foi correndo até a janela pela qual costumava entregar as refeições. A janela já estava aberta e Hunter esperava sentado à pequena mesa que havia lá dentro. Ela começou a lhe contar o acontecido, quando o estranho apareceu de novo. "Boa noite", ele cumprimentou, olhando pela janela. "Eu gostaria de falar com você."

– A moça jurou que, enquanto ele falava, notou a ponta do pequeno pacote de papel saindo de sua mão fechada. "O que o traz aqui?", o rapaz perguntou. "Negócios que podem encher o seu bolso", o outro retrucou. "Vocês têm dois cavalos na Wessex Cup: Silver Blaze e Bayard. Aceite o meu palpite e não sairá perdendo. Não é verdade que, pelo peso, Bayard poderia dar ao outro uma vantagem de duzentos metros em noventa metros e que o dono do haras colocou muito dinheiro nele?". "Então, você é um desses malditos trapaceiros!", o rapaz exclamou. "Vou lhe mostrar como tratamos vocês em King's Pyland", ele disse, levantando-se e correndo pelo estábulo para soltar o cachorro.

– A moça fugiu para a casa, mas, enquanto corria, olhou para trás e viu o estranho encostado na janela. Um minuto depois, porém, quando

Hunter saiu com o cachorro, ele havia desaparecido e, apesar de o vigia correr ao redor das instalações, não encontrou mais nenhum sinal dele.

– Um momento – interrompi. – Será que o rapaz do estábulo, quando foi buscar o cachorro, não deixou a porta aberta?

– Muito bem, Watson, muito bem! – o meu companheiro murmurou. – A importância desse ponto me chamou tanto a atenção que enviei um telegrama especial para Dartmoor ontem para esclarecer o assunto. O rapaz trancou a porta antes de sair, e a janela, posso acrescentar, não era suficientemente grande para um homem passar.

– Hunter esperou seus companheiros retornarem, para enviar uma mensagem ao treinador, contando o ocorrido. Straker ficou preocupado ao ouvir o relato, embora talvez não tivesse percebido seu verdadeiro significado. Isso o deixou, no entanto, inquieto, um pouco intranquilo e a sra. Straker, acordando à uma da manhã, viu que ele estava se vestindo. Em resposta às suas perguntas, ele disse que não conseguia dormir por causa da preocupação com os cavalos e que iria até os estábulos para ver se tudo estava bem. Ela implorou para que ele ficasse em casa, ao ouvir a chuva batendo na janela. Mas, apesar de sua insistência, ele vestiu sua grande capa impermeável e saiu de casa.

– A sra. Straker acordou às sete da manhã e notou que o marido ainda não tinha voltado. Vestiu-se rapidamente, chamou a criada e partiu para as estrebarias. A porta estava aberta e, lá dentro, largado numa cadeira, Hunter permanecia mergulhado em estado de profundo estupor, a baia do favorito encontrava-se vazia e não havia sinais do treinador.

– Os dois rapazes que dormiam no sótão acima da sala de arreios foram imediatamente despertados. Não escutaram nada durante a noite, pois ambos têm sono pesado. Hunter, é claro, estava sob a influência de alguma droga muito forte e, como nenhuma explicação que fizesse sentido poderia ser tirada dele, foi deixado desfalecido enquanto os dois rapazes e as duas mulheres correram em busca dos ausentes. Eles ainda tinham a esperança de que o treinador tivesse, por algum motivo, levado o cavalo para fazer exercícios matinais, mas, ao subirem a colina perto da casa, de onde todas as charnecas próximas eram visíveis, não puderam avistar sinais do desaparecimento do favorito, mas apenas notaram algo que os alertou de que estavam diante de uma tragédia.

– A cerca de trezentos e cinquenta metros do estábulo, a capa de chuva de John Straker se agitava no meio de um arbusto de tojo. Logo em seguida, havia na charneca uma depressão em forma de bacia, no fundo da qual se encontrava o corpo morto do infeliz treinador. Sua cabeça havia sido esfacelada pelo golpe selvagem de alguma arma pesada e ele estava ferido na coxa, em que tinha um corte longo e nítido, provocado evidentemente por algum instrumento muito afiado. Estava claro, porém, que Straker havia se defendido valentemente contra os seus agressores, pois segurava na mão direita uma pequena faca, com sangue coagulado até o cabo, e na esquerda ele mantinha apertada uma gravata de seda vermelha e preta, que a empregada reconheceu como a mesma usada na noite anterior pelo estranho que visitou os estábulos. Hunter, ao se recuperar de seu estado, também foi bastante afirmativo quanto ao dono da gravata. Ele estava igualmente convicto de que esse desconhecido, enquanto estava na janela, colocou alguma droga em seu carneiro ao *curry*, assim privando as estrebarias de seu vigia. Quanto ao cavalo desaparecido, havia fartas evidências na lama que ficava no fundo da vala fatal de que ele estava ali no momento da luta. Mas havia sumido desde aquela manhã e, apesar da grande recompensa oferecida e de todos os ciganos de Dartmoor estarem alertas, não surgiu nenhuma notícia sobre ele. Finalmente, uma análise demonstrou que os restos do jantar do vigia continham grande quantidade de ópio em pó, embora as pessoas da casa tivessem ingerido o mesmo prato, na mesma noite, sem sofrerem nenhum efeito nocivo.

– São esses os principais fatos do caso, desprovidos de qualquer suposição e narrados da forma mais objetiva possível. Agora vou recapitular o que a polícia fez.

– O inspetor Gregory, a quem o caso foi entregue, é um policial extremamente competente. Se fosse dotado de imaginação, ele poderia galgar grandes postos em sua profissão. Ao chegar, de imediato encontrou e prendeu o homem sobre o qual naturalmente a suspeita recaía.

Teve pouca dificuldade para encontrá-lo, pois ele morava em uma daquelas casas que mencionei. Seu nome, ao que parece, é Fitzroy Simpson. Trata-se de um homem de ótimo berço e boa educação, que desperdiçou uma fortuna no turfe e, então, vivia fazendo pequenas e discretas corretagens de apostas nos clubes esportivos de Londres. Um exame de sua agenda revelou apostas no valor de cinco mil libras feitas por ele contra o favorito. Ao ser preso, declarou voluntariamente que havia ido para Dartmoor com esperanças de obter algumas informações sobre os cavalos de King's Pyland e também sobre Desborough, o segundo favorito, que estava aos cuidados de Silas Brown no haras de Mapleton. Não tentou sequer negar o que fez na noite anterior, mas afirmou que não tinha planos sinistros e apenas desejava obter informações privilegiadas. Quando lhe mostraram sua gravata, ficou totalmente pálido e não soube explicar a presença dela nas mãos do homem assassinado. Sua roupa molhada demonstrava que ele esteve na tempestade da noite anterior, e sua bengala, uma *Penang Lawyer* encastoada com chumbo, seria exatamente uma arma que poderia, com golpes repetidos, infligir os terríveis ferimentos sob os quais o treinador havia sucumbido. Em contrapartida, não havia nenhum ferimento em sua própria pessoa, apesar do estado da faca de Straker mostrar que pelo menos um de seus agressores deveria carregar a marca de algum corte. Muito bem, Watson, isso é tudo, em poucas palavras, e se puder me dar alguma luz a respeito ficarei eternamente grato a você.

Escutei com o maior interesse o relato que Holmes, com sua clareza peculiar, expôs diante de mim. Embora a maioria dos fatos me fosse familiar, eu não havia conseguido estimar suficientemente bem a importância relativa deles nem a conexão de uns com os outros.

– Não seria possível – sugeri –, que a ferida aberta em Straker tenha sido provocada por sua própria faca nos espasmos convulsivos que acompanham qualquer lesão no cérebro?

– Mais do que possível, é provável – Holmes replicou. – Nesse caso, um dos principais pontos contra o acusado desaparece.

– Mas, ainda assim – prossegui –, até agora não consigo entender qual pode ser a hipótese da polícia.
– Receio que qualquer hipótese aventada tenha objeções muito sérias – o meu companheiro retrucou. – A polícia imagina, presumo, que esse Fitzroy Simpson, depois de ter drogado o rapaz e de alguma forma ter conseguido uma cópia da chave, abriu a porta do estábulo e tirou o cavalo, aparentemente com a pura e simples intenção de sequestrá-lo. Como as rédeas sumiram, então Simpson deve tê-las colocado nele. Assim, tendo deixado a porta aberta, conduzia o cavalo pela charneca quando foi encontrado ou alcançado pelo treinador. Uma briga naturalmente se estabeleceu entre eles. Simpson espancou a cabeça do treinador com seu pesado bastão, sem ser ferido pela pequena faca que Straker usou em autodefesa e, em seguida, o ladrão levou o cavalo para algum esconderijo secreto, ou o animal pode ter se assustado durante a luta e estar agora vagando pelas charnecas. Esse é o caso, como parece para a polícia, e, improvável como é, todas as outras eventuais explicações são ainda mais improváveis. Porém, vou revisar rapidamente o caso quando estiver no local, e até lá realmente não vejo como podemos ir muito além da nossa posição atual.

Já anoitecia quando chegamos à pequena cidade de Tavistock, que se acha, como o ornamento de um escudo, no centro do imenso círculo ao redor de Dartmoor. Dois cavalheiros nos esperavam na estação: um homem alto e loiro, com uma cabeleira parecendo uma juba de leão e olhos azul-claros, curiosamente penetrantes. O outro, era um sujeito baixo e esperto, muito arrumado e elegante, com sobrecasaca e polainas, pequenas suíças nas bochechas e um monóculo. Este último era o coronel Ross, o conhecido esportista, e o outro, o inspetor Gregory, um homem que rapidamente estava fazendo nome no serviço de detetives da polícia inglesa.

– Estou muito feliz que tenha vindo, sr. Holmes – o coronel afirmou. – O inspetor aqui fez tudo o que se possa imaginar, mas eu não gostaria de deixar pedra sobre pedra na tentativa de vingar o pobre Straker e recuperar o meu cavalo.

– Alguma novidade? – Holmes perguntou.

– Lamento informar que fizemos bem poucos progressos – disse o inspetor. – Temos uma carruagem aberta lá fora e como você, sem dúvida, apreciaria ver o lugar antes do anoitecer, podemos conversar no caminho.

Um minuto depois estávamos todos sentados num confortável landau, passando pela antiga e pitoresca cidade de Devonshire. O inspetor Gregory estava absorto no caso e despejou uma série de comentários, enquanto Holmes ocasionalmente lançava uma pergunta ou uma interjeição. O coronel Ross recostou-se com os braços cruzados e o chapéu caído sobre os olhos, enquanto eu ouvia interessado o diálogo dos dois detetives. Gregory estava formulando sua hipótese, que era quase exatamente a que Holmes antecipara no trem.

– O cerco está se fechando em torno de Fitzroy Simpson – ele comentou –, e acredito mesmo que ele seja o nosso homem. Ao mesmo tempo, reconheço que as evidências são puramente circunstanciais e que qualquer novidade pode alterar a situação.

– E a faca do Straker?

– Chegamos à conclusão de que ele se feriu na queda.

– O meu amigo, dr. Watson, fez essa sugestão quando descemos. Se assim for, esse fato depõe contra esse tal de Simpson.

– Sem dúvida. Ele não tem nem faca nem sinal de ferimento, mas as evidências contra ele certamente são muito fortes. Tinha muito interesse no desaparecimento do favorito, é suspeito de ter envenenado o cavalariço de vigia, estava sem dúvidas na tempestade, armado com uma bengala pesada e sua gravata foi achada na mão do homem morto. Eu realmente acho que isso é suficiente para levá-lo ao júri.

Holmes sacudiu a cabeça.

– Um advogado inteligente reduziria tudo a cacos – ele afirmou. – Por que ele tiraria o cavalo do haras? Se quisesse feri-lo, por que não fez isso ali mesmo? Uma cópia da chave foi encontrada em sua posse? Qual farmacêutico vendeu-lhe o ópio em pó? E, acima de tudo, onde ele poderia, um estranho na região, esconder um cavalo, e um cavalo como esse? Qual é a sua explicação sobre o papel que ele desejou que a empregada entregasse ao rapaz de vigia nas estrebarias?

– Ele disse que era uma nota de dez libras e uma delas foi encontrada em sua carteira. Mas as suas outras objeções não são tão formidáveis quanto parecem. Ele não é estranho na região, pois esteve alojado duas vezes em Tavistock no verão. O ópio provavelmente veio de Londres. A chave, depois de usada, foi jogada fora. O cavalo pode estar no fundo de um buraco ou nas antigas minas na charneca.

– O que ele diz sobre a gravata?

– Reconhece que é dele e declara que a perdeu. Mas um novo elemento foi introduzido no caso e pode explicar por que ele retirou o cavalo do haras.

Holmes ficou mais atento.

– Encontramos vestígios que provam que um grupo de ciganos acampou, na segunda-feira à noite, a um quilômetro e meio do local onde o assassinato ocorreu. E eles foram embora na terça-feira. Então, presumindo que houvesse algum acordo entre Simpson e esses ciganos, será que não estaria levando o cavalo até eles quando foi surpreendido e eles não estariam com o animal agora?

– Certamente é possível.

– A charneca está sendo vasculhada em busca desses ciganos. Também examinei todas as casas e os estábulos de Tavistock num raio de dezesseis quilômetros.

– Existe outro haras de treinamento bastante próximo, não é?

– Sim, e esse é um fator que certamente não devemos desprezar. Como Desborough, o cavalo de lá, ficou em segundo nas apostas, eles teriam interesse no desaparecimento do favorito. Sabe-se que Silas Brown, o treinador, fez grandes apostas no evento e não era amigo do pobre Straker. Porém, examinamos os estábulos e não encontramos nada que o ligue ao caso.

– E nada que ligue esse tal Simpson aos interesses do haras de Mapleton?

– Nada!

Holmes recostou-se na carruagem e a conversa se encerrou. Poucos minutos depois, nosso cocheiro parou em uma pequena e elegante casa de tijolos vermelhos com beirais salientes, que ficava à beira da estrada. A certa distância, do outro lado de um curral, havia um comprido prédio de telhas de ardósia, acinzentadas. Em qualquer direção, nas curvas baixas da charneca, a cor de bronze das samambaias ressecadas se estendia até a linha do céu, interrompida apenas pelas torres de Tavistock e pelo aglomerado de casas a oeste que marcava os estábulos de Mapleton. Todos descemos, exceto Holmes, que continuou recostado, com os olhos fixos no céu à sua frente, inteiramente entregue aos próprios pensamentos. Foi somente quando toquei em seu braço que ele se levantou repentinamente e saiu da carruagem.

– Perdão – ele se desculpou, voltando-se para o coronel Ross, que o olhou surpreso. – Eu sonhava acordado.

Havia um brilho em seus olhos e uma agitação contida em seus modos que me convenceram, acostumado como eu estava com o seu comportamento, que em sua mão ele tinha uma pista, embora eu não imaginasse como a tivesse descoberto.

– Prefere ir imediatamente para o cenário do crime, sr. Holmes? – Gregory perguntou.

– Eu acho que deveria ficar um pouco por aqui, para pensar nos detalhes de uma ou duas questões. Straker foi trazido para cá, presumo.

– Sim, ele está lá em cima. O inquérito será montado amanhã.

– Ele estava a seu serviço há alguns anos, coronel Ross?

– Sim, sempre o achei um excelente criado.

– Presumo que tenha feito um inventário do que ele tinha nos bolsos no momento de sua morte, inspetor?

– Eu tenho essas coisas na sala de estar, se quiser vê-las.

– Gostaria muito.

Entramos na sala da frente e nos sentamos em volta da mesa central, enquanto o inspetor abria uma lata quadrada e colocava um pequeno monte de objetos diante de nós. Havia uma caixa de fósforos, um pedaço de vela de sebo, um cachimbo de raiz de roseira com as iniciais

A.D.P., uma bolsa de pele de foca com um pouco de fumo Cavendish, um relógio de prata com uma corrente de ouro, cinco soberanos em ouro, um estojo de lápis em alumínio, alguns papéis, uma faca de cabo de marfim com uma lâmina muito delicada e inflexível, da marca Weiss & Co., de Londres.

– Esta é uma faca muito singular – Holmes comentou, levantando-a e examinando-a minuciosamente. – Presumo, vendo as manchas de sangue, que é a que foi encontrada ao lado do cadáver. Watson, essa faca certamente é do seu ramo, não é?

– É o que chamamos de uma faca de catarata – confirmei.

– Foi o que pensei. Uma lâmina muito delicada, concebida para um trabalho muito delicado. Uma coisa estranha para um homem levar em uma situação difícil, especialmente porque não cabia em seu bolso.

– A ponta ficava protegida por uma capa de cortiça que encontramos junto do corpo – o inspetor informou. – A esposa dele nos contou que a faca estava sobre a penteadeira e que ele a pegou ao sair do quarto. Era uma arma fraca, mas talvez a melhor que ele pudesse ter ao alcance das mãos nesse momento.

– É bem possível. E esses papéis?

– Três deles são recibos de fornecedores de feno. Outro é uma carta com instruções do coronel Ross. Este aqui é a conta de uma modista, no valor de trinta e sete libras e quinze centavos, enviada por Madame Lesurier, da Bond Street, para William Derbyshire. A sra. Straker nos conta que Derbyshire era amigo do marido e, ocasionalmente, suas cartas eram endereçadas para cá.

– A esposa de Derbyshire tem gostos um tanto caros – Holmes observou, olhando para a conta. – Vinte e dois guinéus é uma alta quantia para um único vestido. No entanto, já que parece não haver mais nada, agora podemos ir até a cena do crime.

Quando saímos da sala de estar, uma mulher, que esperava no corredor, deu um passo à frente e colocou a mão no braço do inspetor. Estava com o rosto abatido, magro e ansioso, marcado pela impressão de um sofrimento recente.

— Você os pegou? Você os encontrou? – ela indagou, ofegante.
— Não, sra. Straker. Mas o sr. Holmes veio de Londres para nos ajudar e faremos tudo o que for possível.
— Será que não a conheci em Plymouth numa festa de jardim, há pouco tempo, sra. Straker? – Holmes perguntou.
— Certamente que não. O senhor está enganado.
— Ora, pois eu poderia jurar! A senhora usava uma roupa de seda branca com enfeites de penas de avestruz.
— Jamais tive tal vestido, senhor – ela respondeu.
— Ah, isso encerra a questão – Holmes disse. E, com um pedido de desculpas, seguiu o inspetor para a saída.

Uma curta caminhada pela charneca nos levou à vala em que o corpo havia sido encontrado. Na frente, havia o arbusto em que a capa ficou pendurada.
— Não ventava naquela noite, presumo – Holmes comentou.
— Não, mas chovia muito forte.
— Nesse caso, a capa não foi soprada contra a moita de mato cerrado, mas colocada ali.
— Sim, foi colocada no arbusto.
— Isso me interessa bastante. Percebo que o terreno foi muito pisado. Sem dúvida, várias pessoas passaram por aqui desde a noite da segunda-feira.
— Um pedaço de esteira foi posto aqui ao lado e todos pisamos nele.
— Ótimo.
— Nesta sacola, tenho uma das botas que o Straker usava, um pé do sapato de Fitzroy Simpson e uma ferradura de Silver Blaze.
— Meu caro inspetor, você supera a si mesmo! – Holmes elogiou, pegando a sacola.

Descendo até a vala, ele empurrou a esteira para uma posição mais central. Então, esticando-se de bruços e apoiando o queixo com as mãos, examinou cuidadosamente a lama pisada à frente.
— Ora! – ele exclamou, de repente. – O que é isso?

Era um fósforo de cera meio queimado que estava tão coberto de lama que parecia, a princípio, uma pequena lasca de madeira.

– Não consigo imaginar como consegui deixar isso passar – o inspetor afirmou, com uma expressão de aborrecimento.

– Estava invisível, enterrada na lama. Eu só vi porque procurava isso.

– O quê?! Você esperava encontrar algo assim?

– Não achei que fosse impossível!

Ele tirou os calçados da sacola e comparou as impressões de cada um deles com as marcas no chão. Então, subiu até a borda da vala e se arrastou por entre as samambaias e os arbustos.

– Receio que não haja mais pegadas – o inspetor disse. – Examinei o chão com muito cuidado por noventa metros em todas as direções.

– De fato! – Holmes concordou, levantando-se. – Eu não deveria ter a impertinência de fazer isso novamente depois do que você disse, mas gostaria de dar um pequeno passeio pela charneca antes de escurecer, para que eu possa reconhecer o terreno amanhã, e acho que vou colocar essa ferradura no meu bolso para ter sorte.

O coronel Ross, que mostrara alguns sinais de impaciência com o método de trabalho silencioso e sistemático do meu companheiro, olhou para o relógio.

– Inspetor, eu gostaria que voltasse comigo – ele disse. – Sr. Holmes, há vários pontos sobre os quais eu gostaria de ter o seu parecer, especialmente se não devemos retirar publicamente o nome do nosso cavalo das inscrições para a Cup.

– Certamente que não! – Holmes exclamou, com firmeza. – Eu deixaria o nome na lista.

O coronel se curvou.

– É um prazer ouvir a sua opinião, senhor – ele retrucou. – Você pode nos encontrar na casa do pobre Straker quando terminar a sua caminhada, e poderemos nos dirigir juntos para Tavistock.

Ele saiu com o inspetor, enquanto Holmes e eu caminhamos lentamente pela charneca. O Sol começava a desaparecer atrás dos estábulos de Mapleton e a longa e inclinada planície à nossa frente estava tingida de dourado, aprofundando-se em ricos tons marrons avermelhados, em que as samambaias e os arbustos ressecados captavam a luz da noite. Mas as glórias da paisagem foram todas desperdiçadas pelo meu companheiro, que estava mergulhado em pensamentos mais profundos.

– É por aqui, Watson – ele finalmente disse. – Podemos deixar de lado por um instante a questão de quem matou John Straker e nos limitar a descobrir o que aconteceu com o cavalo. Agora, supondo que ele tenha se afastado durante ou depois da tragédia, para onde teria ido? O cavalo é uma criatura muito gregária. Se fosse deixado por si mesmo, seus instintos teriam sido de retornar a King's Pyland ou ir até Mapleton. Por que haveria de correr solto na charneca? Ele certamente já teria sido avistado. E por que os ciganos haveriam de sequestrá-lo? Essa gente sempre desaparece quando ouve falar de problemas, pois não quer ser importunada pela polícia. Os ciganos não poderiam esperar vender tal cavalo, pois correriam um grande risco e não ganhariam nada levando-o. Certamente isso está bem claro.

– Onde ele estará, então?

– Eu já disse que deveria ter ido para King's Pyland ou Mapleton. Ele não está em King's Pyland, portanto está em Mapleton. Vamos tomar isso como uma hipótese de trabalho e ver aonde nos leva. Essa parte da charneca, como observou o inspetor, é muito dura e seca. Mas desce em direção a Mapleton, e você pode ver daqui que há um longo vale acolá, que deve ter estado muito úmido na noite de segunda-feira. Se a nossa hipótese estiver correta, então o cavalo deve ter cruzado por lá e nesse ponto devemos procurar por suas pegadas.

Andávamos rapidamente durante essa conversa e mais alguns minutos nos levaram ao vale em questão. A pedido de Holmes, desci a borda pela direita e ele, pela esquerda. Eu não havia dado nem cinquenta passos quando o escutei dar um grito e o vi acenando com a mão para mim. Os rastros de um cavalo estavam claramente delineados na terra macia à sua frente e o sapato que ele tirou da sacola combinava exatamente com a pegada deixada no terreno.

– Veja o valor da imaginação! – Holmes exclamou. – É a única qualidade que Gregory não tem. Nós imaginamos o que poderia ter acontecido, agimos por hipótese e fomos recompensados. Vamos continuar.

Cruzamos a charneca e passamos por mais de quatrocentos metros de grama seca e dura. Mais uma vez, o chão se inclinou e, de novo, chegamos às pegadas. Então as perdemos por oitocentos metros, apenas para encontrá-las novamente, bem perto de Mapleton. Holmes foi o primeiro a vê-las e ficou apontando para elas com uma expressão de triunfo no rosto. Os rastros de um homem eram visíveis ao lado das pegadas do cavalo.

– Antes, o cavalo estava sozinho! – exclamei.

– Sim. Estava sozinho antes. Ora, mas o que é isso?

O duplo rastro virou nitidamente e tomou a direção de King's Pyland. Holmes assobiou e ambos seguimos juntos depois disso. Os olhos dele estavam na trilha, mas por acaso olhei um pouco de lado e vi, para minha surpresa, os mesmos rastros retornando na direção oposta.

– Ponto para você, Watson! – Holmes elogiou, quando eu os apontei. – Você nos salvou de uma longa caminhada, que nos teria trazido de volta sobre os nossos próprios rastros. Vamos seguir a trilha que retorna.

Não foi preciso ir longe, pois ela terminava na pavimentação de asfalto que levava aos portões dos estábulos de Mapleton. Quando nos aproximamos, um empregado saiu correndo de lá.

– Não queremos vagabundos por aqui – ele bradou.

– Eu só quero fazer uma pergunta – Holmes disse, com o dedo indicador e o polegar no bolso do colete. – Seria muito cedo para ver o seu patrão, o sr. Silas Brown, se eu o visitar às cinco horas, amanhã de manhã?

– Se alguém estiver acordado nesse horário, será ele, que é sempre o primeiro a se levantar. Mas aí vem o patrão, senhor, e poderá responder pessoalmente às suas perguntas. Não, não, senhor. Eu perderia o meu emprego se ele me visse aceitar o seu dinheiro. Mais tarde, se quiser.

Quando Sherlock Holmes guardou a meia-coroa que havia tirado do bolso, um homem idoso de aparência feroz saiu do portão balançando um chicote na mão.

– O que foi, Dawson? – ele gritou. – Nada de conversa fiada! Volte ao trabalho! E vocês, que diabos querem aqui?

– Dez minutos de conversa, meu bom senhor – disse Holmes em seu tom de voz mais suave.

– Não tenho tempo para conversar com desocupados. Nós não queremos estranhos aqui. Saiam, ou vocês terão um cachorro em seus calcanhares.

Holmes se inclinou para a frente e sussurrou algo no ouvido do proprietário, que estremeceu violentamente e corou até as têmporas.

– É mentira! – ele gritou. – Uma mentira infernal!

– Muito bem. Vamos discutir sobre isso aqui em público ou conversar a respeito em sua sala de estar?

– Ora, entre se quiser.

Holmes sorriu.

– Eu não vou demorar mais do que alguns minutos, Watson – ele disse. – Agora, sr. Brown, estou totalmente à sua disposição.

Passaram-se vinte minutos. Os tons vermelhos no céu haviam se transformado em cinzentos antes que Holmes e o proprietário reaparecessem. Nunca vi uma mudança como a que ocorreu com Silas Brown em tão pouco tempo. Seu rosto ficou pálido, gotas de suor brilharam em sua testa e suas mãos tremiam tanto que o chicote balançava como um galho ao vento. Sua maneira agressiva e arrogante também desapareceu e ele se encolheu ao lado do meu companheiro como um cão com seu dono.

– As suas instruções serão seguidas. Tudo será feito – ele disse.

– Não pode haver erro – Holmes disse, olhando sério para ele.

O outro estremeceu ao ler a ameaça em seus olhos.

– Oh! Não, não haverá erro. Ele estará lá. Devo modificá-lo antes ou não?

Holmes pensou um pouco e depois caiu na gargalhada.

– Não, não – ele retrucou. – Escreverei ao senhor sobre isso. Nada de truques agora ou...

– Ora, pode confiar em mim, pode confiar!

– Sim, acho que posso. Bem, o senhor terá notícias minhas amanhã.

Ele se virou, ignorando a mão trêmula que o outro lhe oferecia e partimos para King's Pyland.

– Raramente encontrei alguém que fosse uma composição mais perfeita de valentão, covarde e pilantra do que Silas Brown – Holmes observou, enquanto nos afastávamos juntos.

– Então ele está com o cavalo?

– Ele tentou negar, mas eu descrevi de modo tão exato quais foram as suas ações naquela manhã que ele ficou convencido de que eu o estava observando. É claro que você observou o formato peculiarmente quadrado das pegadas e que as próprias botas dele correspondiam exatamente a elas. Evidentemente, nenhum subordinado ousaria fazer uma coisa dessas. Eu lhe disse que, como era seu hábito, ele foi o primeiro a se levantar e notou um cavalo vagueando pelo pântano. Ele foi buscá-lo e, para sua surpresa, reconheceu-o pela marca branca na testa – da qual vem o nome do favorito – que a sorte colocara em suas mãos o único animal capaz de derrotar aquele em que investira o seu dinheiro. Comentei que o primeiro impulso dele tinha sido levá-lo de volta para King's Pyland e que o demônio lhe sugeriu sumir com o cavalo até depois da corrida, ocultando-o em Mapleton. Depois que descrevi todos esses detalhes, ele cedeu, pensando apenas em salvar a própria pele.

– Mas as estrebarias dele não foram revistadas?

– Ora, um velho farsante como ele tem muitos truques.

– E você não tem medo de deixar o cavalo em seu poder agora, já que ele tem todo interesse em machucá-lo?

– Meu caro amigo, ele o guardará como a menina dos seus olhos. Ele sabe que sua única esperança de perdão é manter o animal em segurança.

– O coronel Ross não me deu a impressão de ser um homem que possivelmente mostraria muita disposição de perdoar em algum caso.

– A questão não repousa no coronel Ross. Eu sigo os meus próprios métodos e conto mais ou menos o que decido contar. Essa é a vantagem de não ser policial. Não sei se você observou isso, Watson, mas os modos do coronel foram simplesmente um tanto arrogantes demais para mim. Estou inclinado agora a me divertir um pouco às suas custas. Não diga nada a ele sobre o cavalo.
– Certamente, não sem a sua permissão.
– E, claro, isso é quase nada comparado com a questão de quem matou John Straker.
– Você vai se dedicar a isso?
– Pelo contrário, nós dois voltaremos para Londres no trem noturno.

Fiquei espantado com as palavras do meu amigo. Havíamos passado apenas algumas horas em Devonshire e o fato de ele desistir de uma investigação que havia começado tão brilhantemente era incompreensível para mim. Não consegui tirar nem uma palavra a mais dele antes de voltarmos à casa do Straker, onde o coronel nos esperava na sala de estar junto com o inspetor.

– Eu e meu amigo voltaremos para a cidade pelo expresso noturno – Holmes anunciou. – Aproveitamos a ocasião para respirar um pouco do excelente ar puro de Dartmoor.

O inspetor arregalou os olhos e os lábios do coronel se curvaram num sorriso irônico.

– Então não espera conseguir prender o assassino do pobre Straker – ele comentou.

Holmes deu de ombros.

– Certamente existem graves dificuldades no caminho – ele ponderou. – Eu tenho toda a esperança, no entanto, de que o seu cavalo corra na terça-feira e imploro que mantenha o seu jóquei preparado. Posso lhe pedir uma foto do sr. John Straker?

O inspetor pegou uma de um envelope e a entregou a ele.

– Meu caro Gregory, você antecipa todos os meus desejos. Vou pedir que esperem aqui por um instante, pois tenho uma pergunta que gostaria de fazer à empregada.

– Devo dizer que estou bastante desapontado com o nosso detetive de Londres – o coronel Ross reclamou, sem rodeios, quando o meu amigo saiu da sala. – Não creio que estejamos mais à frente do que quando ele chegou.

– Pelo menos, você tem a garantia de que o seu cavalo vai correr – argumentei.

– Sim, eu tenho a garantia dele – o coronel afirmou, dando de ombros. – Mas preferia ter o cavalo.

Eu estava prestes a dar alguma resposta para defender o meu amigo quando este entrou na sala novamente.

– Muito bem, cavalheiros! – ele falou. – Estou totalmente pronto para Tavistock.

Quando subimos na carruagem, um dos rapazes do estábulo segurava a porta para nós. Uma ideia de repente pareceu ocorrer a Holmes, pois ele se inclinou para a frente e tocou no braço do rapaz.

– Você tem algumas ovelhas no curral – ele afirmou. – Quem cuida delas?

– Eu, senhor.

– Notou alguma coisa errada com elas ultimamente?

– Bem, nada de muita importância, mas três delas apareceram mancando, senhor.

Eu podia ver que Holmes ficou extremamente satisfeito, porque ele riu e esfregou as mãos.

– Um grande achado, Watson, um grande achado – ele comentou, beliscando o meu braço.

– Gregory, permita-me recomendar-lhe que preste atenção a essa epidemia singular entre as ovelhas. Siga em frente, cocheiro!

O coronel Ross ainda apresentava uma expressão que revelava a desconfiança que ele sentia a respeito da capacidade do meu companheiro, mas vi, pelo rosto do inspetor, que sua atenção havia sido fortemente despertada.

– Considera isso importante? – ele perguntou.

– Extremamente.

– Existe algum ponto para o qual gostaria de chamar a minha atenção?

– Para o curioso incidente do cachorro durante a noite.

– Mas o cachorro não fez nada durante a noite!

– Esse foi o incidente curioso – Sherlock Holmes observou.

Quatro dias depois, Holmes e eu estávamos de novo no trem, com destino a Winchester, para ver a corrida da Wessex Cup. O coronel Ross nos encontrou na hora marcada do lado de fora da estação e nos dirigimos, em sua carruagem, até o campo além da cidade. Seu semblante era grave e seus modos extremamente frios.

– Não tive notícias do meu cavalo – ele disse.

– Devo supor que você o reconheceria se o visse? – Holmes perguntou.

O coronel ficou muito zangado.

– Estou no turfe há vinte anos e nunca me perguntaram isso antes – ele afirmou. – Uma criança reconheceria Silver Blaze, com a testa branca e a pata dianteira coberta de pintas.

– Como vão as apostas?

– Bem, essa é a parte curiosa disso tudo. Você poderia ter quinze para um ontem, mas o preço foi diminuindo, até que dificilmente se consegue três para um agora.

– Hum! – Holmes matutou. – Alguém sabe de alguma coisa, isso está claro.

Quando paramos no recinto perto da arquibancada maior, olhei o placar para ver os anúncios:

"Wessex Plate, 50 soberanos cada, com 1.000 soberanos a mais para cavalos de quatro e cinco anos. Em segundo lugar, 300 libras. Em terceiro lugar, 200 libras. Novo percurso (dois quilômetros e meio).

1. *The Negro*, do sr. Heath Newton. Boné vermelho. Jaqueta cor de canela.

2. *Pugilist*, do coronel Wardlaw. Boné cor-de-rosa. Jaqueta azul e preta.

3. *Desborough*, de lorde Backwater. Boné e mangas amarelos.

4. *Silver Blaze*, do coronel Ross. Boné preto. Jaqueta vermelha.
5. *Iris*, do duque de Balmoral. Listras amarelas e pretas.
6. *Rasper*, de lorde Singleford. Boné roxo. Mangas pretas."

– Retiramos o nosso outro cavalo e depositamos todas as esperanças na sua palavra – o coronel falou. – Por que isso? Silver Blaze é o favorito?

– Cinco a quatro contra Silver Blaze! – o autofalante anunciou. – Cinco a quatro contra Silver Blaze! Cinco a quinze contra Desborough! Cinco a quatro em campo!

– Lá estão os números – exclamei. – Todos os seis.

– Todos os seis estão lá? Então o meu cavalo está correndo! – o coronel exclamou, muito agitado. Mas eu não o vejo. As minhas cores não passaram. Apenas cinco passaram. Agora deve ser ele.

Enquanto eu falava, um forte cavalo baio saiu do cercado de pesagem e passou a galope por nós, trazendo nas costas as conhecidas cores de preto e vermelho do coronel.

– Esse não é o meu cavalo! – o coronel exclamou. – Esse animal não tem nenhum pelo branco sobre seu corpo. O que fez, sr. Holmes?

– Bem, bem, vamos ver como ele se sai – o meu amigo falou, imperturbável.

Por alguns minutos, ele olhou pelo meu binóculo.

– Esplêndido! Excelente começo! – ele gritou de repente. – Lá vão eles, dobrando a curva!

Do lugar onde a nossa carruagem estava, teríamos uma visão espetacular quando eles se aproximassem da reta final. Os seis cavalos estavam tão próximos que um tapete poderia cobri-los. No meio do percurso, o cavalo amarelo, do haras de Mapleton, aparecia na frente. Antes de eles chegarem aonde estávamos, porém, Desborough perdeu terreno. O cavalo do coronel, vindo em disparada, passou pelo poste seis corpos antes de seu rival, com o Iris, do duque de Balmoral, chegando em terceiro lugar.

– Essa foi a minha corrida, de qualquer forma – o coronel comemorou ofegante, passando a mão sobre os olhos. – Confesso que não entendi nada. Não acha que manteve seu mistério por tempo suficiente, sr. Holmes?

– Certamente, coronel, você deve saber de tudo. Vamos todos dar uma olhada no cavalo juntos. Aqui está ele – Holmes continuou, quando entramos no recinto de pesagem, onde só os donos dos cavalos e seus amigos são admitidos. – Você só precisa lavar o focinho e a pata dele com álcool, para descobrir que é o mesmo Silver Blaze de sempre.

– Você me deixou sem fôlego!

– Encontrei-o nas mãos de um falsificador e tomei a liberdade de fazê-lo correr assim mesmo como estava.

– Meu caro, o senhor faz maravilhas. O cavalo parece muito bem e em forma. Nunca esteve melhor na vida. Devo-lhe mil desculpas por ter duvidado da sua capacidade. O senhor fez um ótimo trabalho recuperando o meu cavalo. E teria feito ainda mais se pudesse colocar as mãos no assassino de John Straker.

– Já fiz isso – Holmes retrucou, calmamente.

O coronel e eu olhamos para ele espantados.

– Você o pegou! Onde ele está, então?

– Ele está aqui.

– Aqui! Onde?

– Em minha companhia, no presente momento.

O coronel ficou vermelho de raiva.

– Reconheço que estou em dívida para com você, sr. Holmes – ele disse. – Mas devo considerar o que acabou de dizer uma piada de mau gosto ou um insulto muito grave.

Sherlock Holmes riu.

– Garanto-lhe que não o associei ao crime, coronel – ele respondeu. – O verdadeiro assassino está exatamente atrás de você.

Ele avançou e colocou a mão no pescoço brilhante do puro-sangue.

– O cavalo! – eu e o coronel exclamamos.

– Sim, o cavalo. E pode diminuir a culpa dele se eu disser que isso foi feito em legítima defesa e que John Straker era um homem totalmente indigno da sua confiança. Mas vai ser dada a largada e, por enquanto,

• SILVER BLAZE •

espero faturar algum dinheiro nessa próxima corrida. Vou adiar a explicação completa para um momento mais adequado.

Ficamos com uma cabine exclusiva no fundo de um vagão *Pullman* naquela noite, quando voltamos para Londres. Imagino que a viagem tenha sido tão rápida para o coronel Ross como foi para mim, enquanto ouvíamos a narrativa do nosso companheiro sobre os acontecimentos que tinham ocorrido no haras de treinamento de Dartmoor na segunda-feira à noite e sobre os meios pelos quais ele os desvendou.

– Confesso – Holmes afirmou –, que quaisquer hipóteses que eu tivesse formulado com base nas reportagens dos jornais estariam totalmente erradas. No entanto, havia indícios nelas, se não tivessem sido cobertos por outros detalhes que lhes ocultavam a verdadeira importância. Fui a Devonshire com a convicção de que Fitzroy Simpson era o verdadeiro culpado, embora, é claro, eu percebesse que as provas contra ele não eram, de modo algum, conclusivas. Foi quando eu estava na carruagem, assim que chegamos à casa do treinador, que o imenso significado do carneiro ao *curry* me ocorreu. Vocês devem se lembrar de que eu estava distraído e permaneci sentado depois que todos saltaram. Eu me perguntava como poderia ter desprezado uma pista tão óbvia.

– Confesso – disse o coronel –, que ainda agora não vejo como isso pode ajudar.

– Foi o primeiro elo da minha cadeia de raciocínios. O ópio em pó não é de modo algum insípido. O sabor não é desagradável, mas é perceptível. Se fosse adicionado a um prato comum, o comilão, sem dúvida, o detectaria e provavelmente não comeria mais. Um molho de *curry* seria exatamente o meio para disfarçar esse sabor. Por nenhuma suposição possível, poderia um estranho, Fitzroy Simpson, mandar que o *curry* fosse servido para a família do treinador naquela noite, e seria certamente uma coincidência monstruosa demais supor que ele viria junto com ópio em pó na mesma noite em que aconteceu de ser servido um prato que disfarçaria o sabor. Isso é impensável. Portanto, Simpson está eliminado do caso e a nossa atenção se concentrará em Straker e sua esposa, as duas únicas pessoas que poderiam ter escolhido a carne de carneiro para o jantar naquela noite. O ópio foi adicionado depois do prato ser reservado para o rapaz de vigia no estábulo, já que os outros tiveram a mesma refeição no jantar, sem efeitos nocivos. Quem, então, teria acesso a esse prato sem a empregada ver?

– Antes de decidir sobre essa questão, entendi o significado do silêncio do cachorro, pois uma conclusão verdadeira invariavelmente sugere outras. O incidente de Simpson me mostrou que um cachorro era mantido nas estrebarias, no entanto, embora houvesse alguém que tivesse entrado e levado um cavalo, ele não latiu o suficiente para acordar os dois rapazes que dormiam no sótão. Obviamente, o visitante daquela madrugada era uma pessoa que o cachorro conhecia muito bem.

– Eu já estava convencido, ou quase convencido, de que John Straker foi às estrebarias na calada da noite e pegou Silver Blaze. Para qual propósito? Por desonestidade, obviamente; ou por qual outro motivo ele haveria de drogar o seu próprio cavalariço de vigia? No entanto, fiquei sem saber a razão por trás disso.

Já houve casos em que os treinadores faturaram grandes somas de dinheiro apostando contra os seus próprios cavalos, através de agentes, e impedido-os de ganhar por meio de alguma fraude. Às vezes, é o jóquei quem age. Às vezes, são alguns meios mais seguros e sutis. O que foi feito aqui? Eu esperava que o conteúdo dos bolsos dele pudesse me ajudar a tirar uma conclusão.

– E foi o que aconteceu. Vocês não podem ter esquecido aquela faca peculiar que foi encontrada na mão do homem morto, uma faca que com certeza nenhum homem sensato escolheria como arma. É, como o dr. Watson nos disse, um tipo de faca usada para as operações mais delicadas conhecidas na cirurgia, que foi usada em uma ação sutil naquela noite. Você deve saber, com a sua vasta experiência em questões do turfe, coronel Ross, que é possível fazer um pequeno corte subcutâneo nos tendões da anca de um cavalo sem deixar vestígios. Um cavalo assim tratado passaria a manquitolar levemente, o que seria reconhecido como sobrecarga de exercício ou como sinal de reumatismo, mas nunca como jogo sujo.

– Bandido! Canalha! – o coronel esbravejou.

– Temos aqui a explicação do motivo pelo qual John Straker queria levar o cavalo para a charneca. Uma criatura tão impetuosa certamente despertaria do sono mais profundo quando sentisse a picada da faca. Era absolutamente necessário fazer isso ao ar livre.

– Como fui cego! – o coronel exclamou. – Claro que foi por isso que ele precisou da vela acesa.

– Sem dúvida. Mas ao examinar seus pertences tive a sorte de descobrir não apenas o método do crime, mas até sua motivação. Como homem do mundo, coronel, você sabe que homens não carregam contas de outras pessoas nos bolsos. A maioria de nós tem problemas demais para resolver. Concluí imediatamente que Straker estava levando uma vida dupla e mantendo um segundo relacionamento. A natureza da cobrança mostrou que havia uma senhora no caso, uma amante que gostava de coisas caras. Liberal como você é com os seus serviçais, dificilmente se espera que eles possam comprar vestidos de vinte guinéus para as suas mulheres. Questionei a sra. Straker sobre o vestido sem que ela percebesse e, tendo me convencido de que ela nunca o tinha visto, tomei nota do endereço da modista e senti que, indo até lá com a foto de Straker, eu poderia facilmente me livrar do mítico Derbyshire.

– A partir desse momento tudo ficou claro. Straker levou o cavalo para uma vala onde a luz seria invisível. Simpson, na fuga, deixou cair a gravata e Straker a pegou com alguma ideia em mente, talvez de que poderia usá-la para amarrar as patas do cavalo. Uma vez dentro da vala, ele ficou atrás do cavalo e acendeu a luz, mas a criatura se assustou com o brilho repentino e, com o estranho instinto pelo qual os animais pressentem algum dano, atacou-o e a ferradura de aço atingiu Straker na testa. Ele já tinha, apesar da chuva, tirado a capa para realizar sua delicada tarefa e, quando caiu, a faca cortou sua coxa. Fui claro?

– Maravilhoso! – o coronel exclamou. – Maravilhoso! Parece que você estava lá!

– O meu último palpite foi feito às cegas, confesso. Pareceu-me que um sujeito tão esperto quanto Straker não tentaria fazer esse delicado corte de tendões sem alguma prática. Como ele poderia praticar? Os meus olhos recaíram sobre as ovelhas e fiz uma pergunta que, para minha surpresa, revelou que a minha hipótese estava correta.

– Quando voltei para Londres, fui à modista, que reconheceu Straker como o ótimo cliente de nome Derbyshire, que tinha uma esposa muito elegante, com uma forte queda por vestidos caros. Não tenho dúvidas de que essa mulher o havia afundado em dívidas até o pescoço, levando-o assim à realização deste miserável plano.

– Você explicou tudo menos uma coisa – o coronel observou. – Onde encontrou o cavalo?

– Ora! Ele fugiu e foi cuidado por um dos seus vizinhos. Mas acho que, neste caso, devemos anistiá-lo. Já estamos em Clapham Junction, se não me engano. Chegaremos a Victoria em menos de dez minutos. Se quiser fumar um charuto em nossos aposentos, coronel, terei o maior prazer em lhe expor qualquer outro detalhe que possa lhe interessar.

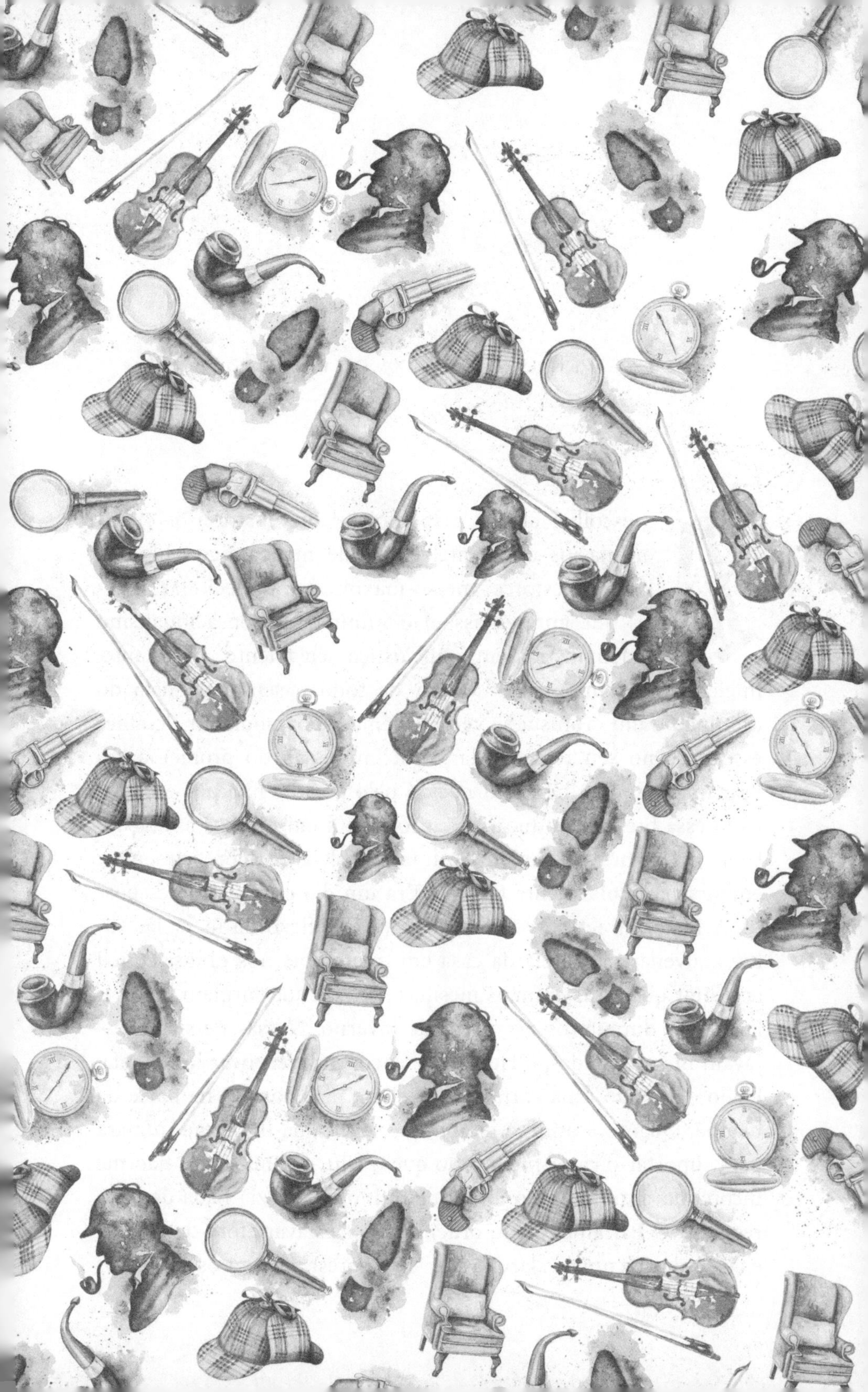

# Aventura II

• A AVENTURA DA CAIXA DE PAPELÃO •

Ao escolher alguns casos típicos que ilustram os extraordinários dons intelectuais de meu amigo Sherlock Holmes, esforcei-me ao máximo para selecionar aqueles que apresentassem o mínimo de sensacionalismo e demonstrassem com justiça seu talento. Entretanto, infelizmente é impossível separar de todo o sensacionalista do criminal, e um cronista se vê no dilema de ou suprimir detalhes essenciais no seu relato e dar falsa impressão do problema, ou usar material que lhe foi fornecido pelo acaso e não por escolha. Com essa breve introdução, meu foco será em minhas anotações sobre o que provou ser uma estranha cadeia de acontecimentos, embora particularmente terrível. Era um dia escaldante de agosto. A Baker Street parecia um forno, e o reflexo da luz solar sobre a alvenaria amarela da casa em frente doía nos olhos. Difícil acreditar que essas eram as mesmas paredes que surgiam tão melancólicas durante os nevoeiros de inverno. Nossas persianas estavam meio fechadas, e Holmes se encontrava enroscado no sofá, lendo e relendo uma carta que recebera pelo correio na parte da manhã. Quanto a mim, o tempo que servira na Índia me treinara para suportar o calor melhor do que o frio, e trinta graus não me incomodavam. Porém, o jornal matutino não trazia nada de interessante. O Parlamento em ordem. Todos estavam fora da cidade, e eu sonhava com as clareiras de New Forest ou com os cascalhos dos mares do Sul. Uma conta bancária deficitária me obrigara a adiar as férias. Quanto ao meu companheiro, nem o campo nem o mar o atraíam. Ele adorava ficar entre cinco milhões de pessoas, deixando que sua teia se expandisse no meio delas para detectar o mais leve rumor ou suspeita de crime não resolvido. O amor pela natureza não fazia parte de suas inúmeras qualidades, e só se animava quando voltava sua mente do malfeitor da cidade para perseguir o malfeitor do campo. Percebendo que Holmes estava extremamente absorto na carta para querer conversar, larguei de lado o jornal entediante e, recostando-me na poltrona, mergulhei nos meus próprios pensamentos. De repente a voz de meu amigo interrompeu minhas divagações.

– Você tem razão, Watson – disse ele. – Parece uma maneira absurda de resolver uma disputa.

– Muito absurda! – exclamei e, percebendo de súbito como ele lera meus pensamentos mais íntimos, me aprumei na poltrona e o fitei com assombro.

– O que é isto, Holmes? – gritei. – Está além de tudo que eu poderia imaginar. – Ele riu com vontade diante de minha perplexidade.

– Lembra quando há pouco tempo li para você um trecho de um rascunho de Poe, no qual um homem de mente lógica acompanha os pensamentos não expressos de seu companheiro? Você achou que não passava de bravata do autor. E quando o lembrei de que tenho o hábito de fazer o mesmo, você se mostrou incrédulo? Oh, não! Talvez não tenha dito isso, meu caro Watson, mas deu a entender erguendo as sobrancelhas. Então, quando o vi descartar o jornal e mergulhar em seus pensamentos, fiquei muito feliz por ter a oportunidade de lê-los para eventualmente invadi-los como prova de que estava conectado com você.

Apesar do discurso, eu ainda não estava nada convencido.

– No exemplo que leu para mim – eu disse –, o homem de mente lógica tirou suas conclusões das ações do homem que observava. Se não me falha a memória, ele tropeçou sobre um monte de pedras, ergueu os olhos para as estrelas, e assim por diante, mas eu estava sentado quieto na poltrona... Que pistas posso ter fornecido para você?

– Está sendo injusto consigo mesmo. As expressões faciais de um homem surgem de suas emoções, e você as expressa muito bem.

– Está querendo me dizer que lê meus pensamentos por meio de minhas expressões faciais?

– Em especial pelos seus olhos. Talvez não consiga lembrar como seus devaneios começaram?

– Não, não consigo.

– Então eu lhe direi. Depois de atirar seu jornal para longe, que foi o ato que chamou minha atenção, você ficou meio minuto sentado com expressão vazia. Então seus olhos se fixaram no quadro recém-emoldurado do general Gordon, e vi pela mudança em seu semblante que uma linha de pensamentos tivera início. Mas isso não o levou muito longe. Seus olhos correram para o retrato sem moldura de Henry Ward Beecher, que fica acima de seus livros, depois você relanceou um olhar para a parede, e é claro que a intenção era óbvia; estava pensando que se o quadro estivesse emoldurado cobriria o espaço vazio se alinhando com o quadro de Gordon acima.

– Você seguiu meus pensamentos de maneira brilhante! – exclamei.

– Até esse momento eu estava no caminho certo. Mas então seus pensamentos retornaram para Beecher, e você o fixou duramente, como se estudasse o caráter do homem por meio de suas feições. Então você parou de franzir as sobrancelhas, mas passou a fixar o quadro com expressão pensativa. Estava recordando os incidentes na carreira de Beecher. Eu sabia muito bem que não faria isso sem pensar na missão que ele assumiu em defesa do Norte na época da Guerra Civil, pois me lembro que você expressou sua enorme indignação pelo modo como ele foi recebido pelos mais turbulentos de nosso povo. Isso foi tão tocante para você que eu sabia que não poderia pensar em Beecher sem pensar naquilo também. Pouco depois vi seus olhos vagarem para longe do quadro. Então, suspeitei que sua mente se voltara agora para a Guerra Civil. Ao observar seus lábios cerrados, contraídos, os olhos brilharem e suas mãos se apertarem, tive certeza de que estava pensando na bravura demonstrada por ambos os lados naquela luta desesperada, mas então de novo seu rosto se entristeceu e você balançou a cabeça. Estava meditando sobre a tristeza e o horror da perda inútil de vidas. Sua mão se moveu na direção de seu velho ferimento e um sorriso dançou em sua boca, o que me mostrou que essa maneira ridícula de resolver questões internacionais por meio de guerras penetrara nos seus pensamentos. A essa altura, em voz alta, concordei com você que era absurdo e fiquei feliz por descobrir que todas as minhas deduções estavam corretas.

– Sem dúvida! – exclamei. – E, agora que se explicou, confesso que continuo atônito como antes.

– Foi uma análise superficial, meu caro Watson, garanto. Não deveria ter chamado sua atenção se você não tivesse se mostrado tão cético no outro dia. Mas tenho nas mãos um probleminha que poderá ser mais difícil de resolver do que minhas tentativas de ler mentes. Será que leu no jornal um parágrafo curto sobre o conteúdo fantástico de um pacote enviado pelo correio para a senhorita Cushing de Cross Street, Croydon?

– Não, não li.

– Ah! Deve ter passado despercebido. Jogue o jornal para mim. Aqui está, debaixo da coluna sobre finanças. Faria a gentileza de ler em voz alta?

Peguei o jornal que ele atirara de volta para mim e li o parágrafo indicado.

O título era "Um Pacote Macabro". A nota: "A senhorita Cushing, residente em Cross Street, Croydon, foi vítima do que pode ser considerada uma brincadeira de revoltante mau gosto, a menos que haja um significado mais sinistro ligado ao incidente. Às duas horas da tarde de ontem, um pequeno pacote embrulhado em papel pardo lhe foi entregue pelo carteiro. Dentro havia uma caixa de papelão cheia de sal grosso. Ao esvaziá-la, a senhorita Cushing ficou horrorizada ao encontrar duas orelhas humanas, aparentemente cortadas havia pouco tempo. A caixa fora enviada pelo serviço de encomenda postal de Belfast, na manhã anterior. Não há indícios sobre o remetente, e o caso é ainda mais misterioso porque a senhorita Cushing, que é uma dama solteira de 50 anos, leva uma vida bastante retirada, tem poucos conhecidos, se corresponde também com pouquíssimas pessoas e é muito raro receber algo pelos correios. Há alguns anos, entretanto, quando residia em Penge, alugava cômodos em sua casa para três jovens estudantes de medicina, os quais foi obrigada a dispensar devido aos seus hábitos barulhentos e nada convenientes. A polícia acha que essa barbaridade pode ter sido praticada por esses jovens que tinham rancor da senhorita Cushing e esperavam assustá-la enviando essas relíquias das salas de dissecação. Essa teoria se baseia no fato de que um desses estudantes é proveniente da Irlanda do Norte, e a senhorita Cushing acredita que de Belfast. Nesse meio-tempo o caso está sendo meticulosamente investigado, sob o comando do nosso eficiente inspetor Lestrade."

– Grande coisa o *Daily Chronicle* – comentou Holmes, quando acabei de ler. – Agora quanto ao nosso amigo Lestrade, recebi um bilhete dele esta manhã no qual diz: "Creio que esse caso faz o seu estilo. Temos muita esperança de resolver, mas encontramos certa dificuldade em encontrar pistas. É claro que telegrafamos para os correios em Belfast, mas um grande número de pacotes foi entregue naquele dia, e eles não têm meios de identificar esse em particular ou lembrar quem foi o remetente. Trata-se de uma caixa de duzentos gramas para tabaco adoçicado e isso não nos ajuda em nada. A teoria dos estudantes de medicina ainda me parece a mais viável, mas se você tiver algumas horas disponíveis gostaria muito de recebê-lo. Estarei na casa da senhorita Cushing ou na delegacia o dia inteiro". O que você acha, Watson? Pode aguentar o calor e ir comigo até Croydon, tendo como perspectiva mais um caso para sua coleção?

– Estava louco para ter alguma coisa para fazer.

— Então terá. Peça que tragam nossas botas e que chamem um táxi. Vou trocar meu roupão e encher minha cigarreira. Volto logo.

Uma chuvarada desabou quando estávamos no trem, e o calor era muito menos opressivo em Croydon do que em Londres. Holmes enviara um telegrama, de modo que Lestrade, sempre empertigado, janota e com cara de fuinha, nos aguardava na estação.

Uma caminhada de cinco minutos nos levou a Cross Street, onde a senhorita Cushing residia. Era uma rua longa, com casas de tijolos de dois andares, limpas e austeras, degraus de pedra branca, onde pequenos grupos de mulheres de avental fofocavam às portas. Na metade da descida, Lestrade parou e bateu em uma porta que foi aberta por uma empregada jovem e pequena. A senhorita Cushing estava nos aguardando na sala da frente, para onde fomos conduzidos. Era uma mulher de expressão tranquila, com olhos grandes de expressão bondosa e cabelos grisalhos penteados presos atrás da cabeça. Trabalhava em uma capa para cobrir poltronas que tinha sobre os joelhos, e uma cesta com meadas de seda colorida estava sobre um banquinho ao seu lado.

— Aquelas coisas horrorosas estão lá fora na casinha — disse ela, assim que Lestrade entrou. — Gostaria que levassem embora.

— Levaremos, senhorita Cushing. Só as mantivemos aqui até que meu amigo, o senhor Holmes, chegasse e as visse na sua presença.

— Por que na minha presença, senhor?

— No caso de ele querer lhe fazer algumas perguntas.

— De que adianta me questionar quando já disse que nada sei a respeito?

— Sim, senhora — disse Holmes, com seu jeito apaziguador —, tenho certeza de que já foi amolada demais com essa história.

— Sem dúvida, senhor. Sou uma mulher tranquila e vivo uma vida retirada. Para mim é uma novidade ver meu nome nos jornais e ter a polícia em minha casa. Não quero aquelas coisas aqui, senhor Lestrade. Caso desejem vê-las, devem ir lá fora.

A "casinha" era um minúsculo barracão no jardim estreito atrás da casa. Lestrade entrou e trouxe uma caixa de papelão amarelo com um pedaço de papel pardo e barbante. Havia um banco ao final do jardim, e todos nos sentamos enquanto Holmes examinava, um a um, os objetos que Lestrade lhe apresentara.

– O barbante é muito interessante – comentou Holmes, erguendo-o para a luz e cheirando-o. – O que acha dele, Lestrade?

– Foi besuntado com alcatrão.

– Exatamente, é um pedaço de um cordão besuntado. Sem dúvida também deve ter notado que a senhorita Cushing o cortou com tesoura, como pode se ver pelas pontas duplas de cada lado. Isso é importante.

– Não consigo ver a importância – manifestou-se Lestrade.

– A importância repousa no fato de que o nó foi deixado intacto, e é um nó bastante peculiar.

– Foi um nó bem atado. Já tinha visto isso – replicou Lestrade, com complacência.

– Vamos deixar de lado o nó – disse Holmes sorrindo – e nos concentrar no embrulho. Papel pardo com um cheiro forte de café. Quê? Não percebeu? Creio que não há dúvida. O endereço escrito com letras mal traçadas: "Senhorita Cushing, Cross Street, Croydon." Usaram uma pena de ponta grossa, provavelmente uma J, e com tinta de má qualidade. A palavra "Croydon" foi antes escrita com "i", que depois corrigiram para "y". O pacote foi enviado por um homem, a caligrafia é sem dúvida masculina, de pouca educação e que não tem familiaridade com a cidade de Croydon. Até aqui tudo bem! A caixa é amarela, feita para acondicionar tabaco doce com nada que chame atenção a não ser duas marcas de polegar no canto esquerdo inferior. Está cheia de sal grosso do tipo usado para conservar peles e outras mercadorias grosseiras e no fundo dela encontramos esses objetos estranhos.

Assim dizendo, Holmes pegou as duas orelhas. Colocou uma tábua sobre os joelhos e as examinou minuciosamente, enquanto Lestrade e eu, nos inclinando de cada lado, olhávamos dos objetos macabros para o rosto pensativo e ansioso de nosso companheiro. Ele recolocou os restos humanos na caixa mais uma vez e ficou sentado em profunda concentração por certo tempo.

– Devem ter observado, é claro – disse por fim –, que as orelhas não formam um par.

– Sim, notei isso, mas, caso se trate de uma brincadeira de mau gosto feita por estudantes em uma sala de dissecação, seria compreensível que enviassem duas orelhas disparatadas.

– Exatamente. Mas não se trata de uma brincadeira de mau gosto.

– Tem certeza?

– Nada leva a crer que seja. Injetam fluidos de preservação nos cadáveres nas salas de dissecação. Estas orelhas não trazem sinal disso. E estão frescas, também. Foram cortadas com um instrumento rombudo e dificilmente isso ocorreria se fossem seccionadas por estudantes de medicina. E, como já disse, ácido fênico e álcool retificado seriam os preservativos que viriam à mente médica, por certo não sal grosso. Repito que não se trata aqui de uma brincadeira, mas que estamos investigando um crime muito sério.

Uma descarga elétrica percorreu minha espinha dorsal enquanto ouvia as palavras de Holmes e observava a extrema gravidade que fazia com que suas feições parecessem de mármore. Essas primeiras constatações brutais lançaram uma sombra de inexplicável horror no cenário. Mas Lestrade balançou a cabeça, não se mostrando muito convencido.

– Sem dúvida, existem objeções a respeito da teoria da brincadeira – disse ele –, porém há razões ainda mais fortes contra a outra teoria. Sabemos que aquela mulher levou uma vida muito tranquila e respeitável em Penge e aqui nos últimos vinte anos. Mal saiu de casa por um dia sequer durante esse período. Por que, então, em nome dos céus, um criminoso lhe enviaria provas de seu crime, principalmente quando ela sabe tanto sobre esse caso quanto nós, a não ser que seja uma grande atriz?

– Esse é o problema que precisamos resolver – respondeu Holmes. – De minha parte, começo presumindo que minha suposição é a correta, e que um duplo assassinato foi cometido. Uma das orelhas é de mulher, pequena, bem formada e com um furo para brinco. A outra é de um homem, bronzeado, mas de pele branca, e também com um furo para brinco. Essas duas pessoas possivelmente estão mortas ou já teríamos ouvido sua história a essa altura. Hoje é sexta-feira. O pacote foi enviado na quinta-feira de manhã. Então a tragédia ocorreu na quarta-feira ou, mais cedo, na terça. Se as duas pessoas foram assassinadas, quem além do assassino enviaria esses sinais de seu crime para a senhorita Cushing? Podemos presumir que o remetente do pacote é o homem que procuramos, porém deve ter tido um motivo muito forte para enviá-lo a ela. Que motivo? Para lhe dizer que o trabalho foi feito! Ou para fazê-la sofrer, talvez. Mas nesse caso ela sabe de quem se trata. Será que sabe? Duvido. Se a senhorita Cushing soubesse, por que envolveria a polícia? Poderia ter enterrado as orelhas e ninguém saberia. É isso que faria se desejasse encobrir o criminoso, mas, se não desejasse, entregaria seu nome. Existe um dilema aqui que precisa ser esclarecido.

Holmes falava em voz alta e de maneira rápida, fitando a cerca do jardim, sem de fato vê-la. Então, ergueu-se de súbito e caminhou na direção da casa.

–Tenho algumas perguntas para fazer à senhorita Cushing – disse.

– Nesse caso vou deixá-lo aqui – retrucou Lestrade –, pois devo resolver outro pequeno problema. Creio que nada mais tenho a ouvir da senhorita Cushing. Poderá me encontrar mais tarde na delegacia.

– Fique, assim conversamos depois, a caminho da delegacia – pediu.

Momentos depois eu e ele estávamos de volta à sala da frente onde a dama impassível continuava placidamente a trabalhar na sua capa de encosto. Ao entrarmos, deixou o trabalho de lado e nos olhou com seus olhos azuis francos e questionadores.

– Estou convencida, senhor – disse ela –, de que esse caso é um engano, e que o pacote não era destinado a mim. Já disse isso diversas vezes para o cavalheiro da Scotland Yard, porém ele apenas riu. Até onde sei, não tenho nenhum inimigo no mundo, então por que alguém aprontaria um trote desses comigo?

– Estou quase chegando a essa mesma conclusão, senhorita Cushing – disse Holmes, sentando-se ao lado dela. – Creio que é mais do que provável que...

Fez uma pausa, e fiquei surpreso ao perceber que ele olhava fixamente para o perfil da senhora. Havia surpresa e satisfação em seu rosto ansioso, mas apenas por um instante, porque quando a senhorita Cushing se voltou, curiosa com o súbito silêncio de Holmes, ele já retornara a sua habitual reserva. Então olhei com muita atenção para os cabelos achatados e grisalhos, a touca elegante, os brinquinhos dourados, as feições serenas da mulher, mas nada vi que pudesse ser responsável pelo evidente entusiasmo de meu amigo.

– Há uma ou duas perguntas... – ele recomeçou.

– Oh, estou farta de perguntas! – exclamou a senhorita Cushing com impaciência.

– Creio que a senhorita tem duas irmãs.

– Como sabe disso?

– No instante em que entrei nesta sala observei sobre a lareira um retrato com um grupo de três damas, uma delas a senhorita, sem dúvida, enquanto as outras duas são tão parecidas consigo que não há dúvida sobre seu parentesco.

– Sim, tem toda razão, aquelas são minhas irmãs, Sarah e Mary.

– E aqui junto ao seu cotovelo há outro retrato tirado em Liverpool, de sua irmã caçula na companhia de um homem que parece ser um comissário de bordo, pelo uniforme. E percebi que na época da foto ela não era casada.

– Muito observador.

– É meu trabalho.

– Bem, também tem razão. Mas minha irmã Mary se casou com o senhor Browner alguns dias depois. Ele trabalhava para a linha da América do Sul quando a fotografia foi tirada, mas gostava tanto de minha irmã que não suportou deixá-la sozinha por muito tempo e foi trabalhar para uma linha de barcos de Liverpool e Londres.

– Ah, talvez no Conqueror?

– Não, no May Day, pelo que ouvi da última vez. Jim veio aqui me visitar uma vez. Isso foi antes de se afastar; mas depois sempre bebia quando estava em terra firme, e qualquer bebidinha o deixava louco. Ah! Era sempre um dia triste quando ele segurava um copo de bebida. Primeiro não me procurou mais, depois brigou com Sarah, e agora que Mary parou de escrever, não sei como as coisas andam entre os dois.

Era evidente que a senhorita Cushing abordara um assunto que a entristecia muito. Como a maioria das pessoas que levam uma vida solitária, de início ela era tímida, mas acabava se tornando muito comunicativa.

Contou vários detalhes sobre seu cunhado, o comissário de bordo, e depois começou a falar sobre seus antigos inquilinos, os estudantes de medicina; fez uma narrativa extensa sobre suas delinquências, dando seus nomes e o nome dos hospitais onde trabalhavam. Holmes escutou tudo com muita atenção, de vez em quando fazendo uma pergunta.

– Sobre sua segunda irmã, Sarah – disse ele. – Fico imaginando, já que ambas são solteiras, por que não moram juntas.

– Ah! Se conhecesse o temperamento de Sarah não ficaria imaginando. Tentei, quando vim morar em Croydon, e moramos juntas até dois meses atrás, quando tivemos de nos separar. Não quero falar mal de minha própria irmã, mas ela era sempre intrometida e difícil de agradar. Assim é Sarah.

– A senhorita disse que ela brigou com seus parentes de Liverpool.

– Sim, e houve uma época em que eram os melhores amigos. Ora, ela chegou a ir morar lá para ficar próxima deles. E agora só fala mal de Jim Browner. Nos últimos seis meses em que morou aqui só falava das bebedeiras dele e de seus modos. Desconfio que ele a pegou bisbilhotando, passou-lhe um pito, e isso foi o início do fim.

– Obrigado, senhorita Cushing – disse Holmes, levantando e se inclinando para ela. – Creio que a senhorita disse que sua irmã Sarah mora em New Street Wallington? Adeus, e sinto muito que tenha sido incomodada com um caso que, segundo alega, não lhe diz respeito.

Um táxi passava quando saímos da casa, e Holmes fez sinal para que parasse.

– A que distância fica Wallington? – perguntou ao motorista.

– Um quilômetro e meio, senhor.

– Muito bem. Entre, Watson. É preciso malhar enquanto o ferro está quente. Por mais simples que seja este caso, existem alguns detalhes muito interessantes. Pare quando passar por uma agência de telégrafos, motorista.

Holmes enviou um breve telegrama e pelo resto da corrida de táxi ficou recostado no assento com o chapéu baixado até o nariz para afastar o sol do rosto.

O motorista parou junto a uma casa muito parecida com a da senhorita Cushing. Holmes pediu para que ele esperasse, e estava com a mão na maçaneta da porta de entrada quando ela se abriu e um jovem com ar austero, todo vestido de preto e usando um chapéu luzidio, apareceu.

– A senhorita Cushing está em casa? – perguntou Holmes.

– A senhorita Sarah Cushing está gravemente doente – respondeu o rapaz. – Desde ontem está com um severo problema de febre cerebral. Como seu médico, não posso permitir que a vejam. Recomendo que voltem daqui a dez dias.

Enfiou as luvas, fechou a porta e desceu a rua.

– Bem, se não podemos, não podemos – disse Holmes, com bom humor.

– Talvez ela não pudesse ou não quisesse lhe contar muita coisa.

– Não pretendia que me contasse nada. Só queria olhar para ela, entretanto acho que já tenho tudo de que preciso.

Voltamos para o táxi.

– Leve-nos para um hotel decente, motorista, onde possamos almoçar. – Virou-se para mim e completou: – Mais tarde iremos visitar nosso amigo Lestrade na delegacia.

Compartilhamos um agradável almoço durante o qual Holmes só falou de violinos, narrando com riqueza de detalhes como adquirira seu próprio *Stradivarius* na casa de penhores de um judeu em Tottenham Court Road por cinquenta e cinco *shillings*, e que na verdade valia pelo menos quinhentos guinéus. Essa história o conduziu para o violinista Paganini, e ficamos sentados por uma hora inteira com uma garrafa de clarete, enquanto Holmes me contava inúmeras anedotas sobre aquele homem extraordinário.

A tarde já ia adiantada, os raios quentes do sol haviam se transformado em um brilho suave, quando chegamos à delegacia. Lestrade nos aguardava à porta.

– Um telegrama para você, senhor Holmes – disse ele.

– Ah! É a resposta! – Holmes rasgou o envelope, passou os olhos pelo texto, amassou o telegrama e o enfiou no bolso. – Tudo bem.

– Descobriu alguma coisa? – quis saber Lestrade.

– Descobri tudo!

– Quê! – Lestrade o fitou com espanto. – Está brincando.

– Nunca falei tão sério. Um crime chocante foi cometido e creio que agora já possuo todos os detalhes.

– E o criminoso?

Holmes rabiscou algumas palavras nas costas de um de seus cartões de visita e o deu a Lestrade.

– É esse o nome – declarou. – Não poderá efetuar a prisão até amanhã à noite no mínimo. Prefiro que não mencione meu nome em relação ao caso, já que só gosto de ser associado aos crimes que apresentam certa dificuldade para solucionar. Venha, Watson.

Fomos embora juntos para a estação, deixando Lestrade ainda fitando com ar satisfeito o cartão que Holmes lhe dera.

— O caso — disse Sherlock Holmes, enquanto conversávamos fumando nossos charutos naquela noite em nossos aposentos em Baker Street —, é do tipo daqueles que você reuniu nas suas crônicas sob os títulos *Um estudo em vermelho* e *O signo dos quatro* em que fomos levados a raciocinar de trás para frente, dos efeitos para as causas. Escrevi a Lestrade pedindo que nos forneça os detalhes que agora faltam e que ele só obterá depois de prender o assassino. Sem dúvida fará isso, pois, embora seja totalmente desprovido de raciocínio, é persistente como um buldogue quando por fim compreende o que deve fazer. Na verdade, foi apenas essa persistência que o levou ao topo da Scotland Yard.

— Então seu caso ainda não está completo? — perguntei.

— Está completo no essencial. Sabemos quem é o autor dessa história revoltante, embora ainda não saibamos quem é uma das vítimas. É claro que você já tirou suas conclusões.

— Presumo que o tal de Jim Browner, o comissário de bordo em Liverpool, é o homem de quem suspeita?

— Oh! É mais do que uma suspeita.

— E mesmo assim não consigo ver nada além de indícios muito vagos.

— Ao contrário, nada poderia estar mais claro em minha mente, Watson. Deixe-me recapitular os passos principais. Você se lembra que abordamos o caso com a mente totalmente vazia, o que é sempre uma vantagem. Não formamos teorias. Só estávamos lá para observar e fazer deduções por meio do que observávamos. O que vimos em primeiro lugar? Uma senhora muito serena e respeitável, aparentemente inocente e sem segredos, e uma fotografia que mostrava que ela tinha duas irmãs mais moças. Logo me veio à mente que a caixa fora destinada a uma dessas outras duas. Deixei essa ideia de lado para ser descartada ou confirmada mais tarde. Então fomos ao jardim, como você bem se lembra, e vimos o conteúdo estranho da caixinha amarela. O barbante era do tipo usado para velejar ou em navios, então imediatamente o cheiro do mar se fez sentir na nossa investigação. Quando notei que o nó era popular entre marinheiros, que o pacote fora enviado de um porto, e que a orelha masculina tinha um furo para brinco, algo muito mais comum entre homens do mar e não em homens de terra firme, tive certeza de que todos os personagens nessa tragédia seriam encontrados entre as classes marítimas. Quando examinei o endereço no pacote, notei que se destinava à senhorita S. Cushing. Ora, sem dúvida que a irmã mais velha era senhorita Cushing, e embora sua inicial fosse "S", poderia se referir às outras duas também. Nesse caso, deveríamos começar nossa investigação sob uma nova base, daí entrei na casa com a intenção de esclarecer esse ponto. Estava preparado para garantir para a senhorita Cushing que me convencera de que houvera um engano no envio do pacote, mas, você deve lembrar, parei de repente no meio de uma frase. Acontece que acabara de ver algo que me encheu de surpresa e, ao mesmo tempo, estreitou muito o campo de nossa investigação. Como médico, você sabe, meu caro Watson, que não existe parte do corpo humano que varie tanto quanto a orelha. Como regra, cada orelha é diferente de todas as outras. No Diário Antropológico do ano passado irá encontrar duas breves monografias da minha autoria sobre esse assunto. Portanto, examinei as orelhas na caixa com olhos de especialista e observei com cuidado suas características anatômicas. Então imagine qual não foi minha surpresa quando, ao olhar para a senhorita Cushing, percebi que sua orelha corresponde exatamente à orelha feminina que acabara de analisar. Não havia margem para coincidências. Ali estava o pavilhão auricular curto, a mesma curva larga do lóbulo superior, a mesma convolução da cartilagem interna. Em todos os detalhes tratava-se de praticamente a mesma orelha. Obviamente, logo percebi a importância enorme dessa observação. Era evidente que a vítima tinha uma relação de sangue com a nossa senhorita Cushing e provavelmente uma relação muito próxima. Então comecei a falar com ela sobre sua família e você deve se lembrar que logo nos forneceu alguns detalhes muito valiosos. Em primeiro lugar, o nome de sua irmã era Sarah, e seu endereço fora o mesmo até recentemente, portanto era bastante óbvio como ocorrera o engano e para quem se destinava o pacote. Então ouvimos falar desse tal comissário de bordo casado com a terceira irmã, e soubemos que em certa época fora tão íntimo da senhorita Sarah que ela chegara a ir morar em Liverpool para ficar próxima ao casal Browner, porém mais tarde uma briga os separou. Essa briga pôs um ponto-final na comunicação deles durante alguns meses, de modo que se Browner desejava ter enviado um pacote para a senhorita Sarah, sem dúvida seria para seu antigo endereço, aquele que conhecia. E daí o caso começou a se desenrolar maravilhosamente. Sabíamos da existência desse comissário de bordo, um homem impulsivo, de paixões fortes... Você se recorda que ele abriu mão de um emprego muito superior para ficar mais perto da esposa... E sujeito também a ocasionais bebedeiras. Temos motivo para acreditar que sua esposa foi assassinada, e que um homem, provavelmente um homem do mar, foi assassinado na mesma ocasião. Ciúme, é claro, sugere ser o motivo do crime, e por que essas provas deveriam ser enviadas para a senhorita Sarah Cushing? Provavelmente porque durante sua estada em Liverpool ela participou de eventos que levaram à tragédia. Observe que essa linha de barcos trafega por Belfast, Dublin e Waterford; então, presumindo-se que Browner tivesse cometido os crimes e logo embarcasse no seu vapor, o May Day, Belfast seria o primeiro lugar onde poderia despachar o macabro pacote. Uma segunda solução a essa altura era também claramente possível, embora considerasse muito improvável. Estava determinado a elucidá-la antes de prosseguir. Um amante frustrado poderia ter matado o senhor e a senhora Browner, e a orelha masculina poderia pertencer ao marido. Mas havia fortes objeções a essa teoria, apesar dela ser concebível. Então enviei um telegrama para meu amigo Algar, da polícia de Liverpool, pedindo que descobrisse se a senhora Browner estava em casa, e se o marido embarcara no May Day. Então fomos para Wallington visitar a senhorita Sarah. Estava curioso principalmente para constatar o quanto a orelha dela se parecia com a orelha típica da família. Daí, é claro, ela poderia nos fornecer informações valiosas, porém eu não estava otimista. Ela deve ter ouvido falar do crime no dia anterior, já que Croydon em peso fervilhava com a história, e provavelmente entendera para quem o pacote realmente se destinara. Se estivesse disposta a ajudar a justiça provavelmente já teria contatado a polícia. Entretanto, sem dúvida, era nosso dever visitá-la, e assim o fizemos. Descobrimos que a notícia da chegada do pacote, pois a doença dela datava dessa época, tivera tal efeito que a fizera adoecer com febre. Ficou claro como o dia que ela entendera todo o significado daquilo, mas também que deveríamos esperar um pouco para obter qualquer assistência de sua parte. Entretanto, na verdade, não dependíamos da ajuda dela. Nossas respostas nos aguardavam na delegacia, pois pedira a Algar que as enviasse para lá. Nada poderia ser mais conclusivo. A casa da senhora Browner estava fechada havia mais de três dias, e os vizinhos achavam que ela fora para o Sul visitar seus parentes. Fora esclarecido nos escritórios da linha marítima que Browner partira a bordo do May Day, e calculei que o barco chegará ao Tâmisa amanhã à noite. Quando ele chegar será recebido pelo obtuso, mas resoluto, Lestrade, e não tenho dúvida que todos os detalhes serão revelados.

Sherlock não ficou desapontado. Dois dias mais tarde recebeu um envelope maçudo contendo um bilhete do detetive e um documento datilografado em várias páginas de papel oficio.

– Lestrade o pegou direitinho – anunciou Holmes, erguendo os olhos para mim. – Talvez goste de ouvir o que ele diz. "Meu caro senhor Holmes. De acordo com o esquema que nós montamos para testar nossas teorias (o 'nós' está ótimo, não, Watson?), fui até as Docas Albert ontem às dezoito horas quando atracou o *S.S. May Day* da Liverpool, Dublin e Londres Steam Packet Company. Inquiri e soube que havia a bordo um comissário chamado James Browner que agira de forma tão inapropriada durante a viagem que o capitão fora obrigado a dispensá-lo de seus serviços. Fui até sua cabine e o encontrei sentado sobre um baú, com a cabeça enterrada nas mãos, oscilando para frente e para trás. É um sujeito grandão, forte, de rosto escanhoado e muito bronzeado, parecido com Aldridge, que nos ajudou no caso da lavanderia. Browner deu um pulo quando lhe disse o motivo de minha presença ali, e usei o apito para chamar dois policiais que estavam na esquina. Browner não apresentou resistência e estendeu as mãos tranquilamente para ser algemado. Nós o conduzimos para a cela, levando junto seus pertences, pois pensamos que haveria algo incriminador. Mas, a não ser por um facão que a maioria dos marinheiros carrega, nada encontramos de estranho. Entretanto, consideramos não haver necessidade de mais evidências, pois ao ser levado diante do inspetor na delegacia, Browner pediu para fazer uma confissão que, naturalmente, foi anotada pelo nosso taquígrafo palavra por palavra. Temos três cópias datilografadas, uma delas anexa a esta correspondência. O caso prova, como sempre pensei, ser extremamente simples, porém o agradeço por me ajudar na investigação. Atenciosamente, G. Lestrade."

– Hum! A investigação foi de fato muito simples – comentou Holmes –, mas não creio que Lestrade pensasse assim quando nos chamou. Entretanto, vejamos o que o próprio Jim Browner tem a dizer. Este é o depoimento feito na presença do inspetor Montgomery na delegacia de Shadwell e tem a vantagem de ser textual. Vou ler: "Será que tenho algo a dizer? Sim, tenho muito. Preciso contar tudo. Podem me enforcar ou me deixar em paz. Pouco me importo com o que façam comigo. Mas digo que não preguei olho desde que fiz o que fiz, e creio que nunca mais conseguirei dormir até morrer. Às vezes, é o rosto dele, mas quase sempre é o dela. Nunca fico sem um ou outro na minha frente. Ele aparece de cenho franzido e sombrio, e ela tem uma expressão de surpresa no rosto. Sim, o cordeirinho, ela deve ter ficado surpresa quando percebeu a morte no rosto que sempre a fitou com amor. Mas a culpa foi de Sarah, e que a maldição de um homem arrasado caia sobre ela e faça o sangue gelar em suas veias! Não estou tentando me desculpar, sei que voltei a beber porque sou um mau caráter. Mas Mary teria me perdoado; ela teria ficado ao meu lado como a corda e a caçamba se aquela mulher, Sarah, não tivesse chegado para lançar uma sombra sobre nosso lar. Porque Sarah Cushing me amava, essa é a raiz de todo o mal. Ela me amava até que seu amor se transformou em um ódio venenoso, quando soube que eu me importava mais com a sola do sapato enlameado de minha esposa Mary do que com todo o corpo e alma de Sarah. Eram três irmãs. A mais velha era apenas uma boa mulher, a segunda era um demônio e a terceira, um anjo. Sarah tinha 33 anos, e Mary, 29, quando a desposei. Éramos muitíssimo felizes quando montamos casa, e não havia em Liverpool moça melhor que minha Mary. Então convidamos Sarah para passar uma semana conosco, e a semana se transformou em um mês, e uma coisa levou à outra, até que Sarah passou a fazer parte da nossa casa.

Na época, eu era um funcionário de destaque e eu e minha mulher estávamos economizando, e tudo era alegria e felicidade. Meu Deus, quem poderia prever que as coisas chegariam a esse ponto? Quem sonharia com isso?

Costumava vir para casa nos fins de semana, e, às vezes, quando o navio ficava no porto para carregamento, dispunha de uma semana inteira. Desse modo, comecei a ver minha cunhada Sarah com bastante frequência. Era uma mulher bonita e alta, morena, altiva com um jeito orgulhoso de erguer a cabeça, de olhos muito brilhantes. Mas quando a pequena Mary estava presente, eu só tinha olhos para ela. Juro por Deus. Percebia que, às vezes, Sarah gostava de ficar a sós comigo, mas nunca desconfiei de nada. Porém, certa tarde, abri os olhos para a verdade. Cheguei do navio e não encontrei minha esposa em casa, apenas Sarah. "Onde está Mary?", perguntei. "Oh, foi pagar umas contas", respondeu Sarah. Fiquei impaciente e comecei a andar de um lado para o outro da sala. "Não pode ficar feliz cinco minutos sem Mary, Jim?", disse ela. "Não é lisonjeiro perceber que não se alegra com minha companhia nem por tão pouco tempo." "Tudo bem, garota", respondi, estendendo a mão para ela de modo gentil, mas na mesma hora ela a agarrou com suas duas mãos que estavam quentes como se tivesse febre. Eu a fitei nos olhos e entendi tudo. Ela não precisou falar e eu também não. Franzi a testa e retirei a mão. Então Sarah ficou do meu lado em silêncio por um pouco, e depois me deu um tapinha no ombro. "Relaxe, meu velho!", ela disse, e com uma risada de troça saiu correndo da sala.

Bem, a partir desse momento, Sarah me odiou com todo o seu coração e alma, e é uma mulher que sabe odiar também. Fui um idiota por deixá-la morar conosco, um completo idiota, mas nunca disse uma palavra sequer para Mary, pois sabia que a deixaria muito triste. As coisas continuaram como antes, porém, depois de certo tempo comecei a perceber que Mary mudara um pouco. Sempre fora tão confiante e inocente, mas de repente estava estranha e desconfiada, querendo saber onde eu estivera e o que andara fazendo, de quem recebia cartas e o que tinha nos bolsos, além de uma centena de outras tolices. A cada dia se tornava mais estranha e irritadiça, e tínhamos discussões constantes sobre bobagens. Fiquei muito intrigado com tudo isso. Sarah, por sua vez, passara a me evitar, mas ela e Mary eram inseparáveis. Agora percebo como ela estava tramando e envenenando a mente de minha esposa contra mim, porém era um tolo cego e não entendi na época. Então perdi meu *status* na empresa e comecei a beber de novo, mas creio que isso não teria acontecido se Mary continuasse a ser a mesma de antes. Agora ela tinha um motivo real para brigar comigo e a distância entre nós dois começou a aumentar. Foi então que o tal de Alec Fairbairn apareceu no cenário, e as coisas ficaram mil vezes piores.

De início ele vinha ver Sarah na minha casa, mas em breve era para visitar a todos, pois tinha charme e fazia amigos com muita facilidade. Era um sujeito elegante, esperto e envolvente, que já viajara meio mundo e podia conversar sobre muitas coisas. Boa companhia, não nego, e tinha maneiras muito educadas para um homem do mar, de modo que a certa altura já sabia tudo sobre nossas vidas. Durante um mês ele entrou e saiu de minha casa o tempo todo, e nem por uma vez nesse período passou pela minha cabeça que era daninho com seus modos suaves e enganadores. E então por fim uma coisa me fez suspeitar, e desse dia em diante minha paz de espírito acabou para sempre. Foi uma coisa pequena. Entrei na sala de estar de improviso, e quando abri a porta vi um brilho de boas-vindas no rosto de minha esposa. Mas quando ela percebeu de quem se tratava, o brilho desapareceu, e ela se virou com expressão de desapontamento. Isso foi o suficiente para mim. Só havia uma pessoa cujos passos ela confundiria com o meus: Alec Fairbairn. Se eu o visse naquele momento, teria matado o infeliz, pois sempre fico louco quando perco o controle. Mary percebeu o brilho demoníaco nos meus olhos, correu para mim e me segurou pela manga do paletó. "Não faça isso, Jimmy!", exclamou. "Onde está Sarah?", perguntei. "Na cozinha", ela respondeu. "Sarah", eu disse ao entrar na cozinha, "esse homem, Fairbairn, nunca mais deverá entrar aqui". "Por que não?", ela quis saber. "Porque não quero." "Oh!", ela exclamou, "se meus amigos não são bons o suficiente para entrar nesta casa, então eu também não sou." "Faça como quiser", repliquei, "mas se Fairbairn der as caras aqui de novo enviarei uma das orelhas dele de lembrança para você." Acho que ela ficou assustada com a expressão em meu rosto, porque não disse mais nada e saiu de minha casa naquela mesma noite. Agora não sei se foi tudo pura maldade daquela mulher ou se pensou que poderia fazer Mary ficar contra mim tendo um romance com outro homem. Seja como for, conseguiu uma casa a duas ruas de distância da nossa e começou a alugar quartos para marinheiros. Fairbairn costumava ficar ali, e Mary ia lá tomar chá com a irmã e ele. Não sei com que frequência fazia isso, mas certo dia a segui, e quando abri a porta de supetão Fairbairn fugiu pelo muro dos fundos, como o grande covarde que era. Jurei para minha mulher que a mataria se voltasse a encontrá-la na companhia dele, e a fiz retornar para nossa casa, soluçando e tremendo, branca como um fantasma. Não havia mais amor entre nós dois. Podia sentir que ela me odiava e me temia e, quando voltei a beber por causa disso, percebi que Mary passara a me desprezar também. Sarah descobriu que não poderia ganhar a vida em Liverpool, então, pelo que eu sabia, voltou a residir com a irmã em Croydon, e as coisas continuaram na mesma lá em casa. E então chegamos a esta última semana e a toda a miséria e ruína. Foi assim. Eu partira no May Day para uma viagem de ida e volta em sete dias, mas um tonel se soltou e rompeu uma placa, então precisamos retornar ao porto por doze horas. Deixei a embarcação e fui para casa, pensando na surpresa que faria para minha esposa, esperando que se alegrasse por me ver de volta tão cedo. Pensava assim quando virei a esquina na minha rua, e nesse momento um táxi passou por mim, e lá estava ela, sentada ao lado de Fairbairn, os dois conversando e rindo sem nem mesmo lembrar da minha existência, enquanto eu ficava olhando da calçada. Digo com toda a sinceridade que daquele momento em diante não fui mais dono de mim mesmo, e parece um sonho enevoado quando olho para trás. Andava bebendo muito nos últimos dias, e isso, mais a cena que vira, mexeu muito com a minha cabeça. Agora sinto algo martelando meu cérebro como se fosse uma marreta de estivador, porém naquela manhã parecia que as cataratas do Niágara zuniam nos meus ouvidos. Bem, corri atrás do táxi. Trazia um cajado pesado de carvalho na mão e via tudo vermelho diante de mim; mas à medida que corria meu bom senso foi retornando, e me deixei ficar um pouco para trás, vendo sem ser visto. Eles logo desceram do táxi na estação ferroviária. Havia uma multidão junto ao guichê de compras de passagens, então pude me aproximar bastante dos dois sem ser notado. Compraram passagens para New Brighton. Eu também comprei, mas embarquei três vagões atrás deles. Quando chegamos ao nosso destino, eles foram para a praça pública e eu me mantive sempre a certa distância. Por fim, vi que alugaram um barco e foram remar, pois era um dia de muito calor e certamente pensaram que seria mais fresco na água. Foi como se corressem diretamente para as minhas mãos. Havia um nevoeiro e não se enxergava mais de alguns metros adiante. Aluguei um barco para mim e fui atrás deles. Podia ver os contornos da embarcação em que eles estavam, pois íamos quase na mesma velocidade. Já deviam estar a mais de um quilômetro e meio da terra antes que eu os alcançasse. O nevoeiro era como uma cortina à nossa volta, e lá estávamos nós no meio dele. Meu Deus, será que um dia poderei esquecer o rosto dos dois quando viram quem se aproximava deles? Ela gritou. Ele praguejou como um louco e investiu contra mim com um remo, pois deve ter visto meu olhar ameaçador. Consegui me safar do golpe e o atingi com meu cajado, esmagando sua cabeça como se fosse um ovo. Talvez tivesse poupado Mary, apesar de toda a minha loucura, mas ela o enlaçou nos braços, gritando por ele e o chamando de "Alec." Desfechei novo golpe, e Mary ficou estirada ao lado dele. Era como se eu fosse uma besta selvagem que provara sangue. Se Sarah estivesse lá, por Deus, iria se reunir aos dois, porque eu a teria matado também. Agarrei minha faca... Bem, chega! Já falei o suficiente. Senti uma satisfação selvagem ao pensar como Sarah ficaria quando recebesse as orelhas como provas do que sua intromissão causara. Então, amarrei os corpos no barco junto com um peso e fiquei olhando até que afundaram. Sabia muito bem que o dono do barco pensaria que eles tinham perdido o rumo em meio ao nevoeiro e ficado à deriva no mar. Tratei de me limpar, voltei para terra firme e retornei ao meu navio sem que ninguém suspeitasse do que se passara. Naquela noite preparei o pacote para Sarah Cushing, e no dia seguinte enviei de Belfast. Aí está toda a verdade. Podem me enforcar, ou fazer o que quiserem comigo, mas jamais poderão me punir do modo como já fui punido. Não posso mais fechar os olhos sem ver aqueles dois rostos olhando para mim do modo como olharam quando meu barco surgiu do nevoeiro. Eu lhes dei uma morte rápida, mas eles vão me matando aos poucos; e se passar mais uma noite assim irei enlouquecer ou morrer antes que amanheça. Não vai me deixar sozinho em uma cela, senhor, vai? Pelo amor de Deus, não faça isso, e que o senhor seja tratado nos seus momentos de agonia como está me tratando agora."

– Qual o significado disso, Watson? – perguntou Holmes, com ar solene, enquanto largava os papéis da confissão. – Qual o objetivo desse círculo de miséria, violência e medo? Deve haver uma resposta ou nosso universo é regido pelo acaso, o que é inconcebível, mas qual é o propósito? Esse é o problema que persiste e a razão humana está longe de ter uma resposta.

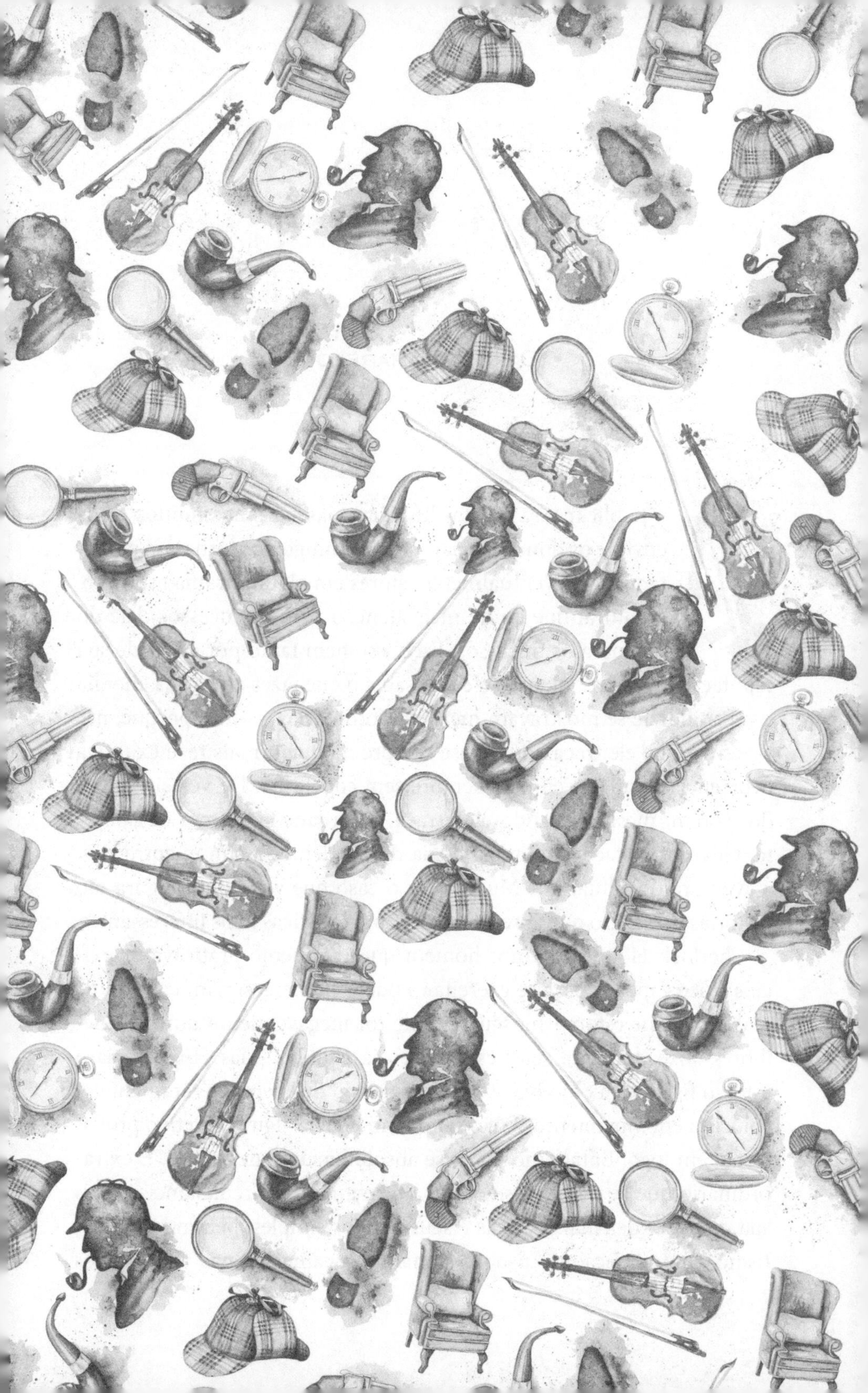

# Aventura III

## • O ROSTO AMARELO •

Ao publicar essas curtas histórias, baseadas nos muitos casos em que os dons especiais do meu amigo nos tornaram espectadores e, eventualmente, atores em algum drama estranho, é natural que eu dê mais atenção para os sucessos dele do que para os fracassos. Faço isso nem tanto por causa de sua reputação – pois era quando ele não sabia o que fazer que a sua energia e versatilidade se mostravam mais extraordinárias –, mas porque, nas vezes em que ele fracassou, quase sempre ninguém mais teve êxito e a ocorrência permaneceu para sempre sem conclusão. De vez em quando, porém, mesmo quando ele errava, a verdade ainda era descoberta. Guardo anotações de meia dúzia de incidentes assim e, entre eles, a aventura do Ritual dos Musgrave e o caso que vou contar agora são histórias desse tipo que apresentam as características mais interessantes.

Sherlock Holmes era um homem que raramente praticava exercícios físicos apenas para se exercitar. Poucos homens seriam capazes de realizar maior esforço muscular, e ele foi inegavelmente um dos melhores boxeadores de seu peso que eu já conheci. Mas Holmes via o esforço físico sem objetivo como desperdício de energia e raramente se colocava em movimento, a não ser quando havia algum objetivo profissional em jogo. Então, mostrava-se absolutamente incansável. É extraordinário que se mantivesse em boa forma nessas circunstâncias, pois sua dieta era das mais básicas e seus hábitos simples, beirando o ascetismo. Com exceção do uso ocasional de cocaína, ele não tinha vícios e só recorria à droga como forma de protesto contra a monotonia da existência, quando os casos para resolver eram raros e o noticiário dos jornais desinteressante.

Um dia, no início da primavera, ele relaxou a ponto de fazer um passeio comigo no parque, onde os primeiros brotos verdejantes despontavam nos olmos e os ramos das castanheiras começavam a se cobrir de folhas. Caminhamos por duas horas, a maior parte do tempo em silêncio, como convém a duas pessoas que se conhecem intimamente. Lá pelas cinco da tarde, voltamos a Baker Street.

– Um cavalheiro esteve perguntando pelo senhor – disse o criado ao abrir a porta.

Holmes lançou-me um olhar de reprovação.

– Veja para que servem os passeios à tarde! Esse cavalheiro já foi embora?

– Sim, senhor.

– Você não o convidou para entrar?

– Sim, senhor, ele entrou.

– E quanto tempo esperou?

– Cerca de meia hora. Parecia muito agitado, ficou andando de um lado para outro enquanto esteve aqui. Como aguardei junto à porta, pude observá-lo bem. Finalmente, ele saiu para o vestíbulo, reclamando: "Será que esse homem não vai chegar nunca?". Foi desse jeito mesmo que ele falou. "O senhor só precisa esperar mais um pouquinho", respondi. "Então, esperarei lá fora. Sinto-me meio sufocado. Voltarei daqui a pouco!". Em seguida, ele se levantou e saiu, antes que eu pudesse detê-lo.

– Você fez o possível – Holmes comentou, entrando na sala. – Isso é muito aborrecedor, Watson. Estou precisando urgentemente de um caso e, a julgar pela impaciência do homem, devia ser algo importante. Veja só! Esse cachimbo que está sobre a mesa não é seu! O sujeito deve tê-lo esquecido. Um velho Briar, com uma boa haste longa, feita daquilo que os especialistas chamam de âmbar. Fico imaginando quantas boquilhas de âmbar genuíno existirão em Londres. Muita gente acha que um ponto escuro é sinal de produto genuíno, mas existe uma verdadeira indústria especializada em colocar marcas falsas em âmbar falso. Esse homem devia estar bastante perturbado, para esquecer um cachimbo do qual, evidentemente, gosta muito.

– Como sabe que ele gosta tanto do cachimbo? – perguntei.

– Bem, avalio o preço original do cachimbo em sete libras e seis *pence*. Como se pode ver, já foi consertado duas vezes, uma na haste de madeira e a outra na boquilha de âmbar. Cada emenda dessas foi feita com aros de prata e o conserto deve ter custado mais que o preço inicial do cachimbo. Então, o sujeito deve gostar muito dele, porque prefere consertá-lo a comprar um novo pelo mesmo valor.

– Mais alguma coisa? – perguntei, pois Holmes continuou a revirar o cachimbo e a observá-lo, pensativo, do seu jeito peculiar.

Erguendo-o, ele deu-lhe pancadinhas com o dedo longo e fino, parecendo um professor dando uma explicação sobre um osso.

– Cachimbos podem ser coisas extraordinariamente interessantes. Nenhum outro objeto tem mais individualidade, exceto os relógios e os cadarços de botas. Neste caso, não temos indícios nem muito marcantes, nem muito importantes. O dono é evidentemente um homem forte, canhoto, de hábitos descuidados e que não se preocupa com economizar dinheiro.

O meu amigo deu as informações em tom casual, mas notei que ele me olhava de relance para verificar se eu acompanhava seu raciocínio.

– Acha que alguém precisa ser rico para fumar um cachimbo de sete xelins? – perguntei.

– Este fumo é uma mistura Grosvenor e custa oito *pence* a grama – Holmes retrucou, derramando um pouco na palma da mão. – Como se consegue obter um fumo excelente pela metade do preço, então ele não precisa economizar.

– E os outros detalhes?

– Ele costuma acender o cachimbo em lampiões ou bicos de gás. Veja como está chamuscado de um lado. Certamente que um fósforo não causaria essa mancha. Por que a pessoa encostaria uma chama na parte lateral do cachimbo? É impossível acendê-lo no lampião sem queimá--lo de leve. E este aqui está chamuscado do lado direito. Por isso, creio que se trata de um canhoto. Aproxime o seu cachimbo do lampião e veja como você, sendo destro, naturalmente inclina seu lado esquerdo para a chama. Talvez você inverta o gesto de vez em quando, mas não de costume. Este cachimbo é empunhado sempre dessa maneira. Além disso, o âmbar está muito mordido. Só um homem forte, enérgico e com bons dentes conseguiria fazer isso. Mas, se não me engano, o sujeito vem subindo a escada. Logo teremos algo mais interessante do que seu cachimbo para examinar.

Um instante depois, a nossa porta se abriu e um homem alto entrou na sala. Ele vestia um terno cinza-escuro, discretamente elegante, e segurava um chapéu de feltro de abas largas. Calculei que ele tivesse uns 30 anos, embora na realidade ele fosse um pouco mais velho.

– Perdão – o recém-chegado disse, meio embaraçado. – Acho que deveria ter batido antes de entrar. Sim, claro que eu deveria ter batido. O fato é que estou muito perturbado e a isso se deve esse meu comportamento.

Ele passou a mão pela cabeça como se estivesse meio atordoado e, em seguida, sentou-se em uma cadeira.

– Vejo que o senhor não dorme há uma ou duas noites – Holmes observou, com seu jeito tranquilo, cordial. – Isso deixa os nervos mais abalados do que o trabalho e desgasta mais ainda do que os prazeres. Permita que eu pergunte de que maneira posso ajudá-lo?

– Gostaria que me aconselhasse, sr. Holmes. Não sei o que fazer. Tenho a impressão de que toda a minha vida foi destruída.

– Quer me contratar como detetive particular?

– Não só isso. Quero a sua opinião como homem experiente, como homem do mundo. Quero saber como agir. Tenho rogado a Deus para que o senhor possa me orientar.

Ele falava em meio a acessos bruscos e repentinos, dando a impressão de que era doloroso expressar-se e que, o tempo todo, sua força de vontade dominava seus ímpetos.

— Trata-se de um assunto muito delicado. Ninguém gosta de falar de suas questões pessoais com estranhos. Acho detestável ter de discutir a conduta da minha mulher com pessoas que nunca vi antes. É horrível ter de fazer isso. Mas não sei a quem recorrer e preciso de orientação.

— Meu caro sr. Grant Munro... — Holmes começou a falar.

O nosso visitante levantou-se com um salto.

— O quê? O senhor sabe o meu nome?

— Se quiser se manter incógnito, é melhor que deixe de escrever o seu nome no forro do chapéu ou, então, sugiro que vire a copa para a pessoa com quem está falando — Holmes aconselhou, sorrindo. — Devo dizer que o meu amigo e eu sempre temos escutado nesta sala muitos segredos estranhos e que tivemos a boa sorte de levar a paz a muitas almas atormentadas. Espero que possamos fazer o mesmo pelo senhor. Posso lhe pedir o favor, já que o tempo talvez seja um fator importante, que me conte os fatos sem mais demoras?

Mais uma vez o visitante passou a mão pela testa, como se fosse extremamente difícil falar. Seus gestos e suas expressões mostravam que se tratava de um homem reservado, introvertido, com um traço de orgulho no temperamento, bem mais inclinado a esconder suas dores do que a externá-las. De repente, com um gesto brusco de sua mão fechada, como alguém que se liberta de toda reserva, ele começou a falar.

— Os fatos são os seguintes, sr. Holmes. Sou casado há três anos. Eu e minha mulher nos amamos profundamente e vivemos felizes durante todo esse período, tão felizes quanto podem ser duas pessoas muito unidas. Nunca tivemos divergências, nem uma só, em pensamentos, palavras ou ações. Mas, na última segunda-feira, de repente surgiu uma barreira entre nós. Descobri que existe alguma coisa na vida e nos pensamentos de minha mulher de que sei muito pouco, como se ela fosse uma pessoa qualquer, que passa por mim na rua. Estamos afastados um do outro e quero saber o motivo.

— Antes de prosseguir, quero deixar bem claro, sr. Holmes, que Effie me ama. Quanto a isso, não tenho dúvidas. Ela me ama de todo o coração, agora ainda mais do que nunca. Eu sei disso, eu sinto isso. Não quero discutir a respeito. Um homem sabe muito bem quando sua mulher o ama. Mas existe algum segredo entre nós e a nossa vida não voltará a ser a mesma até que tudo se esclareça.

– Tenha a bondade de me relatar os fatos objetivamente, sr. Munro – Holmes replicou, um tanto impaciente.

– Vou lhe contar o que sei a respeito da história da Effie. Embora muito jovem, com 25 anos apenas, ela era viúva quando a conheci. E o sobrenome dela era sra. Hebron. Foi para os Estados Unidos quando menina e morou na cidade de Atlanta, onde se casou com esse tal senhor Hebron, advogado com uma boa carreira. Eles tiveram uma filha, mas, durante um surto de febre amarela, o marido e a criança morreram. Eu vi os atestados de óbito. Muito desgostosa, Effie resolveu ir embora dos Estados Unidos e voltou para a Inglaterra, para morar com uma tia solteira em Pinner, Middlesex. Devo dizer que o marido a deixou em boa situação financeira e que ela tinha um capital de quatro mil e quinhentas libras, investido tão bem por ele, que rendeu em média sete por cento. Effie estava em Pinner há seis meses quando a conheci. Nós nos apaixonamos e nos casamos poucas semanas depois.

– Sou comerciante de lúpulo, e a minha renda é de cerca de setecentas ou oitocentas libras, e assim vivemos sem preocupações financeiras. Aluguei uma bela casa, por oitenta libras anuais, em Norbury. A propriedade parece estar em pleno campo, embora se encontre bem próxima à cidade. Na região, há uma hospedaria, duas casas um pouco adiante e um chalé em frente, do outro lado do campo. Com exceção dessas construções, não tem mais nada até a metade do caminho para a estação. Os negócios me obrigam a ir à cidade apenas em determinadas ocasiões, mas no verão tenho menos coisas para fazer e, nesses períodos, em nossa casa no campo, minha mulher e eu vivemos tão felizes quanto poderíamos desejar. Garanto que jamais houve uma desavença entre nós até essa maldita história começar.

– Preciso dizer uma coisa, antes de continuar. Quando nos casamos, minha mulher transferiu todos os seus bens para o meu nome, contra a minha vontade, pois percebi quanto seria constrangedor se os meus negócios corressem mal. Mas Effie insistiu e assim fizemos. Há cerca de seis semanas ela me procurou, dizendo: "Jack, quando transferi o meu dinheiro para o seu nome, você me disse que, se eu precisasse de alguma quantia, bastaria pedir". Eu respondi: "Certamente. O dinheiro é todo seu". Ela replicou: "Preciso de cem libras".

– Fiquei espantado, achando que ela queria um vestido novo, ou algo parecido. "Para quê?", perguntei. Com seu jeito brincalhão, ela respondeu: "Você falou que seria apenas o meu banqueiro, e banqueiros não fazem perguntas". "Se quiser mesmo essa quantia, é claro que a terá", respondi. "Sim, estou falando sério", ela me disse. "Não vai mesmo me dizer para que quer o dinheiro?", insisti. "Um dia, talvez, Jack, mas por enquanto não."

– Tive de me contentar com isso, embora, pela primeira vez, um segredo passasse a existir entre nós. Entreguei-lhe um cheque e não pensei mais na questão. Talvez isso não tenha nada a ver com o que aconteceu em seguida, mas achei que deveria mencionar esse fato.

– Bom! Como acabei de dizer, existe um chalé perto de nossa casa. Há um campo aberto entre o chalé e a casa, então, para chegar lá, é preciso ir até a estrada e depois entrar por uma rua. Logo em seguida, existe um belo bosque de abetos escoceses, onde gosto de passear, porque as árvores são sempre acolhedoras. O chalé estava desocupado há oito meses, o que era uma pena, pois trata-se de uma residência simpática, de dois andares, com varanda em estilo antigo, coberta de trepadeiras. Observei o local diversas vezes, achando que seria muito agradável morar ali.

– Bem, na última segunda-feira, ao entardecer, eu passeava por aqueles lados quando notei uma diligência de transporte de mercadorias vazia saindo do chalé e vi uma pilha de tapetes e outras coisas espalhadas no gramado diante da varanda. Ficou claro que o local finalmente havia sido alugado. Passei diante do chalé e depois parei para observá-lo, imaginando que tipo de gente teria vindo morar tão perto de nós. De repente, percebi um rosto me observando de uma janela do andar superior.

– Não sei o que havia de estranho naquele rosto, sr. Holmes, mas o fato é que me provocou calafrios. Eu estava a alguma distância, de modo que não consegui distinguir as feições da pessoa. Mas havia nela algo que não era natural nem humano. Foi essa a impressão que tive. Aproximei-me, para ver mais de perto quem me observava, mas o rosto sumiu de modo tão repentino que pareceu ter sido absorvido pela escuridão do quarto. Fiquei por ali uns cinco minutos, pensando no caso, tentando entender as minhas impressões. Eu não seria capaz de dizer se aquele rosto era de homem ou mulher, porém o que mais me intrigou foi a cor: era de uma palidez amarelada e tinha uma rigidez espantosamente anormal. Fiquei tão incomodado que decidi saber um pouco mais a respeito dos novos moradores. Aproximei-me ainda mais e bati à porta, que foi imediatamente aberta por uma senhora alta e magra, de expressão severa e dura. "O que deseja?", ela perguntou com um sotaque do Norte. "Sou seu vizinho, moro ali", eu disse, apontando para a minha casa. "Vejo que acabaram de se mudar e pensei que talvez pudesse ajudar de algum modo!". "Sim, recorreremos ao senhor se for preciso", ela agradeceu, batendo a porta na minha cara.

– Aborrecido com essa recepção grosseira, dei meia-volta e fui para casa. À noite, tentei pensar em outras coisas, mas as lembranças daquela aparição na janela e da grosseria da mulher voltaram à minha mente. Decidi que não contaria nada à minha esposa, que é uma pessoa nervosa, tensa, e eu não queria que ela tivesse a mesma impressão desagradável que tive. Mas, antes de adormecer, comentei que a casa em frente tinha sido alugada. Ela não respondeu nada.

– Geralmente, eu tenho sono pesado. A minha família costumava brincar dizendo que nada conseguiria me despertar durante o sono. Mas, naquela noite, talvez por causa da ligeira agitação provocada pela minha pequena aventura ou por outro motivo qualquer, não sei, o meu sono foi mais leve do que de costume. Ainda sonolento, percebi que algo estava acontecendo no quarto e, aos poucos, notei que a minha mulher se vestiu, colocando até mesmo a capa e o chapéu. Eu já estava pronto para dizer algumas palavras meio sonolentas, de espanto ou censura, por causa dessa atitude absurda, quando os meus olhos entreabertos se fixaram no rosto dela, iluminado por uma vela. Fiquei mudo de surpresa. Effie estava de um jeito que eu jamais vira e com uma expressão que a julgava incapaz de manifestar. Estava com a respiração acelerada e parecia mortalmente pálida. Ela olhou sorrateiramente para a cama, enquanto ajustava a capa, para ver se me acordara. Então, achando que eu dormia, saiu silenciosamente do quarto e, instantes depois, ouvi um rangido agudo que só podia vir da porta de entrada. Sentei-me na cama e bati com os nós dos dedos na beira, para ter certeza de que estava realmente acordado. Então, olhei para o relógio. Eram três horas. O que a minha mulher ia fazer em uma estrada deserta às três horas da madrugada?

– Fiquei sentado na cama por uns vinte minutos, remoendo o assunto em busca de uma explicação. Quanto mais eu pensava no caso, mais inacreditável e absurda a situação me parecia. Ainda estava revirando as ideias, quando escutei a porta se abrir vagarosamente e passos subindo as escadas. "Onde esteve, Effie?", perguntei, assim que ela entrou no quarto. Ela estremeceu assustada e soltou um grito ofegante quando me ouviu falar.

– Esse grito e o estremecimento me perturbaram mais do que tudo, pois continham algo de profunda culpa. Minha mulher sempre teve uma natureza franca, aberta e eu fiquei arrepiado ao vê-la se esgueirando ao entrar em seu próprio quarto, disfarçando um grito e um estremecimento quando o próprio marido falou com ela. "Está acordado, Jack?", ela disse, com um riso nervoso. "Achei que nada seria capaz de despertá-lo!". "Onde você esteve?", insisti, em um tom mais grave. "Não admira que esteja surpreso!", ela respondeu, com os dedos trêmulos ao abrir o fecho da capa. "Creio que jamais fiz algo assim em toda a minha vida. O fato é que eu estava me sentindo sufocada aqui dentro e quis respirar um pouco de ar fresco. Acho que desmaiaria se não saísse. Fiquei perto da porta por alguns minutos, mas agora já estou me sentindo melhor."

– Enquanto falava, ela não olhou nem uma vez para mim e sua voz não estava normal. Ficou evidente que o que me dizia era falso. Não respondi e virei o rosto para a parede, com o coração amargurado e a cabeça cheia de dúvidas e suspeitas venenosas. O que a minha mulher escondia de mim? Qual seria o objetivo dessa estranha saída? Eu estava convencido de que não teria paz enquanto não esclarecesse tudo, mas desisti de questioná-la novamente depois de ter mentido para mim. Passei o resto da noite me retorcendo na cama, elaborando uma teoria após outra, cada uma mais improvável que a anterior.

– Eu tinha de ir à cidade naquele dia, mas fiquei tão perturbado que não conseguia me concentrar nos negócios. A minha mulher parecia tão perturbada quanto eu e, pelos olhares furtivos que me lançava, percebi que ela sabia que eu não havia acreditado em suas palavras e que não sabia o que fazer. Mal trocamos uma palavra no café da manhã e, logo em seguida, saí para dar um passeio e pensar no assunto ao ar fresco matinal.

– Fui até Crystal Palace, perambulei uma hora nos jardins e voltei para Norbury por volta de uma da tarde. Ao passar pelo chalé, parei um instante para observar a janela e tentar ver novamente o rosto estranho que olhou para mim na véspera. Nesse momento – imagine a minha surpresa, sr. Holmes – a porta se abriu e, de repente, a minha mulher saiu para o jardim!

– Fiquei abismado ao vê-la, mas a minha surpresa não foi nada em comparação com a que se estampou no rosto dela quando os nossos olhares se encontraram. Por um instante, tive a impressão de que ela quis recuar e entrar novamente no chalé. Mas, ao perceber que seria inútil tentar se esconder, aproximou-se, com o rosto totalmente pálido e um olhar apavorado que não combinava com o sorriso. "Olá, Jack! Vim ver se podia ajudar os nossos novos vizinhos em alguma coisa. Por que me olha assim, Jack? Está zangado comigo?", ela disse. "Então, foi aqui que você veio durante a noite!", retruquei. "O que quer dizer?", ela replicou. "Você veio até aqui, tenho certeza. Que pessoas são essas que você visita em horário tão inconveniente?", respondi. "Jamais estive aqui antes", ela afirmou. "Como pode me dizer algo que sabe que é mentira? A sua própria voz está diferente. Quando foi que eu tive segredos com você? Vou entrar nessa casa agora e esclarecer o assunto", argumentei. "Não, Jack! Não faça isso, pelo amor de Deus!", ela implorou, profundamente abalada.

– Então, quando eu me dirigi para a porta, ela me agarrou pelo braço e me puxou para trás com uma força convulsiva. "Imploro para que não faça isso, Jack. Juro que contarei tudo um dia, mas ocorrerá uma desgraça se você entrar nessa casa."

– Como eu tentei me soltar, ela se agarrou a mim suplicando freneticamente: "Confie em mim, Jack! Confie desta vez. Você jamais terá motivos para se arrepender. Sabe que eu não guardaria segredo de você se não fosse para poupá-lo. As nossas vidas estão em jogo nesta questão. Se você voltar comigo para casa, tudo ficará bem. Mas, se entrar ali à força, tudo estará acabado entre nós".

– Havia tanta seriedade e desespero na atitude e nas palavras dela que eu fiquei indeciso diante da porta. "Vou confiar em você sob uma condição e apenas assim. Que este mistério acabe aqui. Você tem a liberdade de guardar o seu segredo, mas deve me prometer que não fará novas visitas noturnas e nada mais que não seja do meu conhecimento. Estou disposto a esquecer o que se passou se você me prometer que isso não voltará a acontecer no futuro", falei com firmeza. "Eu tinha certeza de que você confiaria em mim!", ela exclamou, com um profundo suspiro de alívio. "Será exatamente como deseja. Venha, vamos voltar para casa."

– E, ainda me puxando pelo braço, ela me afastou do chalé. Quando olhei para trás, lá estava aquele rosto amarelo pálido a nos observar da tal janela do segundo andar. Que relação poderia existir entre aquela criatura e a minha mulher? E qual ligação a mulher grosseira com quem eu falara na véspera teria com ela? Era um enigma muito estranho e eu sabia que não sossegaria enquanto não o resolvesse.

– Permaneci dois dias em casa e a minha mulher cumpriu fielmente o nosso acordo, pois, que eu soubesse, não arredou de lá. Mas, no terceiro dia, tive provas de que sua solene promessa não seria suficiente para afastá-la da influência secreta que a distanciava de seu marido e de suas obrigações.

– Fui à cidade nesse dia, mas voltei no trem das duas e quarenta, não no das três e trinta e seis, que é o meu trem habitual. Quando cheguei em casa, a criada apareceu no saguão com uma expressão assustada. "Onde está a patroa?", perguntei. "Acho que ela saiu para dar um passeio", a moça respondeu.

– Imediatamente a minha cabeça se encheu de suspeitas. Corri para cima, a fim de verificar se ela realmente não estava em casa. Olhei por acaso por uma janela do segundo andar e vi a criada, com quem tinha acabado de falar, correndo em direção ao chalé. Compreendi logo o que isso significava, é claro. A minha mulher estava lá e havia pedido à criada que a avisasse caso eu voltasse mais cedo. Furioso, desci a escada e saí de casa decidido a dar um fim nessa história de uma vez por todas. Vi a minha mulher e a criada vindo às pressas pelo caminho, mas não parei para falar com elas. Aquela casa escondia o segredo que lançava uma sombra sobre minha vida. Jurei que, fosse qual fosse o resultado, eu desvendaria o mistério. Nem sequer bati na porta quando cheguei lá. Simplesmente girei a maçaneta e segui pelo corredor.

– Tudo estava calmo e tranquilo no andar térreo. Na cozinha, uma chaleira assobiava no fogo e um enorme gato preto estava enrolado num cesto, mas não havia o menor sinal da mulher que eu tinha visto antes. Corri para a sala ao lado, que também estava deserta. Então, subi a escada correndo e encontrei mais dois quartos vazios. Não havia ninguém em casa. Os móveis e os quadros eram bastante comuns e até vulgares, exceto no quarto em cuja janela eu tinha visto o estranho rosto. Era um local confortável e mobiliado com elegância, e todas as minhas suspeitas explodiram em uma emoção amarga e violenta quando vi sobre a moldura da lareira uma foto de corpo inteiro da minha mulher, tirada a meu pedido, apenas três meses antes.

– Fiquei ali apenas o tempo suficiente para me certificar de que a casa estava completamente vazia. Saí com um peso enorme no coração, como nunca havia sentido antes. A minha mulher apareceu no saguão quando entrei em minha casa, mas eu estava muito magoado e bravo demais para falar com ela. Afastando-a, fui ao meu gabinete. Ela me seguiu e entrou também, antes que eu fechasse a porta. "Lamento ter quebrado a promessa, Jack, mas, se você soubesse de todas as circunstâncias, tenho certeza de que me perdoaria", ela afirmou. "Então, conte-me tudo", exigi. "Não posso, Jack, não posso", ela retrucou. "Enquanto você não me disser quem está morando naquela casa e para quem deu a sua fotografia, não haverá confiança entre nós", respondi amargurado.

– Separei-me dela ali e saí de casa. Isso aconteceu ontem, sr. Holmes, e não voltei a vê-la desde então. Não sei mais nada sobre esse estranho caso. Foi a primeira rusga que pairou entre nós e me abalou tanto que não sei o que fazer. Hoje de manhã, de repente, ocorreu-me que o senhor poderia me aconselhar. Então, corri para cá, colocando-me sem reservas em suas mãos. Se algum ponto não ficou claro, por favor, pergunte. Mas, acima de tudo, diga-me o que fazer, pois esse tormento é maior do que eu posso suportar.

Holmes e eu ouvimos com o maior interesse essa história extraordinária, narrada em frases nervosas por um homem profundamente emocionado. O meu amigo ficou em silêncio por um tempo, com o queixo apoiado na mão, perdido em seus pensamentos.

– Você poderia jurar que viu o rosto de um homem na tal janela? – ele perguntou por fim.

– Nas duas vezes que vi, eu estava distante, de modo que seria impossível afirmar isso.

– Mas parece que o rosto lhe causou uma impressão desagradável.

– Parecia ter uma cor esquisita e uma estranha rigidez nos traços. Quando me aproximei, a figura desapareceu repentinamente.

– Faz quanto tempo que sua mulher lhe pediu as cem libras?

– Uns dois meses.

– Você chegou a ver alguma foto do primeiro marido dela?

– Não. Houve um grande incêndio em Atlanta logo depois da morte dele e todas as coisas da minha mulher foram destruídas.

— Mas ela não ficou com a certidão de óbito? Você disse que viu isso, não foi?

— Sim. Depois do incêndio, ela conseguiu uma cópia.

— Você falou com alguém que a conheceu nos Estados Unidos?

— Não.

— Ela alguma vez desejou voltar para lá?

— Não.

— Ela recebe alguma correspondência?

— Não.

— Obrigado. Eu gostaria de refletir um pouco sobre o assunto. Se a casa vizinha estiver mesmo vazia, teremos dificuldades. No entanto, como acho mais provável, se os moradores foram alertados sobre a sua chegada e saíram antes, devem ter voltado e, assim, conseguiremos facilmente esclarecer tudo isso. Aconselho você a voltar para Norbury e examinar de novo as janelas do chalé. Se tiver motivos para acreditar que a casa está habitada, não entre à força; envie-nos um telegrama. Eu e o meu amigo estaremos lá uma hora depois de receber a mensagem e logo esclareceremos toda essa questão.

— E se a casa continuar vazia?

— Nesse caso irei até lá amanhã e conversaremos a respeito. Adeus e, acima de tudo, não se desespere sem antes saber se realmente existe motivo para isso.

— Receio que se trate de um caso desagradável, Watson. O que acha? – o meu amigo comentou, depois de acompanhar o sr. Grant Munro até a porta.

— Parece bem desagradável – respondi.

— Sim. Trata-se de um caso de chantagem, ou então estarei muito enganado.

— Mas quem é o chantagista?

— Bem, deve ser a criatura que está morando no único aposento confortável da casa e que tem a fotografia dela sobre a lareira. Há algo de muito intrigante, Watson, nesse rosto lívido espreitando pela janela. Eu não perderia este caso por nada nesse mundo!

– Tem alguma hipótese?
– Sim, provisoriamente. Mas eu ficarei surpreso se não estiver certa. O primeiro marido dela está morando no chalé.
– Por que acha isso?
– Como explicar a ansiedade frenética para que o segundo marido não entrasse na casa? Os fatos, a meu ver, mostram o seguinte: a mulher se casou nos Estados Unidos e descobriu que o marido revelava traços de caráter odiosos, ou talvez ele tenha contraído alguma doença repulsiva, tornando-se leproso ou incapacitado. Ela fugiu dele, viajando para a Inglaterra, onde mudou de nome e começou uma nova vida, segundo imaginava. Já estava casada há três anos e considerava sua situação bastante segura, tendo mostrado ao marido o atestado de óbito de alguém cujo nome adotou. Mas, de repente, o primeiro marido, ou quem sabe alguma mulher sem escrúpulos ligada ao doente, descobriu o paradeiro dela e escreveu ameaçando denunciá-la. Ela pediu cem libras e tentou comprar o silêncio dessas pessoas que, apesar disso, a perseguem. Quando o marido mencionou casualmente que havia novos inquilinos no chalé, ela compreendeu que eram os seus perseguidores. Esperou ele adormecer e correu até lá, para tentar convencê-los a deixá-la em paz. Sem conseguir, voltou na manhã seguinte, quando o marido a encontrou, como ele contou, saindo da casa. Ela prometeu não voltar, mas, dois dias depois, a esperança de se livrar daqueles vizinhos inconvenientes foi forte demais e ela fez uma nova tentativa, levando a fotografia que eles certamente exigiram. No meio da conversa, surgiu a criada dizendo que o patrão havia voltado para casa. A mulher, sabendo que ele iria diretamente para lá, fez os moradores saírem pelos fundos, para se esconderem no bosque de abetos que fica perto. Ele encontrou a casa deserta. Mas eu me surpreenderei muito se ainda a encontrar vazia ao observá-la hoje à noite. O que acha da minha hipótese?
– Mera suposição.
– Mas, pelo menos, abrange todas as circunstâncias. Se soubermos de fatos novos que não se encaixem, vamos reconsiderá-la.

• O ROSTO AMARELO •

Não podemos fazer mais nada até recebermos a mensagem do nosso amigo de Norbury.

Mas não foi preciso esperar muito. A comunicação chegou quando terminávamos de tomar o chá. "A casa continua habitada", o telegrama dizia. "Vi novamente o rosto na janela. Vou esperar o trem das sete horas e não farei nada até vocês chegarem."

Ele aguardava por nós na plataforma quando chegamos e, à luz da estação, vimos que estava muito pálido, trêmulo e agitado.

– Eles continuam lá, sr. Holmes – o marido disse, apoiando-se com a mão no braço do meu amigo. – Vi luzes no chalé quando vim para cá. Resolveremos tudo isso agora, de uma vez por todas.

– Qual é o seu plano? – Holmes perguntou enquanto caminhávamos pela estrada escura, ladeada por árvores.

– Vou entrar à força e descobrir quem está morando nessa casa. Quero que vocês dois estejam lá para testemunhar.

– Está resolvido a fazer isso, apesar do pedido de sua mulher no sentido de que seria melhor não desvendar o mistério?

– Sim, estou determinado.

– Acho que tem o direito. Qualquer verdade é preferível a uma dúvida indefinida. É melhor irmos logo de uma vez. Claro que, legalmente falando, estamos fazendo a coisa errada, mas creio que valerá a pena.

A noite estava muito escura e uma chuva fina começou a cair quando deixamos a estrada principal e entramos em um caminho mais estreito, profundamente acidentado, com sebes de ambos os lados. O sr. Grant Munro seguia rápido, impaciente, e nós andávamos aos tropeções, acompanhando-o do jeito que podíamos.

– Ali estão as luzes da minha casa – ele disse apontando para clarões cintilantes entre as árvores. – E essa é a casa em que vou entrar.

Viramos em uma curva do caminho e demos de cara com uma construção bem próxima. Uma faixa de luz amarelada mostrava que a porta não estava totalmente fechada. Uma janela do andar superior estava bastante iluminada. Nesse momento, percebemos um vulto passar diante da veneziana.

— Lá está a criatura! — Grant Munro exclamou. — Podem ver que tem alguém ali. Agora, sigam-me e logo resolveremos tudo isso.

Aproximamo-nos da porta, mas de repente das sombras surgiu uma mulher, que ficou na linha dourada da faixa iluminada. Era impossível ver suas feições no escuro. Mas ela estendeu os braços em um gesto de súplica.

— Pelo amor de Deus, Jack, não entre! Eu estava com o pressentimento de que você viria esta noite. Pense melhor, meu bem! Confie em mim e jamais terá motivos para se arrepender.

— Já confiei demais, Effie! — ele gritou, zangado. — Deixe-me passar! Preciso entrar. Os meus amigos e eu vamos resolver este assunto de uma vez por todas.

Ele a empurrou de lado e nós seguimos atrás dele. Quando abriu a porta, uma mulher idosa apareceu, tentando impedi-lo de entrar, mas ele a afastou e subimos a escada. Grant Munro correu para o quarto iluminado e nós fomos atrás dele.

Era um local acolhedor, bem mobiliado, com duas velas acesas sobre a mesa e outras duas sobre a lareira. Num canto, inclinada sobre uma escrivaninha, havia uma pessoa que me pareceu uma garotinha. Ela estava de costas quando entramos, mas notamos que usava um vestido vermelho e luvas brancas compridas. Quando se virou para nós, soltei uma exclamação de surpresa e horror. O rosto que nos encarava tinha a cor mais estranha que eu já tinha visto e seus traços eram completamente desprovidos de expressão.

Um momento depois, todo o mistério se esclareceu. Holmes, dando uma risada, passou a mão por trás da orelha da criança, retirando a máscara que se soltou do rosto dela. Então, vimos uma negrinha retinta, com belos dentes brancos à mostra, divertindo-se com o nosso espanto. Desatei a rir, contagiado pela alegria da menina. Grant Munro ficou olhando para ela paralisado, tampando a boca com a mão.

— Meu Deus! O que isto significa?

— Pois bem, eu vou dizer o que significa — a mulher bradou, entrando no quarto com uma expressão decidida no rosto. — Você me obrigou a lhe contar, contra a minha vontade. Agora, nós dois teremos de lidar com isso da melhor maneira possível. O meu marido morreu em Atlanta e a minha filha se salvou!

– A sua filha?

Ela tirou, do seio, um grande medalhão de prata.

– Você ainda não o viu aberto.

– Achei que era maciço.

Ela apertou o fecho e abriu o relicário. Dentro, havia o retrato de um homem muito bonito e de expressão inteligente, mas que revelava características inconfundíveis de descendência africana.

– Este é John Hebron, de Atlanta. Nunca homem mais nobre andou sobre a face da terra. Afastei-me das pessoas da minha raça para me casar com ele e nem por um instante me arrependi. Infelizmente, a nossa única filha puxou a família dele e não a minha. Isso acontece com frequência e a minha pequena Lucy é bem mais escura que o pai. Mas, negra ou branca, ela é minha filhinha querida.

Ao ouvir essas palavras, a garotinha correu para aninhar-se junto à mãe.

– Só a deixei nos Estados Unidos porque a saúde dela era frágil e a mudança de clima talvez a prejudicasse. Ela foi entregue aos cuidados de uma fiel mulher escocesa que havia sido nossa criada. Nem por um instante pensei em abandoná-la. Mas, quando o destino colocou você no meu caminho, Jack, e eu aprendi a amá-lo, temi falar a respeito da minha filha. Deus me perdoe, mas temi perder você e não tive coragem de lhe contar. Eu precisava escolher entre os dois e, na minha fraqueza, virei as costas para a minha própria filha. Durante três anos mantive a existência dela em segredo, mas recebia notícias pela ama e sabia que ela estava bem de saúde. Por fim, senti um desejo irresistível de rever a minha filha. Lutei contra isso, mas em vão. Embora percebesse o perigo, decidi mandar trazer a criança, ainda que fosse por algumas semanas. Enviei cem libras à ama, com instruções para que alugasse esta casa, para que se apresentasse como vizinha, sem que eu, aparentemente, tivesse alguma ligação com ela. Levei a cautela a ponto de recomendar que ela mantivesse a criança dentro de casa durante o dia e que cobrisse o rosto e as mãos da menina para que, no caso de alguém vê-la pela janela, não surgissem comentários a respeito de uma criança negra na vizinhança. Se tivesse sido menos cautelosa, eu teria sido mais sensata, mas estava apavorada com a ideia de você descobrir a verdade.

– Foi você quem me falou que o chalé havia sido alugado. Eu deveria ter esperado até o dia seguinte, mas não consegui dormir de tão agitada que fiquei e acabei me esgueirando para fora de casa, sabendo como é difícil acordá-lo. Mas você me viu sair e esse foi o início dos meus problemas. No dia seguinte, você sabia que eu tinha um segredo, mas, numa atitude nobre, não tirou vantagem disso. Três dias depois, a criada e a criança mal conseguiram escapar pela porta dos fundos, enquanto você entrava pela frente. Esta noite, finalmente, você ficou sabendo de tudo e eu me pergunto: o que será de nós, de mim e da minha filha?

Com as mãos cruzadas sobre o peito, ela aguardou a resposta.

Passaram-se dois longos minutos antes que Grant Munro rompesse o silêncio. E sua resposta foi uma daquelas que gosto de relembrar com carinho. Tomando a pequenina nos braços, ele a beijou e, ainda com ela no colo, estendeu a mão para a mulher e virou-se para a porta.

– Poderemos conversar mais à vontade em casa. Não sou um homem muito bom, Effie, mas creio que posso ser melhor do que você imaginava.

Holmes e eu os acompanhamos pelo caminho mais estreito e, quando saíamos, o meu amigo tocou-me no braço.

– Acho que somos mais úteis em Londres do que em Norbury!

Ele não disse mais nada sobre o caso até tarde da noite, quando foi, com uma vela acesa, para seu quarto.

– Watson! – ele me disse. – Se algum dia você perceber que estou me tornando excessivamente confiante nos meus próprios talentos, ou me dedicando a um caso com menos afinco do que o assunto merece, por favor, apenas murmure perto dos meus ouvidos a palavra "Norbury". Tenha certeza de que eu lhe serei eternamente grato!

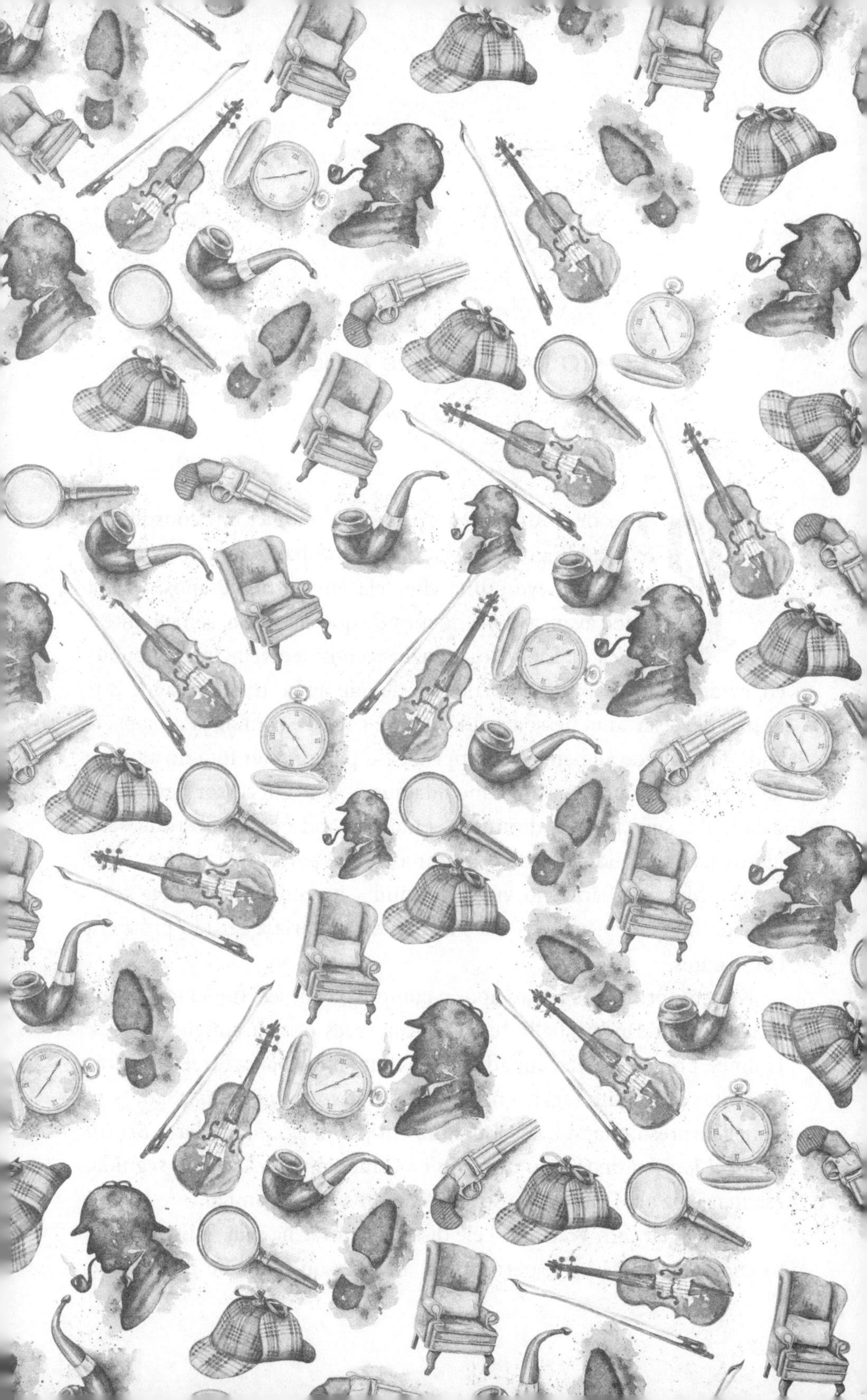

# Aventura IV

• O CORRETOR DE AÇÕES •

Pouco depois do meu casamento, adquiri um consultório em Paddington. O velho dr. Farquhar, de quem comprei a clínica, teve ótima clientela em outros tempos. Mas a idade avançada e a doença de que ele sofria, semelhante à dança de São Vito, reduziu-a consideravelmente. O público, evidentemente, parte do princípio de que quem trata da saúde dos outros deve ser uma pessoa saudável e vê com desconfiança as capacidades de cura de alguém cujo próprio caso parece estar fora do alcance de seus tratamentos. Assim, à medida que o meu antecessor ficou mais debilitado, sua clientela diminuiu. Então, quando eu o substituí, seus lucros haviam caído de mil e duzentas libras para cerca de trezentas anuais. Mas, confiante no vigor da minha juventude, eu estava convencido de que em poucos anos a clientela voltaria a ser tão próspera como antes.

Nos três primeiros meses após a compra da clínica, fiquei totalmente concentrado no trabalho e vi poucas vezes o meu amigo Sherlock Holmes, pois eu estava ocupado demais para ir até Baker Street, e ele raramente vai a algum lugar, a não ser por motivos profissionais. Por isso, fiquei surpreso quando, certa manhã em junho, enquanto lia o *British Medical Journal* depois do café, ouvi a campainha tocar e, em seguida, escutei a voz alta, um tanto estridente, do meu velho amigo.

– Olá, meu caro Watson! – ele disse, ao entrar na sala. – Estou muito contente em vê-lo. Espero que a sra. Watson tenha se recuperado totalmente das pequenas emoções ligadas à nossa aventura no caso do Signo dos Quatro.

– Vamos muito bem, obrigado – respondi apertando-lhe efusivamente a mão.

Sentando-se na cadeira de balanço, ele continuou:

– Espero também que sua dedicação à clínica não tenha eliminado completamente o seu interesse pelos nossos pequenos problemas dedutivos.

– Muito pelo contrário – respondi. – Ontem à noite estive relendo as minhas antigas anotações e classificando alguns dos nossos resultados passados.

– Tomara que não considere a sua coletânea encerrada.

– De modo algum. O meu maior desejo é ter mais algumas dessas experiências.

– Que tal hoje, por exemplo?

– Certo, ainda hoje, se quiser.

– Mesmo que seja longe, como em Birmingham?

– Com certeza.

– E a clínica?

– Atendo os pacientes do meu vizinho quando ele viaja. Ele está sempre disposto a retribuir o favor.

– Ah, nada melhor! – Holmes exclamou, recostando-se na poltrona e observando-me por entre as pálpebras semicerradas. – Notei que andou adoentado ultimamente. Resfriados no verão são sempre muito irritantes.

– Estive confinado em casa por causa de um forte resfriado na semana passada. Mas pensei que tivesse me livrado de todos os vestígios disso.

– Sim, livrou-se. Você parece totalmente recuperado.

– Então, como soube disso?

– Meu caro amigo, você conhece os meus métodos.

– Você deduziu, então?

– Certamente.

— Mas como?

— Pelos seus chinelos.

Olhei para os chinelos de couro novos que eu estava usando.

— Mas...

Holmes respondeu antes que eu fizesse a pergunta.

— Os seus chinelos são novos, não devem ter mais do que algumas semanas. As solas que você acabou de me mostrar estão levemente chamuscadas. A princípio, achei que os chinelos tinham sido molhados e que, em seguida, teriam ficado queimados quando secaram. Mas, perto do peito do pé, há uma pequena etiqueta redonda de papel com a marca da loja que a vendeu. A umidade a teria removido, é claro. Então, você deve ter ficado com os pés estendidos perto da lareira, o que dificilmente alguém faria, mesmo em um mês de junho úmido como este, se estivesse com a saúde em perfeito estado.

Como todos os raciocínios de Holmes, a coisa toda pareceu da mais pura simplicidade depois da explicação. Ele leu o pensamento estampado no meu rosto e seu sorriso demonstrou um traço de mordacidade.

— Receio que eu esteja revelando a mim mesmo quando dou explicações. Resultados sem causas são muito mais impressionantes. Está disposto a ir a Birmingham comigo?

— É claro. Qual é o caso?

— Você saberá no trem. O meu cliente está esperando lá fora numa carruagem. Podemos sair já?

— Um momento.

Rabisquei um bilhete para o meu vizinho, expliquei o caso à minha mulher e encontrei-me com Holmes no patamar da entrada.

— O seu vizinho é médico? — ele perguntou, indicando a placa de bronze.

— Sim. Ele comprou um consultório, como eu.

— Clientela antiga?

— Tão antiga quanto a minha. Os dois consultórios foram abertos assim que as casas foram construídas.

— Nesse caso, você ficou com a melhor parte.

– Acho que sim. Mas como você sabe?

– Pelos degraus, meu rapaz. Os seus estão muito mais gastos do que os dele... O cavalheiro que está na carruagem é o meu cliente e chama-se Hall Pycroft. Permita-me que o apresente. Chicoteie o cavalo, cocheiro, pois resta-nos apenas o tempo exato para pegar o trem.

O sujeito sentado diante de mim era um rapaz de boa estatura, rosto corado, expressão franca, honesta, com um bigodinho louro. Ele usava uma cartola reluzente e um terno preto sóbrio, que lhe davam a aparência exata daquilo que era: um homem do centro da cidade, esperto, pertencente à classe de londrinos apelidada de *cockney*, que tem fornecido excelentes contingentes de voluntários e gera uma quantidade de bons atletas e desportistas maior do que qualquer outro grupo das ilhas britânicas. Seu rosto redondo e avermelhado era naturalmente jovial, mas os cantos da boca pareceram-me caídos, demonstrando uma angústia quase cômica. Foi só quando nos instalamos em um vagão de primeira classe a caminho de Birmingham que eu soube do problema que o tinha levado a procurar Sherlock Holmes.

– A viagem dura setenta minutos – Holmes observou. – Sr. Hall Pycroft, quero que conte a sua interessante experiência ao meu amigo, exatamente como me contou e com todos os detalhes, se possível. Para mim, será útil se eu puder ouvir outra vez a sequência dos acontecimentos. Trata-se de um caso, Watson, que pode ter algo, ou pode não ter nada, pois apresenta características insólitas e absurdas, tão significativas para você como para mim. Agora, sr. Pycroft, não voltarei a interrompê-lo.

O nosso jovem companheiro olhou para mim, piscando os olhos.

– O pior da história é ter de mostrar que sou um perfeito idiota. Talvez tudo corra bem, é claro, mas não vejo como poderia ter agido de outro modo. No entanto, se perdi o meu emprego sem nada em troca, sentirei que fui tonto demais. Não sou bom para contar histórias, dr. Watson, mas o que aconteceu foi o seguinte.

– Eu tinha um emprego na Coxon & Woodhouse, de Draper Gardens, mas no início da primavera eles foram abalados pelo escândalo do empréstimo venezuelano, como devem se lembrar, e sofreram um duro golpe.

– Como fiquei com eles durante cinco anos, o velho Coxon me deu uma excelente carta de recomendação quando houve a falência. Mas é claro que todos nós, empregados, fomos para a rua. Éramos vinte e sete. Tentei arranjar um emprego aqui e ali, porém havia muita gente no mesmo barco e passei por apertos durante algum tempo. Eu ganhava três libras por semana na Coxon e tinha economizado umas setenta, mas gastei tudo rapidamente. Já estava sem saber o que fazer; quase não tinha dinheiro para comprar envelopes e pagar selos para responder aos anúncios de emprego. Gastei a sola dos sapatos subindo escadas, mas parecia continuar tão longe de arranjar trabalho como quando comecei a procurar.

– Por fim, descobri uma vaga em Mawson & Williams, a grande corretora de valores da Lombard Street. Creio que assuntos de negócios talvez não sejam do interesse de vocês, mas posso afirmar que se trata de uma das companhias mais ricas de Londres. O anúncio devia ser respondido somente por carta. Enviei o meu currículo e a carta de recomendação, mas sem a menor esperança de conseguir o emprego. A resposta foi rápida, dizendo que eu deveria me apresentar na segunda-feira seguinte e assumir imediatamente, contanto que a minha apresentação fosse satisfatória. Ninguém sabe exatamente como essas coisas funcionam. Há quem diga que o gerente se limita a enfiar a mão na pilha de cartas e abrir a primeira que pegar. Mas, seja lá como for, tive sorte e nunca me senti mais satisfeito na vida. O salário era de uma libra por semana a mais do que eu ganhava antes, e as minhas obrigações eram mais ou menos as mesmas que realizava na Coxon.

– Chegamos agora à parte estranha do caso. Eu morava em Hampstead e o endereço era Potter's Terrace, 17. Bem, eu estava sentado, fumando, na noite em que me prometeram o emprego, quando a dona da casa subiu trazendo um cartão que dizia: "Arthur Pinner, agente financeiro". Eu nunca ouvira esse nome antes e não podia imaginar o que o sujeito queria, mas é claro que o convidei para entrar. Era um homem de estatura mediana, cabelos, barba e olhos pretos, nariz um tanto curvo. Ele caminhava com passos decididos e falava de modo incisivo, como alguém que sabe o valor do tempo. "É o sr. Hall Pycroft?", ele indagou. "Sim, senhor", respondi indicando-lhe uma cadeira para sentar-se. "Trabalhou ultimamente para Coxon & Woodhouse?", ele prosseguiu. "Sim, senhor", respondi. "E agora faz parte da equipe da Mawson?", ele perguntou. "Exatamente", repliquei. "Bem, o fato é que tenho ouvido histórias realmente extraordinárias a respeito do seu talento financeiro. Lembra-se do Parker, que foi gerente na Coxon? Ele fala isso com frequência", afirmou.

– Claro que eu fiquei lisonjeado ao ouvir isto. Sempre fui bastante ativo no escritório, mas nunca imaginei que comentassem dessa forma sobre mim na cidade. "Você tem boa memória?", ele quis saber. "Razoável", respondi modestamente. "Manteve contato com o mercado enquanto esteve desempregado?", ele continuou. "Claro. Leio diariamente as cotações da Bolsa de Valores", retruquei. "Isso mostra verdadeira vocação! É assim que se prospera! Importa-se que eu faça um teste? Vejamos: como estão as *Ayrshires*?", ele desafiou. "Entre cento e cinco e cento e cinco e um quarto", respondi. "E a *New Zealand consolidated*", ele insistiu. "Cento e quatro", revidei. "E a *British Bronken Hills*?", ele prosseguiu. "Entre sete e sete vírgula seis", repliquei. "Notável!", ele exclamou, com um gesto de entusiasmo. "Isso se encaixa com aquilo tudo o que me disseram. Rapaz, você é bom demais para ser um simples empregado da Mawson!", ele concluiu.

– Isso me surpreendeu, como vocês podem imaginar. "Tem gente que não pensa tão bem de mim como o senhor. Foi com muita dificuldade que consegui o emprego e estou muito satisfeito com ele", eu disse. "Ora, rapaz, pense em voar mais alto. Você não está no seu verdadeiro ambiente. Vou dizer o que penso a respeito. A proposta que tenho para lhe fazer representa pouco, diante da sua capacidade, mas, comparada ao que a Mawson lhe ofereceu, é como sair da noite para o dia. Vejamos! Quando começaria a trabalhar lá?", ele falou. "Na segunda-feira", respondi. "Vou arriscar um pequeno palpite: você não irá para lá", ele desafiou novamente. "Não vou trabalhar na Mawson?", estranhei. "Não, senhor. Nesse dia, você será gerente financeiro da *Franco-Midland Hardware Company Ltd.*, com cento e trinta e quatro representantes em cidades e vilas da França, sem contar uma filial em Bruxelas e outra em San Remo!", ele retrucou.

– Isso me deixou sem fôlego. "Nunca ouvi falar nessa empresa", respondi. "É bem provável. O negócio funciona discretamente, porque o capital é inteiramente particular e a coisa é atraente demais para ser aberta ao público. O meu irmão, Harry Pinner, é o responsável e tem o cargo de diretor geral. Ele sabia que eu tinha conhecimento do meio aqui no centro da cidade e me pediu que escolhesse uma boa pessoa, um rapaz decidido, cheio de vigor. Parker me falou a seu respeito e é por isso que estou aqui. Mas só podemos lhe oferecer míseras quinhentas libras para começar...", ele revelou. "Quinhentas por ano!", exclamei. "Só para começar, mas você receberá uma comissão de um por cento sobre o total dos negócios realizados pelos nossos representantes e eu lhe garanto que esse montante ultrapassará seu salário", ele continuou. "Mas não sei nada sobre o ramo de atividades dessa empresa", argumentei. "Ora, rapaz, você entende de números!", ele respondeu.

– Eu estava tonto e mal conseguia ficar sentado na cadeira. Mas, de repente, tive uma dúvida. "Serei sincero! A Mawson me ofereceu cerca de duzentas libras, mas representa segurança. Além disso, sei tão pouco a respeito de sua companhia que...", eu dizia quando ele me interrompeu. "Ah! Rapaz esperto! É exatamente a pessoa que procuramos! Não se deixa convencer facilmente e tem toda a razão. Tome uma nota de cem libras. Se acha que vamos trabalhar juntos, guarde-a no bolso como adiantamento de salário!", ele exclamou, encantado. "É uma bela quantia. Quando assumo o cargo?", aceitei, deixando de questionar. "Esteja em Birmingham, amanhã, à uma da tarde. Tenho aqui no bolso um bilhete que você deverá entregar para o meu irmão. Encontre-o na Corporation Street, 126-B, onde estão instalados os escritórios provisórios da empresa. É claro que ele precisa confirmar a sua contratação. Mas, cá entre nós, tudo já está acertado", ele garantiu. "Não sei como lhe agradecer, sr. Pinner", respondi. "Nem pense nisso, meu rapaz. Você merece. Há apenas dois detalhes, meras formalidades, que precisamos acertar. Tem um pedaço de papel aí? Escreva o seguinte, por favor: *Estou integralmente disposto a trabalhar como gerente financeiro da Franco--Midland Hardware Company Ltd., por um salário não inferior a quinhentas libras*", ele falou.

– Fiz o que o sr. Pinner me pediu e ele guardou o papel no bolso. "Só mais um detalhe. O que pretende fazer com relação ao emprego na Mawson?", ele indagou.

– Em meio à minha alegria, acabei me esquecendo da Mawson. "Vou lhes escrever pedindo demissão", respondi. "É exatamente isso que não quero que você faça. Tive um atrito a seu respeito com o gerente da Mawson. Fui até lá para saber sobre você e ele foi muito grosseiro, acusando-me de convencê-lo de deixar a empresa, e esse tipo de coisa. Acabei perdendo a paciência. 'Se quiserem bons empregados, precisam pagar à altura', eu disse. 'Ele vai preferir o nosso salário modesto à sua remuneração exagerada', o gerente replicou. 'Aposto cinco libras que ele aceitará a minha oferta e vocês nunca mais ouvirão falar dele.' 'Combinado! Nós o tiramos da sarjeta e ele não nos deixará com tanta facilidade.' Foi exatamente isso o que ele disse", Pinner afirmou. "Mas, que descarado!", exclamei. "Nunca o vi na vida. Por que eu daria preferência a ele? Não escreverei coisa alguma, se acha melhor assim", retruquei, indignado. "Ótimo! Prometido?", ele se levantou. "Estou feliz por ter conseguido alguém tão bom para o meu irmão. Aqui estão a carta e as cem libras de adiantamento. Tome nota do endereço: Corporation Street, 126-B. E não esqueça que a entrevista será amanhã à uma da tarde. Boa noite! Desejo-lhe toda a sorte que você merece", ele disse, encerrando a conversa.

– Foi tudo o que se passou entre nós, pelo que me lembro. Imagine como fiquei satisfeito, dr. Watson. Que sorte incrível! Permaneci metade da noite acordado, felicitando-me por isso e no dia seguinte fui para Birmingham, em um trem que me deixou na cidade bem antes da entrevista. Levei a mala com as minhas coisas para um hotel na New Street e, depois, segui para o endereço que me foi indicado.

– Eu estava uns quinze minutos adiantado, mas achei que isso não importava. O número 126-B fica em um corredor entre duas grandes lojas, que termina em uma escada circular de pedra e dá acesso a várias salas de escritórios, alugadas para empresas e profissionais liberais. Os nomes dos inquilinos estão pintados na parte inferior da parede, mas não encontrei o da *Franco-Midland Hardware Company Ltd*. Fiquei parado alguns minutos, muito aborrecido, perguntando-me se a história toda não seria algum golpe sofisticado, quando um homem chegou e se aproximou de mim. Ele era muito parecido com o sujeito com que eu conversei na véspera, tinha uma voz quase igual e a mesma fisionomia, mas estava com o rosto barbeado e seu cabelo era mais claro.

– "É o sr. Hall Pycroft?", ele perguntou. "Sim, sou", respondi. "Ah! Eu estava à sua espera. Você chegou um pouco antes da hora. Esta manhã, recebi um bilhete do meu irmão, em que ele faz grandes elogios ao senhor", ele comentou. "Estava procurando o escritório, quando o senhor apareceu", repliquei. "Ainda não mandamos colocar o nome porque só na semana passada alugamos o local, temporariamente. Suba comigo. Vamos conversar."

– Eu o segui até o topo da escada e logo abaixo do telhado havia duas saletas vazias e empoeiradas, sem tapetes ou cortinas. Imaginava um escritório maior, com mesas reluzentes e fileiras de empregados, como estava acostumado, e vi sem muito entusiasmo as duas cadeiras e a mesinha que, junto com um calendário e um cesto de papéis, constituíam todo o mobiliário. "Não se decepcione, sr. Pycroft", o homem disse, reparando na minha expressão. "Roma não foi feita em um dia e temos muito dinheiro nos dando suporte, embora não haja interesse em gastá-lo com escritórios elegantes. Sente-se, por favor, e deixe-me ver a sua carta."

– Entreguei a carta e ele a leu atentamente. "O meu irmão Arthur teve uma ótima impressão a seu respeito", ele comentou. "E sei que ele é um observador muito perspicaz. Gosta muito de Londres e eu, de

Birmingham, mas dessa vez vou seguir o conselho dele. Pode considerar-se definitivamente contratado", ele concluiu. "Quais são os meus deveres?", perguntei. "Você ocasionalmente também será o administrador do nosso grande depósito em Paris, que entornará uma enxurrada de mercadorias inglesas, como louças, nas mãos de cento e trinta e quatro representantes da França. A transação será realizada dentro de uma semana, mas por enquanto você permanecerá em Birmingham, onde nos será mais útil", ele orientou. "De que maneira?", insisti.

– Como resposta, ele tirou da gaveta um grande livro vermelho. "Este é um catálogo de Paris, que relaciona profissões e nomes de pessoas. Quero que o leve para casa e marque todos os vendedores de louças e coisas afins, com seus respectivos endereços. Será muito útil para mim", ele disse. "Mas não existem listas classificadas?", sugeri. "Não são confiáveis. O sistema deles é diferente do nosso. Trabalhe com afinco e entregue-me a lista na segunda-feira ao meio-dia. Até logo, sr. Pycroft. Se continuar a demonstrar zelo e inteligência, a empresa será excelente empregadora."

– Voltei para o hotel com o enorme catálogo embaixo do braço e o peito cheio de emoções conflitantes. Por um lado, eu estava definitivamente contratado e tinha cem libras no bolso. Por outro, a aparência do escritório, a ausência de placa com nome na parede e outros detalhes que impressionam um homem de negócios deixaram em mim uma imagem desagradável em relação aos meus futuros patrões. Porém, como havia recebido o dinheiro, dediquei-me à tarefa. Passei o domingo inteiro trabalhando duro, mas, apesar disso, na segunda-feira eu ainda estava na letra "H". Fui procurar o meu patrão e encontrei-o na mesma sala despojada, onde recebi ordens para continuar a tarefa até a quarta-feira. Na quarta, ainda não havia terminado, de modo que prossegui até a sexta, ou seja, até ontem. Então, levei a lista ao sr. Harry Pinner. "Muito obrigado. Compreendo a dificuldade do serviço. Esta relação será de grande ajuda", ele agradeceu. "Demorou algum tempo", observei. "Agora, quero que faça uma lista de quem trabalha com móveis, porque essas pessoas também vendem louças", ele pediu. "Está bem!", concordei. "Volte amanhã às dezenove horas para me informar do andamento do trabalho. Não se mate de trabalhar. Alguns momentos no 'Day's Music Hall', à noite, depois do expediente, não lhe farão mal", ele aconselhou, rindo ao falar. Percebi, com um arrepio, que um dos seus dentes incisivos havia sido muito mal obturado com ouro.

Sherlock Holmes esfregou as mãos com deleite, e eu olhei com espanto para o nosso cliente.

– Não me admira que se surpreenda, dr. Watson, mas foi o que aconteceu! Quando conversava com o outro sujeito em Londres e ele riu porque eu não mais trabalharia na Mawson, notei que ele tinha um dente obturado com ouro da mesma maneira. Foi o brilho do ouro que me chamou a atenção nas duas vezes, entende? Juntando isso ao fato de a fisionomia e a voz serem as mesmas e que as únicas coisas diferentes podiam ser facilmente conseguidas com uma navalha ou uma peruca, não pude duvidar de que se tratava do mesmo homem. É claro que se espera que dois irmãos sejam parecidos, mas não a ponto de terem um dente obturado do mesmo jeito. Despedi-me dele e me vi na rua completamente atordoado, sem saber o que fazer. Voltei ao hotel, mergulhei a cabeça em uma bacia de água fria e procurei raciocinar. Por que ele me mandou de Londres para Birmingham? Por que chegou lá antes de mim? Por que escreveu uma carta para si mesmo? Isso era demais para mim. Não consegui compreender nada. De repente, lembrei-me de que o que era obscuro para mim seria muito claro para o sr. Sherlock Holmes. Só tive tempo de pegar o trem noturno, falar com ele nesta manhã e trazer vocês comigo para Birmingham.

Houve um silêncio depois que o corretor de ações acabou de contar sua história surpreendente. E, então, piscando para mim, Sherlock Holmes recostou-se na poltrona com ar satisfeito, mas com uma expressão séria, lembrando alguém que acabara de tomar o primeiro gole de um vinho de boa safra.

– Excelente, não acha, Watson? Os detalhes me agradam. Creio que uma entrevista com o sr. Arthur Pinner, no escritório provisório da

*Franco-Midland Hardware Company Ltd.*, seria uma experiência muito interessante para nós dois, você não acha?

– Mas como? – perguntei.

– Nada mais fácil – Hall Pycroft disse, animado. – Você dois são amigos meus que procuram emprego. Nada mais natural do que levá-los ao diretor geral.

– Exatamente! É isso! – disse Holmes. – Gostaria de dar uma olhada de perto nesse cavalheiro, para ver se descubro qual é o jogo dele. Que qualidades você tem, meu amigo, que tornam o seu serviço tão valioso? Ou, então, será possível que...

Ele começou a roer as unhas com os olhos fixos na janela, mas não tiramos outra palavra dele antes de chegarmos à New Street. Às sete da noite, estávamos os três na Corporation Street, a caminho do escritório da empresa.

– É inútil chegar antes da hora – o nosso cliente disse. – Aparentemente, ele só vai lá para falar comigo, porque o local fica fechado até a hora marcada.

– Sugestivo – Holmes observou.

– Como eu disse! – exclamou o rapaz. – Lá vem ele chegando antes de nós.

Ele apontou para um homem baixo, bem-vestido, que caminhava apressado do outro lado da rua. Observamos que o sujeito estava olhando para um garoto que anunciava a última edição de um jornal vespertino e, correndo entre as carruagens e os ônibus, comprou um exemplar. Em seguida, com o jornal nas mãos, ele desapareceu em uma porta.

– Lá vai ele! – exclamou Hall Pycroft. – É naquele prédio que fica o escritório da empresa. Venham comigo. Vamos esclarecer o caso o quanto antes.

Seguindo-o, subimos cinco andares e nos deparamos com uma porta entreaberta, à qual o nosso cliente bateu. Uma voz nos mandou entrar. A sala era despojada, sem mobília, exatamente como Hall Pycroft havia descrito. Sentado junto à única mesa, estava o homem que tínhamos visto na rua, com o jornal aberto à sua frente. Quando levantou o rosto, tive a impressão de que nunca tinha visto uma fisionomia tão marcada pela angústia. Mas era muito mais que angústia: era um horror que poucas pessoas sentem na vida. Ele estava com a testa coberta de suor, o rosto pálido como a barriga de um peixe morto, os olhos esbugalhados, fitando sem enxergar. Olhou para seu novo empregado como se não o reconhecesse e vi, pelo assombro estampado no rosto do nosso cliente, que aquela não era, absolutamente, a aparência normal do seu patrão.

– Parece doente, sr. Pinner! – o rapaz exclamou.

– É verdade, não estou me sentindo bem – ele respondeu, fazendo um esforço evidente para se recuperar e lambendo os lábios secos ao falar. – Quem são esses cavalheiros que o acompanham?

– Este é o sr. Harris, de Bermondsey, e o outro é o sr. Price, desta cidade – o rapaz mentiu com naturalidade. – São meus amigos, profissionais experientes, que estão desempregados há pouco tempo e esperam que o senhor consiga uma vaga para eles na empresa – ele continuou.

– É bem possível! É bem possível! – o sr. Pinner exclamou, com um sorriso sinistro. – Sim, certamente faremos alguma coisa por ambos. O que faz, sr. Harris?

– Sou contador – Holmes respondeu.

– Sim, precisaremos de alguém dessa área. E o sr. Price?

– Sou escriturário – respondi.

– Espero que a empresa possa empregá-los. Eu me comunicarei com ambos assim que tomarmos uma decisão. E, agora, peço que se retirem. Pelo amor de Deus, deixem-me sozinho!

Essas últimas palavras soaram como se o controle que ele evidentemente tentava manter tivesse lhe escapado de repente. Holmes e eu nos entreolhamos e Hall Pycroft deu um passo em direção à mesa.

– Não esqueça, sr. Pinner, que estou aqui a seu pedido, para receber instruções – ele disse.

– Com certeza, sr. Pycroft – o homem respondeu-lhe, em tom mais calmo. – Espere um momento, e não há motivo para que os seus amigos não esperem também. Estarei inteiramente à disposição dentro de três minutos, se puder abusar um pouco da paciência de vocês.

Ele se levantou com ar muito cortês, fez uma ligeira mesura e desapareceu por uma porta nos fundos da sala, fechando-a.
– E agora? – Holmes murmurou. – Será que vai escapulir?
– Impossível – Pycroft respondeu.
– Por que não?
– Aquela porta dá para uma sala interna.
– Não tem saída?
– Nenhuma.
– A sala é mobiliada?
– Ontem estava vazia.
– Então, que diabos ele está fazendo? Tem algo que não compreendo neste caso. Se existe alguém enlouquecido de terror, esse homem é o Pinner. Por que será que ele está tão apavorado?
– Deve suspeitar que somos detetives – sugeri.
– É isso – Pycroft concordou.
Holmes meneou a cabeça.
– Ele não empalideceu, mas já estava pálido quando entramos na sala. É possível que...
Sherlock Holmes foi interrompido por golpes acentuados vindos da sala ao lado.
– Por que diabos ele está batendo na própria porta? – o rapaz estranhou.
As pancadas repetiram-se, muito mais fortes. Ficamos olhando para a porta em expectativa. Ao olhar para Holmes, percebi que seu rosto se tornava tenso e ele se inclinava para a frente, profundamente interessado no desenrolar da situação. De repente, ouvimos um gorgolejo surdo e um tamborilar rápido na madeira. Holmes atravessou a sala de um salto e empurrou a porta, que estava fechada por dentro. Seguindo o exemplo dele, jogamo-nos contra ela com todo o nosso peso. Uma dobradiça cedeu, depois a outra e a porta caiu estrondosamente. Passando por ela, entramos na sala interna.
Estava vazia, mas só paramos por um instante. No canto mais próximo da sala de onde saímos, havia uma segunda porta. Holmes correu

para lá e escancarou-a. Um casaco e um colete estavam no chão e, de um gancho atrás da porta, com o pescoço enrolado nos próprios suspensórios, pendia o corpo do diretor geral da *Franco-Midland Hardware Company Ltd.*, com os joelhos encolhidos e a cabeça caída num ângulo pavoroso. As batidas de seus calcanhares contra a porta foram os ruídos que interromperam a nossa conversa. No mesmo instante, segurei-o pela cintura e levantei-o, enquanto Holmes e Pycroft desatavam os elásticos que haviam desaparecido entre as dobras flácidas da pele solta do pescoço do sujeito. Em seguida, nós o carregamos para a outra sala, onde ele ficou deitado, com o rosto cinzento, respirando pela boca, com os lábios arroxeados – uma carcaça medonha, uma ruína do que havia sido cinco minutos antes.

– O que acha do estado dele, Watson? – Holmes perguntou para mim.

Inclinei-me para examiná-lo. O pulso dele estava fraco e intermitente, mas a respiração começava a se regularizar. As pálpebras dele estremeceram, revelando uma pequena parte branca do globo ocular.

– Ele escapou por um triz – afirmei. – Mas escapou! Abram a janela e tragam a garrafa de água.

Abri o colarinho dele, despejei água fria em seu rosto e movimentei seus braços, até que ele voltou a respirar profundamente, recuperando o fôlego natural.

– Agora é só uma questão de tempo – eu disse, afastando-me.

Holmes estava em pé ao lado da mesa, com as mãos enfiadas nos bolsos da calça e a cabeça inclinada sobre o peito.

– Acho que devemos chamar a polícia – ele disse. – Mas confesso que gostaria de apresentar o caso esclarecido por completo quando os policiais chegarem.

– Para mim, trata-se de um mistério total – Pycroft disse, coçando a cabeça, intrigado. – Por que me trouxeram para cá e depois...

– Ora! Tudo está muito claro – Holmes retrucou impacientemente. – Menos esse último gesto inesperado.

– Então, já compreendeu o restante?

– Creio que é bastante evidente. O que acha, Watson?

— Confesso que não entendi nada — retruquei, dando de ombros.
— Se você juntar todos os acontecimentos desde o começo, eles só levam a uma conclusão.
— O que pensa a respeito?
— Bem, a história gira em torno de dois pontos principais. O primeiro foi fazer Pycroft escrever uma declaração de que estava a serviço dessa companhia absurda. Não percebe como isso é sugestivo?
— Confesso que não consigo entender — respondi.
— Por que quiseram que ele fizesse isso? Não é uma questão de negócios, porque esses acertos geralmente são verbais e não havia nenhum motivo para que este fosse exceção. Você não percebe, meu jovem amigo, que eles estavam muito ansiosos para obter uma amostra da caligrafia dele e que não tinham outra maneira de obtê-la?
— Mas para quê? — o empregado questionou.
— Exatamente: para quê? Quando respondermos a essa questão, teremos solucionado um pouco o nosso problema. Só pode haver uma razão adequada: alguém queria aprender a imitar a sua caligrafia, mas antes precisava conseguir uma amostra. E agora, passando para o segundo ponto, descobriremos que um detalhe lança uma nova luz sobre o outro. Esse novo ponto é o pedido do Pinner para que você não avisasse que desistira do emprego, deixando o gerente daquela empresa importante na expectativa de que o sr. Hall Pycroft, que ele não conhecia, começaria a trabalhar no escritório a partir da segunda-feira.
— Meu Deus! — o nosso cliente exclamou. — Como fui cego!
— Percebe agora o motivo para o bilhete manuscrito? Vamos supor que alguém aparecesse no seu lugar e escrevesse com uma caligrafia inteiramente diferente daquela do rapaz que se apresentou para o emprego. É claro que a jogada seria descoberta. Mas, nesse meio-tempo, o bandido aprendeu a imitar a sua caligrafia e garantiu o cargo, já que, como presumo, ninguém conhece você nessa empresa.
— Ninguém — Hall Pycroft concordou.
— Muito bem. Está claro que seria da maior importância impedir você de mudar de ideia e também de entrar em contato com alguém

que pudesse lhe dizer que outra pessoa com o seu nome trabalhava nos escritórios da Mawson. Portanto, deram-lhe um bom adiantamento de salário e o enviaram para as Midlands, onde o encheram de trabalho para impedi-lo de voltar a Londres, onde você poderia descobrir a jogada. Tudo isso está bem claro.

– Mas por que esse homem fingiria ser o seu próprio irmão?

– Isso também está bastante claro. Evidentemente só existem dois comparsas no golpe, e o outro está trabalhando no seu lugar na Mawson. Este aqui agiu como intermediário, mas percebeu que precisaria admitir uma terceira pessoa no jogo para ser o seu patrão, o que ele não estava nem um pouco propenso a fazer. Por isso, modificou a aparência o máximo possível e esperou que a semelhança, que você não haveria de deixar de notar, seria atribuída a características de família. Não fosse o feliz acaso da obturação de ouro, as suas suspeitas jamais se concretizariam.

Hall Pycroft socou o ar com os punhos cerrados.

– Meu Deus! Como fui enganado! O que o outro Hall Pycroft está fazendo na Mawson? Que providências vamos tomar, sr. Holmes? Diga-me o que fazer!

– Precisamos telegrafar para a Mawson.

– Mas eles só trabalham até o meio-dia aos sábados.

– Não importa. Pode ser que haja algum porteiro ou algum atendente...

– Ah, sim! Eles têm um guarda permanente, por causa do valor dos títulos das ações com que transacionam. Lembro-me de ter ouvido esse comentário na cidade.

– Então, telegrafaremos pedindo que ele verifique se está tudo em ordem e se existe um empregado com o seu nome trabalhando lá. Tudo isso ficou bastante claro. O que não está claro é o fato de que, ao nos ver, um dos bandidos se retirou da sala imediatamente para se enforcar.

– O jornal! – murmurou uma voz rouca atrás de nós.

O homem tentava ficar sentado, pálido e transfigurado, mas parecia recuperar a consciência. Suas mãos esfregavam nervosamente a marca vermelha que lhe cercava o pescoço.

– O jornal! É claro! – Holmes exclamou, extremamente agitado. – Como sou idiota! Pensei tanto na nossa visita que me esqueci por completo do jornal. O segredo está lá, com certeza.

Estendeu-o sobre a mesa e soltou uma exclamação triunfal.

– Veja isto, Watson! É um jornal de Londres, a edição matinal do *Evening Standard*. Aqui está o que procuramos. Veja a manchete: "Crime no centro financeiro. Assassinato na Mawson & Williams. Audaciosa tentativa de roubo. Criminoso capturado". Leia, Watson. Estamos todos ansiosos para ouvir a história. Tenha a bondade de lê-la em voz alta para nós.

Pelo destaque do jornal, parecia ser o acontecimento mais importante na cidade. A reportagem dizia o seguinte: "Uma desesperada tentativa de assalto, que terminou com a morte de um homem e a captura do criminoso, ocorreu hoje à tarde no centro financeiro. Há algum tempo, a Mawson & Williams é depositária de ações que no total somam mais de um milhão de libras esterlinas. O gerente estava tão consciente da responsabilidade que recaía sobre seus ombros em consequência dos grandes interesses em jogo, que utilizava os cofres mais modernos e mantinha um guarda armado dia e noite no prédio. Parece que na semana passada um novo funcionário, chamado Hall Pycroft, foi contratado pela empresa. Mas essa pessoa era ninguém menos do que Beddington, o famoso ladrão e estelionatário que, juntamente com seu irmão, acabava de cumprir pena de cinco anos de prisão. Usando de meios que ainda não foram totalmente esclarecidos, ele conseguiu obter, sob nome falso, um emprego formal no escritório, usando a função para tirar os moldes de várias chaves e para conhecer a posição da caixa-forte e dos cofres. Na Mawson, os empregados só trabalham até o meio-dia aos sábados. O sargento Tuson, da Polícia de Londres, surpreendeu-se, portanto, ao ver um cavalheiro descer as escadas com uma valise vinte minutos depois da uma da tarde. Desconfiado, o sargento o seguiu e, com o apoio do cabo Pollock, conseguiu prendê-lo, depois de uma resistência desesperada. Logo ficou claro que um roubo audacioso e gigantesco tinha sido cometido. Quase cem mil libras em ações de estradas de ferro americanas, além de grande número de títulos de minas e outras empresas, foram encontrados na pasta. Ao examinar o local, a polícia descobriu o corpo do infeliz vigia dobrado e jogado dentro do cofre maior, onde somente seria encontrado na segunda-feira pela manhã, não fosse a pronta ação do sargento Tuson. O crânio da vítima foi despedaçado com um golpe dado pelas costas. Não houve dúvidas de que Beddington tinha conseguido entrar alegando ter esquecido alguma coisa. Depois de matar o vigia, ele fez uma rápida limpeza no cofre maior e saiu tranquilamente com o produto do roubo. Seu irmão, que em geral trabalha com ele, até agora aparentemente não participou deste golpe, embora a polícia esteja fazendo investigações para descobrir seu paradeiro".

– Bem, pouparemos a polícia desse trabalho – Holmes comentou, olhando para a fisionomia transtornada do comparsa encolhido junto à janela. – A natureza humana é uma mistura estranha e complicada, Watson. Veja que até um vilão assassino é capaz de inspirar tanto afeto, a ponto de o irmão tentar se suicidar ao saber que ele será condenado à forca. Mas não temos escolha quanto à nossa maneira de agir. O dr. Watson e eu ficaremos de guarda, sr. Pycroft, se o senhor fizer a gentileza de chamar a polícia!

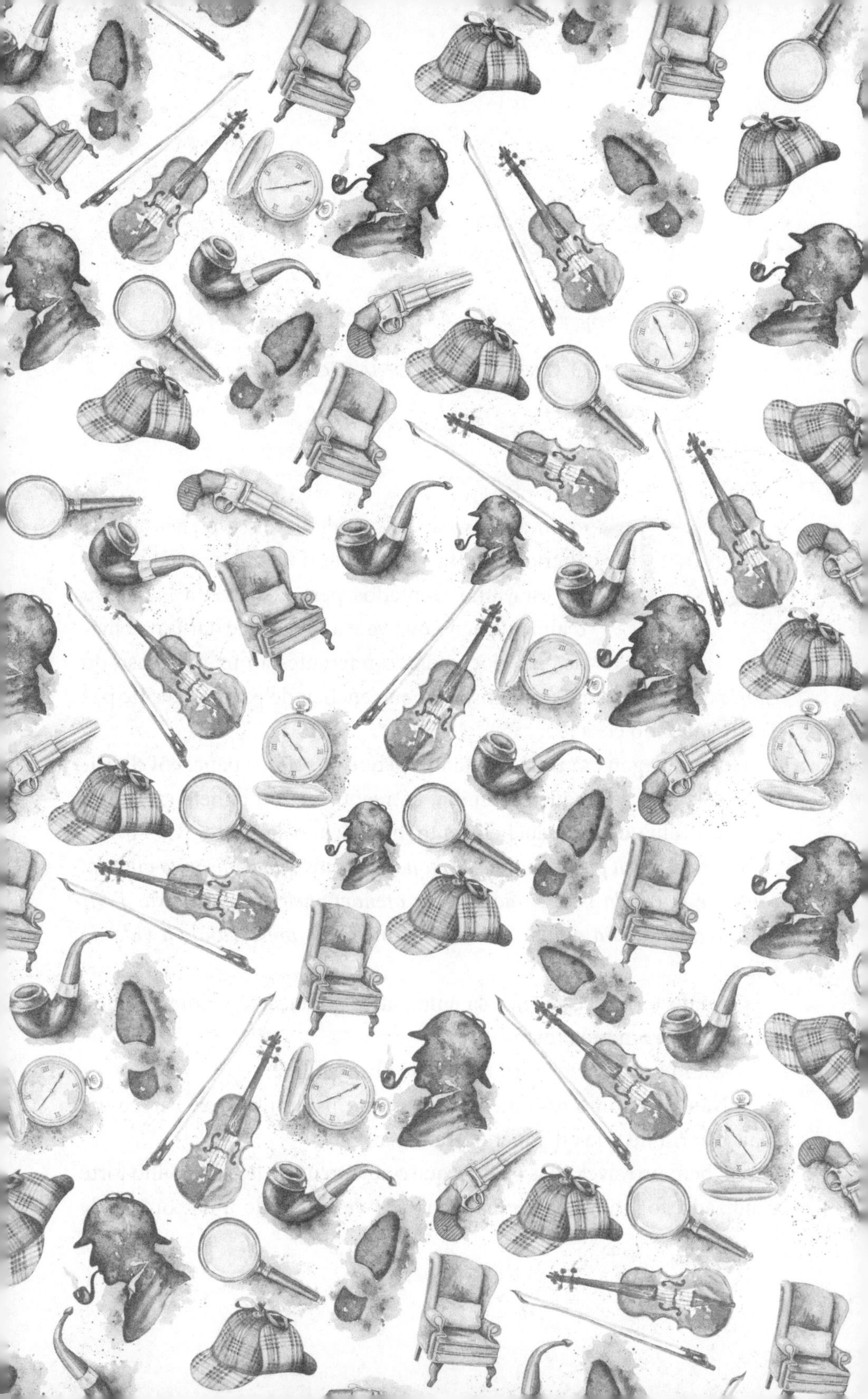

# Aventura V

• O CASO DO *GLORIA SCOTT* •

– Tenho alguns papéis comigo – disse o meu amigo Sherlock Holmes, em uma noite de inverno, quando estávamos sentados perto da lareira – que eu realmente acho que vale a pena você dar uma olhada. São documentos referentes ao incrível caso do *Gloria Scott*. Essa aqui é a mensagem que encheu de pavor o juiz de paz Trevor, quando ele a leu.

Holmes pegou em uma gaveta um pequeno rolo de papel envelhecido e, soltando a fita que o prendia, entregou-me um bilhete rabiscado em meia folha de um papel cinzento, que dizia o seguinte: "*Como vai? A fartura de caça para Londres acabou. Achamos que Hudson, o guarda, contou e viu tudo isso, então. É bom atender melhor, sem deixar fugir nada recebido para ajudar a salvar a fêmea sua, preservando a vida do faisão*".

Quando terminei de ler essa enigmática anotação, vi Holmes rindo da expressão em meu rosto.

– Você parece meio atordoado – ele observou.

– Não vejo como essa mensagem possa inspirar horror. Parece-me mais bizarra do que qualquer outra coisa.

– É bem provável. Mas o fato é que o sujeito que a leu, um velho forte e ajuizado, foi atingido por ela como se tivesse levado uma coronhada na cabeça.

— Você me deixou curioso. Mas por que só agora me disse que eu teria motivos muito particulares para examinar este caso?

— Porque foi o primeiro em que me envolvi.

Várias vezes eu já havia tentado extrair do meu amigo o que o levou a se interessar pela pesquisa criminal, mas, até então, não tinha conseguido pegá-lo de bom humor e disposto a conversar a respeito. Naquele momento, ele estava sentado em sua poltrona, inclinado para a frente e com os documentos mencionados esticados sobre os joelhos. Então, acendeu o cachimbo e fumou por algum tempo, revirando os papéis.

— Já lhe falei a respeito de Victor Trevor? — Holmes perguntou. — Ele foi o único amigo que tive durante os dois anos de faculdade. Eu nunca fui muito sociável, Watson, sempre preferi ficar no meu quarto elaborando os meus próprios métodos de raciocínio, de modo que nunca me misturei muito com os meus colegas de classe. Fora da esgrima e do boxe, eu tinha pouco interesse pelos esportes e, além disso, a minha linha de estudos era muito diferente da que meus colegas seguiam. Por isso, não mantínhamos pontos de contato. Trevor foi o único sujeito que eu conheci e isso apenas por causa de um incidente: o *bull terrier* dele grudou no meu calcanhar, certa manhã, quando eu descia para a capela.

— Foi uma maneira inusitada, mas eficaz, de fazer amizade. Fiquei de molho me tratando por uns dez dias e Trevor costumava aparecer para saber como eu estava. A princípio era apenas uma conversa rápida, de cinco minutos, mas logo as visitas se alongaram, e antes do final do semestre nos tornamos bons amigos. Ele era um camarada cordial, animado, cheio de vida e energia, exatamente o meu oposto em muitos aspectos, mas tínhamos alguns interesses comuns e um verdadeiro vínculo de amizade passou a existir entre nós quando percebi que ele também não tinha amigos. Por fim, ele me convidou para ir à casa de seu pai, em Donnithorpe, Norfolk, onde eu desfrutei de sua hospitalidade durante um mês inteiro nas férias.

— O senhor Trevor era, evidentemente, um homem de algumas posses e prestígio, juiz de paz e proprietário de terras. Donnithorpe é um vilarejo ao norte de Langmere, no distrito de Broads. A residência era antiga, ampla, com vigas de carvalho no teto e paredes de alvenaria. Uma bela alameda margeada de tílias levava à entrada. Havia lagoas próximas, que eram excelentes para caçar patos selvagens e ótimas para pescaria. A casa possuía uma biblioteca pequena mas seleta, adquirida, pelo que entendi, do antigo morador, e a comida era aceitável, de modo que mesmo uma pessoa exigente não deixaria de passar um mês agradável ali.

– O senhor Trevor era viúvo e o meu amigo era seu único filho. Eu soube que ele teve uma irmã que morreu de difteria quando fez uma visita a Birmingham. O pai me interessou muitíssimo. Era homem de pouca cultura, mas de considerável vigor, tanto físico quanto mental. Gostava pouco de livros, mas bastante de viajar. Conheceu grande parte do mundo e se lembrava de tudo o que tinha aprendido. Era um homem forte, corpulento, com um chumaço de cabelos grisalhos na cabeça, rosto moreno queimado de Sol e olhos azuis tão vivos que lhe davam um ar de ferocidade. Porém, ele era conhecido na região como um homem gentil e caridoso, afamado pela leniência de suas sentenças no tribunal.

– Uma noite, logo depois da minha chegada, quando tomávamos um copo de vinho do Porto após o jantar, o jovem Trevor começou a falar dos hábitos de observação e dedução que eu já havia transformado em sistema, embora ainda não tivesse estimado a importância que isso teria em minha vida. Da sua parte, o velho senhor, é claro, achou que o filho exagerava na descrição de uma ou duas façanhas banais que eu realizara. "Sr. Holmes, eu sou um ótimo sujeito. Veja se é capaz de deduzir algo a meu respeito", ele me desafiou, rindo bem-humorado. "Receio que não haja muita coisa a deduzir, mas posso sugerir que o senhor tem ficado com medo de uma agressão pessoal nos últimos doze meses", comentei.

– O riso sumiu de seus lábios e ele me olhou muito surpreso. "Bem, é isso mesmo", ele disse. "Victor", ele prosseguiu, virando-se para o filho, "quando desbaratamos aquela quadrilha de caçadores ilegais, eles juraram que nos matariam. Sir Edward Holly chegou a ser agredido de fato.

Desde então, sempre ando de sobreaviso. Mas não faço ideia de como você percebeu isso".

– "A sua bengala é muito bonita, senhor", respondi. "Pela inscrição, notei que é sua há não mais de um ano, mas teve o trabalho de tirar o castão e encher a cavidade com chumbo derretido, tornando-a uma arma formidável. A conclusão a que cheguei é que o senhor não tomaria essas precauções se não estivesse correndo algum perigo". "O que mais?", ele perguntou sorrindo. "O senhor treinou boxe por um bom tempo na juventude." "Certo, de novo. Como soube? O meu nariz é torto?" "Não, as suas orelhas", Holmes respondeu, "têm o achatamento e a espessura peculiares que marcam os boxeadores". "Algo mais?", ele retrucou. "A julgar pelos calos em suas mãos, o senhor trabalhou muito escavando no garimpo", comentei. "Ganhei toda a minha fortuna em minas de ouro", ele afirmou. "Esteve na Nova Zelândia", continuei. "Exato", ele disse. "Visitou o Japão", prossegui. "Novamente é verdade", ele replicou. "E esteve intimamente ligado a uma pessoa cujas iniciais eram J. A., alguém que depois o senhor procurou esquecer completamente."

– O sr. Trevor se levantou vagarosamente, fitou-me com seus grandes olhos azuis de um jeito muito esquisito, e, então, tombou para a frente, enfiando o rosto nas cascas de nozes espalhadas na toalha de mesa, profundamente desmaiado.

– Você pode imaginar, Watson, como ficamos chocados, o filho dele e eu. Mas o desmaio não demorou muito, porque quando desabotoamos o colarinho e jogamos água do lavatório em seu rosto, ele suspirou uma ou duas vezes e sentou-se.

– Então, forçando um sorriso, ele disse: "Espero não ter assustado vocês, rapazes! Por mais que eu pareça um homem forte, tenho um ponto fraco no coração e não é preciso muita coisa para eu me abalar. Não sei como consegue fazer isso, sr. Holmes, mas tenho a impressão de que todos os detetives verdadeiros ou falsos são como crianças nas suas mãos. É nessa direção que você deve seguir a sua vida. Aceite o conselho de um homem que já viu um pouco do mundo".

– Esse conselho, que veio na sequência da avaliação exagerada de minha capacidade, acredite Watson, foi a primeira coisa que me fez sentir que eu poderia transformar em profissão aquilo que até esse episódio não passava de mero passatempo. Mas, naquele momento, eu estava preocupado demais com o repentino mal-estar do meu anfitrião para pensar em outra coisa.

– "Espero que eu não tenha falado nada que o magoasse", desculpei-me. "Você tocou no meu ponto fraco, sem dúvida. Pode me dizer como sabe e o quanto sabe disso?", ele indagou, em tom de brincadeira, mas uma nuvem de pavor ainda turvava o fundo de seu olhar.

– "É muito simples: quando o senhor arregaçou a manga para puxar aquele peixe para o barco, eu vi as letras 'J. A.' tatuadas na dobra do seu cotovelo. Ainda são legíveis, mas ficou perfeitamente claro, pela aparência borrada e pela mancha na pele ao redor delas, que esforços foram feitos para apagá-las. Então, ficou óbvio que essas iniciais um dia foram muito importantes para o senhor, mas que depois tentou esquecê-las", respondi. "Que olho danado o senhor tem!", ele exclamou, deixando escapar um suspiro de alívio. "É exatamente isso, mas não quero falar do assunto. De todos os nossos fantasmas, os dos velhos amores são os piores. Vamos sossegar fumando um charuto na sala de bilhar."

– A partir desse dia, apesar de toda cordialidade, houve sempre um toque de suspeita nas maneiras do sr. Trevor em relação a mim. Até o filho reparou. "Você pregou tamanho susto no velho", ele comentou, "que ele nunca mais terá certeza do que você sabe ou não".

– Ele não queria demonstrar isso, tenho certeza, mas era algo tão forte em sua mente que transparecia em cada gesto dele. Por fim, eu me convenci de que estava causando embaraços e dei a minha visita por encerrada. Mas, no mesmo dia da minha partida, ocorreu um incidente que depois se revelou de grande importância.

– Nós três estávamos sentados no gramado, em cadeiras de jardim, aproveitando o calor do Sol e apreciando a paisagem dos Broads, quando uma criada veio dizer que um homem estava à porta, querendo ver o sr. Trevor. "Qual é o nome dele?", o meu anfitrião perguntou.

"Ele não quis dizer", ela respondeu. "Mas o que ele quer?", o velho replicou. "Disse que conhece o senhor e queria apenas conversar um pouco", ela falou. "Mande-o entrar", ele autorizou.

– Um instante depois apareceu um sujeitinho encarquilhado, com um estilo desajeitado de andar e que pela maneira estranha de se comportar demonstrava ser bajulador. Ele vestia um paletó aberto, manchado de alcatrão na manga, camisa xadrez vermelha e preta, calças de brim azul e botas pesadas muitíssimo gastas. Seu rosto era magro, vivo e queimado de Sol, exibindo um sorriso incessante, que expunha dentes amarelados irregulares. Suas mãos enrugadas ficavam meio fechadas, no jeito característico dos marinheiros. Quando ele chegou se arrastando pelo gramado, ouvi o sr. Trevor deixando escapar um ruído semelhante a um soluço. Pulando da cadeira, ele correu para a casa. Tão logo voltou, instantes depois, senti um cheiro forte de conhaque quando ele passou por mim.

– Então, Trevor perguntou: "Pois bem, meu velho, o que posso fazer por você?". O marinheiro olhou para ele com a testa franzida, mas ainda com o mesmo sorriso largo estampado no rosto. "Não me conhece?", ele perguntou. "Ora! É o Hudson, com certeza!", exclamou o sr. Trevor em tom de surpresa. "Sim, eu sou o Hudson, senhor", o marinheiro confirmou. "Faz trinta anos, ou até mais, que o vi pela última vez. Você está aqui em sua casa e eu continuo comendo a minha carne-seca salgada, guardada na barrica."

– "Ah! Acha que me esqueci dos velhos tempos?", Trevor retrucou, aproximando-se do marinheiro e falando alguma coisa em voz baixa. Em seguida, desta vez em voz alta, ele recomendou: "Vá até a cozinha e encontrará algo para comer e beber. Sem dúvida arranjarei um serviço para você".

– "Obrigado, senhor", o marinheiro agradeceu, passando a mão na testa. "Acabo de sair de um contrato de trabalho de dois anos num velho navio cargueiro que faz oito nós, com poucos tripulantes, e estou precisando de um descanso. Achei que conseguiria algo com o Beddoes ou com o senhor." "Ah! Então você sabe onde mora o sr. Beddoes?", Trevor perguntou. "Sei onde moram todos os meus velhos amigos", o sujeito retrucou com um sorriso sinistro, afastando-se atrás da criada rumo à cozinha.

– O sr. Trevor comentou alguma coisa a respeito de ter sido companheiro daquele homem no navio que voltou do trabalho nas minas. Então, deixando-nos no jardim, ele entrou na casa. Uma hora depois, quando nos recolhemos, nós o encontramos esticado no sofá da sala, completamente bêbado. Todo esse incidente me deixou com a impressão mais desagradável na cabeça, e eu não me aborreci quando, no dia seguinte, parti de Donnithorpe, pois sentia que a minha presença ali era causa de embaraço para o meu amigo.

– Tudo isso ocorreu no primeiro mês das férias de verão. Voltei aos meus aposentos de Londres, onde passei sete semanas realizando experiências de química orgânica. Um dia, quando o outono já se adiantava e as férias chegavam ao fim, recebi um telegrama do meu amigo implorando que voltasse a Donnithorpe e dizendo que necessitava muito de meu conselho e de minha ajuda. Claro que larguei tudo imediatamente e mais uma vez fui para o Norte.

– Ele me esperava na estação com uma charrete e logo percebi que os dois últimos meses tinham sido muito difíceis para ele. Estava magro, aflito, sem o jeito extrovertido e jovial que lhe era peculiar. "O meu velho está morrendo", foram as suas primeiras palavras. "Não pode ser!", exclamei. "O que aconteceu?"

– "Apoplexia. Choque nervoso. Ele esteve por um triz o dia todo. Não sei se o encontraremos com vida", ele respondeu.

– Como você pode imaginar, Watson, fiquei horrorizado com essa notícia inesperada. "Qual foi a causa?", perguntei. "Ah! Essa é a questão. Venha e conversaremos a caminho. Lembra-se daquele camarada que apareceu aqui na véspera da sua partida?"

– "Perfeitamente", respondi. "Quer saber quem permitimos que entrasse em casa naquele dia?", ele replicou. "Não faço a menor ideia!", retruquei. "O demônio, Holmes!", ele exclamou.

– Olhei para ele assustado. "Sim, o diabo em pessoa. Não tivemos mais nenhum momento de sossego desde então. O meu pai não voltou mais a erguer a cabeça desde aquela noite. Agora, a vida dele está se esvaindo e seu coração está partido. E tudo por causa desse maldito Hudson", ele lamentou. "Que poder é esse que ele tem?", indaguei. "Eu daria tudo para saber. Como o meu velho, um homem nobre, bom, caridoso, teria caído nas garras desse miserável? Mas estou muito feliz por você ter vindo, Holmes! Confio no seu discernimento, na sua discrição e sei que me aconselhará da melhor maneira possível."

– Seguimos em disparada pela estrada branca plana, com um longo trecho dos Broads se estendendo à nossa frente, refletindo o brilho avermelhado do Sol poente. Em uma colina à esquerda avistei as altas chaminés e o mastro da bandeira que indicavam a residência do magistrado da região.

– "O meu pai contratou o sujeito como jardineiro", meu amigo disse. "Mas, como ele não ficou satisfeito com isso, foi promovido a mordomo. Ele parecia o dono da casa, andava à vontade e fazia o que bem entendia. As criadas queixavam-se de ele estar sempre bêbado e de seu linguajar grosseiro. Meu pai precisou aumentar o salário de todos os criados para compensá-los pelo aborrecimento. O sujeito chegou a pegar o barco e a melhor espingarda do velho e saiu para fazer pequenas caçadas. E tudo isso, com tamanho ar de deboche e insolência que eu o esmurraria vinte vezes por dia se ele fosse um homem da minha idade. Tive de me controlar ao máximo durante esse tempo todo, Holmes, mas agora me pergunto se, caso eu tivesse tomado uma atitude um pouco mais firme, não teria sido um homem mais sensato", ele prosseguiu.

– "A situação foi piorando e esse animal, Hudson, começou a ficar cada vez mais importuno, até que um dia, ao responder de modo insolente ao meu pai, na minha presença, agarrei-o pelo braço e o expulsei da sala. Ele se retirou sorrateiro, com um olhar envenenado que despejava mais ameaças do que sua língua poderia proferir. Não sei o que se passou entre o meu pobre pai e ele depois disso, mas, no dia seguinte, o velho me procurou para saber se eu me importaria de pedir desculpas a Hudson. Eu recusei, como você deve imaginar. Perguntei-lhe por que admitia que um desgraçado daqueles tomasse essas liberdades com ele em sua própria casa. 'Ah, meu filho, é muito fácil falar. Infelizmente, você não sabe da minha situação, Victor, mas um dia haverá de saber. Farei com que saiba, haja o que houver! Você não desejaria nada de mau para o seu pobre pai, não é mesmo?' Ele parecia muito emocionado e se trancou o dia inteiro no escritório. Pela janela, vi que ele escrevia copiosamente".

– "Então, nessa noite, aconteceu algo que seria um grande alívio para nós: Hudson avisou que iria embora. Ele entrou na sala onde nos sentamos depois do jantar e anunciou sua intenção, com a voz arrastada de um sujeito quase embriagado: 'Basta de Norfolk. Vou para a casa do sr. Beddoes, em Hampshire. Ele ficará tão contente de me ver como você ficou'. 'Você não vai sair daqui aborrecido, não é mesmo, Hudson?', o meu pai disse, com tanta humildade, que o meu sangue ferveu nas veias. 'Ele ainda não se desculpou comigo', o sujeito falou, de modo zangado, voltando-se para mim. 'Victor, você não reconhece que foi um pouco grosseiro com este sujeito honrado?', o meu pai perguntou, virando-se para mim. 'Muito pelo contrário! Acho que fomos pacientes demais com ele', respondi. 'Você acha isso mesmo? Pois bem, meu caro. Resolveremos isso depois!', ele rosnou".

– "Ele se retirou da sala, em seu andar arrastado, e meia hora depois foi embora da casa, deixando meu pai num lastimável estado de nervosismo. Noite após noite eu o escutava andando de um lado para o outro no quarto. Então, foi exatamente no momento em que ele começou a recuperar o sossego que o golpe fatal foi desferido", meu amigo falou. "Mas, como?", perguntei, ansioso. "Do modo mais extraordinário. Ontem à noite, chegou uma carta para o meu pai, com o carimbo da agência do correio de Fordingham. O velho a leu, colocou as mãos na cabeça e começou a correr pelo quarto, em pequenos círculos, como uma pessoa fora de si. Quando afinal consegui levá-lo para o sofá, notei que a boca e as pálpebras dele estavam contraídas para um lado. Então, percebi que tinha sofrido um derrame. O dr. Fordham foi imediatamente chamado e nós o pusemos na cama. Mas a paralisia se generalizou e ele não dá sinais de que vai recuperar a consciência. Acho pouco provável que o encontremos vivo", ele relatou. "Estou abismado, Trevor! Qual é o conteúdo dessa carta, para causar um efeito tão devastador?", indaguei. "Nada demais! E essa é a parte inexplicável da história. A mensagem era absurda e trivial. Ah! Meu Deus, aconteceu o que eu temia."

– Enquanto ele falava, viramos a curva da alameda e vimos, à luz crepuscular, que todas as persianas da casa haviam sido fechadas. Quando corremos para a entrada, vi o rosto do meu amigo contraído de dor. Um senhor de preto veio da casa para nos receber. "Quando aconteceu, doutor?", Trevor perguntou. "Assim que você saiu", foi a resposta. "Ele recuperou a consciência?", o meu amigo replicou. "Por um instante, antes do fim", o médico disse. "Ele deixou alguma mensagem para mim?", o filho indagou. "Só os papéis que estão na gaveta do fundo da escrivaninha japonesa."

– O meu amigo subiu com o médico até o quarto do falecido e eu fiquei no escritório, recapitulando o caso, sentindo-me mais triste do que jamais me sentira antes na vida. Qual teria sido o passado desse Trevor pugilista, viajante, garimpeiro, e como acabou caindo nas garras daquele marinheiro mal-encarado? Por que desmaiou ao ouvir a alusão às iniciais tatuadas quase apagadas em seu braço e por que haveria de morrer de susto ao receber uma carta de Fordingham? Lembrei-me de que Fordingham fica em Hampshire e que esse tal sr. Beddoes, a quem o marinheiro visitou e provavelmente chantageou, também morava nessa mesma região de Hampshire. Então, a carta podia ter vindo do Hudson, o marinheiro, dizendo que havia traído um segredo que parecia existir, ou, então, de Beddoes, para prevenir o velho amigo de que essa traição era iminente. Até aí, tudo parecia muito claro. Mas, então, como a carta poderia ser trivial e absurda, como o filho afirmou? Provavelmente, ele não a entendeu. Assim, talvez fosse um desses engenhosos códigos secretos que afirmam uma coisa, mas parecem significar outra.

– Eu precisava ver essa carta. Se ela tivesse algum significado oculto, com certeza eu conseguiria decifrá-lo. Fiquei ponderando a respeito disso mais de uma hora no escuro, até que por fim uma criada, chorando, trouxe um lampião. Atrás dela, veio o meu amigo Trevor, pálido mas conformado, segurando estes papéis, que agora estão aqui nos meus joelhos. Ele sentou-se diante de mim, aproximou o lampião da beira da mesa e me entregou um bilhete rabiscado, como você pode ver, numa única folha de papel cinzento, com os seguintes dizeres: *"Como vai? A fartura de caça para Londres acabou. Achamos que Hudson, o guarda, contou e viu tudo isso, então. É bom atender melhor, sem deixar fugir nada recebido para ajudar a salvar a fêmea sua, preservando a vida do faisão".*

– Quando li esse bilhete pela primeira vez, acho que fiquei tão desnorteado como você está agora. Então, eu o reli com toda atenção. Mas, evidentemente, como eu imaginara, havia um sentido oculto nessa estranha combinação de palavras. Será que expressões com *"É bom atender melhor"* e *"fêmea sua, do faisão"* teriam algum significado predeterminado? Tal significado seria arbitrário e, então, não poderia ser deduzido de modo algum, por ninguém. Para mim, porém, estava difícil aceitar essa coisa assim. A presença do nome "Hudson" parecia demonstrar que o assunto da mensagem era o que eu estava adivinhando e que o bilhete tinha sido enviado por Beddoes e não pelo marinheiro. Tentei inverter a ordem da frase, mas a combinação *"preservando o faisão, salvar a fêmea"* não foi promissora. Experimentei alternar palavras, mas nem *"a, de, para"* nem *"como vai, fartura, Londres"* pareciam esclarecer nada.

– Mas, de repente, a chave do enigma veio parar nas minhas mãos quando percebi que a última palavra de cada três, a contar da primeira, formava uma mensagem que poderia muito bem levar o velho Trevor ao desespero. O aviso era curto e grosso, como eu li para o meu amigo: *"A caça acabou. Hudson contou tudo. É melhor fugir para salvar sua vida".*

– Victor Trevor cobriu o rosto com as mãos trêmulas. "Sim, eu acho que é isso", ele disse. "É pior do que a morte, porque também significa a desonra. Mas qual é o significado de 'o guarda' e 'fêmea sua'?"

– "Não tem nada a ver com a mensagem, mas pode significar muita coisa se tivermos outros meios de descobrir o remetente. Veja que ele começa escrevendo: '... A ... caça ...', e assim por diante. Depois, para acompanhar a codificação preestabelecida, teve de encontrar palavras para encher os espaços. É claro que usou as primeiras que lhe vieram à mente e, como são tantas as referências a esse esporte, é quase possível ter certeza de que é alguém aficionado por caça ou uma pessoa que se interessa pela criação de aves. Sabe alguma coisa sobre esse Beddoes?", perguntei. "Já que você mencionou, lembrei que o velho costumava ser convidado para caçar na reserva dele, todo ano, no outono", ele respondeu. "Então, sem dúvidas, o bilhete veio dele. Só nos resta descobrir qual é o segredo que esse marinheiro parece ter, para ameaçar e pairar sobre a cabeça desses dois homens ricos e respeitáveis", concluí.

– "Infelizmente, Holmes, receio que seja algum pecado vergonhoso!", o meu amigo exclamou. "Mas não tenho segredos com você. Aqui está a declaração feita pelo meu pai quando percebeu que o perigo que Hudson representava se tornou iminente. Encontrei-a na escrivaninha japonesa, como ele disse ao médico. Pegue e leia para mim, pois não tenho forças nem coragem para eu mesmo fazer isso."

– São exatamente esses os papéis que ele me entregou, Watson. Quero lê-los para você como os li para ele no velho gabinete naquela noite. Estão endossados no verso, como você pode ver: "Alguns detalhes da viagem da embarcação *Gloria Scott*, desde que deixou Falmouth no dia 8 de outubro de 1855, até a sua destruição em 15 graus e 20 minutos de latitude Norte e 25 graus e 14 minutos de longitude Oeste, no dia 6 de novembro do mesmo ano". Está sob a forma de carta e traz o conteúdo a seguir:

*"Meu querido filho,*

*Agora que a desgraça iminente começa a obscurecer os últimos anos da minha vida, posso escrever com toda sinceridade e honestidade que não é o temor da lei, nem a perda da minha posição no condado, nem a minha queda aos olhos de todos os meus conhecidos que me corta o coração, mas é o pensamento de você se envergonhar por minha causa, você que me ama e que raramente, espero, teve motivos para não me respeitar. Mas, se cair sobre mim o golpe que sempre me ameaça, então quero que leia isto, para que você possa saber diretamente de mim até onde eu fui culpado. No entanto, se tudo correr bem (uma graça que o todo--poderoso Deus pode me conceder!), então, se por acaso este papel ainda não tiver sido destruído e cair em suas mãos, eu lhe imploro, por tudo o que você considera sagrado, pela memória de sua querida mãe e pelo amor que houve entre nós, para que o jogue no fogo e nunca mais pense nisso.*

*Mas, se os seus olhos continuarem a ler estas linhas, sei que já terei sido desmascarado e expulso da minha casa ou, o que é mais provável, pois você sabe que o meu coração está fraco, já estarei deitado, com a língua selada para sempre, no meu leito de morte. Em qualquer dos casos, o tempo de me omitir já passou e cada palavra que eu disser é a verdade nua e crua, isso eu juro, com tanto fervor quanto espero por misericórdia.*

*O meu sobrenome, caro filho, não é Trevor. Eu fui James Armitage, na minha juventude, e você pode entender agora o choque que tive há algumas semanas quando o seu colega de faculdade se dirigiu a mim com palavras que pareciam implicar que ele havia descoberto meu segredo. Como Armitage, trabalhei para uma casa bancária de Londres; como Armitage, fui condenado por violar as leis do meu país e fui condenado ao degredo. Não pense muito mal de mim, meu filho. Era uma dívida de honra, por assim dizer, que eu tinha de pagar e usei dinheiro que não era meu para fazer isso, na certeza de que conseguiria devolvê-lo antes da possibilidade da falta ser percebida. Mas o mais terrível azar me perseguiu. O dinheiro com que eu contava jamais chegou às minhas mãos e uma prestação de contas antecipada revelou o meu déficit. O caso poderia ter sido tolerado, mas há trinta anos as leis eram aplicadas com mais severidade do que agora e, no meu vigésimo terceiro aniversário, eu me vi acorrentado como um criminoso, junto com outros trinta e sete condenados, nas cobertas entre os conveses do barco Gloria Scott, com destino à Austrália.*

*Isso foi no ano de 1855, quando a Guerra da Crimeia estava no auge e os velhos navios de condenados passaram a ser amplamente utilizados para transporte de cargas no Mar Negro. O governo foi obrigado, então, a usar embarcações menores e menos adequadas para enviar os prisioneiros. O Gloria Scott servia no comércio de chá da China, mas era um navio antiquado, muito pesado, largo demais e foi substituído por embarcações novas, mais ágeis. Tratava-se de um barco de quinhentas toneladas e, além dos trinta e oito prisioneiros, transportava vinte e seis tripulantes, dezoito soldados, o capitão, três imediatos, um médico, um capelão e quatro carcereiros. No total, levava quase uma centena de almas quando partimos de Falmouth.*

*As divisórias entre as celas dos condenados, em vez de serem grossas e de carvalho espesso, como é costume em navios de condenados, eram muito finas e frágeis. O homem que ficou perto de mim, no lado da popa, era alguém em quem eu havia reparado particularmente quando viemos pelo cais. Ele era um sujeito jovem, de rosto claro, sem barba, nariz comprido, fino, e seu queixo mais parecia um quebra-nozes. Ele caminhava com a cabeça erguida alegremente no ar, tinha um jeito arrogante de andar e, acima de tudo, era notável por sua extraordinária estatura. Não creio que alguma de nossas cabeças chegasse aos seus ombros e tenho certeza de que ele não mediria menos que um metro e noventa e oito de altura. Era estranho, entre tantos rostos tristes e cansados, ver alguém tão cheio de energia e determinação. A visão dele era como um incêndio no meio de uma tempestade de neve. Fiquei feliz, então, ao descobrir que ele seria meu vizinho e mais feliz ainda fiquei quando, na calada da noite, ouvi um sussurro perto de meu ouvido e descobri que ele conseguira fazer uma abertura na tábua que nos separava.*

*– Olá, amigo! – ele me cumprimentou. – Como se chama e por que está aqui?*

*Respondi-lhe e, em troca, perguntei com quem estava falando.*

*– Sou Jack Prendergast – ele retrucou. – Juro por Deus que você aprenderá a abençoar o meu nome antes de me ver pelas costas.*

*Lembrei-me de ter ouvido falar do caso dele, pois foi algo que teve imensa repercussão em todo o país pouco tempo antes da minha prisão. Ele era um sujeito de boa família, muito capacitado, mas de hábitos incuravelmente perniciosos. Com um engenhoso sistema de fraude, subtraiu enormes somas de dinheiro dos principais comerciantes londrinos.*

*– Ah! Você se lembra do meu caso! – ele perguntou, orgulhoso.*

— Muito bem, na verdade — repliquei.
— Então, será que você se lembra de um detalhe importante?
— Qual seria?
— Diziam que eu tinha quase um quarto de milhão, não é?
— Sim, muita gente dizia isso.
— Mas nada desse dinheiro foi recuperado, certo?
— Não, não foi.
— Bem, onde você acha que está o ponto de equilíbrio? — ele perguntou.
— Não faço ideia — respondi.
— Bem aqui, na palma da minha mão, entre meu polegar e o indicador! — ele exclamou. — Juro por Deus que eu tenho mais libras em meu nome do que você tem cabelos na sua cabeça. Então, meu caro, quando você tem dinheiro, e sabe como lidar com ele e como distribuí-lo, você consegue fazer qualquer coisa. Agora, você acha provável que um homem, que poderia fazer qualquer coisa, vai gastar as calças sentado no porão fedorento de um navio de cabotagem da China, embolorado, uma banheira velha e estropiada, cheia de ratos e baratas? Não, senhor, esse homem vai cuidar de si mesmo e de seus amigos, pode ter certeza disso! Confie nele e pode beijar o livro sagrado acreditando que ele vai ajudar você.

Esse era o estilo dele conversar. A princípio, não achei que significasse nada, mas, depois de um tempo, após me testar e jurar com toda a solenidade possível, ele me fez entender que tinha realmente um plano para assumir o comando do navio. Uma dúzia de prisioneiros tinha preparado o plano antes mesmo do embarque. Prendergast era o líder e seu dinheiro era o poder motivador.

— Tenho um parceiro — ele disse. — Ele é um homem bom e raro, tão fiel quanto a coronha para a espingarda. Conseguiu a grana e está com ela. Quer saber onde ele está agora? Ora, ele é o capelão deste navio. Sim, é o capelão, ninguém menos que ele! Subiu a bordo com uma capa preta, documentos em ordem e dinheiro suficiente no baú para comprar tudo, desde a quilha até o mastro principal. A tripulação é dele, de corpo e alma. Ele comprou essa gente com muito dinheiro, até com desconto,

*porque pagou à vista, antes mesmo que eles percebessem. Ele tem dois carcereiros, Mercer, o segundo imediato, e pagaria o capitão, se achasse que valeria a pena.*
*– O que faremos, então? – perguntei.*
*– O que você acha? – ele retrucou. – Vamos deixar os casacos de alguns desses soldados mais vermelhos do que o próprio alfaiate seria capaz de fazer.*
*– Mas eles estão armados! – argumentei.*
*– E nós também, meu rapaz. Temos um par de pistolas para todos os filhos da mãe que estão conosco, e se não conseguirmos tomar este navio, com a tripulação às nossas costas, é hora de todos nós sermos enviados para um orfanato de menores abandonados. Converse com o seu parceiro do lado esquerdo esta noite e veja se ele é confiável.*
*Fiz isso e descobri que o meu outro vizinho era um jovem na mesma situação que a minha, cujo crime foi de falsificação. Seu nome era Evans, mas depois foi mudado como o meu, e atualmente é um homem rico e próspero que vive no sul da Inglaterra. Ele estava pronto para se juntar à conspiração, como o único meio de nos salvarmos. Antes mesmo de termos atravessado a baía, apenas dois prisioneiros não estavam no conluio. Um deles era de mente fraca e ninguém ousava confiar nele. O outro sofria de icterícia e não seria útil para nós.*
*Desde o início, não havia realmente nada que nos impedisse de tomar posse do navio. A tripulação era um bando de encrenqueiros, especialmente escolhidos para o serviço. O falso capelão entrava nas nossas celas para nos exortar, com uma sacola preta, supostamente cheia de folhetos. Tantas vezes ele veio que, no terceiro dia, cada um tinha guardado no pé de sua cama uma lima, um par de pistolas, meio quilo de pólvora e vinte balas. Dois dos guardas eram agentes do Prendergast e o segundo imediato era seu braço direito. Tínhamos contra nós apenas o capitão, os outros dois imediatos, dois carcereiros, o tenente Martin e seus dezoito soldados e o médico. No entanto, por mais seguro que parecesse, decidimos não negligenciar nenhuma precaução, atacando de surpresa à noite. Isso, no*

entanto, aconteceu antes do que esperávamos e da forma que vou narrar a seguir.

Uma tarde, na terceira semana após a nossa partida, o médico desceu para ver um prisioneiro que estava doente e, ao colocar a mão no fundo da cama dele, sentiu o contorno das pistolas. Se tivesse ficado em silêncio, ele poderia ter estragado a coisa toda, mas era um sujeito nervoso e, então, soltou um grito de surpresa, ficando tão pálido que no mesmo instante o homem percebeu o que estava acontecendo e o agarrou. Ele foi amordaçado e amarrado na cama, antes que pudesse dar o alarme. Já que a porta que levava ao convés tinha sido deixada destrancada por ele, nós saímos por ela apressadamente. Dois soldados que estavam de sentinela foram abatidos, assim como o cabo que veio correndo ver o que estava acontecendo. Dois outros soldados protegiam a porta da cabine de dormir, mas seus mosquetes não deviam estar carregados, pois eles não atiraram contra nós e foram baleados enquanto tentavam fixar suas baionetas. Seguimos, então, correndo para a sala de comando, mas, ao abrir a porta, houve uma explosão lá dentro e vimos o capitão com os miolos estourados caído sobre o mapa do Atlântico pregado na mesa. Ao seu lado, o capelão permanecia em pé, com uma pistola na mão ainda fumegante. Os dois imediatos tinham sido capturados pela tripulação e o caso todo parecia estar encerrado.

Como a sala de comando ficava ao lado da cabine, nela nos reunimos, esparramados no chão e nos sofás, com todo mundo falando ao mesmo tempo, em delírio pela sensação de estar livres novamente. Havia armários por toda parte e Wilson, o falso capelão, arrombou um deles, tirando de lá uma dúzia de garrafas de vinho tinto. Quebramos o gargalo das garrafas, enchemos as canecas e no mesmo instante em que as erguíamos para comemorar, sem qualquer aviso, o estrondo de mosquetes chegou aos nossos ouvidos. A sala ficou tão cheia de fumaça que não conseguíamos enxergar do outro lado da mesa. Quando a espantosa fumaceira se dissipou, o lugar parecia um verdadeiro matadouro. Wilson e outros oito homens se retorciam amontoados uns sobre os outros no chão. A cena de sangue e vinho tinto em cima daquela mesa me deixa enjoado ainda hoje *quando penso nisso. Ficamos tão apavorados com essa visão que acho que teríamos desistido de tudo se não fosse o Prendergast. Ele gritou como um touro enfurecido e correu para a porta com todos os sobreviventes atrás dele. Quando saímos, na popa estava o tenente junto com dez dos seus homens. As claraboias basculantes acima da mesa do salão tinham ficado entreabertas e eles haviam atirado em nós através dessas fendas. Lançamo-nos sobre os onze antes que pudessem recarregar. Eles lutaram como homens, mas a nossa superioridade prevaleceu e em cinco minutos estava tudo acabado.*

*Meu Deus! Jamais houve uma carnificina como a desse navio! Prendergast agia como um diabo descontrolado, pegando os soldados como se fossem crianças e jogando-os ao mar, vivos ou mortos. Um sargento, que estava terrivelmente ferido, ainda assim continuou nadando por um tempo surpreendente, até que alguém explodiu seu cérebro, dando-lhe um tiro de misericórdia. Quando a luta terminou, não restavam outros inimigos senão os carcereiros, os imediatos e o médico.*

*Então, por causa deles surgiu uma grande discussão. Muitos de nós estávamos suficientemente satisfeitos com a reconquista da liberdade e, portanto, não desejávamos assassinatos desnecessários pesando em nossas consciências. Uma coisa era enfrentar e derrubar soldados de armas em punho. Outra era presenciar homens sendo mortos a sangue frio. Oito de nós, cinco condenados e três marinheiros, dissemos que isso não deveria ser feito. Mas nada demoveria Prendergast e os que estavam com ele. A nossa única chance de salvação estaria em fazer um serviço limpo, ele disse, sem deixar para trás língua capaz de depor contra nós no banco de testemunhas. Quase compartilhamos do destino dos prisioneiros, mas por fim ele disse que, se quiséssemos, poderíamos pegar um bote e partir. Aceitamos a oferta, pois já estávamos fartos daquelas atitudes sanguinárias e vimos que seria pior se não fizéssemos isso. Cada um de nós recebeu um uniforme de marinheiro, um barril de água e mais duas barricas, uma de carne-seca e outra com biscoitos, além de uma bússola. Prendergast nos jogou um mapa, disse que éramos marinheiros náufragos, cujo navio* afundara na latitude de 15 graus Norte e na longitude de 25 graus Oeste e depôs as amarras e nos abandonou.

E agora eu chego à parte mais surpreendente da minha história, meu querido filho. Durante o motim, os marinheiros tinham içado o mastro da vela de mezena, mas, quando os deixamos, colocaram-no novamente no quadrante certo e como havia um vento leve do Norte e do Leste a embarcação começou a se afastar lentamente de nós. O nosso bote ficou à deriva, subindo e descendo, ao sabor de longas marolas suaves. Evans e eu, que éramos os mais instruídos da turma, estávamos sentados examinando a nossa posição e planejando para qual costa deveríamos seguir. Era uma decisão difícil, pois o Cabo Verde ficava cerca de oitocentos quilômetros ao norte e a costa africana cerca de mil e cem a leste de nós. No final, como o vento soprava para o norte, achamos que Serra Leoa poderia ser melhor e giramos o nosso leme nessa direção, com o bote nessa ocasião quase virado de estibordo. De repente, quando olhamos nessa direção, vimos uma densa nuvem negra de fumaça subindo no horizonte, erguendo-se como uma árvore monstruosa sobre a linha do céu. Alguns segundos depois, o rugido de um trovão explodiu em nossos ouvidos. Quando a fumaça diminuiu, não havia sinal do Gloria Scott. No mesmo instante, giramos novamente o leme do bote e remamos com todas as nossas forças para o local onde a neblina ainda pairava sobre a água, marcando a cena dessa catástrofe.

Demoramos uma longa hora para chegar e, a princípio, temíamos ter chegado tarde demais para salvar alguém. Um escaler danificado e algumas caixas e fragmentos de mastros que subiam e desciam as ondas nos mostravam onde a embarcação tinha afundado. Mas não havia sinal de vida. Estávamos nos afastando sem esperança de resgatar alguém, quando ouvimos um grito de socorro e vimos a uma certa distância um pedaço dos destroços com um homem deitado estendido em cima. Quando o puxamos para bordo do barco, verificamos ser um jovem marinheiro de nome Hudson, que estava tão queimado e tão exaurido que só na manhã seguinte conseguiu nos dar conta do que tinha acontecido.

Parece que, após sairmos, Prendergast e seus asseclas passaram a matar os cinco prisioneiros restantes. Os dois carcereiros foram baleados e *jogados ao mar, assim como o terceiro imediato. Prendergast, então, desceu para as cobertas entre os conveses e, com as próprias mãos, cortou a garganta do desafortunado cirurgião. Restava apenas o primeiro imediato, que era um homem ousado e ativo. Quando viu o condenado se aproximando com a faca ensanguentada na mão, ele conseguiu encontrar um jeito de se soltar e de se livrar das amarras. Então, correndo pelo convés, ele praticamente mergulhou no porão. Uma dúzia de condenados, que desceu com pistolas em busca dele, encontrou-o com uma caixa de fósforos na mão, sentado ao lado de um barril de pólvora aberto e que era um dos cem armazenados a bordo, jurando que mandaria tudo pelos ares se de alguma maneira ele fosse molestado. Um instante depois, a explosão ocorreu, embora Hudson acreditasse que tivesse sido causada por uma bala perdida de um dos condenados, e não pelos fósforos do imediato. Seja lá como for, esse foi o fim do Gloria Scott e da escória que se apossou do comando do barco.*

*Esta é, em poucas palavras, meu querido filho, a história desse caso terrível em que eu estive envolvido. No dia seguinte fomos apanhados pelo brigue Hotspur, com destino à Austrália, cujo capitão não teve dificuldades para acreditar que éramos sobreviventes de um navio de passageiro afundado. O cargueiro Gloria Scott foi declarado perdido no mar pelo almirantado e nenhuma palavra jamais vazou quanto ao seu verdadeiro destino. Depois de uma excelente viagem, o Hotspur nos desembarcou em Sydney, onde Evans e eu mudamos os nossos nomes e seguimos para o garimpo. Ali, entre a multidão de pessoas reunidas de todas as nações, não tivemos dificuldade em esquecer as nossas antigas identidades. Quanto ao resto, não preciso contar. Nós prosperamos, viajamos, voltamos para a Inglaterra como ricos colonos e compramos propriedades rurais. Por mais de vinte anos, levamos vidas úteis e tranquilas. Achávamos que o nosso passado estivesse enterrado para sempre. Imagine, então, os meus sentimentos quando reconheci imediatamente no marinheiro que veio até nós o homem que salvamos no naufrágio. De alguma forma ele nos rastreou, disposto a viver às custas dos nossos medos. Agora você pode entender por que eu me esforcei tanto para viver em paz com ele e vai, em certa medida, conseguir compreender o medo que tomou conta de mim quando observar esse mesmo medo passando de mim para a outra vítima, por causa das ameaças dele, de dar com a língua nos dentes".*

Embaixo estava escrito, de maneira quase ilegível, com a letra de uma mão muitíssimo trêmula: "Beddoes escreveu em código para dizer que H. contou tudo. Bondoso Deus, tem piedade das nossas almas!".

– Foi essa a narrativa que naquela noite eu li para o jovem Trevor e acho, Watson, que pelas circunstâncias foi realmente dramática. O meu bom amigo ficou de coração despedaçado e partiu para plantar chá em Terai, onde ouvi dizer que vai muito bem. Quanto ao marinheiro e Beddoes, ninguém jamais ouviu falar novamente deles depois do dia em que o bilhete cifrado foi escrito. Ambos desapareceram total e completamente. Nenhuma queixa foi apresentada à polícia. Beddoes deve ter recebido a ameaça como realidade. Hudson foi visto à espreita e acredita-se na polícia que ele tenha liquidado Beddoes e depois fugido. Para mim, eu acredito que a verdade seja exatamente o oposto. Acho muito mais provável que, tomado de desespero e acreditando que já havia sido traído, Beddoes se vingou do Hudson e fugiu do país com todo o dinheiro em que conseguiu colocar as mãos. São esses os fatos do caso, meu caro doutor, e se de alguma forma forem úteis para a sua coletânea, esteja certo de que coloco esses papéis inteiramente à sua disposição com o maior prazer.

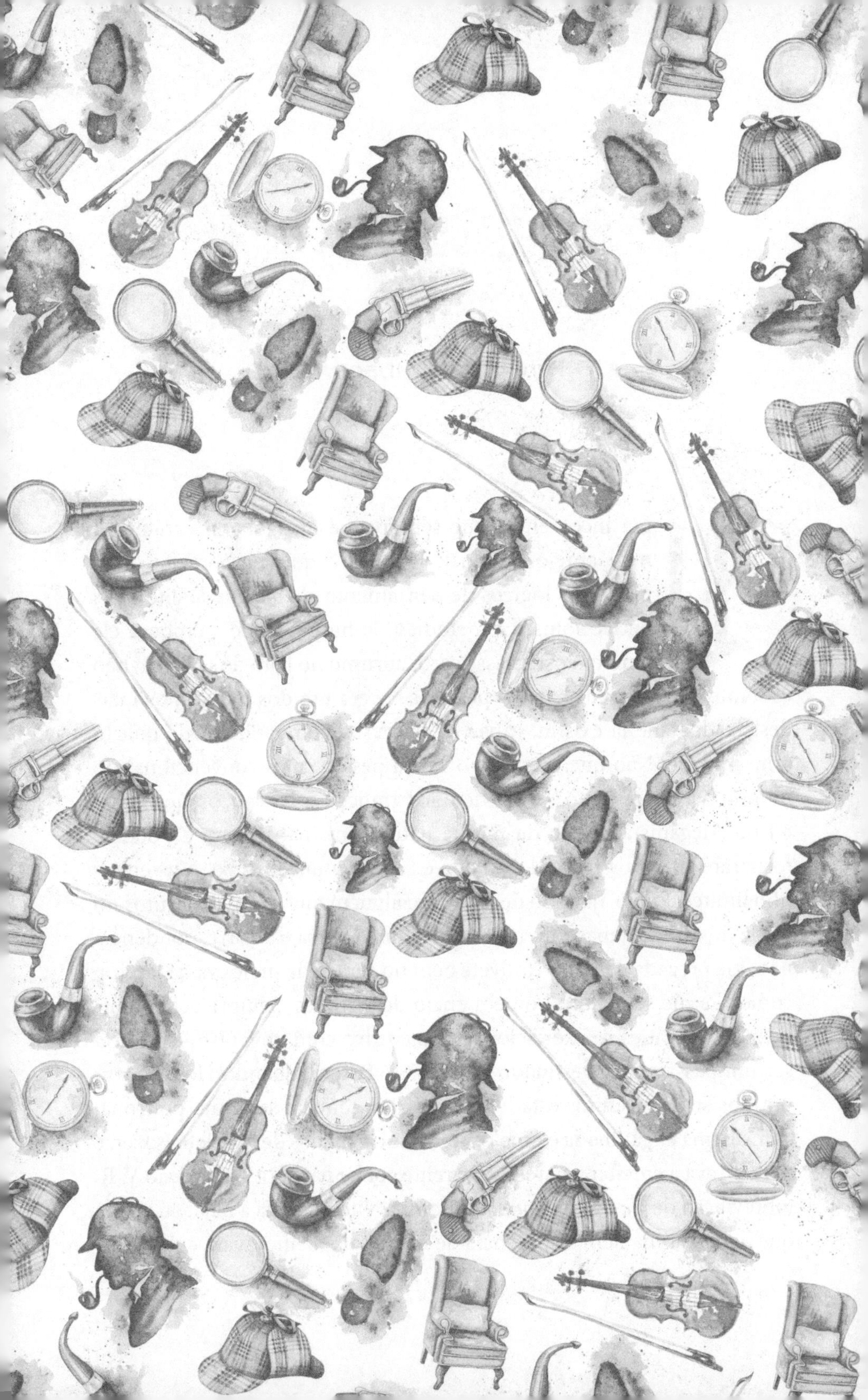

# Aventura VI

• O RITUAL DOS MUSGRAVE •

Uma incoerência que sempre me intrigou no caráter do meu amigo Sherlock Holmes é que, embora em seus processos lógicos de pensamento ele fosse o sujeito mais perfeccionista e metódico da humanidade e embora ele também ostentasse certo aprumo no jeito de se vestir, não obstante isso, em seus hábitos pessoais ele era um dos indivíduos mais desleixados que já existiu, capaz de levar seu companheiro de quarto à insanidade. Não que eu mesmo seja a pessoa mais convencional do mundo a esse respeito. O serviço aos trancos e barrancos que prestei no Afeganistão, além da minha natural inclinação para a boêmia, tornaram-me mais relaxado do que é cabível a um médico. Mas eu tenho limites. Então, quando deparo com alguém que guarda charutos no balde do carvão, tabaco no fundo do chinelo persa e a correspondência não lida pregada com um canivete bem no centro da moldura da lareira, começo a me sentir um homem cheio de virtudes. Sempre achei também que a prática de exercícios de tiro ao alvo com uma pistola deveria ser um passatempo destinado ao ar livre. Porém, quando Holmes, em um dos seus estranhos estados de espírito, sentava-se numa poltrona, com a arma engatilhada e uma centena de cartuchos de espoleta Boxer, e se dedicava a enfeitar a parede em frente com a patriótica inscrição V. R. (abreviação de *Victoria Regina*, ou Rainha Vitória) feita à bala, eu sentia que nem o clima nem a aparência de nossa sala melhoravam com isso.

Os nossos aposentos estavam sempre abarrotados de reagentes químicos e relíquias criminais, que vagavam pelos lugares mais absurdos e terminavam guardados na manteigueira ou até em locais ainda menos recomendáveis. Mas a papelada dele era a minha grande cruz. Ele sentia horror pela destruição de documentos, especialmente os que se relacionavam a casos passados, mas só uma vez por ano, ou a cada dois anos, conseguia juntar forças para classificá-los e organizá-los. Isso porque, como já mencionei em algum lugar nestas memórias incoerentes, as explosões de energia apaixonada, que ocorriam quando ele executava as façanhas notáveis associadas ao seu nome, eram seguidas de reações letárgicas, durante as quais permanecia deitado, com seu violino ou seus livros, mal se movimentando, a não ser para ir do sofá para a mesa. Assim, mês após mês, a papelada se acumulava, até cada canto da sala ficar coberto de pacotes de manuscritos, que de modo algum deviam ser queimados e só podiam ser descartados por ele mesmo. Certa noite, no inverno, quando nos sentamos perto da lareira, eu me aventurei a lhe sugerir que, como ele já havia terminado de colar recortes de jornais em seu álbum de recordações, poderia dedicar as duas horas seguintes a tornar o nosso espaço um ambiente um pouco mais habitável. Acabrunhado, porque não podia negar a justeza do meu pedido, foi para o quarto, de onde retornou pouco depois trazendo uma grande arca de metal. Ele a colocou no chão no meio da sala, agachou-se para sentar-se em uma banqueta diante dela e destampou-a. Notei que essa arca já estava quase cheia de maços de documentos atados com fita vermelha, separados em pacotes, faltando apenas um terço para lotá-la.

– Tenho casos demais aqui, Watson – Holmes disse, lançando-me um olhar matreiro. – Eu acho que, se você conhecesse todo o conteúdo dessa arca, seria bem capaz de me pedir que, em vez de guardar mais documentos, eu descartasse alguns!

– Então, são registros dos seus primeiros trabalhos? – perguntei.
– Muitas vezes desejei ter anotações desses casos.
– Sim, meu caro amigo. Tudo foi feito precocemente, antes que o meu biógrafo surgisse para me cobrir de glória.

Ele erguia um pacote após outro, com gestos de ternura, quase com carinho.

– Nem todos podem ser considerados bem-sucedidos, Watson. Mas, entre eles, alguns são bem intrigantes. Aqui, tenho os dados dos assassinos de Tarleton, o caso de Vamberry, o comerciante de vinhos, a aventura da velha senhora russa, o caso singular da muleta de alumínio, além do depoimento completo de Ricoletti, o perna de pau, e de sua abominável mulher. E isso aqui, ora! É realmente algo um tanto bizarro...

Ele mergulhou o braço no fundo da arca, para retirar uma pequena caixa de madeira, com tampa deslizante, dessas que servem para guardar brinquedos de crianças. De dentro, tirou um papel amassado, uma antiga chave de bronze, um pino de madeira no qual estava preso um novelo de barbante, e três velhos discos de metal enferrujados.

– Bom, meu caro amigo, o que acha disso? – ele perguntou, rindo do meu espanto.

– É uma coleção curiosa.

– Muito curiosa. E a história que gira em torno dela vai surpreendê-lo por ser mais curiosa ainda.

– Então essas relíquias têm história?

– Tanta que elas *são* a própria história.

– O que você quer dizer com isso?

Sherlock Holmes foi colocando aquelas coisas uma a uma ao longo da borda da mesa. Depois, voltou a sentar-se e ficou a observá-las com um brilho de satisfação nos olhos.

– Isso – ele disse – foi tudo o que restou para eu me lembrar do episódio do Ritual dos Musgrave.

Ele já havia mencionado o caso para mim mais de uma vez, embora eu jamais tivesse conseguido juntar os detalhes.

– Muito me alegraria se você me contasse o que aconteceu.

– Deixando essa bagunça toda como está? – ele perguntou com um sorriso irônico. – Vejo que seu espírito de arrumação não suporta muita pressão, Watson. Mas eu ficaria contente se você acrescentasse esse caso aos seus anais, pois existem pontos nele que o tornam absolutamente único nos registros criminais deste ou mesmo, creio, de qualquer outro país. Qualquer coletânea das minhas insignificantes realizações certamente ficaria incompleta se não incluísse o relato de um caso tão singular quanto este.

– Você haverá de se lembrar de que a aventura do *Gloria Scott* e a minha conversa com o sujeito desafortunado cujo destino lhe contei foi o primeiro caso que me levou a seguir no rumo da profissão que se tornou o meu jeito de ganhar a vida. Atualmente, o meu nome se tornou amplamente conhecido e, de modo geral, sou tido tanto pelo público quanto pela polícia como a mais alta corte de apelação em casos duvidosos. Quando você me conheceu, na época do caso que você celebrou em *Um estudo em vermelho*, eu já havia conquistado uma cota de clientes considerável, embora não muito lucrativa. Então, não pode imaginar como o começo foi difícil e quanto tempo demorei para progredir na carreira.

– Quando me mudei para Londres, eu morava na Montague Street, quase na esquina do Museu Britânico, que eu frequentava assiduamente e onde ocupava as minhas abundantes horas vagas estudando todos os ramos da ciência que pudessem me tornar mais eficiente. De vez em quando apareciam alguns casos, trazidos sobretudo pela intermediação de antigos colegas, pois nos meus últimos anos de universidade já se falava muito sobre mim e a respeito dos métodos que eu utilizava. O terceiro desses casos foi o Ritual dos Musgrave, e ao interesse que essa singular sequência de eventos despertou e às grandes questões que estiveram em jogo deve-se o meu primeiro grande passo rumo à posição que atualmente ocupo.

– Reginald Musgrave estudou na mesma faculdade que eu e nós nos conhecíamos superficialmente. Ele não era muito popular entre os colegas, embora para mim aquilo que nele era considerado orgulho, na verdade, era uma tentativa de ocultar sua extrema timidez natural. Sua aparência não podia ser mais aristocrática: ele era alto e magro, tinha o nariz empinado, olhos grandes e comportamento lânguido, mas gentil. Ele era, de fato, descendente de uma das mais antigas famílias do reino, embora pertencendo a um ramo mais novo, que se separou dos

Musgrave do norte durante o século XVI, para se estabelecer no oeste de Sussex, onde o solar de Hurlstone talvez seja a construção habitada mais antiga do condado. Algo da terra natal parecia ter aderido ao sujeito e eu jamais olhava para aquele rosto pálido, mas refinado, ou para a postura de sua cabeça sem associá-los às arcadas cinzentas, às janelas gradeadas e a todas as veneráveis ruínas de uma moradia feudal. Conversamos algumas vezes e lembro-me de ele ter manifestado grande interesse pelos meus métodos de observação e dedução.

– Durante quatro anos, fiquei sem saber nada dele, até que certa manhã ele apareceu na minha sala na Montague Street. Ele havia mudado pouco, vestia-se como um rapaz da moda, pois sempre fora um almofadinha, e preservava o mesmo jeito calmo e tranquilo que o distinguia anteriormente. "Como tem passado, Musgrave?", perguntei, depois de apertarmos as mãos cordialmente. "Você provavelmente soube da morte do meu pobre pai", ele respondeu. "Faleceu há cerca de dois anos. Desde então, administro as propriedades de Hurlstone e, como sou membro do conselho do distrito também, a minha vida tem sido bem movimentada. Mas ouvi dizer, Holmes, que você vem encontrando aplicações pragmáticas para aquelas suas capacidades com as quais costumava nos surpreender", Musgrave comentou. "Sim, passei a viver de acordo com a minha inteligência e os meus talentos", retruquei. "Fico feliz em saber, pois o seu aconselhamento neste momento seria extremamente valioso para mim. Aconteceram algumas coisas muito estranhas em Hurlstone e a polícia não foi capaz de esclarecer o assunto, algo realmente extraordinário e inexplicável", ele disse.

– Você pode imaginar com que ansiedade o escutei, Watson, pois a grande chance que eu almejava durante todos aqueles meses de inatividade parecia estar ao meu alcance. No fundo do coração, eu acreditava que poderia ser bem-sucedido no que os outros tinham fracassado e que essa era a oportunidade de me testar. "Por favor, conte-me os detalhes", solicitei.

– Reginald Musgrave sentou-se à minha frente e acendeu o cigarro que lhe ofereci. "Como você deve saber, embora eu seja solteiro, tenho de manter uma considerável quantidade de criados em Hurlstone, pois é um lugar velho e labiríntico, que precisa de muitos cuidados de manutenção. Também tenho uma reserva de caça e na temporada dos faisões eu costumo receber uma turba em casa, de modo que não posso dispensar nenhum empregado. No total, são oito criadas, a cozinheira, o mordomo, dois criados e um pajem. O jardim e os estábulos têm, é claro, pessoal específico", ele disse.

– "Desses empregados, o que está em serviço conosco há mais tempo é Brunton, o mordomo. Ele era um jovem professor desempregado quando foi contratado pelo meu pai. Sendo um sujeito de muita energia e personalidade, logo se tornou indispensável na casa. É um homem de porte, vistoso, com uma testa larga, esplêndida e, embora nos sirva há vinte anos, não deve ter passado dos 40 anos de idade ainda. Com suas qualidades pessoais e seus talentos extraordinários, pois ele fala vários idiomas e toca quase todos os instrumentos musicais, é de admirar que tenha ficado satisfeito por tanto tempo em tal posição. Acho que ele está em uma situação confortável e sem disposição para enfrentar alguma mudança. De qualquer forma, o mordomo de Hurlstone é sempre uma referência lembrada por todos os que nos visitam", Musgrave prosseguiu.

– "Mas esse paradigma do homem ideal tem um defeito: ele é um pouco Don Juan e, como você pode imaginar, para um homem como ele não é difícil representar esse papel em um tranquilo distrito do interior. Enquanto era casado, tudo correu bem, mas depois que ficou viúvo tivemos uma série infindável de aborrecimentos com ele. Há poucos meses, tivemos esperanças de que ele fosse colocar novamente a cabeça no lugar, pois ficou noivo de Rachel Howells, uma das nossas criadas. Ele, porém, desistiu dela e passou a se envolver com Janet Tregellis, a filha do chefe dos guardas da caça. Rachel, que é uma boa moça mas temperamental como qualquer galesa, teve uma febre alta que abalou um pouco sua mente, e ela passou a perambular pela casa – pelo menos até ontem – como uma assombração de si mesma. Esse foi o primeiro drama que ocorreu em Hurlstone, mas logo acabou sendo afastado das nossas preocupações por outro, prenunciado pela desonra e demissão do mordomo Brunton", o meu visitante continuou a contar.

– "Pois bem, aconteceu o seguinte: como eu disse, o sujeito é um homem inteligente, mas foi exatamente essa inteligência que causou sua ruína, pois parece ter estimulado nele uma insaciável curiosidade sobre coisas que absolutamente não lhe diziam respeito. Eu não imaginava a que ponto ele chegaria, até que um pequeno incidente abriu os meus olhos para isso. Como já mencionei, a mansão é labiríntica. Na semana passada, um dia, ou para ser mais exato, na noite da quinta-feira, eu não conseguia dormir porque tomei inadvertidamente uma xícara de café forte após o jantar. Desistindo de lutar contra a insônia depois das duas da madrugada, levantei-me e acendi uma vela, com a intenção de continuar a leitura de um romance que estava lendo. Mas tinha deixado o livro na sala de bilhar. Então, vesti o roupão e saí com o intuito de buscá-lo. Para alcançar a sala de bilhar, eu precisava descer um lance de escadas e depois cruzar o início do corredor que vai para a biblioteca e a sala de armas. Imagine a minha surpresa quando olhei por esse corredor e vi um reflexo de luz saindo da porta aberta da biblioteca, sabendo que eu mesmo tinha apagado a lâmpada e fechado a porta antes de me deitar! Naturalmente, a primeira coisa que pensei foi em assaltantes. Os corredores de Hurlstone têm as paredes amplamente decoradas com panóplias de armas antigas. Em uma delas, peguei um machado de guerra e, então, deixando a vela para trás, eu me esgueirei na ponta dos pés pelo corredor e espiei pela porta aberta", Musgrave seguiu seu relato.

– "Brunton, o mordomo, estava na biblioteca, sentado em uma cadeira, perfeitamente arrumado, segurando um papel que parecia um mapa estendido sobre os joelhos, com a cabeça apoiada na mão, mergulhado em profundos pensamentos. Fiquei imóvel, perplexo, observando-o da escuridão. Uma pequena vela na beira da mesa lançava uma luz fraca, mas suficiente para me mostrar que ele estava perfeitamente arrumado. De repente, ele se levantou, aproximou-se de uma escrivaninha, destrancou-a e abriu uma gaveta, da qual pegou um papel. Voltou a sentar-se, colocou o papel ao lado da vela na beira da mesa e começou a examiná-lo minuciosamente. A minha indignação diante desse calmo exame dos nossos documentos de família foi tamanha que eu me adiantei um passo à frente. Erguendo a cabeça, Brunton me viu em pé na entrada. Imediatamente ele deu um pulo e se levantou, com o rosto empalidecendo de susto, e enfiou no bolso do colete o papel semelhante a um mapa que estivera observando inicialmente. 'Então, é assim que retribui a confiança depositada em você? Está dispensado e a partir de amanhã não estará mais a meu serviço', avisei. Ele se inclinou humildemente, parecendo totalmente arrasado, e saiu sem pronunciar uma palavra. A vela ficou sobre a mesa e com essa claridade dei uma olhada no papel que Brunton pegou da gaveta. Para minha surpresa, não era nada importante, apenas uma simples cópia das perguntas e respostas do antigo e singular costume chamado Ritual dos Musgrave, que é uma espécie de cerimônia peculiar da nossa família, pela qual há séculos cada Musgrave passa ao atingir a maioridade. É algo de interesse particular, que talvez tenha alguma importância para um arqueólogo, como nossos brasões e escudos, mas sem nenhuma utilidade prática".

– "Será melhor voltarmos ao documento mais tarde", observei. "Se você realmente achar necessário", ele respondeu com alguma hesitação. "Então, vou continuar com a minha narrativa: depois de trancar novamente a escrivaninha usando a chave que Brunton deixou, virei-me para sair, quando me surpreendi ao descobrir que o mordomo tinha voltado e estava em pé diante de mim. 'Sr. Musgrave, não posso suportar a desonra!', ele exclamou com a voz rouca de emoção. 'Sempre me orgulhei da posição que alcancei na vida e a desonra me mataria. O meu sangue ficará na sua consciência, e certamente ficará, senhor, se me levar ao desespero. Se não puder me manter aqui depois do que aconteceu, pelo amor de Deus, deixe-me pedir demissão e sair em um mês, como se fosse por minha livre e espontânea vontade. Isso eu suportaria, sr. Musgrave, mas não ser expulso diante de todas essas pessoas que conheço tão bem', ele implorou. 'Você não merece muita consideração, Brunton. A sua conduta foi desprezível. Mas, como está há muito tempo na família, não tenho o menor desejo de desgraçá-lo publicamente.

Um mês, porém, é muito tempo. Retire-se em uma semana e dê a razão que quiser para a sua partida', retruquei. 'Apenas uma semana, senhor?', ele exclamou, desesperado. 'Quinze dias. Uma quinzena, pelo menos!', rogou. 'Uma semana!', repeti. 'E não deixe de considerar que foi tratado com muita leniência', concluí. Ele se retirou cabisbaixo, como um homem destruído. Eu apaguei a vela e voltei para o meu quarto".

– "Por dois dias depois disso, Brunton foi muito zeloso com relação às suas responsabilidades. Não fiz alusão ao que aconteceu e aguardei com alguma curiosidade para saber como ele disfarçaria a sua desonra. Na terceira manhã, porém, ele não apareceu, como de costume, depois do café da manhã para receber as minhas instruções para o dia. Quando saía da sala, encontrei a criada Rachel Howells por acaso. Eu já lhe contei que só recentemente ela havia se recuperado de uma doença, mas estava parecendo tão pálida e abatida que eu a repreendi por estar trabalhando. 'Você deveria estar na cama. Volte às suas obrigações quando estiver mais forte', eu disse. Ela olhou para mim de um jeito tão estranho que comecei a suspeitar que seu cérebro havia sido afetado. 'Já estou mais forte, sr. Musgrave', ela replicou. 'Vamos ver o que o médico diz. Você deve parar o trabalho agora e, quando descer, apenas diga ao Brunton que desejo vê-lo', eu respondi. 'O mordomo foi embora', ela falou. 'Ele foi embora? Para onde?', perguntei. 'Sumiu. Ninguém o viu. Ele não está no quarto. É isso; ele foi embora; foi embora!', ela disse, caindo de costas contra a parede, soltando gargalhada após gargalhada, enquanto eu, horrorizado diante deste súbito ataque histérico, corri para pedir ajuda tocando a campainha. A moça foi levada para o quarto ainda gritando e soluçando, enquanto eu fazia perguntas sobre o Brunton. Não havia dúvidas de que ele tinha desaparecido. Ninguém tinha dormido na cama dele, ninguém o viu depois que se retirou para o quarto na noite anterior. Mas, ainda assim, era difícil saber como havia saído da casa, já que tanto as janelas como as portas foram encontradas trancadas pela manhã. As roupas, o relógio e até o dinheiro dele estavam no quarto, mas o terno preto que costumava usar estava faltando, assim como os chinelos. As botas dele, porém, foram deixadas para trás.

Onde, então, poderia ter ido o mordomo Brunton no meio da noite e o que teria acontecido a ele?"

– "Claro que reviramos a casa, do porão ao sótão, mas não encontramos nenhuma pista dele. Como eu disse, a velha casa é um labirinto, principalmente a ala original, agora praticamente desabitada; mas vasculhamos todos os cômodos e o sótão sem descobrir o menor sinal do sujeito desaparecido. Para mim, era inacreditável que pudesse ter ido embora deixando todos os seus pertences para trás. E, de qualquer modo, onde ele poderia estar? Chamei a polícia local, mas sem sucesso. Havia chovido na noite anterior e examinamos os gramados e os caminhos em torno da casa, mas em vão. As coisas estavam assim, quando um novo acontecimento desviou nossa atenção do mistério original. Durante dois dias, Rachel Howells ficou tão mal, às vezes delirando, às vezes histérica, que uma enfermeira foi contratada para cuidar dela à noite. Na terceira noite depois do desaparecimento de Brunton, a enfermeira, achando que a paciente dormia bem, cochilou na poltrona. Quando acordou no início da manhã, encontrou a cama vazia, a janela aberta e nenhum sinal da doente. Imediatamente fui despertado e, junto com os dois criados, comecei a procurá-la. Não foi difícil descobrir a direção que ela tomou, pois a partir da janela pudemos acompanhar facilmente as suas nítidas pegadas seguindo pelo gramado até a margem da lagoa, onde desapareciam junto a uma trilha de cascalho que vai para fora do terreno da propriedade. Nesse ponto o pequeno lago tem oito pés de profundidade e você pode imaginar o que sentimos quando vimos as pegadas da pobre moça ensandecida terminando na margem".

– "Claro que prontamente mandamos dragar as águas e passamos ao trabalho de recuperar os restos mortais, mas nenhum vestígio do corpo foi encontrado. Apesar disso, trouxemos à tona um objeto dos mais inesperados: uma sacola de pano de linho que continha um monte de metal velho enferrujado e descolorido, bem como várias pedras de cristal de rocha sem brilho ou pedaços de vidro opaco. Essa estranha descoberta, porém, foi tudo o que pudemos retirar da lagoa e, embora ontem tenhamos feito todas as buscas e investigações possíveis, não conseguimos descobrir nada do paradeiro de Rachel Howells ou de Richard Brunton. A polícia do condado não sabe mais o que fazer e eu vim procurá-lo como último recurso", Musgrave concluiu.

– Você pode imaginar, Watson, com que avidez escutei essa extraordinária sequência de acontecimentos e como me esforcei para juntá-los a fim de encontrar o fio que deve unir todos eles. O mordomo foi embora. A empregada foi embora. A empregada gostava do mordomo, mas depois teve motivos para odiá-lo. Ela tinha sangue galês, era ardente e apaixonada. Ficou terrivelmente abalada com o desaparecimento dele. Atirou no lago uma sacola com alguns objetos curiosos. Todos esses fatores foram levados em consideração. Mas, ainda assim, nenhum levou ao cerne da questão. Onde estaria o ponto de partida dessa cadeia de acontecimentos? Víamos apenas o fim dessa linha emaranhada.

– "Preciso ver aquele papel, Musgrave, o papel que o seu mordomo achou que valia a pena examinar, mesmo correndo o risco de perder o emprego", eu disse. "É um negócio meio absurdo esse nosso ritual, mas pelo menos tem como desculpa a graça redentora da antiguidade. Tenho uma cópia das perguntas e respostas, se quiser dar uma olhada nelas", ele respondeu, entregando-me exatamente este papel aqui, Watson, que é o estranho catecismo ao qual cada Musgrave tem de se submeter ao chegar à maioridade. Vou ler as perguntas e respostas literalmente:

– *De quem era isso?*
– *De quem se foi.*
– *Quem ficará com isso?*
– *Quem vier.*
– *Onde o Sol ficava?*
– *Acima do carvalho.*
– *Onde a sombra ficava?*
– *Embaixo do olmo.*
– *Como chegar nisso?*

– *Para o Norte, por dez e por dez, para o Leste por cinco e por cinco, para o Sul por dois e por dois, para o Oeste por um e por um e, então, para baixo.*
– *O que daremos em troca?*
– *Tudo o que for nosso.*
– *Mas por que daríamos?*
– *Por uma questão de confiança.*
– "O original não tem data, mas a grafia é da metade do século XVII. Receio, porém, que seja de pouca ajuda para você resolver esse mistério", Musgrave observou. "Pelo menos representa outro mistério para nós, ainda mais interessante que o primeiro. É possível que a solução de um seja a solução do outro. Você vai me perdoar, Musgrave, por lhe dizer que o seu mordomo me parece ter sido um homem muito inteligente e teve uma visão mais clara do que dez gerações de seus patrões fidalgos", retruquei. "Não consigo acompanhar você. O papel não me parece ter qualquer importância prática", ele argumentou. "Pois para mim parece imensamente prático e imagino que Brunton teve a mesma visão. É provável que ele já o tivesse visto antes daquela noite em que você o pegou em flagrante", respondi. "É bem possível. Nunca fizemos nada para esconder isso", ele disse.

– "Brunton só queria, imagino, refrescar a memória nessa última vez. Ele tinha, se bem entendi, algum tipo de mapa ou gráfico que estava comparando com o manuscrito, e ele o enfiou no bolso quando você apareceu, não é mesmo?", perguntei. "Isso é verdade. Mas que relação ele teria com esse nosso antigo costume familiar e o que significa toda essa confusão?", . "Acho que não teremos muita dificuldade para descobrir", respondi. "Com a sua permissão, tomaremos o primeiro trem para Sussex e nos aprofundaremos um pouco mais na questão no próprio local", eu disse.

– Na mesma tarde, nós dois estávamos em Hurlstone. É possível que você tenha visto fotos ou lido descrições dessa famosa residência antiga, então vou limitar o meu relato a respeito dizendo que foi construída em forma de L, sendo a haste mais longa a parte mais moderna e a mais curta, o núcleo antigo, a partir do qual o outro se desenvolveu. Acima da porta baixa e grossa que fica no centro dessa parte antiga foi esculpida a data 1607, mas especialistas concordam que as vigas e o trabalho de cantaria são realmente muito mais antigos do que isso. As paredes imensamente largas e as janelas minúsculas dessa ala levaram a família a construir uma nova ala no século passado, e a antiga agora é usada como depósito e adega, quando é usada. Um esplêndido parque, repleto de belas árvores antigas, rodeia a casa, e a lagoa à qual o meu cliente se referiu fica perto da alameda de acesso, a cerca de cento e oitenta metros do prédio.

– Eu já estava firmemente convencido, Watson, de que aqui não existiam três mistérios separados, mas apenas um, e que, se pudesse entender o Ritual Musgrave corretamente, eu teria nas mãos a pista que me levaria à verdade referente tanto ao mordomo Brunton como à empregada Howells. Para isso, então, voltei todas as minhas energias. Por que esse empregado estaria tão ansioso para dominar essa velha fórmula? Evidentemente, porque ele viu nela algo que havia escapado a todas aquelas gerações de fidalgos do campo e da qual ele esperava tirar alguma vantagem pessoal. Então, o que seria isso e como afetou o seu destino?

– Tinha ficado perfeitamente óbvio para mim, ao ler o Ritual, que as medições deviam se referir a algum ponto ao qual o resto do documento aludia e que, se pudéssemos encontrar esse ponto, estaríamos no caminho certo para descobrir o segredo que os velhos Musgrave acharam necessário conservar de uma maneira tão curiosa. Tínhamos dois pontos de partida pelos quais começar: um carvalho e um olmo. Quanto ao carvalho, não havia dúvidas. Bem na frente da casa, do lado esquerdo do caminho, entre os carvalhos destacava-se um como "patriarca", uma das árvores mais magníficas que já vi. "Já estava aí quando o ritual foi elaborado?", perguntei ao Musgrave enquanto passávamos pelo local. "Provavelmente já estava aí na Conquista Normanda. Tem uma circunferência de sete metros", ele me respondeu. "Você tem um olmo velho?", perguntei. "Havia um muito antigo, mas foi atingido por um raio há dez anos e arrancamos o toco", ele replicou. "Você poderia dizer onde costumava ficar?", indaguei. "Claro!", ele afirmou. "Existem outros olmos?", prossegui perguntando. "Nenhum dos antigos, mas temos muitas faias", ele disse. "Eu gostaria de ver onde estão", pedi.

– Subimos em uma charrete do tipo *dog-cart* e o meu cliente me levou imediatamente, sem que entrássemos na casa, à marca de uma cicatriz deixada no gramado onde o olmo ficava, quase a meio caminho entre o carvalho e a casa. A minha investigação parecia estar progredindo. "Suponho que seria impossível descobrir a altura desse olmo", comentei. "Eu posso lhe dizer isso sem erro: era de vinte metros", ele informou. "Como sabe disso?", perguntei admirado. "Sempre que o meu antigo tutor costumava me passar exercícios de trigonometria, ele usava a fórmula de medir alturas. Quando era rapaz, trabalhei nos cálculos de todas as árvores e construções da propriedade", ele retrucou.

– Esse foi um golpe de sorte inesperado. Os dados de que eu precisava estavam chegando mais rápido do que razoavelmente poderia esperar. "Diga-me uma coisa: alguma vez o seu mordomo lhe fez uma pergunta assim?", indaguei. Reginald Musgrave olhou para mim espantado. "Agora que você trouxe isso à minha mente, Brunton me perguntou sobre a altura da árvore alguns meses atrás, a propósito de uma pequena discussão com o jardineiro", ele respondeu.

– Foi uma ótima notícia, Watson, pois me mostrou que eu estava no caminho certo. Olhei para o Sol, o qual estava baixo no céu naquele momento, e calculei que em menos de uma hora ficaria logo acima dos galhos mais altos do velho carvalho. Uma condição mencionada no ritual então se realizaria. E a sombra do olmo devia significar a ponta mais distante da sombra, caso contrário, o tronco teria sido escolhido como guia. Tive então de descobrir onde o final da sombra cairia quando o Sol estivesse deixando o carvalho.

– Isso deve ter sido difícil, Holmes, pois o olmo não estava mais lá.

– Bem, pelo menos eu sabia que, se o Brunton conseguiu, eu também poderia conseguir. Além disso, não havia nenhuma dificuldade real. Fui com Musgrave ao estúdio dele e preparei este pino, ao qual amarrei esse longo barbante, com um nó em cada metro. Então, peguei dois comprimentos de uma vara de pesca, que chegaram exatamente a 1,82 metro e voltei com meu cliente para onde o olmo ficava. O Sol acabava de apontar no topo do carvalho. Fixei a vara no final, marquei a direção da sombra e a medi: tinha 2,74 metros de comprimento.

– Claro que agora o cálculo era simples. Se uma vara de 1,82 metro tem uma sombra de 2,74 metros, uma árvore de vinte metros teria uma sombra de 96 pés e o alinhamento de uma seria naturalmente o alinhamento da outra. Medi a distância, que me levou quase até a parede da casa, e coloquei uma estaca nesse local. Imagine a minha euforia, Watson, quando vi, a cinco centímetros do meu pino, uma depressão cônica no chão. Eu sabia que era a marca feita por Brunton em suas medições e que eu ainda estava no rastro dele.

– Desse ponto de partida, passei para o seguinte, tendo primeiro verificado os pontos cardeais com a minha bússola de bolso. Dez passos com cada pé me levaram paralelamente ao longo da parede da casa e novamente marquei o local com uma estaca. Então, cuidadosamente andei cinco passos para o Leste e dois para o Sul. Isso me levou ao limiar da velha porta. Dois passos para o Oeste significavam agora que eu deveria dar dois passos pelo corredor de pedra e que este seria o lugar indicado pelo ritual.

– Nunca senti um calafrio tão forte de decepção, Watson. Por um momento, pareceu-me que havia cometido algum erro grosseiro nos meus cálculos. O Sol poente brilhava no piso do corredor e eu pude ver que as velhas pedras cinzentas desgastadas que o pavimentavam estavam firmemente cimentadas juntas e que certamente não haviam sido removidas há longos anos. Brunton não tinha trabalhado ali. Bati no chão, mas soou do mesmo modo. Não existia qualquer sinal de rachadura ou fenda. Mas, felizmente, Musgrave, que começava a apreciar o significado dos meus procedimentos e estava tão empolgado quanto eu, pegou o manuscrito para conferir os meus cálculos. "E, então, *para baixo!*", ele exclamou. "Você omitiu o *para baixo*", ele gritou.

– Eu havia pensado que isso significava que devíamos cavar. Mas, então, é claro, percebi imediatamente que estava errado. "Existe um porão aí embaixo?", indaguei. "Sim e tão antigo quanto a casa. Vamos descer, por essa porta", ele falou. Descemos uma escada de pedra sinuosa e o meu companheiro, riscando um fósforo, acendeu um lampião que estava em cima de um barril no canto. No mesmo instante, ficou óbvio que finalmente estávamos no lugar certo e que não havíamos sido as únicas pessoas a visitar o local recentemente. Tinha sido usado para armazenar lenha, mas a madeira, que evidentemente estivera espalhada pelo chão, agora estava empilhada nas laterais, deixando um espaço aberto no meio. Nesse espaço havia uma laje de pedra, grande e pesada, com uma argola de ferro enferrujado no centro, na qual estava amarrado um grosso cachecol xadrez de lã. "Meu Deus! Esse é o cachecol do Brunton. Juro que já vi isso nele. O que o bandido veio fazer aqui?", o meu cliente indignou-se.

– Por sugestão minha, convocamos alguns policiais do condado e, então, eu tentei levantar a pedra, puxando o cachecol, mas só consegui movê-la um pouco. Pedi ajuda de um policial e, por fim, conseguimos levantá-la de um lado. Um buraco negro surgiu embaixo, pelo qual todos nós espiamos, enquanto Musgrave, ajoelhado ao lado, abaixava o lampião. Uma pequena câmara, com cerca de dois metros de profundidade e cento e vinte centímetros quadrados abria-se diante de nós. De um lado havia um baú de madeira com reforços em bronze, cuja tampa estava dobrada para cima, com aquela curiosa e antiquada chave projetando-se da fechadura. O baú estava forrado do lado de fora com uma espessa camada de poeira. A umidade e os vermes tinham devorado a madeira, de modo que uma safra de fungos descorados florescia lá dentro. Vários discos de metal, aparentemente moedas antigas, como este que estou segurando, estavam espalhados no fundo do baú, que não continha mais nada.

– Nesse momento, porém, não pensamos no velho baú, pois os nossos olhos se fixaram em alguém agachado ao lado. Era a figura de um homem, vestido com um terno preto, agachado sobre os pés, com a testa mergulhada na beirada do baú e os braços largados de ambos os lados. Essa posição havia levado todo o sangue estagnado para o rosto dele e nenhum homem reconheceria aquele semblante distorcido, da cor de fígado. Mas a altura, a roupa e o cabelo dele foram suficientes para revelar ao meu cliente, quando erguemos o corpo, que era de fato o mordomo sumido. Ele estava morto havia alguns dias, mas em sua pessoa não havia nenhum ferimento ou machucado que mostrasse como ele havia encontrado esse terrível fim. Quando o corpo dele foi retirado do porão, tivemos ainda de nos confrontar com um problema quase tão formidável quanto aquele pelo qual havíamos começado.

– Confesso que até então, Watson, estava desapontado com a minha investigação. Eu calculava que resolveria o assunto quando encontrasse o local referido no ritual. Pois bem, eu estava lá, mas aparentemente mais distante do que nunca de saber o que a família escondia com precauções tão elaboradas. É verdade que eu havia lançado uma luz sobre o destino do Brunton, porém, precisava averiguar como esse destino o alcançou e que participação no assunto teve a moça desaparecida. Sentei-me num barril no canto e pensei cuidadosamente a respeito.

– Você conhece os meus métodos nesses casos, Watson: eu me coloco no lugar da pessoa e, tendo antes avaliado sua inteligência, busco imaginar como eu mesmo agiria nas mesmas circunstâncias. Neste caso, o problema foi simplificado pela inteligência de primeira qualidade do Brunton, de modo que foi desnecessário reservar qualquer margem referente à equação pessoal, como os astrônomos a apelidaram. Ele entendeu que existia alguma coisa valiosa escondida, viu o local, descobriu que a pedra que cobria a abertura era pesada demais para um homem mover sem ajuda. O que ele fez em seguida? Não podia pedir ajuda de fora, mesmo que tivesse alguém em quem pudesse confiar, sem ter de destrancar as portas e sem correr o considerável risco de ser flagrado. Seria melhor, se possível, buscar ajuda dentro da casa. Mas quem poderia ajudá-lo? A moça que era apaixonada por ele. Um homem sempre acha difícil acreditar que possa ter perdido definitivamente o amor de uma mulher, por mais que a tenha maltratado. Ele procurou, por meio de algumas gentilezas, fazer as pazes com a garota Howells, para depois envolvê-la como cúmplice. Juntos, eles vieram à noite ao porão e a união de suas forças seria suficiente para levantar a pedra. Até aqui, eu posso acompanhar as ações dele como se as tivesse visto.

– Mas para duas pessoas, sendo uma delas uma mulher, o içamento daquela pedra seria um trabalho pesado. Um vigoroso policial de Sussex e eu não achamos fácil essa tarefa. O que fazer, então? Provavelmente o que eu deveria ter feito sozinho. Levantei-me e examinei cuidadosamente os diferentes pedaços de madeira espalhados pelo chão. Quase imediatamente encontrei o que esperava. Uma tábua, com cerca de noventa centímetros de comprimento, tinha um entalhe muito acentuado em uma das pontas e vários achatamentos nas laterais, como se a madeira tivesse sido comprimida por algum peso considerável. Evidentemente, enquanto puxavam a pedra para cima, eles foram colocando pedaços de madeira na fenda, até que, finalmente, quando a abertura ficou suficientemente grande para alguém passar se arrastando, eles a travaram com outra tábua, colocada no sentido do comprimento, que poderia muito bem ter ficado com um entalhe na extremidade inferior, já que todo o peso da pedra pressionou a borda da outra laje. Até então, eu ainda estava em terreno seguro.

– E agora? Como eu imaginava o prosseguimento da reconstrução desse drama ocorrido de madrugada? Claramente, só uma pessoa podia entrar no buraco e seria o Brunton. A garota deve ter esperado lá em cima. Brunton, então, abriu o baú, provavelmente entregou o conteúdo para ela, já que nada foi encontrado, e então... O que aconteceu?

– Ao ver em seu poder o homem que a enganou, e que talvez a tivesse ofendido muito mais do que suspeitávamos, a chama da vingança de repente se acendeu em labaredas que se transformaram num incêndio descontrolado na alma apaixonada daquela mulher celta. Será que foi por acaso que a madeira escorregou para a pedra trancar Brunton no local que se tornou seu sepulcro? Seria ela apenas culpada pelo silêncio quanto ao destino dele? Ou sua mão teria, por um golpe repentino, afastado o suporte e recolocado a laje no lugar? Seja lá como for, eu parecia ver a figura daquela mulher, ainda segurando seu tesouro, fugindo desvairada pela escadaria sinuosa, talvez com gritos abafados atrás dela, ecoando em seus ouvidos junto com pancadas desesperadas contra a laje de pedra que sufocava a vida de seu amante infiel. Esse era o segredo de seu rosto pálido, de seus nervos abalados, de sua gargalhada histérica na manhã seguinte.

– Mas o que havia no baú? Claro que só podia ser o monte de metal velho e as pedras de cristal que o meu cliente dragou da lagoa. O que ela fez com isso? Jogou tudo lá, na primeira oportunidade, para remover os últimos vestígios de seu crime. Durante uns vinte minutos, permaneci sentado imóvel, pensando no assunto. Musgrave ainda estava com o rosto muito pálido balançando o lampião e olhando para o buraco. "Estas são moedas de Carlos I. Como você pode ver, estávamos certos quando calculamos a data do ritual", ele disse, segurando as poucas que haviam restado no baú. "Podemos encontrar algo mais de Carlos I!", exclamei, quando o provável significado das duas primeiras perguntas do ritual de repente se revelou para mim. "Deixe-me ver o conteúdo da bolsa que você pescou na lagoa."

– Subimos para o estúdio e ele colocou o entulho encontrado diante de mim. Então, quando olhei aquilo, consegui compreender por que ele via aquelas coisas como sendo de pouca importância, pois o metal estava quase preto e os cristais sem brilho e opacos. Eu, no entanto, esfreguei uma dessas pedras na manga da minha camisa e depois disso ela rebrilhou como uma faísca na reentrância escura da palma da minha mão. O objeto de metal tinha a forma de um anel duplo, mas estava amassado e retorcido, sem o seu formato original. "Você deve ter em mente que o partido Real dominou a Inglaterra mesmo depois da morte do rei. E, quando seus partidários finalmente fugiram, provavelmente deixaram enterrados para trás muitos de seus bens mais preciosos, com a intenção de recuperá-los em tempos mais pacíficos", comentei.

– "Meu ancestral, Sir Ralph Musgrave, foi um cavaleiro proeminente e o braço direito de Carlos II em suas andanças", meu cliente contou. "É mesmo! Bem, agora acho que isso vai realmente nos revelar o último elo que faltava. Vou felicitá-lo por ter recuperado, embora de modo tão trágico, uma relíquia de grande valor intrínseco, mas de importância muito maior ainda como curiosidade histórica", retruquei. "Mas do que se trata?", ele indagou, ofegante e atônito. "Nada mais e nada menos do que a antiga coroa dos reis da Inglaterra!", anunciei. "A coroa!", ele exclamou, pasmo. "Exatamente. Considere o que o ritual diz: 'De quem era isso? De quem se foi'. Um acontecimento que se deu depois da execução de Carlos I. Em seguida: 'Quem ficará com isso? Quem vier'. Ou seja, Carlos II, cujo advento já estava previsto. Não pode haver dúvidas, penso eu, de que esse diadema deformado e deteriorado outrora coroou a cabeça dos membros da realeza dos Stuart", afirmei. "Mas como isso foi parar na lagoa?", ele indagou. "Ah! Essa é uma pergunta que vai levar algum tempo para eu lhe responder."

– Então, esbocei para ele toda a longa cadeia de suposições e provas que eu havia construído. O crepúsculo sumiu e a Lua passou a brilhar no céu antes de minha narrativa terminar. "Então, o que aconteceu para Carlos II não conseguir sua coroa quando retornou?", Musgrave perguntou, empurrando a relíquia para dentro de sua sacola de linho. "Ah! Aí você coloca o dedo no único ponto que provavelmente jamais seremos capazes de esclarecer. É provável que o Musgrave detentor do segredo tenha morrido nesse intervalo e, por algum descuido, deixou esse roteiro para o seu descendente, sem lhe explicar o significado. Desse dia em diante, ele foi sendo passado de pai para filho, até finalmente chegar ao alcance do homem que desvendou o segredo e perdeu a vida nesta aventura."

– Esta é a história do Ritual dos Musgrave, Watson. Eles continuam com a coroa em Hurlstone, mas para isso tiveram de superar alguns aborrecimentos com a legislação e desembolsar uma quantia considerável para conseguir autorização para conservá-la. Tenho certeza de que, se você mencionasse o meu nome, eles ficariam felizes em mostrá-la a você. Da moça, ninguém nunca mais ouviu falar. É provável que ela tenha fugido da Inglaterra, levando consigo a memória de seu crime para alguma terra do além-mar.

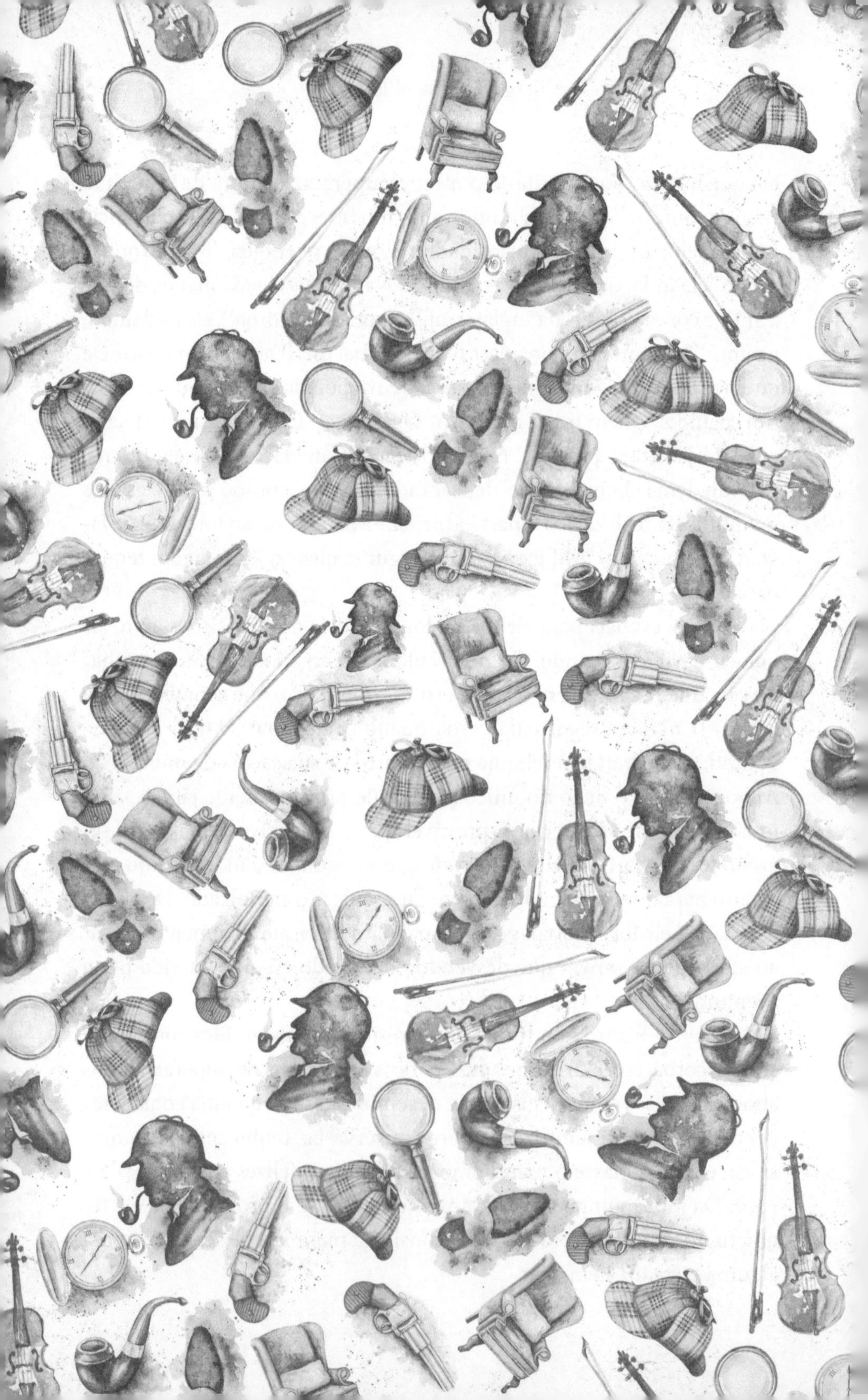

# Aventura VI

• O enigma Reigate •

Demorou algum tempo para que a saúde do meu caro amigo Sherlock Holmes se recuperasse da tensão causada pelos imensos esforços por ele despendidos na primavera de 1887. Toda a questão da Netherland-Sumatra Company e os esquemas colossais do Barão Maupertuis ainda se encontram muito presentes na lembrança do público; mas, assuntos assim, tão intimamente ligados à política e às finanças, não se mostram adequados a esta série de histórias breves que agora apresento. De maneira indireta, porém, eles levaram a um problema singular e complexo que deu ao meu amigo a oportunidade de demonstrar o valor de uma nova arma entre as muitas com as quais ele travou a batalha contra o crime ao longo de sua vida.

Ao consultar as minhas anotações, vejo que foi no dia 14 de abril que recebi um telegrama de Lyon, informando que Holmes estava doente no Hotel Dulong. Em vinte e quatro horas, eu estava no quarto em que ele se recuperava da enfermidade e fiquei aliviado ao descobrir que não havia nada grave com seus sintomas. Até mesmo sua constituição de ferro havia se deteriorado com os esforços de uma investigação que se prolongara por dois meses, período no qual nunca trabalhou menos de quinze horas por dia e em que, mais de uma vez, como ele me garantiu, continuou sua tarefa por cinco dias seguidos. Nem o resultado bem-sucedido de seu trabalho o salvou dessa reação após um esforço tão grande. Numa época em que a Europa inteira vibrava ao ouvir seu nome e quando sua sala estava literalmente cheia de telegramas de felicitações, encontrei-o vítima de terrível depressão. Nem mesmo a consciência de que havia conseguido triunfar no que a polícia de três países tinha fracassado e de que ele havia ludibriado em todos os pontos o vigarista mais talentoso da Europa era suficiente para fazê-lo sair de sua prostração nervosa.

Três dias depois, ele voltava comigo para a Baker Street. Mas era evidente que uma mudança de ares deixaria o meu amigo muito melhor. Além disso, a ideia de passar uma semana de primavera no campo também era muito estimulante para mim. Um velho amigo meu, o coronel Hayter, que esteve sob meus cuidados profissionais no Afeganistão, agora morava em uma casa perto de Reigate, em Surrey, e frequentemente me pedia que o visitasse. Na última ocasião, ele havia comentado que, se o meu amigo fosse comigo, ficaria feliz em lhe estender sua hospitalidade também. Precisei usar um pouco de diplomacia, mas, quando Holmes entendeu que o anfitrião era solteiro e que ele teria a máxima liberdade, aceitou a minha proposta. E assim, uma semana depois do nosso retorno de Lyon, estávamos sob o teto do coronel. Hayter era um bom e velho soldado que tinha visto grande parte do mundo e logo descobriu, como eu esperava, que Holmes e ele tinham muito em comum.

Na noite de nossa chegada, fomos nos sentar na sala de armas do coronel depois do jantar. Holmes se esticou no sofá, enquanto Hayter e eu examinávamos seu pequeno arsenal de armas orientais.

– A propósito, acho que levarei uma dessas pistolas para o andar de cima comigo, para o caso de um alarme soar – o coronel disse, de repente.

– Um alarme? – estranhei.

– Sim, tivemos um susto nessa região recentemente. O velho Acton, que é um dos magnatas do nosso condado, teve sua casa arrombada na segunda-feira passada. Nenhum grande dano foi causado, mas os bandidos ainda estão à solta.

– Alguma pista? – Holmes perguntou olhando para o coronel.

– Nada ainda. Mas o caso é insignificante, um desses pequenos delitos no campo, irrelevante demais para incomodá-lo, sr. Holmes, após esse grande caso internacional.

Holmes acenou desqualificando o elogio, embora seu sorriso mostrasse agradecimento.

– Nenhuma característica interessante?

– Acho que não. Os ladrões saquearam a biblioteca, mas não levaram quase nada. O lugar todo foi revirado de cabeça para baixo, as gavetas foram abertas e as prateleiras esvaziadas, resultando no desaparecimento de um volume estranho de *Homero* de Pope, dois castiçais folheados, um peso de papéis em marfim, um pequeno barômetro de carvalho e um rolo de barbante. Foi tudo o que desapareceu.

– Que seleção incrível! – exclamei.

– Ora, evidentemente os bandidos pegaram o que foi possível – Holmes resmungou no sofá.

– A polícia do condado devia tomar alguma providência – ele comentou. – Pois certamente é óbvio que...

Levantei um dedo de censura.

– Você está aqui para descansar, meu caro amigo. Pelo amor de Deus, não arranje um novo problema enquanto seus nervos estiverem em frangalhos.

Holmes encolheu os ombros com um olhar de resignação cômica em direção ao coronel e a conversa se afastou para temas menos perigosos.

Mas estava decretado pelo destino que toda a minha cautela profissional seria desperdiçada, pois na manhã seguinte o problema nos invadiu de tal forma que foi impossível ignorá-lo, e a nossa visita ao campo deu uma guinada que nenhum de nós poderia prever. Estávamos tomando o café da manhã quando o mordomo do coronel entrou correndo, sem qualquer compostura.

– Já soube das notícias, senhor? – ele perguntou ofegante. – Da parte do senhor Cunningham!

– Roubo? – o coronel perguntou, com a xícara de café no ar.

– Assassinato!

O coronel assobiou.

– Meu Deus! – ele disse. – Então, quem foi morto? O juiz de paz ou o filho?

– Nenhum dos dois, senhor. Foi o William, o cocheiro. Levou um tiro no coração, senhor, para nunca mais falar.

– Quem atirou nele, então?

– O ladrão, senhor. Saiu como um raio e escapou. Ele havia acabado de pular a janela da despensa quando William o flagrou e encontrou seu fim para salvar a propriedade do patrão.

– Em que horário isso aconteceu?

– Foi ontem, senhor, por volta da meia-noite.

– Ah! Então, passaremos por lá depois – o coronel disse, friamente, retornando ao café da manhã. – É uma notícia ruim – ele acrescentou quando o mordomo se retirou. – Ele é o nosso líder por aqui, o velho Cunningham, e também um sujeito muito decente. Certamente ficará muito abalado com isso, pois o homem está a seu serviço há anos e era um bom serviçal. Evidentemente, são os mesmos vilões que invadiram a casa do Acton.

– De onde roubaram uma coleção muito singular – Holmes emendou, pensativo.

– Exatamente.

– Hum! Pode ser a questão mais simples do mundo, mas, mesmo assim, à primeira vista, parece um pouco curiosa, não é? Seria de se esperar que uma gangue de ladrões que atua no campo variasse o cenário de suas operações e não atacasse dois alvos na mesma área em poucos dias. Quando ontem à noite o senhor falou em tomar precauções, lembro que me ocorreu que esta seria provavelmente a última freguesia da Inglaterra na qual o ladrão ou os ladrões provavelmente chamariam atenção, o que mostra que ainda tenho muito a aprender!

– Acho que deve ser um meliante local – o coronel disse. – Nesse caso, é claro, as casas de Acton e Cunningham são justamente os lugares para onde ele iria, já que são as maiores por aqui.

– E as mais ricas?

– Bem, deveriam ser, mas eles estão numa disputa judicial há anos e eu imagino que isso deve ter sugado o sangue de ambos. O velho Acton reclama metade da propriedade do Cunningham e os advogados estão envolvidos nisso com ambas as mãos.

– Se for um bandido local, não haverá muita dificuldade para capturá-lo – Holmes disse bocejando. – Tudo bem, Watson, não pretendo me intrometer.

– O inspetor Forrester, senhor – o mordomo anunciou, abrindo a porta.

O policial, um moço inteligente, de aparência perspicaz, entrou na sala.

– Bom dia, coronel – ele disse. – Espero que eu não esteja sendo um intrometido, mas soubemos que o sr. Holmes, da Baker Street, está aqui.

O coronel acenou com a mão em direção ao meu amigo e o inspetor fez uma reverência.

– Achamos que o senhor talvez pudesse nos ajudar, sr. Holmes.

– O destino está contra você, Watson. Estávamos conversando sobre o assunto quando o senhor entrou, inspetor. Talvez possa nos dar alguns detalhes... – o meu amigo disse rindo, enquanto se recostava na cadeira, naquela sua atitude familiar que, para mim, significava que seria inútil contrariá-lo.

– Não tínhamos pistas no caso do Acton, mas neste aqui temos muitas para seguir. Não restam dúvidas de que é a mesma turma em ambos os casos. Um sujeito foi visto.

– Ah!

– Sim, senhor. Mas ele fugiu rápido como um cervo depois que o tiro que matou o pobre William Kirwan foi disparado. O sr. Cunningham o viu pela janela do quarto e o sr. Alec Cunningham o viu pelo corredor dos fundos. Faltavam quinze para a meia-noite quando o tumulto começou. O sr. Cunningham acabara de se deitar e o sr. Alec, de roupão, fumava seu cachimbo. Os dois ouviram William, o cocheiro, pedindo socorro, e o sr. Alec correu para ver qual era o problema. A porta dos fundos estava aberta e, quando ele chegou ao pé da escada, viu dois homens lutando do lado de fora. Um deles disparou e o outro caiu. O assassino correu pelo jardim e pulou a sebe. O sr. Cunningham, olhando pela janela de seu quarto, viu o sujeito correndo para a estrada, mas perdeu-o de vista em seguida. O sr. Alec parou para ver se poderia ajudar o moribundo e, então, o vilão escapou. Além do fato de ser um homem de tamanho médio e vestido com roupas escuras, não temos pistas dele. Mas estamos fazendo investigações minuciosas. Se o sujeito for um estranho, logo descobriremos.

– O que esse William estava fazendo nesse lugar? Ele falou alguma coisa antes de morrer?

– Não disse uma palavra. Ele morava no alojamento com a mãe e, como era um serviçal muito fiel, imaginamos que tenha ido até a casa para ver se estava tudo bem ali. É claro que o que havia acontecido com o Acton deixou todos em alerta. O ladrão devia ter acabado de arrombar a porta – a fechadura foi forçada – quando William se aproximou dele.

– William disse alguma coisa para a mãe antes de sair?

– Ela é muito velha e surda, e não conseguimos obter informações dela. O choque a deixou meio zonza, mas acho que ela nunca foi muito esperta. Há uma circunstância bastante importante, porém. Veja isso!

Ele pegou um pequeno pedaço de papel rasgado de um caderno e o esticou no joelho.

– Isto foi encontrado entre o polegar e o indicador do homem morto. Lembra um fragmento arrancado de uma folha maior. O senhor observará que a hora indicada nele é a mesma em que o pobre sujeito selou seu destino. Veja que o assassino pode ter arrancado o resto da folha dele ou que ele pode ter arrancado esse pedaço do assassino. Parece até que eles tinham marcado um encontro.

Holmes pegou o pedaço de papel, cujo fac-símile está reproduzido a seguir:

*Aos quinze minutos para a meia-noite descubra o que talvez*

— Claro que presumir se tratar de um encontro marcado — o inspetor continuou — implica conceber a teoria de que esse tal de William Kirwan, embora tivesse reputação de homem honesto, poderia estar de conluio com o ladrão. Eles podem ter se encontrado lá, William pode até tê-lo ajudado a arrombar a porta e, então, eles podem ter se desentendido.

— Esse manuscrito é de extraordinário interesse — Holmes disse, ao examinar o fragmento com intensa concentração. — Estamos em águas muito mais profundas do que eu pensava — comentou. Ele afundou a cabeça nas mãos, enquanto o inspetor sorria do efeito que seu caso teve sobre o famoso especialista de Londres.

— A sua última observação — Holmes prosseguiu —, sobre a possibilidade de haver um entendimento entre o ladrão e o serviçal, e de esta anotação significar um encontro de um com o outro, é uma suposição engenhosa e não totalmente improvável. Mas esse manuscrito se abre... — ele afundou a cabeça nas mãos novamente e permaneceu por alguns minutos no mais profundo pensamento. Quando levantou o rosto de novo, fiquei surpreso ao ver as bochechas dele coradas e seus olhos tão brilhantes quanto antes da doença. Ele ficou em pé com a mesma energia de antes.

— Quero lhe dizer — ele acrescentou —, que eu gostaria de dar uma pequena olhada nos detalhes deste caso. Há algo nele que me fascina extremamente. Se me permite, coronel, vou deixá-lo com o meu amigo Watson, para dar uma volta com o inspetor e testar a verdade de um ou dois pequenos devaneios meus. Em meia hora estarei novamente com vocês.

Uma hora e meia depois o inspetor voltou sozinho.

— O sr. Holmes está subindo e descendo no campo lá fora — contou. — Ele quer que nós quatro sigamos para a casa juntos.

— Para a casa do sr. Cunningham?

— Isso mesmo.

— Mas por quê?

O inspetor deu de ombros.

— Não sei bem, senhor. Cá entre nós, acho que o sr. Holmes ainda não se recuperou de sua doença. Ele tem se comportado muito estranhamente e parece bastante agitado.

— Não creio que o senhor deva se alarmar — retruquei. — Geralmente eu descubro alguma lógica na loucura dele.

— Algumas pessoas acham maluquice os métodos dele — o inspetor murmurou. — Mas ele está muito entusiasmado para começar, coronel, então, é melhor sairmos se estiver pronto.

Encontramos Holmes andando de um lado para outro no campo, com o queixo afundado no peito e as mãos enfiadas nos bolsos da calça.

— O assunto está ficando interessante! — ele afirmou. — Watson, a sua viagem pelo campo foi realmente um sucesso. Diferente do que você pretendia, é claro. Mas tive uma manhã encantadora.

— Você foi à cena do crime? — o coronel perguntou.

— Sim! O inspetor e eu fizemos um reconhecimento juntos.

— Algum progresso?

—Bem, vimos algumas coisas muito interessantes. Vou contar o que fizemos enquanto caminhamos. Primeiro, examinamos o corpo desse homem infeliz. Ele certamente morreu de um ferimento por revólver, conforme foi relatado.

— Você duvidava, então?

— Ora, é sempre bom confirmar tudo. A nossa inspeção não foi desperdiçada. Tivemos, então, uma entrevista com o sr. Cunningham e seu filho, que foram capazes de apontar o local exato em que o assassino atravessou a sebe do jardim em sua fuga. Isso era muito importante.

— Naturalmente.

— Então, fomos ver a mãe desse pobre coitado. Porém, não obtivemos informações dela, pois está muito velha e enfraquecida.

— Mas qual foi o resultado das suas investigações?

— A convicção de que se trata de um crime muito peculiar. Talvez a nossa visita agora possa fazer algo para torná-lo menos obscuro. Acho que nós dois concordamos, inspetor, que o pedaço de papel na mão do morto, agarrado como estava, com a mesma hora da morte escrita nele, é de extrema importância.

– Deve ser uma pista, sr. Holmes.

– É uma pista. Quem escreveu esse bilhete foi o homem que tirou William Kirwan da cama naquela hora. Mas onde estaria o resto dessa folha de papel?

– Examinei o terreno cuidadosamente, na esperança de encontrá-lo – o inspetor falou.

– A folha foi arrancada da mão do morto. Por que alguém estaria tão ansioso para se apossar disso? Porque o incriminaria. E o que fez com isso? Enfiou no bolso, provavelmente, sem notar que um pedaço havia ficado nas garras do cadáver. Se pudéssemos encontrar o resto dessa folha, é óbvio que teríamos avançado muito no sentido de resolver o mistério.

– Sim, mas como chegaríamos ao bolso do criminoso antes de pegá-lo?

– Bem, bem, vale a pena pensar nisso. Depois, há outro ponto óbvio. O recado foi enviado ao William, pois quem o escreveu não o levou, caso contrário, é claro, teria transmitido a mensagem pessoalmente. Quem o teria levado, então? Será que chegou pelo correio?

– Fiz algumas perguntas – o inspetor disse. – William recebeu uma carta do correio na tarde de ontem. O envelope foi destruído por ele.

– Ótimo! – Holmes exclamou, dando uma pancadinha nas costas do inspetor. – Você esteve com o carteiro! É um prazer trabalhar com você. Bem, aqui está o local. Se subir, coronel, eu lhe mostrarei a cena do crime.

Passamos pelo belo chalé onde morava o homem assassinado e subimos uma avenida ladeada de carvalhos até a bela casa antiga, em estilo Queen Anne, que exibe a data da Batalha de Malplaquet no lintel da porta. Holmes e o inspetor nos conduziram ao redor até chegarmos ao portão lateral, separado por um trecho de jardim da sebe que ladeia a estrada. Um policial estava parado, tomando conta, na porta da cozinha.

— Abra a porta, policial — Holmes ordenou. — Pois bem, foi nessa escada que o sr. Cunningham filho se levantou e viu os dois homens lutando, exatamente onde estamos. O sr. Cunningham pai estava naquela janela, a segunda à esquerda, e viu o sujeito fugir exatamente à esquerda daquele arbusto. Então, o sr. Alec correu e se ajoelhou ao lado do homem ferido. O chão é muito duro, como se vê e não existem marcas para nos guiar.

Enquanto ele falava, dois homens desceram pelo caminho do jardim, do outro lado do ângulo da casa. Um deles era idoso, de rosto forte, com linhas marcantes, olhos pesados e o outro, um jovem impetuoso, cuja expressão brilhante, sorridente e as roupas vistosas contrastavam estranhamente com o assunto que nos levara até lá.

— Ainda estão aí? — ele perguntou ao Holmes. — Pensei que vocês londrinos nunca falhavam. Vocês não parecem muito rápidos, afinal.

— Ora, temos de dar tempo ao tempo — Holmes retrucou, de bom humor.

— Terão de fazer isso mesmo — o jovem Alec Cunningham disse. — Não vejo nenhuma pista.

— Só existe uma — o inspetor respondeu. — Achamos que se ao menos pudéssemos encontrar... Deus do céu, sr. Holmes! Qual é o problema?

De repente, o rosto do meu pobre amigo assumiu a expressão mais terrível do mundo. Seus olhos viraram para cima, suas feições se contorceram em agonia e, com um gemido abafado, ele tombou de cara no chão. Horrorizados com a rapidez e a gravidade do ataque, nós o carregamos para a cozinha, onde ele se recostou numa cadeira grande, respirando forçadamente por alguns minutos. Por fim, com um pedido de desculpas e envergonhado por sua fraqueza, ele se levantou mais uma vez.

— Watson, eu posso lhe dizer que acabei de me recuperar de uma doença grave — ele me explicou. — Estou sujeito a ataques nervosos repentinos como este.

— Devo mandar você para casa na minha charrete? — o velho Cunningham perguntou.

– Bem, já que estou aqui, há um ponto que gostaria de confirmar. Podemos verificar isso com muita facilidade.

– Do que se trata?

– Bem, parece-me possível que a chegada desse pobre coitado do William não tenha ocorrido antes, mas depois da entrada do ladrão na casa. Vocês parecem ter como certo que, embora a porta tenha sido forçada, o ladrão nunca tenha entrado.

– Acho que isso está bastante óbvio – Cunningham comentou sério. – Ora, o meu filho Alec ainda não tinha ido para a cama e ele certamente notaria alguém se movendo.

– Onde ele estava sentado?

– Eu estava fumando no meu closet.

– Qual seria a janela?

– A última à esquerda, ao lado da janela do meu pai.

– Ambas as luzes estavam acesas, certo?

– Sem dúvida.

– Existem alguns pontos muito singulares aqui – Holmes disse, sorrindo. – Não é incrível um assaltante com alguma experiência anterior invadir deliberadamente uma casa em um momento em que ele pode ver pelas luzes acesas que dois membros da família ainda estavam acordados?

– Deve ser um bandido de sangue frio.

– Bem, é claro que se o caso não fosse estranho não o teríamos procurado para lhe pedir uma explicação – o jovem sr. Alec falou. – Mas, quanto à sua ideia de que o homem havia roubado a casa antes de William atacá-lo, acho a hipótese bem absurda. Certamente encontraríamos o local desarrumado e daríamos falta das coisas roubadas!

– Depende de quais coisas eram – Holmes retrucou. – Não se esqueça de que estamos lidando com um ladrão que é um sujeito muito peculiar, pois parece trabalhar do próprio jeito. Veja, por exemplo, o estranho conjunto de coisas que ele tirou do Acton: um rolo de barbante, um peso de papéis e não sei quais outras miudezas.

– Bem, estamos em suas mãos, sr. Holmes – o velho Cunningham disse. – Qualquer coisa que você ou o inspetor possam sugerir certamente será feita.

– Em primeiro lugar – Holmes disse –, eu gostaria que o senhor oferecesse uma recompensa, vinda dos senhores, pois a polícia pode demorar um pouco para chegar a um acordo sobre o valor, e essas coisas não seriam feitas com rapidez. Anotei neste formulário aqui, se o senhor não se importar de assiná-lo. Acho que cinquenta libras são suficientes.

– Eu daria quinhentas – o juiz de paz retrucou, pegando o pedaço de papel e o lápis que Holmes lhe entregou. – Mas isso não está certo – ele acrescentou olhando o documento.

– Escrevi às pressas.

– Você começa dizendo: "Aos quinze minutos para a uma da manhã de terça-feira foi feita uma tentativa" e assim por diante. Na verdade, era quinze para a meia-noite.

Fiquei preocupado com o erro, pois sabia que Holmes sentiria profundamente qualquer deslize desse tipo. Era sua especialidade ser preciso quanto aos fatos, mas ele andava abalado por sua doença recente e esse pequeno incidente bastou para me mostrar que o meu amigo ainda estava longe de voltar a ser o mesmo. Ele ficou obviamente envergonhado por um instante, enquanto o inspetor ergueu as sobrancelhas e Alec Cunningham riu. O velho senhor corrigiu o erro, porém, e devolveu o papel a Holmes.

– Mande imprimir o mais rápido possível – ele disse. – Acho a sua ideia excelente.

Holmes guardou o pedaço de papel cuidadosamente no bolso.

– E agora – ele disse –, seria realmente bom se todos revistássemos a casa juntos, para nos certificar de que esse ladrão bastante esquisito, enfim, não levou mesmo nada com ele.

Antes de entrar, Holmes examinou a porta arrombada. Era evidente que um cinzel ou uma faca resistente tinha sido utilizada como alavanca para forçar a trava. Pudemos ver as marcas onde a madeira foi empurrada.

— Então, vocês não usam trancas? – ele perguntou.
— Nunca achamos necessário.
— Não têm cachorro?
— Sim, mas ele fica acorrentado do outro lado da casa.
— A que horas os criados vão dormir?
— Perto das dez.
— Posso considerar que geralmente William ia para a cama nesse horário também.
— Sim.
— Então, é surpreendente que nessa noite em particular ele estivesse acordado. Agora, eu ficaria muito feliz se o senhor fizesse a gentileza de nos mostrar a casa, sr. Cunningham.

Um corredor de pedra, que se ramificava para a cozinha, levava por meio de uma escada de madeira diretamente ao primeiro andar da casa, desembocando no patamar oposto de uma segunda escadaria, mais ornamental, que vinha do saguão de entrada. Desse patamar, abriam-se a sala de visitas e vários quartos, incluindo os do sr. Cunningham e seu filho. Holmes caminhou devagar, tomando notas detalhadas da arquitetura da casa. Eu poderia afirmar, pela sua expressão, que ele farejava uma pista quente, mas ainda assim não conseguia imaginar em que direção suas inferências o guiavam.

— Meu bom senhor – o sr. Cunningham falou, com certa impaciência –, com certeza isso é totalmente desnecessário. Esse é o meu quarto, no final da escada, e o do meu filho é o que vem depois. Fica a seu critério julgar se existiria possibilidade de o ladrão subir aqui sem nos incomodar.

— Acho que o senhor deveria dar uma volta e obter uma nova pista – o filho comentou, com um sorriso irônico.

— Mesmo assim, vou pedir que vocês me aguentem um pouco mais. Eu gostaria, por exemplo, de ver até onde as janelas dos quartos avistam a frente. Este, pelo que entendi, é o quarto de seu filho – ele empurrou a porta. – E ali, presumo, fica o *closet* em que ele fumava quando o tumulto começou. Para onde dá esta janela?

Ele atravessou o quarto, abriu a porta e olhou ao redor no outro cômodo.

– Eu espero que agora o senhor esteja satisfeito – o sr. Cunningham disse irritado.

– Obrigado, acho que já vi tudo o que queria.

– Então, se for realmente necessário, podemos entrar no meu quarto.

– Se não for nenhum incômodo.

O juiz de paz deu de ombros e abriu o caminho para o seu próprio quarto, que era um espaço mobiliado comum. Enquanto nos movíamos em direção à janela, Holmes recuou, de modo que eu e ele nos tornamos os últimos do grupo. Perto do pé da cama havia uma travessa com laranjas e uma jarra com água. Quando passamos por ela, Holmes, para meu espanto indescritível, inclinou-se na minha frente e deliberadamente derrubou a coisa toda. A jarra de vidro se espatifou em mil pedaços e as frutas rolaram por todos os cantos do quarto.

– Veja o que fez, Watson – ele me acusou, friamente. – Veja que bagunça você fez no tapete.

Abaixei-me confuso e comecei a recolher as frutas, entendendo que, por algum motivo desconhecido, o meu companheiro desejava me culpar. Os outros fizeram o mesmo e desviraram a mesa.

– Ei! – o inspetor exclamou. – Aonde ele foi?

Holmes havia desaparecido.

– Esperem aqui um instante – Alec Cunningham disse. – O sujeito está de cabeça oca, na minha opinião. Venha comigo, pai, vamos ver aonde ele foi!

Eles correram para fora do quarto, deixando o inspetor, o coronel e eu olhando uns para os outros.

– Juro que estou inclinado a concordar com o senhor Alec – o policial comentou. – Pode ser efeito dessa doença, mas me parece que...

As palavras dele foram interrompidas por uma gritaria repentina de: "Socorro! Socorro! Assassino!". Sentindo um calafrio, reconheci a voz do meu amigo. Corri desvairadamente do quarto para o patamar. O berreiro, que havia se transformado num murmúrio rouco e desarticulado, vinha do primeiro quarto que visitamos. Entrei no quarto correndo e fui para o *closet*. Os dois Cunningham estavam curvados sobre a figura prostrada de Sherlock Holmes, o mais jovem agarrando-o pela garganta com ambas as mãos, enquanto o mais velho parecia torcer um de seus pulsos. No mesmo instante, nós três os agarramos e Holmes se levantou, muito pálido e evidentemente exausto.

– Prenda estes homens, inspetor – ele pediu gaguejando.

– Qual é a acusação?

– De assassinato do cocheiro William Kirwan.

O inspetor olhou para ele perplexo.

– Ora essa, sr. Holmes – ele replicou afinal. – Com certeza o senhor realmente não vai...

– Preste atenção, homem. Olhe a cara deles – Holmes esbravejou de um modo rude.

Certamente, jamais vi uma confissão de culpa mais clara no semblante de algum ser humano. O homem mais velho parecia entorpecido e atordoado com uma expressão pesada e sombria em seu rosto fortemente marcado por rugas. O filho, por sua vez, deixou de lado todo aquele estilo alegre e arrojado que o caracterizava. A brutalidade de uma fera perigosa brilhava em seus olhos escuros e distorcia seus belos traços. O inspetor não disse mais nada, apenas foi até a porta e apitou. Dois policiais de sua equipe atenderam ao chamado.

– Não tenho alternativa, sr. Cunningham – ele disse. – Confio que tudo isso acabe se mostrando um erro absurdo. Mas creio que o senhor certamente compreende a situação. Ei! Não ouse! Largue isso...

Ele então deu um golpe com a mão e o revólver, que o homem mais jovem estava sacando, caiu no chão.

– Pegue isso – Holmes disse, colocando o pé em cima. – Será útil no julgamento. Mas era isso aqui o que realmente queríamos – ele afirmou, mostrando um pequeno pedaço de papel amassado.

– O resto da folha! – o inspetor exclamou.

– Exatamente.

– Mas onde estava?

– Onde eu tinha certeza de que estaria. Vou deixar tudo claro para o senhor em instantes. Acho, coronel, que pode voltar com Watson agora. Estarei com vocês novamente em uma hora, no máximo. O inspetor e eu devemos conversar com os prisioneiros, mas vocês certamente me verão de volta na hora do almoço.

Sherlock Holmes cumpriu a palavra, pois por volta de uma hora ele se juntou a nós na sala de fumar do coronel. Chegou acompanhado de um cavalheiro idoso, que me foi apresentado como sendo o sr. Acton, cuja casa havia sido palco do primeiro roubo.

– Eu quis que o sr. Acton estivesse presente quando fosse esclarecer esse pequeno caso para vocês – Holmes disse. – É natural que ele tenha muito interesse pelos detalhes. Receio, meu caro coronel, que tenha se arrependido da hora em que acolheu um indivíduo tão tempestuoso quanto eu.

– Muito pelo contrário – o coronel respondeu-lhe afetuosamente. – Considero o maior privilégio ter conhecido os seus métodos de trabalho. Confesso que eles superaram as minhas expectativas e que sou totalmente incapaz de dar conta do resultado. Ainda não percebi o vestígio de nenhuma pista.

– Temo que a minha explicação possa desiludi-lo, mas sempre foi meu hábito não ocultar nenhum dos meus métodos, seja do meu amigo Watson ou de alguém que possa se interessar por eles. Mas, primeiro, como estou bastante abalado com as pancadas que sofri no closet, acho que me ajudaria tomar um pouco do seu conhaque, coronel. A minha resistência tem sido muito posta à prova ultimamente.

– Tenho certeza de que, com isso, você não terá mais esses ataques nervosos.

Sherlock Holmes riu à vontade.

– Chegaremos lá! Vou apresentar a vocês um relato do caso em sua devida ordem, mostrando os vários pontos que guiaram a minha conclusão. Por gentileza, interrompam-me se houver alguma inferência que não esteja perfeitamente clara para vocês. Na arte da detecção, é da maior importância saber reconhecer, entre vários fatos, os que são vitais e os que são incidentais, caso contrário, suas energias e sua atenção se dissiparão, em vez de se concentrarem. Assim, neste caso, desde o início não havia a menor dúvida em minha mente de que a chave de todo o caso devia ser procurada no pedaço de papel que estava na mão do morto.

– Antes de continuar, eu chamaria a atenção de vocês para o fato de que, se a narrativa de Alec Cunningham estivesse correta e se o agressor, depois de atirar em William Kirwan, tivesse fugido imediatamente, então ficaria óbvio que não podia ser ele quem arrancou o papel da mão do homem morto. Mas, se não ele, devia ser o próprio Alec Cunningham, pois, quando o velho desceu, vários criados estavam na cena. O detalhe é simples, mas o inspetor o ignorou porque partiu da suposição de que esses magnatas do condado não tinham nada a ver com o caso. Ora, eu faço questão de nunca ter preconceitos e de seguir docilmente por onde quer que os fatos me levem. Assim, na primeira fase da investigação, percebi que estava olhando com desconfiança para o papel desempenhado pelo sr. Alec Cunningham. Então, fiz um exame bem cuidadoso do pedaço de papel que o inspetor nos mostrou. Ficou imediatamente claro para mim que fazia parte de um documento indispensável. Aqui está. Agora, ninguém observa nada muito sugestivo?

– Tem uma aparência muito desigual – o coronel falou.

– Meu caro senhor! – Holmes exclamou. – Não há a menor dúvida no mundo de que foi elaborado por duas pessoas escrevendo palavras alternadamente. Quando eu chamar a sua atenção para o traço forte de "aos" e "para" e lhe pedir que o compare com a fraqueza de "quinze minutos" e "meia-noite", você reconhecerá instantaneamente o fato. A análise mais breve dessas palavras permite que você diga com a máxima confiança que "descubra" e "talvez" foram escritas com a mão mais forte e "o que" com a mais fraca.

– Meu Deus! Está claro como o dia! – o coronel exclamou. – Por que diabos dois homens haveriam de escrever uma carta dessa maneira?

– Obviamente, só poderia ser por maldade. Então, um dos homens desconfiando do outro determinou que, o que quer que acontecesse, cada um deles deveria ter culpa igual. Agora, dos dois homens, está claro que quem escreveu o "aos" e o "para" era o líder.

– Como você chegou a isso?

– Podemos deduzir apenas pelo mero traço de uma mão em comparação com o da outra. Mas temos razões mais seguras do que essa para supor isso. Se você examinar esse pedaço com atenção, chegará à conclusão de que o homem com a mão mais forte escreveu todas as palavras primeiro, deixando espaços em branco para o outro preencher. Esses espaços em branco nem sempre eram suficientes, e você pode ver que o segundo homem fez um acerto para encaixar "quinze minutos" entre o "aos" e o "para", mostrando assim que essa última palavra já estava escrita. Sem dúvida, o homem que escreveu as palavras primeiro foi quem planejou o caso.

– Ótimo! – o sr. Acton exclamou.

– Mas muito superficial – Holmes prosseguiu. – Chegamos agora a um ponto importante. Talvez vocês não estejam cientes de que a dedução da idade de um homem com base em sua caligrafia é algo feito com uma precisão considerável pelos especialistas. Em casos normais, pode-se colocar um homem em seu real decênio com satisfatória segurança. Digo em casos normais, porque problemas de saúde e fraqueza física reproduzem os sinais da velhice, mesmo se o enfermo for jovem. Nesse caso, olhando para o traço da mão forte e ousada de um e a aparência mais fragilizada do outro, mas que ainda mantém a legibilidade, embora os "t" tenham começado a perder o cruzamento, podemos dizer que aquele era um jovem e o outro avançado em anos sem estar terminantemente decrépito.

– Ótimo! – o sr. Acton exclamou novamente.

– Temos, porém, outro ponto mais sutil e mais interessante. Existe algo em comum entre essas mãos. Elas pertencem a homens que são parentes de sangue. Pode parecer mais evidente nos "i", mas para mim são os pequenos pontos que indicam a mesma coisa. Não tenho dúvidas de que um maneirismo familiar pode ser encontrado nessas duas amostras manuscritas. Estou apenas, é claro, fornecendo os principais resultados da minha análise do papel. Existem vinte e três outras deduções que seriam de maior interesse para os especialistas do que para vocês. Todas elas tendem a aprofundar a minha impressão de que os Cunningham, pai e filho, escreveram esse bilhete.

– Tendo avançado tão longe, o meu passo seguinte foi, é claro, examinar os detalhes do crime e ver até que ponto poderiam ajudar. Fui até a casa com o inspetor e vi tudo o que havia para ser visto. O ferimento no homem morto foi, como pude identificar com absoluta segurança, pelo disparo de um revólver à distância de pouco mais de três metros e meio. Não houve escurecimento nas roupas, evidenciando, portanto, que Alec Cunningham mentiu quando disse que os dois homens lutavam quando o tiro foi disparado. Novamente, pai e filho combinaram quanto ao local onde o homem escapou para a estrada. Nesse ponto, porém, há uma valeta bem larga, úmida no fundo. Como não havia indícios de marcas de botas nessa valeta, eu tive absoluta certeza não apenas de que os Cunningham mentiam novamente, mas também de que nunca houve um desconhecido em cena.

– E agora vou considerar o motivo desse crime singular. Para chegar a ele, esforcei-me antes de tudo por resolver o motivo do primeiro roubo, na casa do sr. Acton. Entendi, por algo que o coronel disse, que havia um processo em andamento entre você, sr. Acton, e os Cunningham. Obviamente, ocorreu-me de imediato que eles haviam invadido a sua biblioteca com a intenção de encontrar algum documento importante para o caso.

– Exato – Acton confirmou. – Não há dúvida possível sobre essa intenção. Estou reivindicando claramente metade do patrimônio atual deles e, se encontrassem um único documento, que felizmente estava em poder dos meus advogados, sem dúvida, eles me prejudicariam no caso.

– Aí está! – Holmes disse sorrindo. – Foi uma tentativa perigosa e imprudente, na qual rastreio a influência do jovem Alec. Não encontrando nada, tentaram desviar as suspeitas fazendo parecer um roubo comum e, para isso, levaram aquilo em que pudessem colocar as mãos.

Tudo isso ficou bastante claro, mas havia ainda muita coisa obscura. O que eu queria acima de tudo era obter a parte que faltava dessa anotação. Eu tinha certeza de que Alec a havia arrancado da mão do morto e estava quase certo de que ele devia tê-la enfiado no bolso do roupão. Onde mais ele poderia colocá-la? A única dúvida era se ainda estaria lá. Valia a pena o esforço para descobrir isso e, assim, fomos todos até a casa.

– Os Cunningham se juntaram a nós, como certamente vocês se lembram, do lado de fora da porta da cozinha. Claro, era da maior importância que eles não se lembrassem da existência do papel; caso contrário, naturalmente o destruiriam sem demora. O inspetor estava prestes a falar-lhes da importância que atribuímos a isso, quando, pela coincidência mais feliz do mundo, tive uma espécie de ataque, mudando então o assunto da conversa.

– Deus do céu! – o coronel exclamou rindo.

– Falando profissionalmente, foi muito bem feito! – exclamei, olhando espantado para aquele homem que sempre me confundia com uma nova faceta de sua astúcia.

– Essa é uma arte muitas vezes útil – ele retrucou. – Quando me recuperei, consegui, por uma artimanha que talvez tenha algum mérito engenhoso, fazer com que o velho Cunningham escrevesse a palavra "meia-noite", para que eu pudesse compará-la com a "meia-noite" no papel.

– Ora! Mas que idiota eu fui! – exclamei.

– Percebi que você lamentava pela minha fraqueza – Holmes comentou rindo. – Perdoe-me por lhe causar o desapontamento que sei que sentiu. Subimos as escadas juntos e, depois de ter entrado no closet e visto o roupão pendurado atrás da porta, consegui, virando a mesa, desviar a atenção deles por um momento e voltar para examinar os bolsos. No entanto, mal havia encontrado o papel, que estava, como eu esperava, em um dos bolsos, quando os dois Cunningham caíram em cima de mim, e creio que de fato me matariam naquele momento não fosse pela pronta e valiosa ajuda de vocês. Ainda sinto o aperto do jovem na minha garganta. Além disso, o pai torceu o meu pulso no esforço de tirar o papel da minha mão. Eles perceberam que eu sabia de tudo e a súbita mudança na situação – de segurança absoluta para o desespero completo – os deixou totalmente desnorteados.

– Depois, conversei um pouco com o velho Cunningham a respeito do motivo do crime. Ele estava mais acessível, embora seu filho fosse um demônio perfeito, pronto para estourar o próprio cérebro ou o de qualquer outra pessoa, se pudesse pegar o revólver. Quando Cunningham percebeu que a coisa contra ele era tão forte, desanimou e passou tudo a limpo. Parece que William seguiu secretamente os patrões na noite em que eles atacaram o sr. Acton e, tendo-os em seu poder, tentou chantageá-los com ameaças de denúncia. Alec, porém, é um homem perigoso em jogos desse tipo. Foi um golpe genial da parte dele ver no medo de assalto que assombrava o campo uma oportunidade de se livrar plausivelmente do homem a quem eles temiam. William caiu numa cilada e foi baleado. Se eles tivessem ficado com a mensagem inteira e prestado um pouco mais de atenção aos detalhes das investigações, é bem possível que suspeitas jamais tivessem sido levantadas contra eles.

– E o bilhete? – perguntei.

Sherlock Holmes juntou os pedaços do papel diante de nós:

> *Vá exatamente aos quinze minutos para a meia-noite ao portão leste e descubra o que talvez o surpreenda muito, mas que poderá ser de grande proveito para você e também para Annie Morrison. Mas não diga nada a ninguém sobre o assunto.*

– É exatamente o tipo de coisa que eu esperava – ele disse. – Claro que nós ainda não sabemos quais podem ter sido as relações entre Alec

Cunningham, William Kirwan e Annie Morrison. Os resultados mostram que a armadilha foi habilmente preparada. Tenho certeza de que vocês não deixarão de apreciar muito os traços de hereditariedade mostrados nos "p" e nos ganchos dos "g". A ausência dos pingos nos "i" no que foi escrito pelo velho também é bem característica. Watson, acho que o nosso tranquilo descanso no campo foi realmente um sucesso. Diferente, é verdade! Mas certamente voltarei à Baker Street amanhã bastante revigorado.

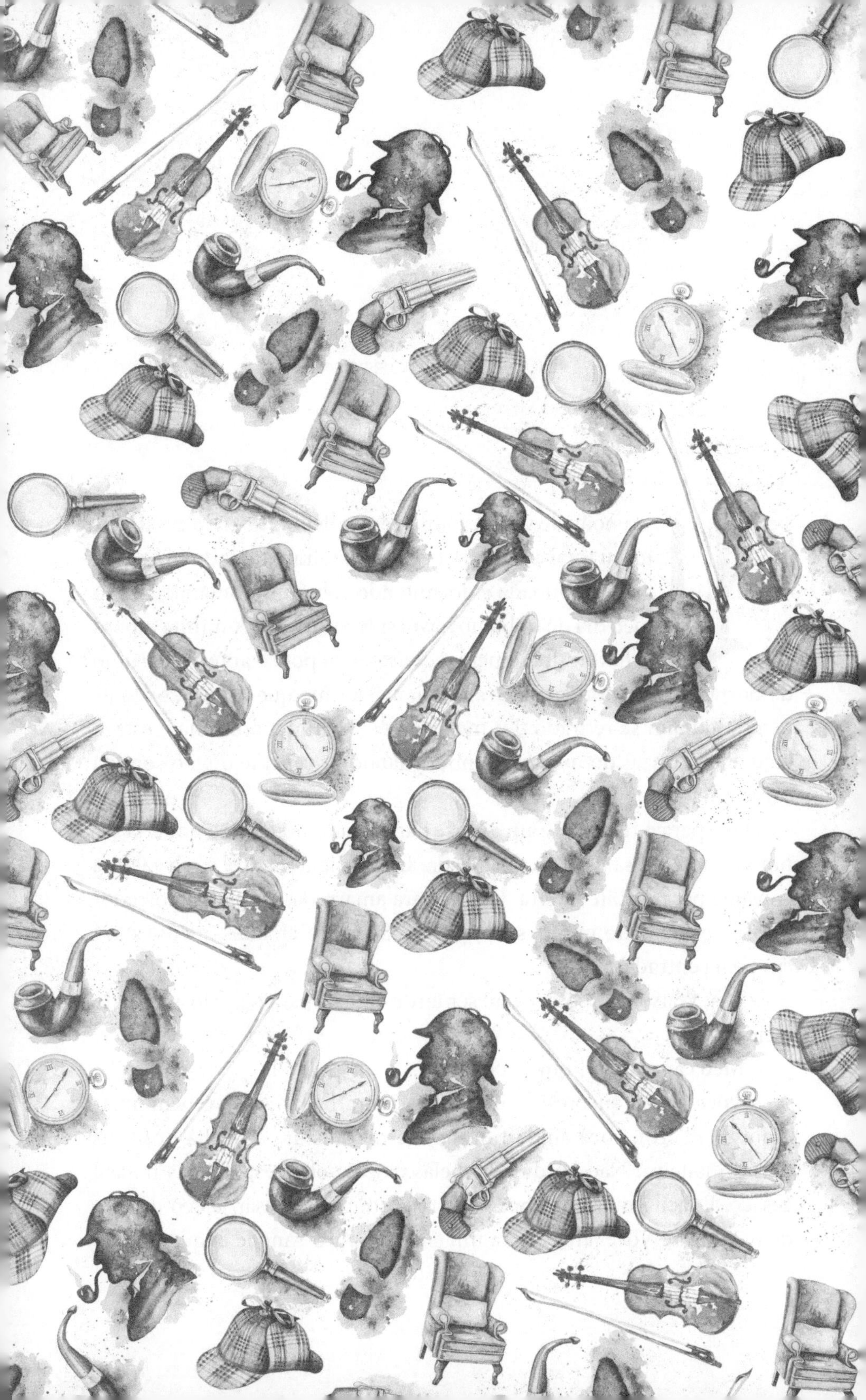

# Aventura VIII

• O HOMEM TORTO •

Uma noite de verão, alguns meses depois do meu casamento, eu estava sentado perto da lareira, fumando uma última cachimbada e dormitando sobre um romance, pois o meu dia de trabalho havia sido exaustivo. A minha esposa já havia subido para o quarto. Um pouco antes, o barulho da porta do corredor, ao ser trancada, avisou-me que os criados também já tinham se retirado. Eu me levantei de minha poltrona e estava batendo as cinzas do meu cachimbo, quando de repente ouvi o som da campainha.

Olhei para o relógio. Eram quinze para a meia-noite. Não poderia ser um visitante nessa hora tão avançada. Um paciente, claro, e talvez uma consulta para a noite inteira. Com a cara amarrada, saí para o corredor e abri a porta. Para minha surpresa, era Sherlock Holmes quem estava em pé na entrada.

– Olá, Watson! Esperava não ser tarde demais para pegá-lo acordado – ele disse.

– Meu caro amigo! Entre, por favor.

– Você parece surpreso, e não é de admirar! Aliviado também, imagino! Hum! Ah, você ainda fuma a mesma mistura Arcadia dos seus dias de solteiro! Não há dúvida, pelas cinzas soltas espalhadas no seu casaco. É fácil notar que você estava acostumado a usar jaleco de médico, Watson. Você jamais será um cidadão puro-sangue enquanto não tiver o hábito de carregar um lenço no bolso do paletó. Você poderia me receber esta noite?

– Com prazer.

– Você me disse que tinha quartos de solteiro para visitantes, e vejo que não hospeda nenhum cavalheiro no momento. A sua chapeleira denuncia isso.

– Ficarei feliz com a sua presença.

– Obrigado. Vou usar um cabide vazio, então. Lamento ver que você precisou de um trabalhador britânico em casa. Ele é um sinal do mal. Foi o encanamento?

– Não, o gás.

– Ah! Ele deixou duas marcas de pregos das botas no seu piso de linóleo, exatamente sob a luz. Não, obrigado, jantei em Waterloo, mas será um prazer fumar um cachimbo com você.

Entreguei-lhe a minha bolsa de tabaco. Ele se sentou na minha frente e fumou por algum tempo em silêncio. Eu estava bem ciente de que nada que não fosse um assunto importante poderia trazê-lo à minha casa nesse horário. Então, esperei pacientemente até que ele se pronunciasse.

– Vejo que você anda profissionalmente muito ocupado – comentou olhando vivamente para mim.

– Sim, tive um dia agitado – respondi. – Pode parecer uma grande tolice aos seus olhos, mas realmente não sei como você deduziu isso – acrescentei.

Holmes riu para si mesmo.

– Tenho a vantagem de conhecer os seus hábitos, meu caro Watson – ele afirmou. – Quando a agenda está vazia, você vai a pé, mas, quando está cheia, usa a charrete. Como percebo que suas botas, embora usadas, de modo algum estão sujas, não posso duvidar de que você anda suficientemente ocupado para justificar o uso da charrete.

– Muito bom! – exclamei.

– Elementar – ele disse. – É um desses casos nos quais a pessoa que raciocina pode produzir um efeito aparentemente notável para a pessoa ao lado, porque esta perdeu um pequeno detalhe que seria a base da dedução. O mesmo pode ser dito, meu caro amigo, do efeito de algumas dessas suas histórias curtas, que são inteiramente superficiais, pois dependem da maneira como você retém em suas próprias mãos alguns fatores do problema que nunca são transmitidos ao leitor. Atualmente, estou na posição desses mesmos leitores, pois, embora eu retenha nesta mão vários fios de uma das tramas mais estranhas que já deixaram perplexo o cérebro de um homem, ainda assim me faltam um ou dois fios necessários para fechar a minha hipótese. Mas eu vou consegui-los, Watson, vou consegui-los!

Os olhos dele faiscaram, e um leve rubor surgiu em suas bochechas finas. Por um instante, apenas. Quando olhei novamente, seu rosto havia retomado aquela compostura de um indígena pele-vermelha, que levava tanta gente a vê-lo mais como uma máquina do que como um homem.

– O problema apresenta características interessantes – ele disse. – Eu diria até características excepcionais e de interesse. Já examinei o caso e acho que estou avistando a solução. Se puder me acompanhar nesta última fase, poderá realizar um serviço valioso para mim.

– Ficarei feliz com isso.

– Você poderia ir até Aldershot amanhã?

– Não tenho dúvidas de que Jackson atenderia a minha clínica.

– Muito bom. Quero partir às onze e dez de Waterloo.

– Isso me dá algum tempo.

– Então, se você não estiver com muito sono, vou lhe dar um panorama do que aconteceu e do que resta a ser feito.

– Eu estava com sono antes de você chegar. Agora, estou bem acordado!

– Vou resumir a história, tanto quanto possível, sem omitir nada que seja vital para o caso. É possível que você tenha lido alguma reportagem sobre o assunto. Trata-se do suposto assassinato do coronel Barclay, do Royal Mallows, em Aldershot, que eu estou investigando.

– Eu não soube de nada a respeito.

– O caso ainda não chamou muita atenção, a não ser localmente. Os fatos ocorreram há apenas dois dias e, resumidamente, são os seguintes: o Royal Mallows é, como você sabe, um dos mais famosos regimentos irlandeses do exército britânico. Fez maravilhas tanto na Crimeia quanto no Motim e desde então se destacou em todas as ocasiões possíveis. Era comandado, até a noite de segunda-feira, por James Barclay, um veterano valente que começou como soldado raso, foi promovido a posto comissionado por sua bravura na época do Motim e, então, viveu para comandar o regimento no qual um dia carregou um mosquete.

"Quando ainda estava na patente de sargento, o coronel Barclay se casou, e sua esposa, cujo nome de solteira era srta. Nancy Devoy, era filha de um antigo sargento-mor da mesma unidade militar. Houve, portanto, como se pode imaginar, algum atrito social quando o jovem casal (pois eles ainda eram jovens) enfrentou um novo ambiente. Mas parece que se adaptaram rapidamente, e a sra. Barclay sempre foi, pelo que entendi, tão popular entre as damas do regimento quanto o marido com seus colegas oficiais. Devo acrescentar que ela era uma mulher de grande beleza e que mesmo agora, quando está casada há mais de trinta anos, ainda se destaca pela aparência impressionante e majestosa.

"A vida familiar do coronel Barclay parece ter sido invariavelmente feliz. O major Murphy, a quem devo a maioria das minhas informações, garante-me que nunca soube de qualquer mal-entendido entre os dois. No geral, ele acha que a devoção de Barclay à esposa era maior que a devoção da esposa ao marido. Ele ficava profundamente inquieto se ela se ausentasse por um dia. Ela, por sua vez, embora dedicada e fiel, era menos intrusiva em seu afeto. Assim, eles eram considerados no regimento o perfeito modelo de um casal de meia-idade. Não havia absolutamente nada em suas relações mútuas que preparasse as pessoas para a tragédia que estava para acontecer.

"O próprio coronel Barclay parecia ter algumas características singulares em seu caráter. Era um velho soldado bem-humorado, impetuoso em seu humor habitual, mas que em certas ocasiões era capaz de ser consideravelmente violento e vingativo. Esse lado de sua natureza, porém, aparentemente nunca se voltou contra a esposa. Outro fato que impressionou o major Murphy, bem como três dos outros cinco oficiais com quem conversei, era o tipo singular de depressão com que ele, às vezes, se deparava. Como o major expressou, muitas vezes o sorriso era arrancado de sua boca, como se uma mão invisível o fizesse, quando ele se juntava às brincadeiras nas rodas de conversa. Por dias a fio, quando o mau humor o atacava, ele mergulhava na mais profunda melancolia. Esse comportamento e certo viés supersticioso eram os únicos traços incomuns em sua personalidade que seus colegas oficiais tinham observado. Essa última peculiaridade assumiu a forma de não gostar de ficar sozinho, principalmente depois do anoitecer. Esse aspecto pueril, em alguém de uma natureza visivelmente viril, muitas vezes deu origem a comentários e conjecturas.

"O primeiro batalhão do Royal Mallows (que é o antigo 117.º) está há alguns anos posicionado em Aldershot. Os oficiais casados vivem fora do quartel, e durante todo esse tempo o coronel ocupou um solar chamado Lachine, a cerca de oitocentos metros do acampamento norte. A casa fica no meio de seu próprio terreno, mas o lado oeste não está a mais de trinta metros da estrada. Um cocheiro e duas criadas compõem o pessoal da criadagem. Junto com os patrões, eles são os únicos ocupantes de Lachine, pois os Barclay não têm filhos, nem é habitual receberem a visita de moradores próximos.

"Agora, vamos aos eventos que ocorreram em Lachine, entre as nove e as dez da noite de segunda-feira passada.

"Parece que a sra. Barclay era membro da Igreja Católica Romana e muito interessada no estabelecimento da Guilda de São Jorge, formada em conexão com a capela de Watt Street com o objetivo de fornecer roupas usadas aos pobres. Uma reunião da Guilda seria realizada naquela noite às oito, e a sra. Barclay apressou o jantar para estar presente. Ao sair de casa, o cocheiro escutou-a fazendo algumas recomendações comuns ao marido, garantindo-lhe que voltaria logo. Ela então chamou a srta. Morrison, uma jovem que mora no solar ao lado, e as duas foram juntas para a reunião, que durou quarenta minutos. Às nove e quinze, a sra. Barclay voltou para casa, deixando a srta. Morrison em sua porta ao passar por lá.

"Em Lachine, existe uma sala que é usada como sala de café da manhã. Ela fica de frente para a estrada e se abre para o gramado por meio de uma grande porta dobrável de vidro. O gramado tem vinte e sete metros de diâmetro e só se separa da rodovia por um muro baixo com um trilho de ferro em cima. Foi para essa sala que a sra. Barclay retornou. As cortinas não estavam fechadas, pois a sala raramente era usada à noite, porém a sra. Barclay acendeu a lâmpada e tocou a campainha, pedindo a Jane Stewart, a criada, que lhe trouxesse uma xícara de chá, o que era bastante contrário ao seu costume. O coronel estava sentado na sala de jantar, mas, ao ouvir que sua esposa retornara, juntou-se a ela na sala de café da manhã. O cocheiro o viu atravessar o corredor e entrar. Então, ele nunca mais foi visto vivo.

"O chá pedido foi levado dez minutos depois, mas a empregada, quando se aproximou da porta, ficou surpresa ao ouvir as vozes de seus patrões em furiosa discussão. Ela bateu, sem obter resposta; em seguida, girou a maçaneta e descobriu que a porta estava trancada por dentro. Naturalmente, ela correu para chamar a cozinheira, e, quando as duas mulheres, junto com o cocheiro, entraram no corredor, eles escutaram a briga, que continuava séria. Todos concordam que apenas duas vozes foram ouvidas: a de Barclay e a de sua esposa. Os comentários de Barclay eram moderados e abruptos, de modo que nenhum deles foi audível para os ouvintes. As declarações da mulher, por sua vez, eram muito amargas e, quando ela levantava a voz, podiam ser ouvidas com clareza. 'Seu covarde!', ela repetia vez por outra. 'O que pode ser feito agora?', 'O que pode ser feito agora?', 'Devolva a minha vida', 'Eu nunca mais vou respirar o mesmo ar que você de novo!', 'Seu covarde!', 'Seu covarde' eram fragmentos de sua conversa, que terminou com um terrível grito repentino do homem, um estrondo e um grito agudo da mulher. Convencido de que alguma tragédia havia acontecido, o cocheiro correu para a porta e tentou forçá-la, enquanto gritos e mais gritos vinham de dentro. Mas ele não conseguiu entrar, e as criadas estavam aflitas demais para ajudá-lo. De repente, ele teve uma ideia e, então, saiu pela porta que dava no corredor e deu a volta pelo gramado, para o qual as longas janelas francesas se abriam. Uma folha da janela estava aberta – o que, pelo que percebi, era bastante comum no verão –, e ele entrou na sala sem dificuldades. A patroa havia parado de gritar e estava imóvel, esticada num sofá, ao passo que o infeliz soldado estava caído, com os pés sobre uma poltrona e a cabeça no chão, perto do canto da lareira, morto em uma poça do próprio sangue.

"Naturalmente, o primeiro pensamento do cocheiro, ao descobrir que não podia fazer nada pelo seu patrão, foi abrir a porta. Mas aqui uma dificuldade inesperada e singular se apresentou. A chave não estava no lado interno da porta, nem ele a encontrou em nenhum lugar da sala. Saiu novamente, portanto, pela janela e, tendo obtido ajuda de um policial e um médico, voltou. A patroa, contra quem evidentemente repousava a maior suspeita, foi levada para o quarto, ainda em estado de choque. O corpo do coronel foi então colocado no sofá, e um exame cuidadoso foi feito da cena da tragédia.

"O ferimento que o infeliz veterano havia sofrido era uma fissura irregular, com cerca de cinco centímetros de comprimento, na nuca, visivelmente causada por um golpe violento de uma arma contundente. Também não foi difícil adivinhar qual arma poderia ter sido. No chão, perto do corpo, havia um bastão muito peculiar, de madeira dura esculpida e cabo de osso. O coronel possuía uma coleção variada de armas, trazidas dos diferentes países em que havia lutado, e a polícia supõe que esse bastão estivesse entre os seus troféus. Os criados negaram tê--lo visto antes, mas, entre as inúmeras curiosidades da casa, é possível que o tivessem esquecido. Nada mais importante foi descoberto na sala pela polícia, exceto o fato inexplicável de que nem com a pessoa da sra. Barclay, nem com a vítima, nem em qualquer parte da sala a chave que faltava foi encontrada. Assim, a porta teve de ser aberta por um serralheiro de Aldershot.

"As coisas estavam nesse estado, Watson, quando na manhã de terça--feira, a pedido do major Murphy, fui a Aldershot, para complementar os esforços da polícia. Acho que você reconhecerá que o problema já era interessante, mas as minhas observações logo me fizeram perceber que, na verdade, era muito mais extraordinário do que parecia à primeira vista. Antes de examinar a sala, interroguei os criados, mas só consegui elucidar os fatos que já relatei. Outro detalhe interessante foi lembrado por Jane Stewart, a criada. Você vai se recordar de que, ao ouvir o barulho da briga, ela desceu e voltou com os outros serviçais. Na primeira ocasião, quando estava sozinha, ela disse que as vozes de seus patrões eram tão baixas que quase não se ouvia nada e que ela as julgou pelo tom, não pelas palavras ditas. Ao ser pressionada, porém, ela lembrou ter ouvido a palavra 'Davi' proferida duas vezes pela mulher. O ponto é da maior importância como indicação do motivo da briga repentina. O nome do coronel, como você se lembra, era James.

"Há outra coisa, no caso, que deixou uma impressão muito profunda tanto nos criados como na polícia: o rosto do coronel contorcido. De acordo com o relato de todos, ele estava com a mais terrível expressão de medo e horror que um semblante humano é capaz de assumir. Mais de uma pessoa desmaiou ao vê-lo, tão terrível era o efeito que provocava. Parecia bastante certo que ele previra seu destino e que isso lhe causou o maior horror. É claro que tudo se encaixava bem na hipótese da polícia de que o coronel estivesse vendo sua esposa fazer um ataque assassino contra ele. Tampouco o fato de o ferimento estar na parte de trás da cabeça seria uma objeção cabal a isso, pois ele pode ter se virado para evitar o golpe. Não foi possível obter informações da própria mulher, que estava temporariamente ensandecida por um ataque agudo de febre.

"Eu soube pela polícia que a srta. Morrison, como você se lembra, saiu naquela noite com a sra. Barclay, mas negou ter qualquer conhecimento do motivo que causou o mau humor com o qual sua amiga voltou para casa.

"Tendo reunido esses fatos, Watson, fumei vários cachimbos pensando nisso, tentando separar o que era crucial do que era meramente incidental. Sem dúvida, o detalhe mais distinto e sugestivo do caso era o desaparecimento singular da chave da porta. Nem uma busca mais minuciosa na sala conseguiu encontrá-la. Portanto, ela deve ter sido tirada de lá. Mas nem o coronel nem sua esposa a teriam levado, isso ficou perfeitamente claro. Portanto, uma terceira pessoa esteve na sala, e essa pessoa só poderia ter entrado pela janela. Pareceu-me que um exame cuidadoso da sala e do gramado poderia revelar alguns rastros desse indivíduo misterioso. Você conhece os meus métodos, Watson. Não houve um deles que não apliquei ao inquérito, culminando com a descoberta de rastros, embora muito diferentes daqueles que eu esperava. Um homem esteve na sala e ele atravessou o gramado vindo da estrada. Consegui obter cinco impressões muito claras de suas pegadas: uma na própria estrada, no ponto em que ele havia pulado o muro baixo, duas no gramado e duas muito fracas nas tábuas manchadas perto da janela pela qual ele entrou. Aparentemente, ele correu pelo gramado, pois as marcas das pontas dos pés eram muito mais profundas que as dos calcanhares. Mas não foi o homem que me surpreendeu. Foi o companheiro dele."

– O companheiro dele?

Holmes puxou do bolso uma grande folha de papel de seda e a desdobrou cuidadosamente sobre o joelho.

– O que acha disto? – ele perguntou.

O papel estava coberto dos rastros das pegadas de algum animal pequeno. Tinha cinco patinhas bem marcadas, uma indicação de unhas compridas, e a pegada inteira era quase do tamanho de uma colher de sobremesa.

– É um cachorro – arrisquei.

– Já ouviu falar de algum cachorro subir por uma cortina? Encontrei rastros nítidos que essa criatura deixou lá.

– Um macaco, talvez?

– Não, não é uma pegada de macaco.

– O que seria, então?

– Nem cão, nem gato, nem macaco, nem qualquer bicho com a qual estejamos familiarizados. Tentei reconstruí-lo a partir das medições.

Aqui estão quatro impressões de quando o animal ficou parado, imóvel. Como você vê, são menos de trinta e oito centímetros da pata da frente à traseira. Acrescente a isso o comprimento do pescoço e da cabeça e você terá uma criatura com menos de noventa e oito centímetros de comprimento, provavelmente mais, se tiver cauda. Mas observe agora esta outra medida. O animal está se movendo, e temos o comprimento de seu passo. Em cada caso, a distância é de apenas cerca de sete centímetros e meio. Você tem uma indicação de um corpo comprido, com pernas muito curtas e que não teve a consideração de deixar sequer um pelo para trás. Mas sua forma geral deve ser a que eu indiquei: consegue subir pela cortina e é carnívoro!

– Como deduziu isso?

– Porque ele subiu a cortina. A gaiola de um canário estava pendurada na janela e parece que o objetivo dele era capturar o pássaro.

– Então, que bicho seria?

– Ah, se eu pudesse lhe dar um nome, isso ajudaria bastante a resolver o caso. No geral, trata-se provavelmente de alguma criatura da família das doninhas ou dos arminhos, mas é maior do que qualquer animal desses que eu já tenha visto.

– Mas qual seria a relação dele com o crime?

– Também ainda é algo obscuro. Mas nós avançamos bastante, como você percebe. Sabemos que um homem esteve parado na estrada olhando a briga entre os Barclay. Sabemos que as cortinas estavam fechadas, e a sala, iluminada. Também sabemos que ele correu pelo gramado, entrou na sala, acompanhado por um animal estranho, e que atacou o coronel ou, como é igualmente possível, que o coronel tenha caído de puro medo ao vê-lo, cortando a cabeça no canto da lareira. Por fim, temos o curioso fato de que o invasor levou a chave quando foi embora.

– As suas descobertas parecem ter deixado o caso mais obscuro do que antes – retruquei.

– Sim, sem dúvida nenhuma, elas mostraram que a coisa era muito mais complicada do que se imaginava inicialmente. Pensei no assunto e cheguei à conclusão de que devo abordar a situação a partir de outro ponto de vista. Mas, na verdade, Watson, estou mantendo você acordado, quando posso lhe contar tudo isso a caminho de Aldershot amanhã.

– Obrigado, mas você já foi longe demais para parar agora.

– É certo que, quando a sra. Barclay saiu de casa às sete e meia, estava em boas relações com o marido. Ela nunca foi, como acho que já mencionei, ostensivamente carinhosa, mas o cocheiro a ouviu conversar com o coronel de uma maneira amigável. Agora, é igualmente certo que, ao voltar, ela foi direto para a sala menos provável de encontrar o marido e pediu chá, como uma mulher agitada faria. E, por fim, quando ele chegou, ela explodiu fazendo-lhe violentas recriminações. Portanto, algo ocorreu entre as sete e meia e as nove horas que alterou completamente os sentimentos dela com relação a ele. Mas a srta. Morrison esteve com a sra. Barclay durante todo esse período de uma hora e meia. Portanto, é certeza absoluta que, apesar de sua negativa, ela sabia de alguma coisa sobre o assunto.

"A minha primeira conjectura foi a de que podia ter existido algum envolvimento entre essa moça e o velho soldado, que ela então confessou à esposa. Isso explicaria o retorno irritado da mulher e também a negativa da jovem de que algo teria ocorrido, e isso não seria totalmente incompatível com a maioria das declarações ouvidas. Mas havia a referência a 'Davi', com a afeição conhecida do coronel por sua esposa pesando contra isso, para não falar da trágica intrusão desse outro homem, a qual poderia, é claro, estar totalmente desconectada com o que havia acontecido antes. Não era fácil escolher os passos a tomar, mas, de modo geral, eu estava inclinado a descartar a ideia de algum relacionamento entre o coronel e a srta. Morrison, embora mais do que nunca eu estivesse convencido de que a jovem tinha a pista daquilo que havia transformado o afeto da sra. Barclay em ódio ao marido. Segui o caminho óbvio, portanto, de procurar a srta. Morrison, para lhe explicar que estava perfeitamente ciente de que ela sabia dos fatos que eu também sabia e para lhe garantir que sua amiga, a sra. Barclay, acabaria no banco dos réus, acusada de assassinato, correndo o risco de ser condenada à pena capital, a menos que o caso fosse esclarecido.

"A srta. Morrison é uma jovem pura, com olhos tímidos e cabelos loiros, mas eu não a achei de modo algum carente de perspicácia e bom senso. Ela ficou pensando por algum tempo depois de eu ter falado, e, então, voltando-se para mim com um ar resoluto, fez uma declaração notável, que vou condensar em seu benefício: 'Prometi à minha amiga que não diria nada sobre o assunto, e promessa é dívida. Mas, se eu realmente posso ajudá-la quando uma acusação tão séria é feita contra ela e quando sua própria boca – pobre amiga querida – está calada pela doença, acho que estou absolvida da minha promessa. Vou lhe contar exatamente o que aconteceu na noite da segunda-feira', ela disse.

"'Estávamos voltando da missão da Watt Street, perto de quinze para as nove. No caminho, tivemos de passar pela Hudson Street, que é uma rua muito tranquila. Só existe um lampião, no lado esquerdo, e, quando nos aproximamos dessa lâmpada, eu vi um homem vir em nossa direção, com as costas muito arqueadas, trazendo algo como uma caixa pendurada no ombro. Ele parecia estar deformado, pois andava cabisbaixo e com os joelhos recurvados. Passávamos por ele, quando ergueu o rosto para nos ver no círculo de luz lançado pela lâmpada. Ao fazer isso, ele parou e exclamou com uma voz terrível: 'Meu Deus, é Nancy!' A sra. Barclay ficou mortalmente pálida e teria caído se aquela criatura de aparência medonha não a segurasse. Eu ia chamar a polícia, mas ela, para minha surpresa, falou bastante civilizadamente com o sujeito: 'Pensei que você tivesse morrido há trinta anos, Henry', ela disse, com a voz trêmula. 'Eu estive morto', ele respondeu. Foi horrível ouvir o tom de voz com que falou. Ele tinha o rosto muito sombrio, assustador, e um brilho nos olhos que retorna nos meus pesadelos. Seus cabelos e o bigode eram grisalhos, e o rosto, totalmente enrugado e seco como uma maçã murcha. 'Vá andando um pouco na frente, querida', a sra. Barclay me pediu, 'quero conversar com este homem. Não há nada a temer'. Ela tentou falar com firmeza, mas ainda estava mortalmente pálida e mal conseguia expressar suas palavras, pelo tremor de seus lábios.'

"'Fiz o que ela me pediu, e eles conversaram por alguns minutos. Então ela desceu a rua com os olhos brilhando, e vi o infeliz aleijado parado junto ao poste de luz, agitando os punhos cerrados no ar, como se estivesse louco de raiva. Ela não me disse uma palavra antes de chegarmos aqui na porta, quando me pegou pela mão, implorando para que eu não contasse a ninguém o que havia acontecido. 'É um velho conhecido meu que voltou ao mundo', ela disse. Quando lhe prometi que não diria nada, ela me beijou e não voltei a vê-la desde então. Já lhe contei toda a verdade e, se a ocultei da polícia, é porque não havia percebido ainda o perigo que a minha querida amiga corria. Mas sei que, para ela, só pode ser vantajoso que tudo seja esclarecido.'

"Essa declaração dela, Watson, foi para mim, como você pode imaginar, um farol em uma noite escura. Tudo o que antes estava desconectado começou a se encaixar em seu verdadeiro lugar, e eu tive um pressentimento sombrio de toda esta sequência de eventos. O meu próximo passo, obviamente, era encontrar o homem que causara tão notável impressão na sra. Barclay. Se ele ainda estivesse em Aldershot, não seria muito difícil encontrá-lo. Por ali, não há um número tão grande de civis, e um homem deformado certamente chamaria a atenção. Passei o dia na busca e, à noite, nessa mesma noite, Watson, eu topei com ele. O nome do sujeito é Henry Wood e mora em acomodações na mesma rua em que as mulheres o viram. Está há apenas cinco dias nesse local. Disfarçado de agente de registros, escutei um mexerico muito interessante da proprietária. O sujeito é mágico e ator profissional e percorre as casernas depois do anoitecer, oferecendo um pouco de diversão a todos. Carrega consigo algum tipo de animal em sua caixa, em relação ao qual a proprietária demonstrou sentir considerável aflição, pois jamais tinha visto criatura semelhante a essa. Ele utiliza o bicho em alguns truques, de acordo com o seu relato. Pelo que a tal senhora foi capaz de me dizer, é também um fato extraordinário esse homem conseguir viver, tendo em vista o quanto anda torto e que, às vezes, ele fala em uma língua estranha. Nas duas últimas noites, ela o ouviu gemer e chorar em seu quarto. Ele é correto no que diz respeito ao dinheiro, mas, no pagamento do depósito do aluguel, ela recebeu o que parecia um florim falsificado. Ela me mostrou a moeda, Watson, e era uma rupia indiana.

"Então, agora, meu caro amigo, você sabe exatamente em que pé estamos e por que preciso de você. Está perfeitamente claro que, depois que as mulheres se afastaram, ele as seguiu a distância, viu a briga entre o marido e a mulher pela janela, entrou correndo, e a criatura presa em sua caixa se soltou. Tudo isso é muito certo. Assim, ele é a única pessoa neste mundo que pode nos contar exatamente o que aconteceu naquela sala."

– E você pretende perguntar a ele?

– Certamente, mas na presença de uma testemunha.

– E eu serei essa testemunha?

– Se puder fazer essa gentileza. Se ele estiver disposto a esclarecer o assunto, tudo bem. Mas, se recusar, não teremos alternativa senão solicitar um mandado.

– Mas como sabe que ele estará lá quando chegarmos?

– Pode ter certeza de que tomei algumas precauções. Deixei um dos irregulares de Baker Street montando guarda, alguém que vai grudar nele feito carrapato, indo aonde ele for. Vamos encontrá-lo na Hudson Street amanhã, Watson. Enquanto isso, vou me tornar um criminoso se mantiver você fora da cama...

Era meio-dia quando chegamos à cena da tragédia e, sob a orientação do meu amigo, seguimos imediatamente para a Hudson Street. Apesar da capacidade dele de ocultar suas emoções, pude facilmente perceber que Holmes estava em um estado de agitação contida, enquanto eu vibrava com aquele prazer – meio esportivo, meio intelectual – que invariavelmente experimentava quando me associava a ele em suas investigações.

– Esta é a rua – ele disse quando entrou em uma pequena rua ladeada por casas simples de tijolos, de dois andares. – Ah! Aí vem o Simpson para fazer o relatório.

– Está tudo certo com ele, sr. Holmes – gritou o moleque de rua, árabe, correndo até nós.

— Muito bom, Simpson, muito bom! — Holmes o elogiou, dando um tapinha em sua cabeça. — Venha, Watson. Esta é a casa.

Holmes enviou seu cartão com o recado de que viemos tratar de assuntos importantes, e no momento seguinte estávamos cara a cara com o homem a quem procurávamos. Apesar do dia quente, ele estava agachado perto de uma lareira, e o pequeno quarto parecia um forno. O homem estava todo retorcido e encolhido na cadeira, de tal modo que dava uma impressão indescritível de deformidade. Mas o rosto que ele virou em nossa direção, embora cansado e abatido, devia ter sido notável em alguma época por sua beleza. Ele olhou desconfiado para nós, com olhos amarelados, e, sem falar ou se levantar, acenou para duas cadeiras.

— Sr. Henry Wood, que voltou da Índia, certo? — Holmes perguntou, em tom afável. — Vim tratar do assunto da morte do coronel Barclay.

— E o que eu deveria saber a respeito?

— É exatamente isso o que eu quero verificar. Você sabe, suponho, que, a menos que este assunto seja esclarecido, a sra. Barclay, uma velha amiga sua, provavelmente será julgada por assassinato.

O homem estremeceu violentamente.

— Não sei quem é você! — ele exclamou. — Nem como sabe o que sabe. Mas jura que é verdade o que acaba de me contar?

— Ora, eles estão apenas esperando que ela volte a si para prendê-la.

— Meu Deus! Você é da polícia?

— Não!

— Qual é o seu negócio, então?

— É dever de todos que a justiça seja feita.

— Você pode aceitar a minha palavra de que ela é inocente.

— Então o senhor é o culpado?

— Não, não sou.

— Pois bem: quem matou o coronel James Barclay?

— Foi a providência divina que o matou. Mas lembre-se disto: se eu tivesse estourado os miolos dele, como estava no meu coração, ele não receberia das minhas mãos mais do que aquilo que merece. Se a própria consciência culpada dele não o tivesse derrubado, é provável que eu estivesse com o sangue dele pesando na minha própria consciência. Você quer que eu conte a história? Bem, não sei por que não deveria, pois não há motivo para me envergonhar disso.

"Aconteceu assim, senhor. Você está me vendo agora, corcunda feito um camelo, com as minhas costelas todas tortas. Mas houve um tempo em que o cabo Henry Wood era o homem mais aprumado do 117.º de Infantaria. Estávamos na Índia, então, nos acantonamentos, em um lugar que vamos chamar de Bhurtee. Barclay, que morreu outro dia, era sargento na mesma companhia que eu, e a garota que era a beleza do regimento (sim, a garota mais bonita que já teve um sopro de vida entre os lábios) era Nancy Devoy, a filha do sargento-mor. Dois homens a amavam, e ela amava só um deles. Vocês haverão de rir quando olharem para este pobre coitado encolhido diante da lareira e me ouvirem dizer que foi pela minha bela aparência que ela me amou.

"Bem, apesar de eu ter o coração dela, o pai dela havia decidido casá-la com Barclay. Eu era um rapaz irresponsável, imprudente, e ele tinha uma formação e já estava destinado à carreira militar. Mas a garota se manteve fiel a mim. Parecia que eu ficaria com ela, quando o Motim estourou e o país inteiro virou um inferno.

"Ficamos com o nosso regimento isolado em Bhurtee, com meia bateria de artilharia, uma companhia de soldados *sikhs*, muitos civis e mulheres do povo. Havia dez mil rebeldes à nossa volta, tão atiçados quanto uma matilha de cães *terrier* em volta de uma gaiola de ratos. Por volta da segunda semana, a nossa água acabou, e a questão era saber se conseguiríamos comunicação com a coluna do general Neill, que estava se movimentando pelo interior. Era a nossa única chance, pois não tínhamos esperança de sair com todas as mulheres e crianças; então, me apresentei como voluntário para avisar o general Neill sobre o perigo que corríamos. O meu oferecimento foi aceito, e eu conversei com o sargento Barclay, que conhecia o terreno melhor do que ninguém e que traçou um caminho pelo qual eu poderia passar pelas linhas rebeldes. Às dez horas da mesma noite, comecei a minha missão. Eu tinha mil vidas para salvar, mas era apenas em uma que eu pensava quando pulei a muralha naquela noite.

"O meu caminho passava por um curso de água seco, que esperávamos que pudesse me proteger das sentinelas do inimigo. Mas, enquanto eu rastejava em uma curva, caí entre seis rebeldes, que esperavam por mim agachados no escuro. No mesmo instante, fui neutralizado com um golpe na cabeça e amarrado nas mãos e nos pés. Contudo, o verdadeiro golpe foi no meu coração, e não na cabeça, pois, quando recuperei os sentidos e escutei o máximo que pude da conversa deles, ouvi o suficiente para entender que o meu camarada, o mesmo homem que havia preparado o caminho que eu deveria seguir, havia me traído por meio de um criado nativo, entregando-me nas mãos do inimigo.

"Bem, não há necessidade de eu me estender nessa parte. Agora você já sabe do que James Barclay era capaz. Bhurtee foi socorrida por Neill no dia seguinte, mas os rebeldes me levaram com eles em sua retirada. Demorei muitos anos para ver novamente o rosto de um homem branco. Fui torturado, tentei fugir, fui recapturado e torturado novamente. Vocês podem ver por si mesmos o estado em que eu fui deixado. Alguns deles fugiram para o Nepal e me levaram com eles. Depois, passei por Darjeeling. O povo da montanha lá em cima assassinou os rebeldes que me aprisionavam, e eu me tornei escravo deles por um tempo até escapar. Mas, em vez de ir para o Sul, tive de ir para o Norte, até me encontrar entre os afegãos. Vaguei por lá durante muitos anos e, finalmente, voltei para Punjab, onde morei principalmente entre os nativos, ganhando a vida com os truques de mágica que havia aprendido. De que adiantava eu, um aleijado miserável, voltar para a Inglaterra ou me apresentar aos meus antigos camaradas? Nem mesmo o meu desejo de vingança me levaria a fazer isso. Eu preferia que Nancy e os meus velhos amigos pensassem em Henry Wood como um morto com as costas retas a me verem rastejar com o apoio de um bastão e parecendo um chimpanzé. Eles jamais duvidaram de que eu estivesse morto, e eu jamais quis que duvidassem disso. Ouvi dizer que Barclay havia se casado com

Nancy e que estava sendo rapidamente promovido no regimento, mas nem mesmo isso me fez mudar de ideia.

"Mas, quando alguém envelhece, sente saudades de casa. Durante anos, sonhei com os campos verdes brilhantes e as sebes da Inglaterra. Finalmente decidi vê-los antes de morrer. Economizei o suficiente para comprar a passagem e, então, vim para cá, onde estão os soldados, pois conheço o jeito deles e sei como diverti-los. E, assim, ganho o suficiente para me manter."

– A sua narrativa é muito interessante – Sherlock Holmes comentou. – Já ouvi falar do seu encontro com a sra. Barclay e de como se reconheceram mutuamente. Você, então, pelo que entendi, seguiu-a até em casa e viu pela janela a briga entre ela e o marido, na qual, sem dúvida, ela deve tê-lo acusado de conduta desleal contra você, que, subjugado por seus próprios sentimentos, correu pelo gramado e invadiu a casa.

– Isso mesmo, senhor. E, ao me ver, ele se assustou como homem nenhum se assustou antes e caiu, batendo a cabeça na lareira. Mas ele já estava morto antes de cair. Naquele rosto, eu vi a morte mais nítida do que eu posso ler este texto à chama da lareira. A simples visão da minha presença transpassou seu coração culpado como uma bala.

– E depois?

– Então, Nancy desmaiou, e eu peguei da mão dela a chave da porta, pretendendo destrancá-la para pedir ajuda. Mas, enquanto fazia isso, pareceu-me melhor deixá-la em paz e fugir, pois a coisa poderia se voltar contra mim, e o meu segredo seria revelado inevitavelmente se eu fosse levado preso. Na pressa, enfiei a chave no bolso e deixei cair o bastão enquanto perseguia Teddy, que subiu a cortina. Assim que o enfiei na caixa da qual ele havia escapulido, fui embora o mais rápido possível.

– Quem é Teddy? – Holmes perguntou.

O homem se inclinou e puxou a frente de uma espécie de gaiola que estava no canto. No mesmo instante escorregou para fora uma bela criatura marrom-avermelhada, magra e flexível, com as pernas de arminho, o focinho longo e fino como um bico, e um par dos mais belos olhos vermelhos que eu já vi na cabeça de um animal.

— É um mangusto! — exclamei.

— Bem, alguns os chamam assim, outros os chamam de icnêumone — o sujeito explicou. — Mas é de apanhadores de cobras que eu os chamo, e o Teddy é incrível com as cobras. Eu tenho uma aqui, sem as presas, que ele captura todas as noites para agradar o pessoal da caserna. Algum outro ponto, senhor?

— Bem, talvez nós tenhamos de recorrer novamente a você se a sra. Barclay estiver com sérios problemas.

— Nesse caso, é claro que eu me apresentarei.

— Mas, caso contrário, não há motivo para jogar esse escândalo contra um homem morto, por mais irresponsável que ele tenha sido. Você, pelo menos, teve a satisfação de saber que, durante trinta anos de sua vida, a consciência dele o reprovou amargamente por seus atos perversos. Ah, ali está o major Murphy, do outro lado da rua. Adeus, Wood. Quero saber se alguma coisa avançou desde ontem.

Conseguimos alcançar o major antes que ele chegasse à esquina.

— Ora, Holmes! — ele exclamou. — Será que você já ouviu falar que todo esse barulho não deu em nada?

— Como assim?

— O inquérito simplesmente foi encerrado. As evidências da perícia médica mostraram conclusivamente que a morte ocorreu por apoplexia. Veja bem, afinal de contas, o caso era bastante simples.

— Oh! Extraordinariamente superficial... — Holmes concordou sorrindo. — Venha, Watson, acho que não precisam mais de nós em Aldershot.

— Só mais uma coisa — eu disse, enquanto caminhávamos para a estação. — Se o nome do marido era James e o nome do outro era Henry, que conversa era essa sobre Davi?

— Essa palavra, meu caro Watson, teria me revelado toda a história se eu fosse a pessoa que raciocina do modo ideal que você gosta tanto de descrever. Evidentemente, era um termo de repreensão.

— De repreensão?

– Sim. Como você sabe, Davi às vezes se desviava um pouco, mas, em certa ocasião, foi na mesma direção que o sargento James Barclay. Você se lembra daquele pequeno caso envolvendo Davi e Betsabá? Receio que o meu conhecimento bíblico esteja um pouco enferrujado, mas você encontrará essa história no primeiro ou no segundo livro de Samuel.

# Aventura IX

• O PACIENTE RESIDENTE •

Ao olhar de relance para esta série de memórias um tanto incoerentes com as quais me esforço para ilustrar algumas peculiaridades intelectuais do meu amigo Sherlock Holmes, fico impressionado com a dificuldade que enfrento para escolher exemplos que, em todos os sentidos, atendam ao meu propósito, pois nos casos em que Holmes realizou algum *tour de force* de raciocínio analítico e demonstrou o valor de seus métodos inusitados de investigação, os fatos em si frequentemente se revelam tão triviais ou tão comuns que eu não tenho justificativa para apresentá-los ao público. Em contrapartida, também acontece com frequência de ele se ocupar com alguma investigação em que os fatos são de um caráter mais notável e dramático, mas em que a parte que ele mesmo tomou para si, de determinação das causas, tem sido menos destacada do que eu, como biógrafo dele, poderia desejar. A pequena história que narrei sob o título de "Um estudo em vermelho" e, depois, o caso relacionado à perda do *Gloria Scott* podem servir de exemplos desses dilemas de Cila e Caríbdis que estão sempre ameaçando o historiador. Quanto ao assunto que estou prestes a relatar, talvez a parte que o meu amigo desempenhou não seja muito destacada, mas a cadeia de circunstâncias como um todo é tão notável que não posso de modo algum omiti-la desta série.

Não tenho a indicação exata do dia, pois algumas das minhas anotações sobre o assunto foram extraviadas, mas deve ter sido no final do primeiro ano em que Holmes e eu compartilhamos as acomodações da

Baker Street. Por causa do clima tempestuoso de outubro, nós dois ficamos em casa o dia todo; eu porque estava com a saúde abalada e temia enfrentar o vento cortante do outono, e ele porque estava mergulhado em algumas daquelas experiências químicas confusas que o absorvem completamente enquanto permanece engajado nelas. No final da tarde, porém, o rompimento de um tubo de ensaio levou a pesquisa a um final prematuro, e ele saltou da cadeira com uma exclamação de impaciência e o sobrolho franzido.

– Um dia inteiro de trabalho perdido, Watson – ele comentou, caminhando até a janela. – Ah! As estrelas estão brilhando e o vento amainou. Que tal um passeio por Londres?

Eu estava cansado da nossa pequena sala de estar e de bom grado concordei. Durante três horas passeamos juntos, observando o caleidoscópio da vida em constante movimento, à medida que desce e flui pela Fleet Street e pela Strand. Holmes tinha se livrado do seu mau humor temporário, e sua fala característica, com aguçada observação de detalhes e sutil capacidade de inferência, me divertia e me agradava. Antes das dez, estávamos de volta à Baker Street. Uma carruagem nos esperava à nossa porta.

– Hum! Veja só, um médico clínico-geral – Holmes disse. – Sem muito tempo de prática. Mas com muita coisa para fazer. Veio nos consultar, imagino. Sorte que voltamos logo!

Eu estava suficientemente familiarizado com os métodos de Holmes e era capaz de seguir seu raciocínio, observando que a natureza e o estado dos vários instrumentos médicos na maleta pendurada na lanterna dentro da carruagem lhe forneceram os dados para sua rápida dedução. A claridade que se projetava em nossa janela mostrava que essa visita tão tarde era de fato destinada a nós. Com alguma curiosidade sobre o que poderia levar um colega médico até nós nesse horário, acompanhei Holmes ao nosso santuário.

Um homem pálido, de rosto afilado, com bigodes loiros levantou-se de uma cadeira perto da lareira quando entramos. Ele não teria mais do que 33 ou 34 anos, mas sua expressão abatida e sua cor pouco saudável indicavam uma vida que lhe minara o vigor e roubara sua juventude. Seus modos revelavam que ele era nervoso mas tímido, um cavalheiro sensível certamente. A mão branca e magra que ele colocou na moldura da lareira para se levantar era a mão de um artista e não a de um cirurgião. Ele vestia uma roupa sóbria, discreta: casaco preto, calças escuras, com um toque colorido na gravata.

– Boa noite, doutor – Holmes cumprimentou com alegria. – Fico feliz em ver que só esperou alguns minutos.

– O senhor falou com o meu cocheiro?

– Não, foi a vela na mesa lateral que me informou. Por favor, retome o seu lugar e faça-me saber como posso servi-lo.

– Sou o doutor Percy Trevelyan – o nosso visitante se apresentou. – Eu moro no número 403 da Brook Street.

– O senhor não é autor de uma monografia sobre lesões neurológicas obscuras? – perguntei.

As bochechas pálidas dele coraram de prazer quando soube que seu trabalho era conhecido por mim.

– Tão raramente ouço falar desse trabalho que achei que tivesse caído no esquecimento – ele disse. – Os meus editores me forneceram uma informação bem desanimadora das vendas. Devo presumir que o senhor também seja médico?

– Cirurgião reformado do Exército.

– Doenças nervosas sempre foram um hobby para mim. É claro que eu gostaria de fazer disso uma especialidade absoluta, mas temos de pegar o que é possível no começo. Isso, no entanto, não vem ao caso no momento, e eu aprecio muito o quão valioso é o tempo do sr. Sherlock Holmes. O fato é que uma série de eventos muito singulares ocorreu recentemente em minha casa na Brook Street, chegando a tal ponto, à noite, que eu senti que seria impossível esperar mais uma hora antes de pedir o seu conselho e a sua assistência.

Sherlock Holmes sentou-se e acendeu o cachimbo.

– Você é muito bem-vindo para ambos – ele respondeu. – Por favor, dê-me um relato detalhado das circunstâncias que o perturbaram.

– Uma ou duas delas são de tal forma triviais – o dr. disse –, que realmente quase tenho vergonha de mencioná-las. Mas a questão é tão inexplicável e a recente mudança de rumo que tomou é tão complicada que eu lhe apresentarei tudo, e o senhor julgará o que é essencial e o que não é.

– Para começar, sou forçado a falar algo da minha própria vida acadêmica. Sou formado pela Universidade de Londres, como o senhor sabe, e tenho certeza de que não pensará que eu queira indevidamente alardear elogios se disser que a minha carreira de estudante foi considerada muito promissora pelos meus professores. Depois que me formei, continuei a me dedicar à pesquisa, ocupando uma posição secundária no hospital do King's College. Tive a sorte de despertar interesse considerável pela minha pesquisa sobre a patologia da catalepsia e, por fim, conquistei o prêmio e a medalha Bruce Pinkerton pela monografia sobre lesões nervosas que o seu amigo acabou de aludir. Não iria longe demais se dissesse que havia uma impressão geral naquela época de que eu teria uma carreira brilhante pela frente. Mas o grande obstáculo para mim era a falta de capital. Como o senhor vai entender prontamente, um especialista que almeja voar alto é obrigado a começar numa rua no bairro de Cavendish Square, o que implica em enormes despesas de aluguel e gastos com a compra de móveis. Além desse desembolso preliminar, deverá estar preparado para se manter por alguns anos e contratar uma carruagem e um cavalo apresentáveis. Conseguir isso estava muito além do meu alcance e eu só podia esperar que, economizando, pudesse daqui a dez anos ter o suficiente para colocar a minha placa na porta da clínica. De repente, porém, um incidente inesperado abriu uma nova perspectiva para mim.

– Recebi a visita de um cavalheiro com o nome de Blessington, um sujeito completamente estranho para mim, que certa manhã entrou na minha sala e foi direto ao assunto no mesmo instante. "Você é mesmo o Percy Trevelyan que teve uma carreira promissora e ganhou um grande prêmio ultimamente?", ele perguntou, e eu confirmei me curvando. "Responda-me francamente, pois logo perceberá que é do seu interesse fazer isso. Você tem toda a inteligência necessária para se tornar um homem de sucesso, mas será que tem o talento?", ele continuou.

– Não pude deixar de rir diante da pergunta inesperada. "Confio ter o suficiente", respondi. "Você tem algum vício? Sente-se atraído pela bebida?", ele indagou. "Francamente, senhor!", exclamei. "Calma! Tudo bem! Mas eu precisava perguntar. Com todas essas qualidades, por que você não está praticando a medicina?", ele prosseguiu. Eu dei de ombros. "Vamos, vamos!", ele disse, agitado. "Esta é a velha história. Você tem mais cérebro do que dinheiro no bolso, certo? O que diria se eu o colocasse na Brook Street?" Olhei para ele espantado. "Ora, é para o meu benefício e não para o seu!", ele exclamou. "Eu serei perfeitamente franco e, se for conveniente para você, será ótimo para mim. Tenho milhares de libras para investir, sabe, e acho que vou aplicá-las em você." "Mas por quê?", insisti. "Bem, é como qualquer outro investimento, só que é mais seguro do que a maioria", ele retrucou. "O que devo fazer então?", perguntei. "É o seguinte: eu vou alugar a casa, mobiliar a clínica, pagar os empregados e cuidar de todo o lugar. Tudo o que você precisa fazer é ocupar a cadeira na sala do consultório. Você terá dinheiro no bolso para as despesas e para o que mais for necessário. Então, você me entrega três quartos daquilo que ganhar e fica com a outra quarta parte restante para você!"

– Foi com essa estranha proposta, sr. Holmes, que esse tal de Blessington se aproximou de mim. Não vou cansá-lo por conta do que e como negociamos. Terminei me mudando para o local no dia 25 de março, data da festa da Anunciação, e comecei a clinicar nas condições que ele sugeriu. O sujeito foi morar comigo na condição de "paciente residente". Parece que o coração dele estava fraco e, assim, precisava de supervisão médica constante. Blessington transformou as duas melhores salas do primeiro andar em um apartamento de quarto e sala para si. Ele era um homem de hábitos peculiares, recusava companhia e muito raramente saía. Apesar de sua vida improdutiva, em certo sentido ele era muito regrado. Todas as noites, na mesma hora, ele entrava no consultório, examinava os registros, separava os cinco xelins e três *pence* de cada guinéu que eu ganhava e levava o resto para guardar no cofre, em seu próprio quarto.

– Posso dizer com segurança que ele jamais teve motivo para se arrepender do investimento feito, que foi um sucesso desde o início. Alguns bons casos e a reputação que eu havia conquistado no hospital me empurraram logo para a frente e, nestes últimos anos, fiz dele um homem rico, sr. Holmes, tanto pela minha história passada como pelas minhas relações com o sr. Blessington. Agora, resta-me apenas contar o que ocorreu para me trazer aqui nesta noite.

– Há algumas semanas, o sr. Blessington me procurou num estado de agitação considerável, falando de um arrombamento que, segundo ele, tinha ocorrido no extremo oeste da cidade. Lembro-me de que ele me pareceu desnecessariamente agitado com isso, declarando que nem um dia a mais deveria passar antes que reforçássemos nossas portas e janelas com ferragens mais fortes. Durante uma semana, ele continuou nesse estado bastante peculiar de inquietação, espiando continuamente pelas janelas e deixando de fazer a curta caminhada que costumava ser o prelúdio de seu jantar. Pela maneira de se comportar, ocorreu-me que ele estaria com um medo mortal de algo ou de alguém, mas, quando o questionei a respeito, ele se tornou tão ofensivo que fui obrigado a deixar o assunto de lado. Gradualmente, à medida que o tempo foi passando, seus medos pareciam estar desaparecendo e ele retomava seus hábitos anteriores. Foi quando um novo evento o reduziu ao lamentável estado de prostração em que ele atualmente se encontra.

– Acontece que, dois dias atrás, recebi a carta, sem endereço nem data, que agora vou ler para o senhor: "Um nobre russo, que atualmente reside na Inglaterra, ficaria feliz em contar com a assistência profissional do dr. Percy Trevelyan. Há alguns anos ele é vítima de ataques catalépticos, enfermidade a respeito da qual, como é do conhecimento de todos, o dr. Trevelyan é uma autoridade. Ele se propõe a visitá-lo amanhã, às seis e quinze da tarde, se for conveniente para o dr. Trevelyan estar em seu consultório".

– Essa carta me interessou profundamente, porque a principal dificuldade no estudo da catalepsia é a raridade da doença. Então, pode acreditar que eu estava no meu consultório quando, na hora marcada, o criado trouxe o paciente. Ele era um homem idoso, magro, recatado e comum – de modo algum a concepção que geralmente se tem de um nobre russo. Fiquei muito mais impressionado ainda com a aparência de seu acompanhante, um rapaz alto, surpreendentemente bonito, com um rosto sombrio, feroz, o tronco e os membros de um Hércules. Quando entraram, ele colocou a mão embaixo do braço do paciente para ajudá-lo a sentar-se numa cadeira, com uma ternura que dificilmente alguém esperaria de sua aparência. "Perdoe a minha intromissão, doutor", ele me disse, falando inglês com um ligeiro sotaque, "mas este é o meu pai e a saúde dele é da maior importância para mim".

– Fiquei emocionado com essa ansiedade filial. "Talvez você queira permanecer durante a consulta", respondi. "Por nada neste mundo!", ele exclamou, com um gesto de horror. "É muito mais doloroso para mim do que posso expressar. Se eu tiver de ver mais uma vez o meu pai numa dessas terríveis convulsões, estou convencido de que não sobreviverei a isso. O meu próprio sistema nervoso é excepcionalmente sensível. Com a sua permissão, permanecerei na sala de espera enquanto o senhor examina o caso de meu pai."

– Com isso, é claro, eu concordei e o jovem se retirou. O paciente e eu, então, mergulhamos em uma conversa sobre o histórico do caso dele, do qual tomei notas pormenorizadas. Ele não se destacava pela inteligência e frequentemente suas respostas eram obscuras, o que atribuí à sua limitada familiaridade com o nosso idioma. De repente, porém, enquanto eu fazia anotações, ele deixou de dar qualquer resposta às minhas perguntas. Quando olhei para ele, fiquei chocado ao ver que estava sentado na cadeira diante de mim, com uma expressão perfeitamente vazia na face rígida. Estava novamente nas garras de sua misteriosa doença.

– A minha primeira reação, como acabei de dizer, foi de pena e horror. A segunda, receio, foi de satisfação profissional. Anotei o pulso e a temperatura do meu paciente, testei a rigidez de seus músculos e examinei seus reflexos. Não havia nada marcadamente anormal em nenhuma dessas condições, o que se encaixava com experiências anteriores minhas. Eu tinha conseguido bons resultados em tais casos pela inalação de nitrito de amila e aquela me parecia uma boa oportunidade para testar mais uma vez as virtudes dessa substância. O frasco do medicamento estava em meu laboratório, no andar de baixo e, então, deixando meu paciente sentado em sua cadeira, corri para pegá-lo. Demorei um pouco para encontrá-lo, cerca de cinco minutos, e voltei em seguida. Imagine meu espanto ao encontrar a sala vazia: o paciente tinha ido embora!

– É claro que a minha primeira atitude foi correr para a sala de espera. O filho também tinha saído. A porta do corredor estava fechada, mas não trancada. O meu criado, que é quem admite os pacientes, é um menino novo, nem um pouco esperto. Ele fica esperando no andar de baixo e sobe trazendo os pacientes quando eu toco a campainha da sala de consulta. Ele não notou nada e o caso permanecia um completo mistério. O sr. Blessington voltou logo depois, mas eu não lhe disse nada sobre o assunto, pois, para dizer a verdade, estava me acostumando a manter o mínimo de comunicação possível com ele.

– Bem, jamais imaginei que veria novamente o russo e seu filho. Então, imagine o meu espanto quando, no mesmo horário hoje à noite, os dois voltaram ao meu consultório, como haviam feito antes. "Sinto que lhe devo mil desculpas pela minha partida repentina ontem, doutor", o meu paciente disse. "Confesso que fiquei muito surpreso", respondi. "Bem, o fato é que, quando eu me recupero desses ataques, a minha mente fica sempre muito embaralhada com relação a tudo o que aconteceu antes. Acordei numa sala estranha, sem saber onde estava. Segui o caminho para a rua, meio atordoado, enquanto o senhor estava ausente." "E eu, vendo meu pai passar pela porta da sala de espera, naturalmente achei que a consulta tivesse terminado. Só quando chegamos em casa percebi o que aconteceu", o filho completou. "Bem, não houve mal algum, a não ser que vocês me deixaram terrivelmente intrigado. Por isso, se o senhor puder fazer a gentileza, aguarde na sala de espera. Ficarei feliz em continuar a consulta, que foi interrompida de forma tão inesperada", eu retruquei rindo.

– Durante meia hora, discuti os sintomas com o velho cavalheiro e, depois de lhe prescrever a medicação, acompanhei-o à saída, apoiado no braço do filho. Como eu já lhe disse, o sr. Blessington geralmente escolhe essa hora do dia para se exercitar. Ele chegou logo em seguida e foi para o andar de cima. Um instante depois, eu o escutei descer correndo, invadindo o meu consultório em pânico. "Quem esteve no meu quarto?", ele gritou. "Ninguém!", respondi. "É mentira!", ele esbravejou. "Suba e olhe".

– Eu deixei passar a grosseria do linguajar, pois ele parecia meio fora de si, por causa do medo. Quando subi com ele, apontou-me várias pegadas no carpete claro. "Vai dizer que são minhas?", ele questionou. As pegadas eram evidentemente muito maiores do que as dele e estavam bem frescas. Choveu forte hoje à tarde, como o senhor sabe, e os meus pacientes foram as únicas pessoas que entraram em casa. Então, o que pode ter acontecido é que, enquanto eu estava ocupado com um dos homens, o que ficou na sala de espera deve ter subido ao quarto do meu paciente residente por alguma razão desconhecida. Nada foi tocado ou subtraído, mas as pegadas estavam lá, provando que a intrusão era um fato inegável.

– O sr. Blessington parece ter ficado mais alarmado com o assunto do que eu poderia imaginar, embora, é claro, o fato fosse suficientemente perturbador para tirar a paz de espírito de qualquer pessoa. Na verdade, ele acabou sentando-se numa poltrona, aos prantos, e eu mal conseguia fazê-lo falar com alguma coerência. Foi por sugestão dele que eu o procurei, sr. Holmes. E, é claro, percebi de imediato o cabimento disso, pois de fato o incidente é muito singular, embora ele pareça exagerar demais sua importância. Agradeço se puder voltar comigo na minha carruagem, pois pelo menos será capaz de acalmá-lo, já que eu tenho poucas esperanças de que mesmo o senhor seja capaz de explicar essa ocorrência intrigante.

Sherlock Holmes ouviu essa longa narrativa com uma atenção que me mostrava que seu interesse tinha sido despertado profundamente. Seu rosto permanecia impassível como sempre, mas as pálpebras pesavam-lhe nos olhos e, a cada baforada, a fumaça do cachimbo se enrolava sempre mais espessa, enfatizando cada episódio curioso da história do médico. Quando o nosso visitante terminou, Holmes se levantou sem dizer uma palavra, entregou-me o meu chapéu, pegou o dele de cima da mesa e seguiu o dr. Trevelyan até a porta. Em quinze minutos, descemos na porta da residência do médico, na Brook Street, uma daquelas casas sombrias e de fachada lisa que as pessoas associam a uma clínica de West-End. O menino que era o criado nos recebeu e começamos imediatamente a subir a ampla escada bem acarpetada.

Mas uma interrupção singular nos paralisou. Subitamente a luz no topo da escada se apagou e na escuridão escutamos uma voz estridente e trêmula.

– Eu estou armado com uma pistola – a voz gritou. – Palavra de honra que disparo se vocês se aproximarem.

– Blessington! Isso é realmente ultrajante – o dr. Trevelyan protestou.

– Ora! Então é o senhor, doutor? – a voz respondeu, com um forte suspiro de alívio. – Mas esses outros senhores são realmente quem aparentam ser?

Estávamos conscientes de que ele nos examinava cuidadosamente, ocultando-se na penumbra.

– Sim, sim, tudo bem. Vocês podem subir. Lamento tê-los incomodado com as minhas precauções – a voz disse, afinal.

Ele reacendeu o lampião a gás da escada enquanto falava e vimos diante de nós um sujeito esquisito, cuja aparência e a voz testemunhavam seus nervos abalados. Ele era muito gordo, mas aparentemente em algum momento estivera ainda muito mais gordo, de modo que a pele solta no rosto balançava nas bochechas como no focinho de um cão de caça. A cor da pele era de um tom doentio. Seu cabelo loiro liso parecia arrepiar-se com a intensidade de sua emoção. Ele segurava uma pistola na mão, mas a enfiou no cinto enquanto subíamos.

– Boa noite, sr. Holmes – ele disse. – Tenha certeza de que estou muito grato ao senhor por ter vindo. Ninguém jamais precisou tanto do seu conselho como eu. Suponho que o dr. Trevelyan tenha lhe contado a respeito dessa intromissão injustificável nos meus aposentos.

– Sim – Holmes falou. – Quem são aqueles dois homens, senhor Blessington, e por que vieram molestá-lo?

– Bem, bem – o paciente residente disse, nervoso – É claro, é difícil saber isso. Não espere que eu saiba como responder a isso, sr. Holmes.

– O senhor quer dizer que não sabe?

– Entre aqui, por favor. Apenas tenha a gentileza de entrar aqui.

Ele nos guiou até seu quarto, que era grande e confortavelmente mobilado.

– Veja – ele disse, apontando para um grande baú preto no pé da cama. – Nunca fui um homem muito rico, sr. Holmes. Só fiz um investimento na vida, como provavelmente o dr. Trevelyan lhe contou. Não acredito em banqueiros, eu jamais confiaria num banqueiro, sr. Holmes. Cá, entre nós, o pouco que tenho está nesse baú, para que o senhor entenda o que significa para mim quando pessoas desconhecidas invadem os meus aposentos.

Holmes olhou para Blessington do seu jeito questionador e balançou a cabeça.

– Certamente não poderei ajudar o senhor se tentar me enganar – ele disse.

– Mas eu já lhe contei tudo.

Holmes deu meia-volta com um gesto de desgosto.

– Boa noite, dr. Trevelyan.

– Sem nenhum conselho para mim? – Blessington gritou, com voz entrecortada.

– O meu conselho, senhor, é que fale a verdade.

Um minuto depois, estávamos na rua e caminhávamos para casa. Tínhamos atravessado a Oxford Street e estávamos no meio da Harley Street, sem que ouvisse uma palavra do meu companheiro.

– Desculpe trazê-lo nessa missão tão tola, Watson, embora no fundo, não deixe de se tratar de um caso interessante – ele disse, afinal.

– Não entendi quase nada – confessei.

– Bem, é evidente que dois homens – talvez haja outros, mas são pelo menos dois, com certeza – por alguma razão estão determinados a incomodar esse tal de Blessington. Não tenho dúvidas de que, em ambas as ocasiões, o rapaz entrou no quarto de Blessington, enquanto seu cúmplice, por meio de um estratagema engenhoso, impedia que o médico interferisse.

– Mas e a catalepsia!

– Uma imitação fraudulenta, Watson, embora eu dificilmente ouse sugerir isso ao nosso especialista. É uma patologia muito fácil de imitar. Eu mesmo já fiz isso.

– E depois?

– Pelo mais puro acaso, Blessington estava fora em ambas as ocasiões. A razão óbvia para eles escolherem um horário tão incomum para uma consulta era garantir que não haveria nenhum outro paciente na sala de espera. Acontece, porém, que esse horário coincidia com o exercício do Blessington, o que parece indicar que eles não estavam muito bem familiarizados com a rotina diária dele. É claro que, se quisessem apenas roubar, pelo menos teriam feito alguma tentativa. Além disso, sei ler nos olhos de um homem quando é a sua própria pele que está em jogo. É inconcebível que esse sujeito tenha feito dois inimigos tão vingativos como esses sem saber. Por isso, tenho certeza de que ele sabe quem são esses dois e que, por razões próprias, omite o fato. É bem possível que amanhã possamos encontrá-lo um pouco mais comunicativo.

– Não haveria alternativa, por mais grotesca e improvável que fosse, mas ainda assim plausível? Essa história toda do cataléptico russo e seu filho não poderia ser uma armação do dr. Trevelyan, que para seus próprios propósitos esteve nos aposentos do Blessington? – sugeri.

Notei, à luz do lampião a gás, que Holmes exibiu um sorriso divertido ao ouvir essa minha brilhante sugestão.

– Meu caro amigo! – ele exclamou. – Essa foi uma das primeiras hipóteses que me ocorreu, mas logo consegui corroborar a história do médico. Esse jovem deixou pegadas no tapete da escada, o que tornou para mim desnecessário pedir para ver as que ele tinha deixado no quarto. Se eu lhe disser que os sapatos dele eram quadrados, em vez de serem pontudos como os de Blessington, e que eram quase quatro centímetros maiores do que os do médico, você reconhecerá que não há dúvidas quanto à identificação desse indivíduo. Mas agora vamos dormir, pois ficarei surpreso se não ouvirmos mais alguma coisa da Brook Street amanhã cedo.

A profecia de Sherlock Holmes logo se cumpriu e de uma forma dramática. Às sete e meia da manhã seguinte, no primeiro lampejo da luz do dia, encontrei-o em pé, de roupão, ao lado da cama.

– Uma carruagem está nos esperando, Watson – ele disse.

– Do que se trata?

– Do caso da Brook Street.

– Alguma novidade?

– Trágica, mas ambígua – ele disse, levantando a persiana. – Veja isto: uma folha de caderno com a mensagem "Pelo amor de Deus, venha imediatamente! P. T.", rabiscada a lápis. O nosso amigo, o médico, estava numa situação difícil quando escreveu isso. Venha, meu caro amigo, pois o apelo é urgente.

Em cerca de quinze minutos, estávamos de volta à casa do médico. Ele veio correndo nos encontrar, com uma expressão de horror no semblante.

– Oh! Que horror! – ele gritava, com as mãos nas têmporas.

– Mas o que houve?

– Blessington se suicidou!

Holmes assobiou.

– Sim, ele se enforcou durante a noite.

Entramos e o médico nos conduziu para o local que evidentemente era sua sala de espera.

– Eu realmente nem sei o que fazer – ele bradou. – A polícia já está no andar de cima. Isso me abalou profundamente.

– Quando descobriu?

– Toda manhã ele prepara uma xícara de chá. Quando a criada entrou, por volta das sete horas, o infeliz estava pendurado no meio da sala. Ele havia amarrado uma corda no gancho em que costumava pendurar um lampião pesado e saltou do mesmo baú que nos mostrou ontem.

Por um momento, Holmes ficou imerso em pensamentos profundos.

– Com a sua permissão – ele disse afinal –, eu gostaria de subir e examinar o local.

Nós dois subimos, seguidos pelo médico.

Quando entramos no quarto, encontramos uma cena terrível. Eu já falei da impressão de flacidez que o Blessington transmitia. Com ele pendurado no gancho, esse efeito se potencializou, a tal ponto que sua aparência humana quase desaparecia. O pescoço ficou esticado como o de um frango depenado, fazendo com que o resto do corpo parecesse mais obeso e antinatural, pelo contraste. Ele vestia apenas o roupão. Seus tornozelos inchados e os pés desajeitados projetavam-se fortemente por debaixo dele. Ao lado do cadáver, um inspetor de polícia de aparência esperta fazia anotações numa caderneta.

– Olá, sr. Holmes! – ele cumprimentou, com entusiasmo, quando o meu amigo entrou. – Fico muito feliz em vê-lo.

– Bom dia, Lanner – Holmes respondeu. – Você não vai me considerar um intruso, tenho certeza. Já teve conhecimento dos eventos que levaram a esse caso?

– Sim, ouvi algo a respeito.

– Tem alguma opinião formada?

– Pelo que vejo, o homem perdeu o juízo de tanto medo. A cama está bem remexida, como você percebe. A impressão é suficientemente forte. Como você sabe, os suicídios são mais comuns por volta das cinco da manhã e foi nesse horário que ele se enforcou. A coisa parece ter sido bem deliberada.

– Devo dizer que ele está morto há cerca de três horas, a julgar pela rigidez dos músculos – acrescentei.

– Notou alguma coisa peculiar no quarto? – Holmes perguntou.

– Encontrei uma chave de fenda e alguns parafusos no lavabo. Também parece que ele fumou muito durante a noite. Aqui estão quatro pontas de charuto que recolhi da lareira.

– Hum! – Holmes murmurou. – Você está com a piteira dele?

– Não, não encontrei nada parecido.

– E o estojo de charuto dele?

– Sim, estava no bolso do casaco.

Holmes abriu-o e sentiu o cheiro do único charuto ali contido.

– Ah! É um Havana. Mas esses outros são charutos de um tipo peculiar, importados pelos holandeses de suas colônias da Índia Oriental. Geralmente são embrulhados em palha, como você deve saber, e são mais finos do que qualquer outra marca.

Ele pegou as quatro pontas e examinou-as com sua lupa de bolso.

– Dois destes charutos foram fumados com piteira e dois sem – Holmes disse. – Dois foram cortados com uma faca não muito afiada e dois tiveram as pontas arrancadas por um conjunto de dentes em ótimo estado. Não foi suicídio, sr. Lanner. Foi um assassinato, muito bem planejado e a sangue frio.

– Impossível! – o inspetor exclamou.

– Por quê?

– Por que alguém haveria de matar um homem de uma maneira tão desajeitada como por enforcamento?

– É isso que precisamos descobrir.

– Como eles entraram?

– Pela porta da frente.

– Estava trancada de manhã.

– Então, foi trancada depois de entrarem.

– Como sabe disso?

— Eu vi as pegadas. Queira me desculpar por um momento. Volto logo para lhe dar mais algumas informações a respeito.

Ele foi até a porta e, ao girar a fechadura, examinou-a metodicamente. Então, tirou a chave, que estava no buraco e inspecionou-a também. A cama, o carpete, as cadeiras, a moldura da lareira, o cadáver e a corda foram examinados, um por vez, até que por fim ele se declarou satisfeito. Em seguida, com a minha ajuda e a do inspetor, Holmes cortou esse último objeto desprezível – a corda. Então, descemos e deitamos o corpo reverentemente, cobrindo-o com um lençol.

— E essa corda? – ele perguntou.

— Foi cortada daqui – o dr. Trevelyan disse, puxando um grande rolo que estava embaixo da cama. – Ele tinha um pavor mórbido de incêndio e sempre mantinha isso próximo dele, para que pudesse escapar pela janela caso as escadas estivessem queimando.

— Isso deve ter poupado trabalho para os criminosos – Holmes comentou, pensativo. – Sim, os fatos ocorridos são muito claros e ficarei surpreso se até a tarde eu também não puder dar a vocês a motivação. Vou levar essa foto do Blessington que vejo na lareira, pois pode me ajudar nas minhas investigações.

— Mas você não nos disse nada! – o médico exclamou.

— Ora, não há dúvida quanto à sequência de eventos – Holmes disse. – Eles eram três: o jovem, o velho e um terceiro, de cuja identidade não faço ideia. Os dois primeiros, é bom destacar, são os mesmos que se fingiram de conde russo e seu filho, de modo que temos uma descrição completa deles. Eles foram admitidos por um cúmplice dentro da casa. Se eu pudesse lhe dar um conselho, inspetor, seria para prender o criado, que, pelo que sei, só recentemente está a seu serviço, doutor.

— O jovem demônio não foi encontrado – o dr. Trevelyan informou. – A criada e o cozinheiro acabaram de procurá-lo.

Holmes deu de ombros.

— Ele desempenhou um papel pouco importante neste drama. Os três homens subiram a escada, na ponta dos pés. O homem mais velho foi primeiro, o mais novo em segundo lugar e o desconhecido na retaguarda...

— Meu caro Holmes! — exclamei.

— Pois é! Não há dúvidas quanto à sobreposição das pegadas. Tive a vantagem de ficar sabendo qual era de quem na noite passada. Eles subiram até o quarto do sr. Blessington, cuja porta encontraram trancada. Com a ajuda de um fio, porém, forçaram a fechadura para abri-la. Mesmo sem a lupa, vocês perceberão pelos arranhões nesta parte em que a pressão foi aplicada.

— Ao entrarem na sala, o primeiro procedimento deve ter sido amordaçar o sr. Blessington. Ele devia estar dormindo ou deve ter ficado tão paralisado de medo que não conseguiu gritar. Essas paredes são grossas e é possível que seu grito, se ele teve tempo de gritar, não tenha sido ouvido.

— Depois que o amarraram, para mim é evidente que algum tipo de conferência aconteceu. Provavelmente, foi algo parecido com um julgamento em um tribunal. Deve ter durado algum tempo, pois foi então que esses charutos foram fumados. O homem mais velho estava sentado naquela cadeira de vime; era ele quem usava a piteira. O mais novo sentou-se ali e bateu as cinzas na cômoda. O terceiro sujeito ficou andando de um lado para o outro. Blessington, penso eu, permaneceu sentado na cama, mas disso não posso ter certeza absoluta.

— Bem, tudo acabou com eles enforcando o Blessington. O assunto foi tão premeditado que acredito que tenham trazido algum tipo de roldana ou polia para servir de forca. Aquela chave de fenda e esses parafusos seriam, a meu ver, para fixá-la. Mas, vendo o gancho, eles naturalmente pouparam trabalho. Assim que terminaram, foram embora e a porta foi trancada pelo cúmplice.

Todos escutamos com o mais profundo interesse essa descrição dos acontecimentos da noite, os quais Holmes deduziu de sinais tão sutis e minuciosos que, mesmo quando ele os apontava para nós, era difícil segui-lo no raciocínio. O inspetor saiu apressado no mesmo instante para tomar providências quanto ao criado, enquanto Holmes e eu voltávamos para Baker Street para tomar o café da manhã.

— Eu retorno às três — ele disse quando terminamos a refeição. — Tanto o inspetor quanto o médico me encontrarão aqui nesse horário e, até lá, espero esclarecer qualquer pequena obscuridade que o caso ainda possa apresentar.

Os nossos visitantes chegaram na hora marcada, mas eram quinze para as quatro quando o meu amigo apareceu. Pela expressão ao entrar, porém, pude perceber que tudo correu bem com ele.

— Alguma novidade, inspetor?

— Achamos o rapaz, senhor.

— Ótimo, e eu achei os homens.

— Você os achou! — nós três exclamamos.

— Bem, pelo menos descobri a identidade deles. Esse sujeito chamado Blessington é, como eu esperava, bem conhecido da polícia, assim como são os assaltantes, cujos nomes são Biddle, Hayward e Moffat.

— A quadrilha que roubou o Banco Worthingdon! — o inspetor exclamou.

— Exatamente! — Holmes confirmou.

— Então, o Blessington era o Sutton?

— Isso mesmo — Holmes disse.

— Então tudo está claro feito água — o inspetor concluiu.

Trevelyan e eu estávamos perplexos.

— Vocês certamente devem se lembrar do grande assalto ao Banco Worthingdon — Holmes disse. — Cinco homens participaram, esses quatro e mais um, chamado Cartwright. Tobin, o zelador, foi assassinado e os ladrões fugiram com sete mil libras. Isso foi em 1875. Todos os cinco foram presos, mas as provas contra eles não eram conclusivas. Esse Blessington, ou Sutton, era o pior da turma e virou informante. Por causa das provas delatadas por ele, Cartwright foi enforcado e os outros três pegaram quinze anos de cadeia cada um. Quando saíram há poucos dias, alguns anos antes do cumprimento completo da sentença, eles foram, como vocês sabem, caçar o traidor, para vingar a morte do companheiro. Tentaram chegar até ele duas vezes, mas falharam. Na terceira vez, como vimos, deu certo. Tem mais alguma coisa que eu possa explicar, dr. Trevelyan?

– Acho que o senhor deixou tudo bem claro – o médico disse. – Sem dúvida, o dia em que ele ficou mais perturbado foi quando soube da libertação dos comparsas pelos jornais.

– É isso mesmo. A conversa dele sobre arrombamento era apenas um engodo.

– Mas por que ele não lhe contou tudo?

– Bem, meu caro senhor, conhecendo o caráter vingativo de seus antigos comparsas, ele tentava esconder a própria identidade de todos, enquanto pudesse. Seu segredo era vergonhoso e ele não conseguia divulgá-lo. No entanto, por mais arrependido que estivesse, ele ainda vivia sob o amparo da lei britânica. Não tenho dúvidas, inspetor, de que o senhor providenciará para que, embora esse amparo possa falhar na proteção, a espada da justiça ainda esteja pronta para punir.

Foram essas as circunstâncias singulares relacionadas ao paciente residente e ao médico da Brook Street. Depois daquela noite, nunca mais a polícia ouviu falar dos três assassinos, mas a Scotland Yard supõe que eles estivessem entre os passageiros do malfadado navio a vapor *Norah Creina*, que naufragou há alguns anos com toda a tripulação na costa portuguesa, algumas léguas ao norte da cidade do Porto. O processo contra o criado foi arquivado por falta de provas e o "Mistério da Brook Street", como o caso ficou conhecido, nunca foi totalmente relatado em uma publicação impressa, até agora.

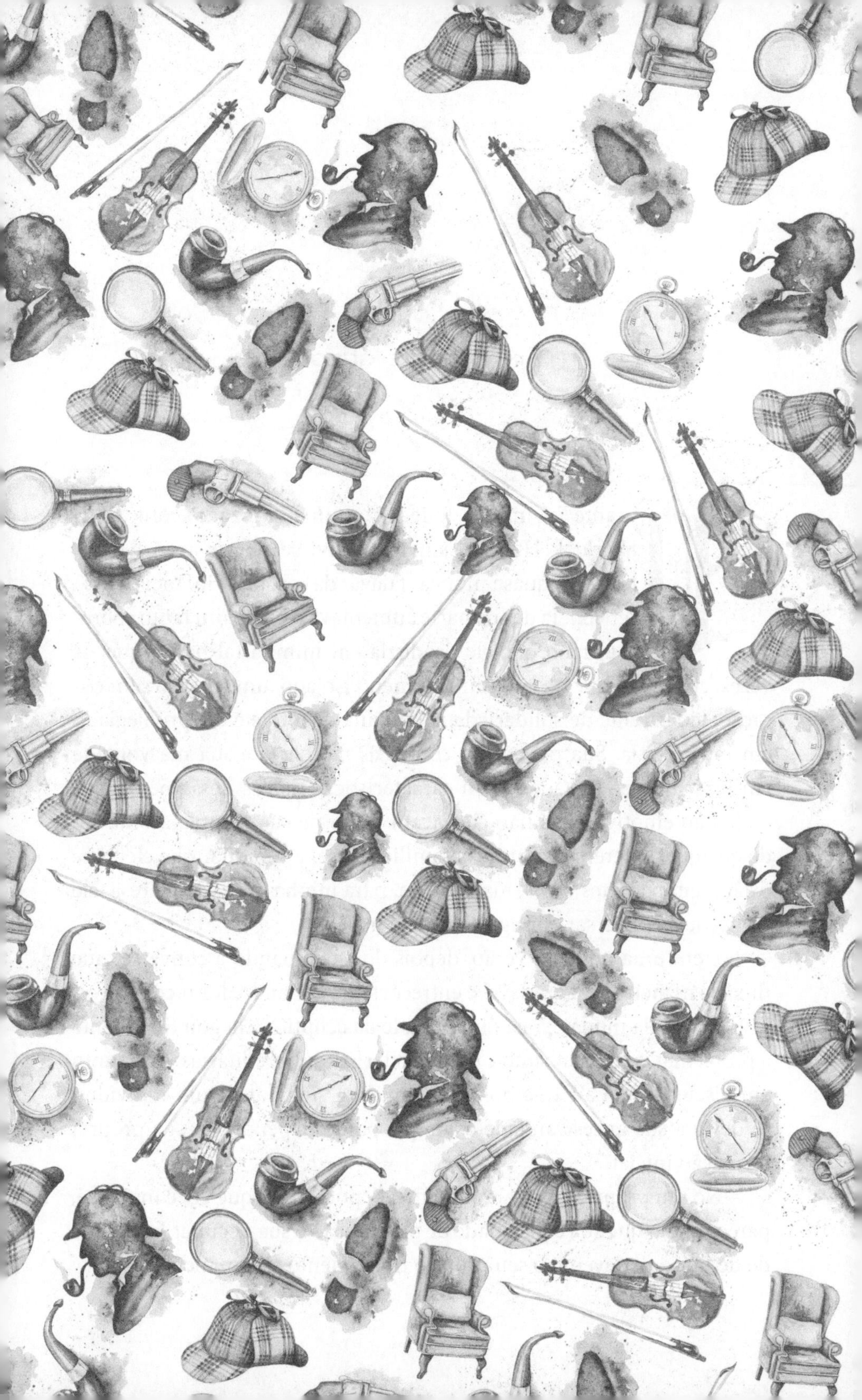

# Aventura X

• O INTÉRPRETE GREGO •

Durante a minha longa e íntima amizade com o sr. Sherlock Holmes, jamais o ouvi se referir a seus familiares e quase nunca falava da própria infância. Essa reticência de sua parte aumentava o efeito um tanto sobre-humano que ele produzia em mim, a tal ponto que, às vezes, eu o enxergava como um fenômeno isolado, um cérebro sem coração, tão carente de solidariedade humana quanto ele era privilegiado em inteligência. Sua prevenção contra as mulheres e sua má vontade em fazer novas amizades eram características típicas dessa personalidade não emotiva, mas não chegavam perto de sua completa omissão de qualquer referência à própria família. Passei a acreditar que ele fosse órfão, sem parentes vivos, mas um dia, para minha grande surpresa, ele começou a conversar comigo sobre seu irmão.

Foi em uma noite de verão, depois do chá, quando a conversa, que fluía de maneira desagradável e entrecortada, variando dos tacos de golfe às causas da mudança na obliquidade da eclíptica, chegou finalmente à problemática do atavismo e das características hereditárias. O assunto em discussão era até que ponto algum dom singular de um indivíduo se devia à sua ancestralidade e até que ponto dependia de sua própria formação inicial.

– No seu próprio caso – argumentei –, por tudo o que você me disse, parece óbvio que sua capacidade de observação e sua peculiar facilidade de dedução se devem ao seu próprio treinamento sistemático.

– Até certo ponto – ele respondeu, pensativo. Os meus antepassados eram pessoas da aristocracia rural, que parecem ter levado sempre a mesma vida que é natural para os membros de sua classe. Mas, apesar disso, a virada nesta direção que está em minhas veias pode ter vindo da minha avó, que era irmã de Vernet, um artista francês. A arte nas veias está sujeita a assumir as formas mais estranhas.

– Mas como você sabe que essa característica é hereditária?

– Porque o meu irmão Mycroft a possui num grau ainda maior do que eu.

Isso era novidade para mim, de fato. Se havia outro homem com capacidades tão singulares na Inglaterra, como é que nem a polícia nem o público nunca ouviram falar dele? Fiz essa pergunta, dando a entender que seria modéstia de meu companheiro reconhecer o irmão como superior. Holmes riu da minha insinuação.

– Meu caro Watson! – ele exclamou. – Não posso concordar com aqueles que classificam a modéstia como uma virtude. Para o pensador lógico, todas as coisas devem ser vistas exatamente como são e subestimar-se é um afastamento da verdade tanto quanto exagerar as próprias capacidades. Quando digo, portanto, que o Mycroft tem melhores capacidades de observação do que eu, você há de entender que estou falando a verdade pura e literal.

– Ele é o caçula?

– É sete anos mais velho do que eu.

– Por que é desconhecido?

– Ora! Ele é muito conhecido em seu próprio meio.

– Que fica aonde, então?

– Bem, no Diogenes Club, por exemplo.

Eu nunca tinha ouvido falar dessa instituição, e meu rosto deve ter me denunciado, pois Sherlock Holmes consultou o relógio.

– O Diogenes Club é o clube mais esquisito de Londres e Mycroft é um de seus frequentadores mais esquisitos. Ele está sempre lá de quinze para as cinco até vinte para as oito. São seis horas agora, então, se você

quiser dar um passeio nessa bela noite, ficarei muito feliz em apresentar-
-lhe duas curiosidades.

Cinco minutos depois, estávamos na rua, caminhando rumo ao Regent's Circus.

– Você se admirou – o meu amigo disse –, com o fato de Mycroft não usar suas capacidades para trabalhar como detetive. É que ele é incapaz de fazer isso.

– Mas eu achei que você tivesse dito...

– Eu disse que ele era superior a mim em observação e dedução. Se a arte do detetive começasse e terminasse em raciocinar numa poltrona, o meu irmão seria o maior perito criminal que já existiu. Mas ele não tem nenhuma ambição e nenhuma energia para isso. Ele nem se esforçaria para verificar suas próprias conclusões e preferiria que o considerassem errado do que se dar ao trabalho de provar que estava certo. Repetidas vezes, levei problemas a ele e recebi explicações que depois se mostraram comprovadamente certas. No entanto, ele é absolutamente incapaz de explicitar os detalhes práticos que devem ser abordados antes que um caso possa ser apresentado a um juiz ou tribunal do júri.

– Não é a profissão dele, então?

– De modo algum! O que para mim é meio de subsistência, para ele é mero passatempo de diletante. Ele tem uma cabeça formidável para números e faz auditoria nos registros de contabilidade em alguns departamentos do governo. O Mycroft mora na Pall Mall, vira a esquina para a Whitehall todas as manhãs e volta por lá todas as noites. Do início ao fim do ano, ele não faz nenhuma outra atividade e não é visto em nenhum outro lugar, exceto no Diogenes Club, que fica bem em frente aos seus aposentos.

– Não consigo me lembrar de ter ouvido alguém mencionar o nome dele.

– É muito provável que jamais tenha ouvido falar dele. Sabe, existem muitos homens em Londres – alguns por timidez, outros por misantropia – que não desejam a companhia de seus semelhantes. Eles, porém, não são avessos a poltronas confortáveis nem à leitura dos periódicos mais recentes. Então, para conveniência destes, foi fundado o Diogenes Club, que agora reúne os homens mais insociáveis e insuportáveis da cidade. Nenhum membro está autorizado a dar a mínima atenção a qualquer outro. Exceto na Sala dos Estranhos, nenhuma conversa é permitida sob nenhuma circunstância e, se três infrações chegarem ao conhecimento do comitê, o falador é passível de expulsão. O meu irmão é um dos fundadores e eu mesmo achei o ambiente muito tranquilo.

Chegamos à Pall Mall enquanto conversávamos e descemos essa rua desde o final da St. James. Sherlock Holmes parou numa porta a alguma distância do Carlton e, alertando-me para não falar, seguiu para o saguão. Pelas vidraças, vislumbrei uma sala grande e luxuosa, na qual muitos homens estavam sentados, lendo jornais, cada qual no seu canto. Holmes me mostrou uma saleta que dava para Pall Mall e, então, deixando-me por um minuto, voltou com um sujeito que eu percebi que só poderia ser seu irmão.

Mycroft Holmes era um homem muito mais forte e mais robusto que Sherlock. Ele era absolutamente corpulento, mas seu rosto, embora maciço, preservava um pouco da expressão perspicaz tão notável no irmão. Seus olhos, que eram de um cinza aguado peculiarmente claro, pareciam sempre reter aquele olhar distante e introspectivo que eu só observava em Sherlock quando ele exercia suas plenas capacidades.

– Fico feliz em conhecê-lo, senhor – ele disse, estendendo a mão larga, lisa como a nadadeira de uma foca. – Tenho ouvido falarem de Sherlock em toda parte desde que o senhor se tornou o cronista dele. A propósito, Sherlock, eu esperava vê-lo na semana passada para tratarmos daquele caso da Manor House. Achei que você estava um pouco fora do foco.

– Não, eu já resolvi – o meu amigo retrucou sorrindo.

– Foi o Adams, certo?

– Sim, foi o Adams.

– Eu tinha certeza desde o início.

Os dois sentaram-se juntos, perto da janela curva do clube.

– Este é o local para quem deseja estudar a humanidade – Mycroft disse. – Observem esses tipos magníficos! Veja esses dois homens que estão vindo em nossa direção, por exemplo.

– O jogador de bilhar e o outro?

– Exatamente. O que acha do outro?

Os dois homens pararam em frente à janela. Algumas marcas de giz no bolso do colete eram os únicos sinais de bilhar que eu pude reparar em um deles. O outro era um sujeito baixinho, moreno, com o chapéu para trás e vários pacotes embaixo do braço.

– Acho que é um soldado veterano – Sherlock disse.

– E deu baixa recentemente – o irmão comentou.

– Serviu na Índia.

– Era oficial não comissionado.

– Da artilharia real, creio – Sherlock disse.

– Viúvo.

– Mas tem um filho.

– Filhos, meu caro rapaz, filhos.

– Parem com isso! – eu pedi, rindo. – Assim já é um pouco demais.

– Ora! – Holmes retrucou. – Certamente não é difícil dizer que um homem com essa maneira de andar, essa expressão de autoridade e a pele bronzeada é um soldado. E, além disso, que ele é mais do que um soldado raso e não faz muito tempo voltou da Índia.

– Que ele não deixou o serviço há muito tempo é demonstrado porque ele ainda usa seus "coturnos", como são chamadas essas botas de cano alto – Mycroft observou.

– Ele não tem o passo largo da cavalaria, mas usa o chapéu de um lado, como a pele mais clara de sua testa está mostrando. Seu peso indica que ele não podia ser sapador. Ele foi da artilharia.

– Então, pelo luto completo, está claro que ele perdeu alguém muito querido. O fato de ele estar fazendo suas próprias compras mostra que foi a esposa. Ele comprou coisas para crianças, como se vê. O chocalho demonstra que uma delas é muito nova. A esposa provavelmente morreu no parto. O fato de ele ter um livro de gravuras embaixo do braço revela outra criança para cuidar.

Comecei a entender o que meu amigo queria dizer quando falou que seu irmão possuía capacidades ainda mais aguçadas do que ele próprio. Ele olhou para mim e sorriu. Mycroft pegou rapé em uma caixa de casco de tartaruga e espanou os grãos esparsos em seu casaco com um grande lenço vermelho, de seda.

– A propósito, Sherlock – ele disse –, tenho algo bem ao seu estilo, um problema muito singular que foi trazido à minha consideração. Eu realmente não tive ânimo para acompanhá-lo, exceto de uma maneira muito incompleta, mas isso me deu base para algumas especulações muito agradáveis. Se não se importar de ouvir os fatos...

– Meu caro Mycroft, eu ficaria encantado.

O irmão rabiscou um bilhete numa folha de sua caderneta e, tocando a campainha, entregou-o ao garçom.

– Pedi ao sr. Melas que venha aqui – ele disse. – Ele se hospeda no andar acima do meu e eu tenho alguma amizade com ele, o que o levou a me procurar em sua perplexidade. Melas é grego de nascimento, pelo que entendi, e um linguista notável. Ele ganha a vida em parte como intérprete nos tribunais, em parte atuando como guia para quaisquer orientais ricos que estejam visitando os hotéis da Northumberland Avenue. Acho que vou deixá-lo contar sua experiência incomum à sua própria maneira.

Minutos depois, um homem baixo e corpulento se juntou a nós, cujo rosto cor de azeitona e o cabelo negro como carvão declaravam sua origem meridional, embora sua fala fosse a de um inglês culto. Ele trocou um aperto de mãos caloroso com Sherlock Holmes e seus olhos escuros brilharam de prazer quando soube que o especialista estava ansioso para ouvir sua história.

– Não acredito que a polícia acredite em mim, palavra de honra que não – ele disse lamentando-se. – Só porque nunca ouviram falar nisso antes, acham que não pode acontecer. Mas só sei que jamais terei paz em minha mente enquanto não souber que fim levou o meu pobre homem com esparadrapos no rosto.

– Estou prestando atenção – Sherlock Holmes disse.

– Estamos na quarta-feira à noite – Melas disse. – Bem, foi na noite da segunda-feira, portanto há apenas dois dias, que tudo isso aconteceu. Sou intérprete, como talvez o meu vizinho tenha contado. Interpreto muitas línguas, quase todas, mas como sou grego de origem e tenho um nome grego, é principalmente com esse idioma em particular que eu trabalho. Há muitos anos sou o principal intérprete de grego em Londres e o meu nome é muito conhecido nos hotéis.

– Acontece com frequência de eu ser procurado em horários estranhos por estrangeiros que enfrentam dificuldades ou por viajantes que chegam tarde e precisam dos meus serviços. Não fiquei surpreso, portanto, na segunda-feira à noite quando certo sr. Latimer, um jovem muito elegante, veio aos meus aposentos e me pediu que o acompanhasse em uma charrete de aluguel que esperava à porta. Um amigo grego veio visitá-lo a negócios, disse o jovem, e, como não falava nada além de sua própria língua, os serviços de um intérprete eram indispensáveis. Ele me fez entender que sua casa ficava a pouca distância, em Kensington, e parecia estar com muita pressa, pois me empurrou rapidamente para dentro da charrete quando descemos à rua.

– Achei que fosse uma charrete de aluguel, mas logo fiquei em dúvida se não seria uma carruagem o veículo em que me encontrava. Era certamente mais espaçoso do que a desgraça comum de quatro rodas que circula em Londres, e seus acessórios, embora desgastados, eram de alta qualidade. Latimer sentou-se em frente a mim. Seguimos por Charing Cross e subimos a Shaftesbury Avenue. Tínhamos saído para a Oxford Street e eu me atrevi a comentar que esse não era um caminho direto para Kensington, quando as minhas palavras foram contidas pela incomum conduta do sujeito que eu acompanhava.

– Ele começou a tirar displicentemente do bolso do casaco um objeto pequeno, mas de aparência impressionante, parecido com um porrete encastoado de chumbo, que passou a balançar para lá e para cá várias vezes, como se quisesse testar o peso e a força de suas bordoadas. Então, sem dizer uma palavra, colocou o objeto sobre o assento, ao lado dele. Feito isso, fechou as janelas de ambos os lados e eu me surpreendi porque elas estavam forradas com jornal, para impedir que eu enxergasse através delas. "Lamento impedir a sua visão, sr. Melas", ele disse, "mas, o fato é que não tenho intenção de que o senhor saiba para qual lugar estamos nos dirigindo. Poderia ser um inconveniente para mim se eu encontrasse o senhor por aqui novamente".

– Como o senhor pode imaginar, fiquei totalmente espantado com essa conversa. O sujeito era jovem, forte, de ombros largos e estava armado. Então, eu não teria a menor chance se lutasse com ele. "Sua conduta é incomum, senhor Latimer", eu gaguejei. "O senhor deve estar ciente de que o que está fazendo é completamente ilegal." "Tomei certa liberdade, sem dúvida", ele respondeu, "mas, vamos compensar você. Porém, devo adverti-lo, sr. Melas, de que, se a qualquer momento da noite o senhor tentar acionar algum alarme ou se fizer qualquer coisa que seja contrária aos meus interesses, terá sérios problemas. Eu lhe imploro para não se esquecer de que ninguém sabe onde o senhor está e que, seja nesta carruagem, seja em minha casa, estará igualmente em meu poder".

– As palavras dele foram ditas com calma, mas ele tinha um jeito ríspido de falar, o que era muito ameaçador. Fiquei em silêncio, perguntando-me por que diabos alguém poderia ter alguma razão para me sequestrar dessa maneira incomum. Fosse o que fosse, estava perfeitamente claro que não seria possível usar da minha resistência e que eu mal podia esperar para ver o que estava prestes a acontecer.

– Por quase duas horas, circulamos sem que eu tivesse a menor ideia do local para onde estávamos indo. Às vezes, o chacoalhar das pedras revelava uma via pavimentada, outras vezes, o nosso percurso suave e silencioso sugeria asfalto. Mas, salvo essa variação sonora, não havia nada que pudesse minimamente me ajudar a adivinhar onde estávamos. O jornal nas janelas era impenetrável à luz e uma cortina azul foi puxada no vidro da frente. Eram sete e quinze quando saímos de Pall Mall e o meu relógio me mostrou que faltavam dez para as nove quando finalmente paramos. O sujeito abaixou a janela e vislumbrei uma porta baixa, arqueada, com um lampião aceso acima dela. Quando me apressaram para sair da carruagem, a porta se abriu e eu me vi dentro da casa. Fiquei com a vaga impressão de ter visto um gramado com árvores ao meu redor quando entrei. Mas seria impossível eu me arriscar a dizer se ficava num espaço público ou em um terreno particular.

– Havia um lampião a gás colorido lá dentro, tão baixo que eu não conseguia ver nada, exceto que o saguão tinha algum tamanho e quadros pendurados nas paredes. Na penumbra, pude ver que a pessoa que abriu a porta era um homem baixo, de meia-idade, aparência medíocre e ombros caídos. Quando ele se virou para nós, o brilho da luz me mostrou que usava óculos. "Este é o sr. Melas, Harold?", ele indagou. "Sim", foi a resposta. "Muito bem! Muito bem! Espero que não me leve a mal, sr. Melas, mas não podíamos continuar sem o senhor. Não se arrependerá, se negociar de modo justo conosco. Mas, se tentar algum truque, que Deus o ajude!"

– Ele falava de um jeito nervoso, impulsivo, entre risos e gargalhadas, mas de alguma forma me amedrontou mais do que o outro. "O que quer comigo?", perguntei. "Apenas que faça algumas perguntas a um cavalheiro grego que está nos visitando e nos dê as respostas. Mas não diga nada além do que lhe dissermos, ou então", aqui ele soltou novamente o riso nervoso, "seria melhor não ter nascido".

– Enquanto falava, ele abriu uma porta e mostrou o caminho para uma sala que parecia ricamente mobiliada; mas, novamente, a única luz era proporcionada por um único lampião meio apagado. O cômodo certamente era grande e a maneira como os meus pés afundaram no tapete, quando o atravessei, indicava-me riqueza. Tive vislumbres de cadeiras de veludo, uma lareira alta de mármore branco e o que parecia ser uma armadura japonesa ao lado. Havia uma cadeira logo embaixo do lampião e o homem mais velho fez sinal para que eu me sentasse nela. O mais novo havia nos deixado, mas de repente voltou por outra porta, trazendo com ele um cavalheiro vestido com uma espécie de

roupão solto, que veio lentamente em nossa direção. Quando ele entrou no círculo de luz fraca, que me permitiu vê-lo mais claramente, fiquei horrorizado por causa de sua aparência. Ele estava mortalmente pálido, terrivelmente magro, com os olhos salientes e brilhantes de um homem cujo espírito é maior que suas forças. Mas o que me chocou mais do que qualquer sinal de fraqueza física foi que seu rosto estava grotescamente coberto de esparadrapos, com um grande pedaço preso sobre sua boca.
— "Está com a lousa, Harold?", o sujeito mais velho gritou, quando aquele ser estranho desmoronou, em vez de se sentar, numa cadeira. "As mãos dele estão soltas? Agora, dê-lhe o giz. Você fará as perguntas, sr. Melas, e ele escreverá as respostas. Antes de tudo, pergunte-lhe se está preparado para assinar os papéis".
Saía fogo dos olhos do homem. "Jamais", ele escreveu em grego na lousa. "Sob nenhuma condição?", perguntei, incitado pelo algoz. "Só se ela se casar na minha presença e por um padre grego que eu conheça." O homem soltou uma risadinha maligna. "Sabe o que lhe aguarda, então?", ele mandou perguntar. "Eu não me importo com nada."
— Estes são exemplos das perguntas e respostas que constituíram a nossa estranha conversa, meio falada e meio escrita. Repetidas vezes tive de perguntar se ele cederia e assinaria o documento. Repetidas vezes obtive a mesma resposta indignada. Mas logo uma ideia feliz me ocorreu. Comecei a acrescentar frases pequenas a cada pergunta, inocentes a princípio, para testar se algum dos nossos agressores conseguia entender alguma coisa do assunto e, então, como percebi que eles não deram sinais, passei a jogar um jogo mais perigoso. A conversa foi mais ou menos assim: "Você não pode fazer nenhum bem com essa obstinação. *Quem é você?*", perguntei. "Não me importo. *Sou um estrangeiro em Londres*", foi a resposta. "O seu destino depende de você. *Há quanto tempo está aqui?*", continuei. "Que assim seja. *Três semanas*", ele respondeu. "A propriedade jamais será sua. *O que o aflige?*", prossegui. "Ela não deve ir para os vilões. *Eles estão me matando de fome*", foi a réplica. "Sairá livre, se assinar. *Que casa é esta?*", continuei perguntando. "Jamais assinarei. *Não sei*", foi a resposta. "Você não está prestando nenhuma ajuda

a ela. *Como se chama?*", perguntei. "Quero ouvi-la dizer isso. *Kratides*", ele respondeu. "Você a verá, se assinar. *De onde você é?*", foi a pergunta. "Então jamais a verei. *De Atenas*", foi a resposta.

– Mais cinco minutos, sr. Holmes, e eu ficaria sabendo de toda a história debaixo do nariz deles. A minha pergunta seguinte teria esclarecido o assunto, mas nesse instante a porta se abriu e uma mulher entrou na sala. Eu não conseguia vê-la com clareza suficiente para saber alguma coisa além de ela ser alta e graciosa, de ter cabelos pretos e de estar usando algum tipo de vestido branco solto. "Harold!", ela exclamou, falando em inglês com forte sotaque. "Não aguentei ficar mais tempo. É tão solitário lá em cima, com apenas... Oh, meu Deus, é o Paul!"

– Essas últimas palavras foram ditas em grego e, no mesmo instante, o homem fez um esforço convulsivo, arrancou o esparadrapo dos lábios, gritou "Sofia! Sofia!" e correu para os braços da mulher. O abraço, porém, durou apenas um instante, pois o bandido mais jovem agarrou a mulher e a empurrou para fora da sala, enquanto o mais velho dominava facilmente a vítima enfraquecida, arrastando o infeliz para fora pela outra porta. Por um momento, fiquei sozinho na sala e me levantei com a vaga ideia de que, de alguma forma, eu poderia ter indícios do que seria aquela casa em que me encontrava. Felizmente, porém, não cheguei a dar nenhum passo, pois, olhando para cima, vi que o homem mais velho estava parado à porta, com os olhos fixos em mim.

– "Por enquanto é só, sr. Melas", ele disse. "Como deve ter percebido, colocamos o senhor no nosso círculo de confiança a respeito de alguns negócios muito particulares de que tomou conhecimento. Nós não o teríamos incomodado se um dos nossos amigos que fala grego e que iniciou essas negociações não tivesse sido obrigado a voltar ao Oriente. Era então absolutamente necessário para nós encontrar alguém para ocupar o lugar dele e tivemos a sorte de contar com os seus talentos", ele falou. Fiz uma mesura. "Pegue estes cinco soberanos aqui", ele disse caminhando na minha direção. "Espero que seja suficiente como pagamento. Mas lembre-se: se você falar com uma única alma humana sobre isso – não esqueça, com apenas uma alma humana –, bem, que

Deus tenha piedade da sua alma!", acrescentou, batendo-me levemente no peito, rindo de maneira sinistra.

– Não sei dizer o quanto de repugnância e horror esse sujeito de aparência insignificante inspirou em mim. Eu pude vê-lo melhor, então, quando a luz do lampião brilhou sobre ele. Ele possuía traços ferinos, o rosto pálido, a barba curta espetada, áspera e maltratada. Forçava o rosto para a frente quando falava. Seus lábios e as pálpebras tremiam continuamente, como um homem com a doença da dança de São Vito. Não pude deixar de pensar que aquela risada maldosa e estranha também fosse sintoma de alguma doença nervosa. Mas o terror de seu rosto vinha de seus olhos cinza-chumbo, que brilhavam friamente, com uma crueldade maligna, inexorável, em suas profundezas.

– "Ficaremos sabendo se falar disso", ele avisou. "Temos nossos próprios meios de informação. Agora, a carruagem está esperando e o meu amigo tomará conta de você durante o caminho."

– Saí apressado pelo saguão e entrei no veículo, novamente tendo aquele vislumbre momentâneo do jardim com árvores. O sr. Latimer seguiu no meu encalço e ocupou seu lugar em minha frente, sem dizer uma palavra. Em silêncio, voltamos a viajar por uma distância interminável, com as janelas levantadas, até que finalmente, pouco depois da meia-noite, a carruagem parou.

– "O senhor vai descer aqui, sr. Melas", o sujeito que me acompanhava disse. "Sinto muito deixá-lo tão longe de sua casa, mas não temos alternativa. Qualquer tentativa sua de seguir a carruagem só vai prejudicá-lo."

Ele abriu a porta enquanto falava e eu mal tive tempo de saltar, enquanto o cocheiro chicoteava o cavalo e a carruagem se afastava. Olhei ao redor assustado. Estava em uma espécie de terreno descampado, salpicado de arbustos e moitas de urze. Longe, estendia-se uma fileira de casas, com uma luz aqui e acolá nas janelas superiores. Do outro lado, avistei os sinais vermelhos de uma ferrovia.

A carruagem que me trouxe já estava fora do alcance da vista. Fiquei olhando em volta me perguntando onde poderia estar, quando notei alguém vindo em minha direção na escuridão. Quando a pessoa veio até mim, percebi que era um guarda de ferrovia. "Sabe me dizer que lugar é esse?", perguntei. "Wandsworth Common", ele respondeu. "Posso pegar um trem para a cidade?", indaguei. "Se caminhar mais ou menos um quilômetro e meio, até Clapham Junction, chegará a tempo do último para Victoria", ele disse.

– Então, esse foi o fim da minha aventura, sr. Holmes. Não sei onde estive, nem com quem falei, nem nada além do que lhe disse. Mas sei que há um jogo sujo e eu quero ajudar aquele homem infeliz, se puder. Contei a história toda ao sr. Mycroft Holmes na manhã seguinte e, posteriormente, à polícia.

Todos nós ficamos em silêncio por algum tempo, depois de ouvir essa narrativa extraordinária. Então Sherlock olhou para o irmão.

– Alguma pista? – ele perguntou.

Mycroft pegou o *Daily News*, que estava jogado numa mesa lateral.

– "Qualquer pessoa que forneça qualquer informação sobre o paradeiro de um senhor grego chamado Paul Kratides, de Atenas, incapaz de falar inglês, será recompensada. Recompensa semelhante será paga a quem puder fornecer informações sobre uma senhorita grega cujo primeiro nome é Sofia. X 2473." Isso está em todos os diários. Sem resposta.

– E na representação diplomática da Grécia?

– Já perguntei. Ninguém sabe de nada.

– Um telegrama para o chefe da polícia de Atenas, então.

– O meu irmão Sherlock concentra toda a energia de nossa família – Mycroft disse, virando-se para mim.

Em seguida, dirigiu-se ao irmão.

– Muito bem, fique com o caso, mas não deixe de me avisar de algum resultado.

– Pode deixar! – o meu amigo respondeu, levantando-se da cadeira.
– Eu o informarei e ao sr. Melas também. Enquanto isso, sr. Melas, eu certamente ficaria alerta se fosse o senhor, pois é claro que eles ficaram sabendo, por esses anúncios, que você os traiu.

Ao caminharmos de volta para casa, Holmes parou em uma agência de telégrafo e passou vários telegramas.

– Veja bem, Watson – ele comentou –, a nossa tarde não foi totalmente desperdiçada. Alguns dos meus casos mais interessantes chegaram a mim dessa maneira, por meio do Mycroft. O caso que acabamos de ouvir, embora possa admitir apenas uma explicação, ainda tem algumas características marcantes.

– Tem esperanças de resolvê-lo?

– Bem, sabendo o quanto sabemos, seria singular não conseguir descobrir o restante. Você mesmo já deve ter formulado uma hipótese para explicar os fatos que ouvimos.

– De maneira vaga, sim.

– Qual é a sua ideia, então?

– Pareceu-me óbvio que essa garota grega foi raptada pelo jovem inglês chamado Harold Latimer.

– Foi raptada onde?

– Atenas, talvez.

Sherlock Holmes balançou a cabeça.

– Esse jovem não fala uma palavra de grego. A moça fala um pouco de inglês. Inferência: ela estava na Inglaterra há pouco tempo e ele não estava na Grécia.

– Bem, então, vamos presumir que ela visitava a Inglaterra e que Harold a convenceu a fugir com ele.

– Isso é mais provável.

– Então o irmão dela, pois acho que esse deve ser o parentesco, veio da Grécia para interferir, foi imprudente e caiu em poder do jovem e de seu comparsa mais velho. Eles o prenderam e usam de violência contra ele, a fim de fazê-lo assinar alguns papéis para conseguirem transferir para eles a fortuna da moça, da qual o irmão pode ser o administrador. Ele se recusa a fazer isso. Para negociar com o grego, eles precisaram contratar um intérprete e depararam com esse sr. Melas, depois de terem usado outro antes. A moça não foi informada da chegada do irmão e descobre por mero acaso.

– Excelente, Watson! – Holmes exclamou. – Realmente acho que você não está longe da verdade. Você vê que estamos com todas as cartas. Temos apenas de evitar algum súbito ato de violência da parte deles. Se nos derem tempo, vamos apanhá-los.

– Mas como descobriremos onde fica a casa?

– Bem, se a nossa conjectura estiver correta e se o nome da moça for, ou foi, Sofia Kratides, não teremos dificuldade em localizá-la. Essa deve ser nossa principal esperança, pois o irmão, evidentemente, é um completo desconhecido. Ficou claro que já faz algum tempo desde que Harold estabeleceu relações com a moça – algumas semanas, pelo menos –, já que o irmão, que estava na Grécia, teve tempo de saber disso e vir para cá. Se, por acaso, eles moraram juntos nesse período, é provável que tenhamos alguma resposta ao anúncio do Mycroft.

Chegamos à nossa casa na Baker Street enquanto conversávamos. Holmes subiu as escadas primeiro e, quando abriu a porta da sala, teve uma surpresa. Olhando por cima do ombro, fiquei igualmente surpreso. Seu irmão Mycroft fumava sentado na poltrona.

– Entre, Sherlock! Entre, senhor – ele disse, tranquilo, rindo dos nossos rostos surpresos. – Não esperava tanta energia em mim, não é, Sherlock? Mas de alguma forma esse caso me atrai.

– Como você chegou aqui?

– Passei por você numa charrete de aluguel.

– Alguma novidade?

– Tive uma resposta ao meu anúncio.

–Ah!

– Sim, chegou alguns minutos depois da sua partida.

– E do que se trata?

Mycroft Holmes pegou uma folha de papel.

– Aqui está – ele mostrou –, escrito com uma caneta de pena J, em papel creme real, por um homem de meia-idade, com uma constituição física fraca. "Senhor", ele diz, "em resposta ao seu anúncio na data de hoje, devo informá-lo que conheço muito bem a moça em questão. Se vier me visitar, posso lhe dar algumas informações quanto à essa dolorosa história. Ela atualmente vive em The Myrtles, Beckenham. Atenciosamente, J. Davenport". Ele remeteu a carta de Lower Brixton – Mycroft Holmes disse. – Não acha que devemos procurá-lo agora, Sherlock, para saber desses detalhes?

– Meu caro Mycroft, a vida de um irmão é mais valiosa que a história de uma irmã. Acho que deveríamos ligar para o inspetor Gregson na Scotland Yard e seguir direto para Beckenham. Sabemos que um homem está condenado à morte e cada hora pode ser decisiva.

– É melhor pegarmos o sr. Melas no caminho – sugeri. – Podemos precisar de um intérprete.

– Bem pensado! – Sherlock Holmes elogiou. – Mande o criado buscar uma carruagem de quatro rodas e partiremos imediatamente.

Enquanto falava, ele abriu a gaveta da mesa e notei que enfiou o revólver no bolso.

– Sim! – ele comentou, em resposta ao meu olhar. – Pelo que ouvimos, devo dizer que estamos lidando com uma quadrilha particularmente perigosa.

Estava quase escuro quando chegamos aos aposentos do sr. Melas, em Pall Mall. Um cavalheiro tinha acabado de chamá-lo e ele tinha saído.

– Sabe dizer para onde ele foi? – Mycroft Holmes perguntou.

– Não, senhor – respondeu a mulher que abriu a porta. – Só sei que ele foi embora com o cavalheiro numa carruagem.

– O cavalheiro deu um nome?

– Não, senhor.

– Por acaso era um homem alto, bonito e moreno?

– Oh! Não, senhor. Era um cavalheiro baixo, de óculos, rosto fino, mas muito agradável em seus modos, pois sorria o tempo todo enquanto falava.

– Vamos! – Sherlock Holmes gritou bruscamente. – Isso está ficando sério! – ele observou, enquanto seguíamos para a Scotland Yard. – Esses homens levaram o Melas novamente. É um sujeito sem resistência física, como eles estão bem cientes pela experiência na outra noite.

Esse vilão foi capaz de aterrorizá-lo desde o primeiro instante em que ficou em sua presença. Sem dúvida, eles querem seus serviços profissionais. Mas, depois de usá-lo, podem estar inclinados a puni-lo pelo que consideram traição.

A nossa esperança era que, pegando um trem, chegássemos a Beckenham antes, ou ao mesmo tempo, que a carruagem. Ao chegarmos à Scotland Yard, porém, levamos mais de uma hora para achar o inspetor Gregson e realizar os trâmites legais que nos permitiriam entrar na casa. Eram quinze para as dez quando chegamos à London Bridge e dez e meia quando nós quatro desembarcarmos na plataforma de Beckenham. Uma viagem de oitocentos metros nos levou a The Myrtles, uma casa grande, escura, distante da estrada, erguida no meio do terreno, cercada de jardins. Ali, dispensamos a charrete de aluguel e seguimos juntos pelo caminho de entrada.

– Todas as janelas estão escuras – observou o inspetor. – A casa parece deserta.

– Os nossos pássaros voaram, deixando o ninho vazio – Holmes disse.

– Por que diz isso?

– Uma carruagem pesada, carregada de bagagens, passou por aqui há uma hora.

O inspetor riu.

– Eu vi os sulcos das rodas sob a luz do portão. Mas como sabe da bagagem?

– Você devia ter observado os mesmos sulcos de rodas no sentido oposto. Os que saíam eram muito mais fundos, de modo que podemos dizer com certeza que havia um peso considerável na carruagem.

– O senhor enxerga um pouco mais do que eu – o inspetor disse, dando de ombros. – Não será fácil forçar essa porta. Mas vamos tentar, se ninguém atender.

Ele bateu a aldrava com força e tocou a campainha, mas sem sucesso. Holmes se afastou, mas voltou pouco depois.

– Abri uma janela – ele disse.

– É uma sorte que você esteja do lado da Polícia e não contra ela, sr. Holmes – o inspetor comentou, ao notar a maneira inteligente pela qual o meu amigo forçou a trava para trás. – Bem, eu acho que, nessas circunstâncias, podemos entrar sem ser convidados.

Um após o outro, entramos em um cômodo grande, que evidentemente era aquele em que o sr. Melas estivera. O inspetor acendeu o candeeiro e, com essa luz, pudemos ver as duas portas, a cortina, o lampião e a armadura japonesa, como ele havia descrito. Em cima da mesa estavam dois copos, uma garrafa de conhaque vazia e os restos de uma refeição.

– O que foi isso? – Holmes perguntou, de repente.

Todos paramos para escutar. O som fraco de um gemido vinha de algum lugar acima das nossas cabeças. Holmes correu para a porta e foi para o saguão. O ruído sombrio vinha do andar de cima. Ele correu. O inspetor e eu fomos logo atrás dele, enquanto seu irmão, Mycroft, seguia o mais rápido que sua grande massa corporal permitia.

Nesse andar, deparamos com três portas. Mas era da porta do meio que saía o som sinistro, às vezes, diminuindo até se tornar um murmúrio lúgubre e depois novamente crescendo até se transformar num pungente lamento de agonia. A porta estava trancada, mas com a chave do lado de fora. Holmes abriu a porta e entrou correndo, mas saiu novamente no instante seguinte com a mão na garganta.

– É fumaça de carvão! – ele exclamou. – Esperem um pouco, logo vai se dissipar.

Olhando lá dentro, pudemos ver que a única claridade na sala vinha de uma chama azul opaca trêmula, bruxuleando num pequeno tripé de bronze no meio da sala, lançando um halo esmaecido e antinatural no chão. Apesar disso, adiante nas sombras, notamos a silhueta vaga de duas figuras, agachadas contra a parede. Pela porta aberta, o local exalava um cheiro medonho, venenoso, que nos fez tossir, ofegantes. Holmes foi para o topo da escada para respirar um pouco de ar fresco e, em seguida, correu para o quarto, levantou a vidraça e arremessou o tripé de bronze no jardim.

– Vamos entrar em um minuto – ele avisou, ofegante, correndo para fora novamente. – Onde tem uma vela? Duvido que seja possível acender um fósforo nesse ambiente. Segure a luz perto da porta, enquanto nós os tiramos de lá, Mycroft. Agora!

Arremetendo, alcançamos os homens envenenados e os arrastamos para o saguão. Ambos estavam com os rostos inchados, congestionados, os lábios azulados, insensíveis e com os olhos esbugalhados. Na verdade, seus traços fisionômicos estavam tão distorcidos que, se não fosse pela barba negra e a figura robusta de um deles, não teríamos reconhecido o intérprete grego que havia se despedido de nós apenas algumas horas antes no Diogenes Club. Suas mãos e seus pés estavam firmemente amarrados e ele tinha a marca de um soco violento em um olho. O outro também estava preso de maneira semelhante. Era um homem alto e estava no último grau de desnutrição, com várias tiras de esparadrapo dispostas em um padrão grotesco sobre o rosto. Ele parou de gemer quando o deitamos no chão e um olhar de relance me revelou que, pelo menos para ele, a nossa ajuda tinha chegado tarde demais. Melas, porém, ainda dava sinais de vida e em menos de uma hora, com a ajuda de conhaque e amoníaco, tive a satisfação de vê-lo abrir os olhos e de saber que as minhas mãos o haviam trazido de volta do vale da sombra da morte, onde todos os caminhos se encontram.

A história que ele tinha para contar era banal e apenas confirmava as nossas próprias deduções. Ao entrar em seus aposentos, o visitante tirou um pequeno cassetete da manga do casaco e o deixou com tanto medo de uma morte instantânea e inevitável, que o sequestrou pela segunda vez. De fato, foi quase hipnótico o efeito que aquele bandido sorridente produziu sobre o infeliz linguista, pois ele não conseguia falar dele a não ser com as mãos trêmulas e o rosto empalidecido. Levado rapidamente a Beckenham, foi obrigado a atuar como intérprete numa segunda entrevista, ainda mais dramática que a primeira, na qual os dois ingleses ameaçavam o prisioneiro de morte instantânea se ele não cumprisse as exigências deles. Por fim, convencidos de que ele resistiria a todas as ameaças, eles o jogaram de volta em seu cativeiro e, depois de repreenderem o intérprete pela traição, que transparecia nos anúncios de jornal, eles o surpreenderam com uma bordoada, e Melas não se lembrou de mais nada até nos encontrar debruçados sobre ele.

E este foi o caso singular do intérprete grego, cuja explicação ainda está envolvida em algum mistério. Conseguimos descobrir, ao nos comunicarmos com o cavalheiro que havia respondido ao anúncio, que a infeliz moça era de uma família grega rica. Em visita a alguns amigos na Inglaterra, ela conheceu um jovem chamado Harold Latimer, que a conquistou e finalmente a persuadiu a fugir com ele. Os amigos, chocados com a situação, trataram de informar o irmão dela em Atenas e depois lavaram as mãos sobre o assunto. Ao chegar à Inglaterra, o irmão inadvertidamente caiu em poder de Latimer e de seu comparsa, cujo nome era Wilson Kemp, um sujeito de péssimos antecedentes. Esses dois, descobrindo que, por ignorar o idioma, o rapaz era inútil em suas mãos, o mantiveram prisioneiro e passaram a forçá-lo, por meio de crueldade e da fome, a assinar a transferência de seus bens e de sua irmã. Eles o mantiveram preso em casa sem o conhecimento da moça e os esparadrapos no rosto tinham o objetivo de dificultar o reconhecimento, caso ela o vislumbrasse. Com sua intuição feminina, porém, ela percebeu instantaneamente o disfarce quando, por ocasião da primeira visita do intérprete, avistou o irmão pela primeira vez. A pobre moça, no entanto, também era prisioneira, pois não havia ninguém na casa, exceto o homem que atuou como cocheiro e sua esposa, os quais eram cúmplices dos malfeitores. Ao descobrir que o segredo deles havia sido revelado e que o prisioneiro não poderia ser coagido, os dois vilões, levando a moça, fugiram com poucas horas de antecedência da casa mobiliada que haviam alugado, tendo antes, como pensaram, se vingado tanto do homem que os desafiou como do que os traiu.

Meses depois, um curioso recorte de jornal chegou de Budapeste. Contava como dois ingleses que estavam viajando com uma moça tiveram um final trágico. Ao que parece, ambos foram esfaqueados, e a polícia húngara considerou que eles teriam brigado entre si, infligindo ferimentos mortais um ao outro. Acho que Holmes pensa de maneira diferente e sustenta até hoje que só se alguém pudesse encontrar a moça grega poderia descobrir como as coisas erradas feitas a ela e a seu irmão foram vingadas.

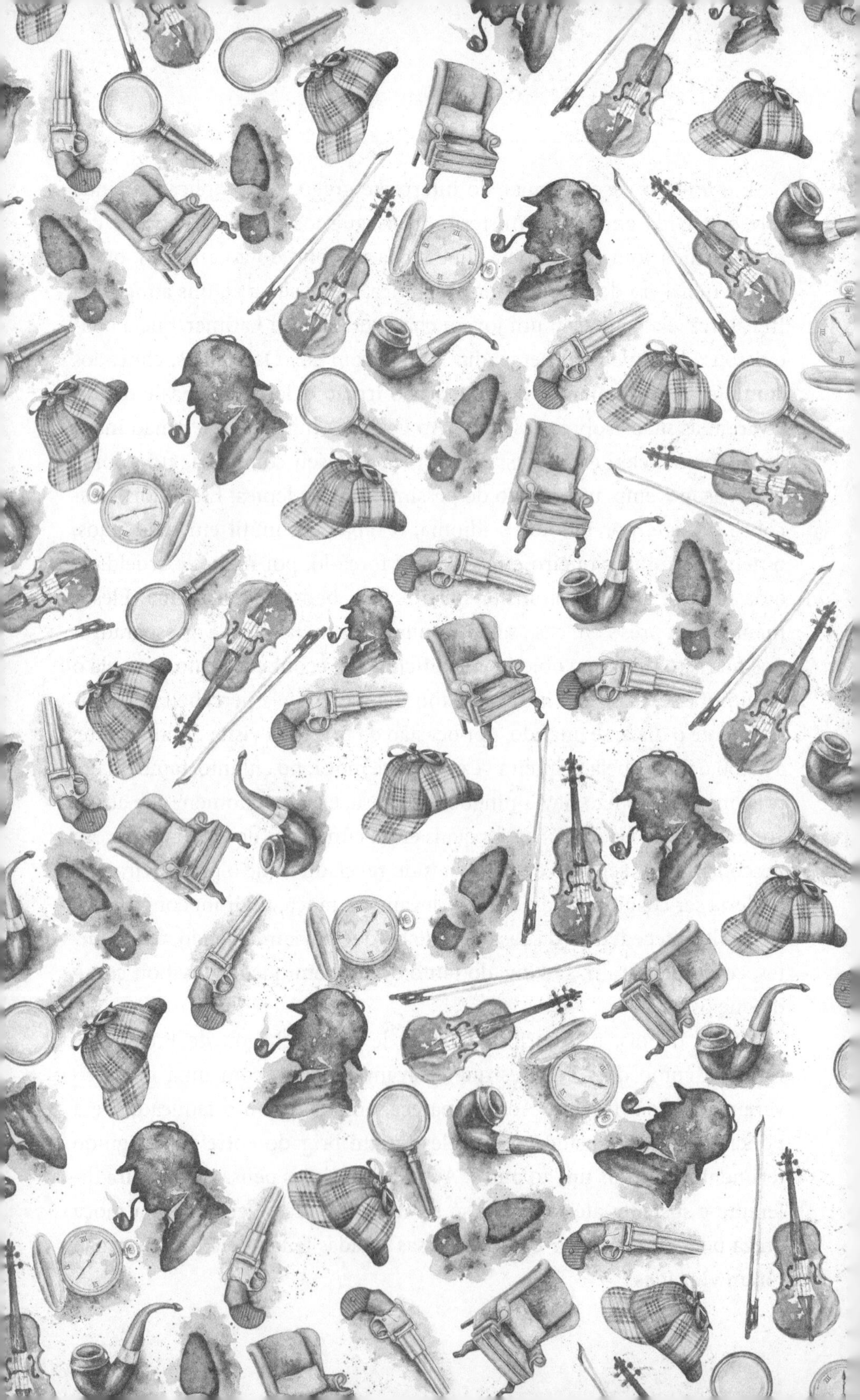

# Aventura XI

• O TRATADO NAVAL •

O mês de julho imediatamente posterior ao meu casamento tornou-se memorável por três casos interessantes, nos quais tive o privilégio de acompanhar Sherlock Holmes e de estudar os seus métodos. Eu encontrei essas histórias registradas em minhas anotações com os títulos de "A aventura da segunda mancha", "A aventura do tratado naval" e "A Aventura do capitão cansado". A primeira dessas aventuras, porém, trata de assuntos de tamanha importância e compromete tantas famílias do mais alto nível do reino que, por muitos anos, será impossível torná-la pública, apesar de que nenhum outro caso no qual Holmes esteve envolvido ilustrou tão bem e com tanta clareza o valor de seus métodos analíticos, ou impressionou tão profundamente quem acompanhou o esclarecimento do ocorrido. Ainda mantenho um relato quase literal da entrevista em que ele demonstrou a realidade dos fatos do caso a monsieur Dubuque, da polícia de Paris, e a Fritz von Waldbaum, o conhecido especialista de Dantzig, os quais desperdiçaram energias com o que se provou serem questões secundárias. Mas essa história não poderá ser contada sem constrangimentos antes da chegada do novo século. Enquanto isso, passo para a segunda aventura da minha lista, que tanto prometia ter também repercussão nacional quanto era marcada por vários incidentes que lhe conferem um caráter bastante singular.

Nos meus dias de estudante, estive intimamente ligado a um colega chamado Percy Phelps, que era quase da mesma idade que a minha, embora estivesse duas turmas na minha frente. Ele era um garoto brilhante, ganhava todos os prêmios que a escola oferecia e culminou suas façanhas ganhando uma bolsa de estudos que o levou a prosseguir sua carreira triunfal em Cambridge. Lembro-me de que ele era extremamente bem relacionado e, mesmo quando éramos meninos, sabíamos que lorde Holdhurst, o grande político conservador, era irmão da mãe dele. Mas esse parentesco notório pouco o ajudava na escola. Muito pelo contrário, nós nos divertíamos importunando-o e acertávamos as suas canelas com tacos de críquete na hora do recreio. Mas a coisa mudou quando ele ganhou o mundo. Ouvi dizer vagamente que suas habilidades e a influência de que desfrutava lhe renderam um bom cargo no Ministério das Relações Exteriores. Então, ele ficou completamente esquecido por mim, até que a seguinte carta me fez recordar de sua existência:

"*Briarbrae, Woking.*

*Meu caro Watson, não tenho dúvidas de que você se lembra do 'girino' Phelps, que cursava o quinto ano quando você estava no terceiro. É até possível que tenha ouvido falar que, por meio da influência de meu tio, consegui uma boa nomeação para o Ministério das Relações Exteriores e que estive em um cargo de confiança e destaque até que um terrível infortúnio veio subitamente prejudicar a minha carreira.*

*Não adianta agora lhe escrever os detalhes desse evento desagradável. No caso de atender ao meu pedido, é bem provável que eu tenha de narrar a história toda para você. Acabo de me recuperar de nove semanas de febre aguda e ainda estou extremamente enfraquecido. Você acha que conseguiria trazer o seu amigo, o sr. Holmes, para me ver? Eu gostaria de saber a opinião dele sobre o caso, embora as autoridades me garantam que nada mais possa ser feito. Tente convencê-lo o mais rápido possível. Cada minuto parece uma hora enquanto estou vivendo nessa terrível expectativa. Assegure-lhe que, se não pedi aconselhamento antes, não foi porque não apreciasse seus talentos, mas porque fiquei transtornado desde que esse golpe me atingiu. Agora estou calmo novamente, embora não ouse pensar muito nisso por medo de uma recaída. Ainda estou tão fraco que preciso escrever, como você vê, ditando. Tente trazê-lo.*

*Seu antigo colega de escola,
Percy Phelps".*

Ao ler essa carta, algo me tocou. Havia alguma coisa comovente no reiterado apelo para eu levar Holmes. Fiquei tão sensibilizado que, mesmo se fosse um assunto difícil, deveria tentar. Mas, é claro, sabia muito bem que Holmes amava sua arte, de modo que ele estava sempre tão pronto para oferecer ajuda como seus clientes estavam preparados para recebê-la. A minha esposa concordou comigo que eu não deveria perder nem mais um momento para colocar o assunto diante dele. Sendo assim, uma hora depois do café da manhã, mais uma vez eu estava de volta às antigas salas da Baker Street.

Holmes estava sentado em sua mesa lateral, de roupão, trabalhando duro numa pesquisa química. Uma enorme retorta curva fervia furiosamente na chama azulada de um bico de Bunsen, e as gotas destiladas se condensavam em uma cuba de medição, de dois litros. O meu amigo mal olhou para cima quando entrei, e eu, vendo que o experimento devia ser importante, sentei-me em uma poltrona e esperei. Ele mergulhava uma pipeta de vidro em um frasco e outro, retirava algumas gotas daqui e dali, misturando tudo em um tubo de ensaio. No final, levou a solução preparada até a mesa. Na mão direita, ele segurava um pedaço de papel de tornassol.

– Você entrou em um momento crítico, Watson – ele disse. – Se este papel permanecer azul, está tudo bem. Se ficar vermelho, significa a vida de um homem.

Ele mergulhou o papel no tubo de ensaio. Imediatamente o tornassol ficou tingido de um vermelho sujo e embaçado.

– Hum! Como imaginei! – ele exclamou. – Estarei à sua disposição num instante, Watson. Você encontrará tabaco no chinelo persa.

Ele se virou para a mesa, rabiscou vários telegramas e os entregou ao estafeta. Então, atirou-se na cadeira em frente e dobrou os joelhos, até seus dedos apertarem as canelas longas e finas.

– Um assassinato banal, simples – ele disse. – Acho que você tem algo melhor. Você é o petrel tempestuoso do crime, Watson. Do que se trata?

Entreguei-lhe a carta, que ele leu com a mais compenetrada atenção.
– Ela não diz muita coisa, não é? – ele comentou, devolvendo-a para mim.
– Quase nada.
– No entanto, a maneira de escrever é interessante.
– Mas a caligrafia não é dele.
– Exatamente. É de uma mulher.
– É de um homem, com certeza! – exclamei.
– Não, é de uma mulher. E de uma mulher com personalidade rara. Veja, no início de uma investigação, é importante saber que o seu cliente está em contato próximo com alguém que, para o bem ou para o mal, tem uma natureza invulgar. O meu interesse já foi despertado para o caso. Se estiver pronto, partiremos imediatamente para Woking, a fim de ver esse diplomata que está sofrendo com esse caso tão grave, bem como a senhora a quem ele dita suas cartas.

Tivemos sorte e logo pegamos um trem em Waterloo. E, em pouco menos de uma hora, estávamos no meio dos bosques de abetos e urzes de Woking. Briarbrae se revelou uma grande casa isolada, situada no meio de um terreno extenso, a poucos minutos a pé da estação. Ao apresentarmos os nossos cartões, fomos levados a uma sala elegantemente decorada, onde em poucos minutos se juntou a nós um homem bastante corpulento que nos recebeu com muita hospitalidade. A idade dele estaria entre os 30 e os 40 anos, mas as maçãs de seu rosto eram tão avermelhadas e seus olhos tão alegres que ele ainda transmitia a impressão de um menino rechonchudo e travesso.

– Fico muito feliz por vocês terem vindo – ele disse, apertando as nossas mãos efusivamente. – Percy esteve perguntando por vocês a manhã toda. Ah, pobre coitado, ele se agarra a qualquer esperança! O pai e a mãe dele me pediram que os recebesse, pois a simples menção do assunto é muito dolorosa para eles.

– Ainda não sabemos dos detalhes – Holmes observou. – Percebo que você não é membro da família.

O nosso conhecido pareceu surpreso e, olhando para baixo, começou a rir.

– É claro que você viu o monograma "J. H." no meu medalhão – ele disse. – Por um momento, achei que fosse algum truque mais esperto. Joseph Harrison é o meu nome e, como Percy se casará com a minha irmã Annie, pelo menos terei um parentesco por afinidade com essas pessoas. Você encontrará a minha irmã no quarto de Percy, porque ela vem cuidando dele intensivamente há dois meses. Talvez seja melhor entrar de uma vez, pois sei o quanto ele está impaciente.

O quarto para o qual ele nos levou ficava no mesmo andar da sala de visitas. Era mobiliado em parte como sala de estar e em parte como quarto, com flores espalhadas delicadamente por todos os cantos. Um jovem, muito pálido e prostrado, estava deitado em um sofá perto da janela aberta, através da qual entrava o rico perfume do jardim e o ar agradável do verão. A mulher que estava sentada ao lado dele levantou-se quando entramos.

– É melhor eu sair, Percy? – ela perguntou.

Ele segurou na sua mão, para detê-la.

– Como está, Watson? – ele saudou cordialmente. – Eu jamais o reconheceria com esse bigode e ouso dizer que você não estaria preparado para jurar se sou eu mesmo. Presumo que este seja o seu famoso amigo, o sr. Sherlock Holmes.

Eu o apresentei com algumas palavras e ambos nos sentamos. O jovem corpulento nos deixou, mas a irmã dele ainda permaneceu de mãos dadas com o enfermo. Era uma mulher de uma aparência exuberante, um pouco baixa e gorducha em termos de simetria, mas com uma bela cútis morena, olhos de italiana, grandes, escuros e cabelos negros em abundância. O contraste da cor de sua pele viçosa com a palidez do rosto do homem tornava seu companheiro ainda mais abatido e combalido.

– Não vou desperdiçar o tempo de vocês – ele disse, levantando-se no sofá. – Vou introduzir o assunto sem mais preâmbulos. Eu era um homem feliz e bem-sucedido, sr. Holmes, às vésperas de me casar, quando um infortúnio repentino e terrível destruiu todas as perspectivas da minha vida.

– Eu estava, como Watson deve lhe ter dito, no Ministério das Relações Exteriores e, por influência do meu tio, lorde Holdhurst, rapidamente assumi uma posição de responsabilidade. Quando o meu tio se tornou ministro das Relações Exteriores nesta administração, ele me deu várias missões de confiança e, como eu sempre as concluía com êxito, finalmente chegou a ter a máxima confiança na minha capacidade e no meu tato.

– Quase dez semanas atrás – para ser mais preciso, no dia 23 de maio – ele me chamou ao seu gabinete e, depois de elogiar o bom trabalho que eu vinha realizando, me informou que eu teria uma nova tarefa de confiança para executar: "Este é o original do tratado secreto entre a Inglaterra e a Itália, do qual, lamento dizer, alguns rumores já foram publicados na imprensa. É de suma importância que não ocorra mais nenhum vazamento. A embaixada francesa ou a embaixada russa pagariam imensas fortunas para conhecer o conteúdo desses papéis, que não deveriam sair do meu gabinete se não fosse absolutamente necessário copiá-los. Você tem uma escrivaninha na sua sala?", ele perguntou, pegando um rolo de papel cinza em sua gaveta. "Sim, senhor", respondi. "Então, pegue o tratado, leve-o e guarde-o lá com você. Darei instruções para que você fique depois de os outros saírem, de modo que possa copiá-lo à vontade, sem medo de ser incomodado. Quando terminar, volte a guardar o original e a cópia na escrivaninha, e entregue-os pessoalmente a mim amanhã de manhã", ele disse.

– Eu peguei os papéis e...

– Com licença um instante... – Holmes interrompeu. – Vocês estavam sozinhos durante essa conversa?

– Absolutamente.

– Numa sala grande?

– De dez metros em cada direção.

– No centro da sala?

– Sim, pode-se dizer que sim.

– Falando baixo?

– A voz do meu tio é sempre notavelmente baixa e eu quase não falei nada.

– Obrigado! – Holmes agradeceu, fechando os olhos. – Por favor, prossiga.

Fiz exatamente o que ele ordenou e esperei os outros funcionários saírem. Um deles, da minha sala, Charles Gorot, tinha alguns trabalhos em atraso para compensar, então, eu o deixei lá e saí para jantar. Quando voltei, ele havia ido embora. Eu estava ansioso para apressar o meu trabalho, pois sabia que Joseph – o sr. Harrison que vocês acabaram de conhecer – estava na cidade e viajaria para Woking no trem das onze horas, e eu queria, se possível, pegar o mesmo trem.

– Quando examinei o tratado, vi imediatamente que o documento era de fato muito importante e que o meu tio não tinha cometido nenhum exagero no que havia dito. Sem entrar em detalhes, posso dizer que aquele texto definia a posição da Grã-Bretanha em relação à Tríplice Aliança e antecipava a política que este país seguiria caso a frota francesa ganhasse ascendência completa sobre a da Itália no Mediterrâneo. As questões nele tratadas eram puramente navais. No final estavam as assinaturas dos altos dignitários que o negociaram. Passei os olhos por cima e depois me dediquei à tarefa de copiá-lo.

– Era um documento longo, escrito em língua francesa, contendo 26 artigos específicos. Copiei o mais rápido que pude, mas, às nove horas, havia concluído apenas nove artigos e parecia-me impossível tentar pegar o trem. Comecei a me sentir cansado e sonolento, em parte pelo jantar e também por causa do longo dia de trabalho. Uma xícara de café me reanimaria. Um porteiro permanecia a noite toda em uma pequena recepção ao pé da escada e ele costumava fazer café em um fogareiro para os funcionários que ficassem trabalhando depois do expediente. Toquei a sineta, portanto, para chamá-lo.

– Para minha surpresa, foi uma mulher que atendeu ao chamado, uma senhora alta, idosa, de aparência rude e que usava avental.

Ela explicou que era a esposa do porteiro e também que fazia a faxina. Assim, pedi o café a ela.

– Copiei mais dois artigos. Então, sentindo-me mais sonolento do que nunca, levantei-me e andei de um lado para outro na sala para esticar as pernas. O meu café ainda não tinha chegado e me perguntei qual seria a causa do atraso. Abri a porta e segui o corredor para saber. Era uma passagem reta, pouco iluminada, que saía da sala em que eu trabalhava e era a única saída de lá. Terminava em uma escada em curva, com a recepção do porteiro ficando embaixo, no fundo do corredor. No meio da escada há um pequeno patamar, com outro corredor entrando em ângulo reto. Esta segunda passagem dá, através de uma outra escadinha, para uma porta lateral, que é usada pelos empregados e também como atalho pelos funcionários quando vêm da Charles Street. Este aqui é o esboço de uma planta do lugar.

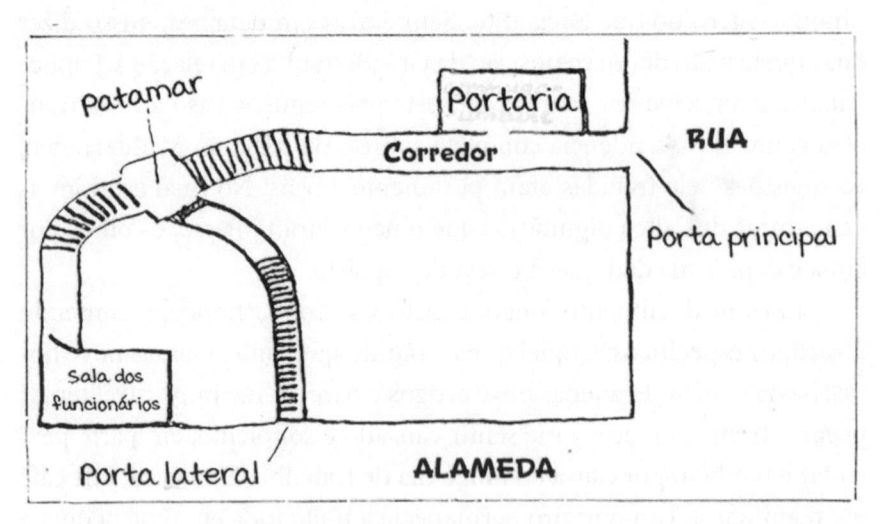

– Obrigado. Acho que estou acompanhando bem – Sherlock Holmes disse.

– É da maior importância que você atente a este ponto. Eu desci as escadas e entrei no corredor, onde encontrei o porteiro dormindo profundamente em sua cabine, com a chaleira fervendo furiosamente no fogareiro. Tirei a chaleira e apaguei o fogo, pois a água espirrava no chão. Então, estendi a minha mão para acordar o homem, que ainda dormia profundamente, quando uma sineta tocou alto sobre a cabeça do sujeito. Ele acordou assustado. "Oh! Sr. Phelps!", ele disse, olhando-me confuso. "Desci para ver se o meu café está pronto", respondi. "Eu estava esquentando a chaleira quando adormeci, senhor", ele replicou.

– O porteiro olhou para mim e depois para a sineta ainda tremulante, com um espanto cada vez maior no rosto. "Mas, se o senhor está aqui, então quem tocou a sineta?", ele perguntou. "A sineta!", exclamei, "Que sineta é essa?", perguntei. "É a sineta da sala em que o senhor estava trabalhando", ele respondeu.

– Uma mão gelada pareceu esmagar o meu coração: alguém estava na sala em que o meu precioso tratado se encontrava sobre a escrivaninha. Corri freneticamente pelas escadas e ao longo da passagem. Não havia ninguém nos corredores, não havia ninguém na sala, sr. Holmes. Tudo estava exatamente como eu deixei, exceto que os papéis confiados aos meus cuidados haviam sido retirados da escrivaninha em que se encontravam. A cópia estava lá, mas o original tinha sumido.

Holmes aprumou-se na cadeira e esfregou as mãos. Pude ver que o problema era dos que ele gostava.

– Por favor, o que você fez, então? – ele murmurou.

– Reconheci no mesmo instante que o ladrão devia ter subido as escadas pela porta lateral. É claro que eu teria me encontrado com ele, se ele tivesse vindo no outro sentido.

– Tem certeza de que ele não poderia ter ficado escondido na sala o tempo todo, ou no corredor que você acabou de descrever como pouco iluminado?

– É absolutamente impossível. Nem mesmo um rato poderia se esconder ali, nem na sala nem no corredor. Não há lugar que possa servir de esconderijo.

– Obrigado. Por favor, prossiga.

– O porteiro, vendo pelo meu rosto pálido que havia algo sério a temer, me seguiu até lá em cima. Então, ambos percorremos o corredor e descemos os degraus íngremes que levavam à Charles Street. A porta na parte inferior estava fechada, mas destrancada. Nós a abrimos e saímos correndo. Lembro-me claramente de que, ao fazê-lo, o sino de um relógio nas vizinhanças badalou três vezes. Faltavam quinze para as dez.

– Isso é da maior relevância – Holmes disse, tomando nota no punho da camisa.

– A noite estava muito escura e caia uma chuva fina, morna. Não havia ninguém na Charles Street, mas muito movimento, como sempre, na Whitehall, no final da rua. Corremos ao longo da calçada, do jeito que estávamos, sem chapéu na cabeça, e na esquina mais distante encontramos um policial parado. "Aconteceu um assalto! Um documento de valor inestimável foi roubado do Ministério das Relações Exteriores. Alguém passou por aqui?", eu disse ofegante. "Estou aqui há quinze minutos, senhor. Apenas uma pessoa passou por aqui durante esse período: uma mulher, alta, idosa, com um xale de Paisley", ele respondeu. "Ah! Essa é apenas a minha esposa. Mais ninguém passou?", o porteiro perguntou. "Ninguém", o policial respondeu. "Então o ladrão deve ter seguido pelo outro caminho!", o sujeito exclamou, puxando-me pela manga.

– Mas eu não fiquei satisfeito e as tentativas que ele fez para me desviar aumentaram ainda mais as minhas suspeitas. "Para onde essa mulher foi?", indaguei. "Não sei, senhor. Notei que ela passou, mas não tinha nenhum motivo especial para observá-la. Ela parecia estar apressada", o policial informou. "Quanto tempo isso faz?", perguntei. "Ora, alguns poucos minutos", ele replicou. "Uns cinco, talvez?", insisti. "Bem, não seriam mais do que cinco", o policial concordou. "Está perdendo tempo, senhor. Cada minuto agora é importante", o porteiro exclamou. "Dou a minha palavra de que a senhora minha esposa não tem nada a ver com isso, pois ela desceu pelo outro lado da rua. Bem, se você não for, eu irei", e com isso correu na outra direção.

– Eu, porém, estava atrás dele e no mesmo instante o peguei pela manga. "Onde você mora?", perguntei. "No número 16 da Ivy Lane, em Brixton", ele respondeu. "Mas não se deixe levar por um alarme falso, sr. Phelps. Venha para o outro lado da rua e vamos ver se conseguimos descobrir alguma coisa."

– Eu não teria nada a perder seguindo o conselho dele. Junto com o policial, nós nos apressamos, mas só encontramos a rua movimentada, com muitas pessoas indo e vindo, todas ansiosas demais para chegar a algum local seguro em uma noite tão úmida. Não havia nenhum policial para nos informar quem havia passado por ali.

– Então, voltamos ao escritório, revistamos as escadas e a passagem sem resultados. O piso do corredor que levava à sala era coberto com uma espécie de linóleo macio que ficava marcado com muita facilidade. Nós o examinamos com todo cuidado, mas não encontramos o menor sinal de uma pegada.

– Choveu a noite toda? – Holmes indagou.

– Desde as sete.

– Como, então, a mulher entrou na sala, por volta das nove, com as botas enlameadas, sem deixar vestígios?

– Estou feliz que tenha levantado a questão, que também me ocorreu na época. As faxineiras têm o costume de tirar as botas na recepção onde o porteiro fica e de colocar chinelos.

– Isso está bem claro. Então, não havia marcas, embora a noite estivesse molhada? A sequência dos eventos é realmente de enorme interesse. O que você fez em seguida?

– Examinamos a sala também. Não há possibilidade de existir uma porta secreta e as janelas ficam a três metros do chão. Ambas são fechadas por dentro. O piso coberto evita qualquer possibilidade de alçapão e o teto é do tipo comum, caiado de branco. Aposto a minha vida que quem roubou os meus papéis só poderia ter passado pela porta!

– E a lareira?

– Não existe lareira; há apenas um fogareiro. A corda da sineta está amarrada no fio à direita da minha escrivaninha. Quem quer que a tenha puxado, precisou chegar à escrivaninha para fazer isso. Mas por que algum bandido tocaria a sineta? É um mistério insolúvel.

– Certamente o incidente foi incomum. Quais foram os seus passos seguintes? Você examinou a sala, presumo, para ver se o intruso havia deixado algum vestígio, como uma ponta de cigarro, uma luva caída, um grampo de cabelo ou outra ninharia qualquer?
– Nada desse tipo.
– Algum odor?
– Bem, não notamos nada.
– Ora, o cheiro de tabaco seria muito válido para nós nessa investigação.
– Eu não fumo, então acho que sentiria o cheiro de tabaco. Não havia absolutamente nenhuma pista de qualquer tipo. O único fato tangível era que a esposa do porteiro – sra. Tangey é o nome dela – saiu apressada do local. Ele não deu outra explicação senão que era o horário em que a mulher sempre voltava para casa. O policial e eu concordamos que o nosso melhor plano seria alcançar a mulher antes que ela pudesse se livrar dos papéis, presumindo que estivessem em sua posse.
– A essa altura, o alarde chegou à Scotland Yard e o sr. Forbes, o detetive, assumiu o caso de uma vez, tratando-o com muita energia. Chamamos uma charrete de aluguel e, em meia hora, estávamos no endereço que nos indicaram. Uma jovem, que verificamos ser a filha mais velha da sra. Tangey, abriu a porta. Sua mãe ainda não havia voltado e fomos levados à sala de visitas para esperar.
– Cerca de dez minutos depois, alguém bateu à porta e, então, cometemos o único erro grave pelo qual me culpo. Em vez de nós mesmos abrirmos a porta, permitimos que a garota o fizesse. Nós a ouvimos dizer: "Mãe, dois homens estão em casa esperando para vê-la". No mesmo instante, escutamos passos apressados no corredor. Forbes abriu a porta e nós dois corremos para a sala dos fundos ou para a cozinha, mas a mulher chegou lá antes. Ela nos encarou com um olhar desafiador e, de repente, ao me reconhecer, uma expressão do mais absoluto espanto surgiu em seu rosto. "Ora, se não é o sr. Phelps, do escritório!", ela exclamou. "Vamos, vamos, quem você achou que seríamos quando fugiu de nós?", perguntei. "Pensei que fossem cobradores. Tivemos

problemas com um comerciante", ela respondeu. "Isso não basta. Temos motivos para acreditar que a senhora pegou um documento importante do Ministério das Relações Exteriores e que veio aqui para ocultá-lo. A senhora terá de ir conosco à Scotland Yard, para ser revistada", o detetive Forbes retrucou.

– Foi em vão que ela protestou e resistiu. Uma carruagem com quatro rodas foi trazida e nós três fomos embora, mas antes examinamos a cozinha, em especial o fogo da cozinha, para ver se ela poderia ter se livrado dos papéis no instante em que ficou sozinha. Não havia sinais, no entanto, de cinzas ou restos. Quando chegamos à Scotland Yard, ela foi entregue imediatamente a uma investigadora. Esperei em suspense e agonia que a policial voltasse com seu relatório. Não encontrou sinais dos papéis.

– Então, pela primeira vez, o horror da minha situação tomou conta de mim com força total. Até ali eu estava em atividade e a ação entorpecia os meus pensamentos. Eu estava tão confiante de que recuperaria o tratado imediatamente que não ousava pensar em quais seriam as consequências se isso não acontecesse. Mas, então, não havia mais nada a ser feito e tive tempo para perceber a gravidade da minha situação. Foi horrível, Watson! Eu lhe diria que voltei a ser o garoto nervoso e sensível da escola. É da minha natureza. Pensei em meu tio e em seus colegas do gabinete, na vergonha que eu causaria a ele, a mim mesmo e a todos os que estavam ligados a mim. E se eu por acaso tivesse sofrido algum acidente imprevisível? Nenhum subsídio é concedido para acidentes, quando interesses diplomáticos estão em jogo. Eu estava arruinado, vergonhosa e irremediavelmente arruinado. Não sei o que fiz. Imagino que devo ter feito uma cena. Tenho a lembrança sombria de um grupo de policiais amontoados à minha volta, tentando me acalmar. Um deles foi comigo até Waterloo e me colocou no trem de Woking. Acredito que ele teria percorrido todo o caminho se o dr. Ferrier, que mora perto de mim, não estivesse viajando naquele mesmo trem. O médico gentilmente se ofereceu para tomar conta de mim no trajeto e foi bom ele ter feito isso, pois tive um ataque de nervos na estação e, antes de chegar em casa, eu era praticamente um louco delirante.

— Imaginem em que estado as coisas ficaram aqui quando as mulheres da casa, que foram acordadas e retiradas de suas camas pelo toque do médico, me encontraram nessa condição. A pobre Annie e minha mãe ficaram com o coração partido. Na estação, o dr. Ferrier ouviu o suficiente do detetive para ter uma ideia do que havia acontecido, mas essa informação não resolvia o assunto. Ficou evidente para todos que eu sofreria um longo tratamento. Então, Joseph foi transferido daqui e este quarto alegre foi transformado em enfermaria para mim. E, cá estou, sr. Holmes, há mais de nove semanas, inconsciente e delirando de febre. Se não fosse pela srta. Harrison e pelos cuidados do médico, eu não estaria falando com o senhor agora. Ela cuida de mim durante o dia e uma enfermeira contratada cuida de mim à noite, pois nos meus ataques de loucura eu seria capaz de fazer qualquer coisa impensada. Lentamente a minha mente foi se recuperando, mas foi apenas nos últimos três dias que a minha memória voltou. Às vezes, acho que eu preferia que não tivesse voltado. A primeira coisa que fiz foi ligar para o sr. Forbes, que está com o caso nas mãos. Ele me atendeu e garante que, embora tudo tenha sido feito, nenhum vestígio foi descoberto. O porteiro e sua esposa foram investigados de todas as maneiras, sem que nenhum esclarecimento sobre o assunto fosse alcançado. As suspeitas da polícia repousaram então sobre o jovem Gorot, que, como você há de se lembrar, havia ficado um tempo no escritório naquela noite. Na verdade, o fato de ele ter ficado no escritório depois do expediente e o sobrenome francês são os únicos dois pontos que poderiam sugerir suspeitas. Mas, de fato, eu só comecei a trabalhar depois que o jovem saiu. Apesar de seu povo ser de origem huguenote, ele é tão inglês em afinidade e tradição quanto você e eu. Nada foi encontrado para implicá-lo de forma alguma e, assim, o caso foi encerrado. Dirijo-me a você, sr. Holmes, como absolutamente a minha última esperança. Se o senhor falhar, a minha honra e o meu cargo estarão perdidos para sempre.

O enfermo se afundou em suas almofadas, cansado desse longo relato, enquanto sua cuidadora lhe servia um copo de um remédio estimulante. Holmes ficou sentado em silêncio, com a cabeça jogada para trás e os olhos fechados, numa atitude que poderia parecer apática para um estranho, mas que eu sabia que representava a mais intensa compenetração.

– O seu depoimento foi tão explícito – ele disse afinal –, que você realmente me deixou com bem poucas perguntas para fazer. Mas uma delas é da maior importância. Você contou a alguém que tinha essa tarefa especial para executar?

– A ninguém.

– Nem para a srta. Harrison aqui presente, por exemplo?

– Não. Eu não voltei para Woking entre o recebimento da ordem e a execução da tarefa.

– Por acaso, nenhum dos seus funcionários esteve com você?

– Nenhum.

– Algum deles sabia como entrar na sua sala?

– Oh, sim, todos eles estiveram lá em cima.

– Ainda assim, é claro, se você não disse nada a ninguém sobre o tratado, essas perguntas são irrelevantes.

– Eu não disse nada.

– Sabe alguma coisa a respeito do porteiro?

– Nada, exceto que ele é um soldado veterano.

– De qual regimento?

– Oh! Do *Coldstream Guards*, pelo que ouvi dizer.

– Obrigado. Certamente poderei obter mais detalhes com o Forbes. As autoridades são ótimas para reunir informações, embora nem sempre as usem com vantagem. Que coisa adorável é uma rosa!

Sherlock Holmes passou pelo sofá, foi até a janela aberta e pegou a haste caída de um botão de rosa-de-musgo, contemplando a mistura delicada de vermelho e verde. Era uma nova faceta da personalidade dele para mim, pois eu nunca o tinha visto demonstrar o menor interesse por coisa da natureza.

– Não há nada que necessite tanto de dedução quanto a religião – ele afirmou, apoiando as costas nas persianas. – Ela pode ser construída como uma ciência exata, por quem raciocina. A nossa mais alta garantia da graça da divina Providência para mim parece descansar nas flores. Todas as outras coisas, todas as nossas capacidades, os nossos desejos, a nossa comida, tudo isso é realmente necessário para a nossa subsistência em primeira instância. Mas esta rosa é uma coisa extraordinária da criação. Seu cheiro e sua cor são um embelezamento e não uma condição da vida. Só a graça divina pode nos dar algo extraordinário assim, e por isso repito mais uma vez que temos muito a esperar das flores.

Percy Phelps e sua cuidadora assistiram a essa demonstração inspirada com muita surpresa e bastante decepção estampada nos rostos. Por alguns minutos, Holmes permaneceu nesse devaneio – com a rosa entre os dedos – antes que a jovem o interrompesse.

– O senhor vê alguma perspectiva de solucionar este mistério, sr. Holmes? – ela perguntou, com alguma rispidez na voz.

– Ah, o mistério! – ele respondeu, voltando à vida real. – Bem, seria absurdo negar que o caso é muito obscuro e complicado, mas posso prometer que vou investigar o assunto, informando todos os pontos que possam me parecer relevantes.

– Consegue ver alguma pista? – Phelps perguntou.

– Você me forneceu sete, mas é claro que preciso testá-las antes que eu possa me pronunciar sobre o valor delas.

– Suspeita de alguém?

– Suspeito de mim.

– Como assim?

– Quando chego a conclusões muito rapidamente.

– Então vá para Londres e teste as suas conclusões.

– Seu conselho é excelente, srta. Harrison! – Holmes agradeceu, levantando-se. – Watson, acho que é o melhor que temos a fazer. Não alimente falsas esperanças, sr. Phelps. O caso é bem complicado.

– Permanecerei delirando até vê-lo novamente! – o diplomata exclamou.

— Bem, voltarei amanhã no mesmo trem, embora a possibilidade de o resultado das minhas diligências ser negativo seja muito mais do que provável.

— Deus o abençoe por ter prometido retornar! — o nosso cliente exclamou. — Saber que algo está sendo feito me dá um novo ânimo. A propósito, recebi uma carta de lorde Holdhurst.

— Ah! O que ele disse?

— Ele foi frio, mas não duro. Ouso dizer que a gravidade da minha doença o impediu de se pronunciar assim. Ele reiterou que o assunto é da maior importância e acrescentou que nenhuma medida seria tomada com relação ao meu futuro — referindo-se, é claro, à minha demissão — até que a minha saúde seja restaurada e eu tenha a oportunidade de reparar o meu infortúnio.

— Bem, isso foi razoável e atencioso da parte dele — Holmes disse. — Venha, Watson, pois temos um belo dia de trabalho pela frente na cidade.

O sr. Joseph Harrison nos levou até a estação e logo estávamos viajando em um trem que partiu de Portsmouth. Afundado em pensamentos profundos, Holmes mal abriu a boca até passarmos por Clapham Junction.

— É incrível entrarmos em Londres por uma dessas linhas altas que permitem que você veja as casas de cima.

Pensei que ele estivesse ironizando, pois a paisagem era absolutamente abjeta, mas ele logo se explicou.

— Olhe aqueles grandes blocos isolados de prédios que se erguem acima das telhas de ardósia como ilhas de tijolos num mar cinza chumbo.

— São escolas públicas.

— São moradas de luz, meu rapaz! Faróis do futuro! Cápsulas com centenas de pequenas sementes brilhantes em cada uma, das quais brotará a Inglaterra melhor e mais sábia do futuro. Será que esse Phelps bebe?

— Acho que não.

– Também acho que não, mas somos obrigados a levar em consideração todas as possibilidades. O pobre diabo certamente se meteu em águas muito profundas e a questão é saber se seremos capazes de trazê-lo de volta à tona. O que achou da srta. Harrison?

– Uma garota de personalidade forte.

– Sim, mas é boa pessoa, ou estou muito enganado. Ela e o irmão são os únicos filhos de um fabricante de ferragens de algum lugar ao norte de Northumberland. Phelps se comprometeu oficialmente com ela quando viajou no inverno passado para lá. E, agora, ela veio para cá, para ser apresentada à família dele, e trouxe o irmão como acompanhante. Entrementes, a desgraça aconteceu e ela decidiu permanecer aqui para cuidar do noivo, ao passo que seu irmão Joseph, sentindo-se bastante confortável, também resolveu ficar. Tenho feito algumas pesquisas paralelas, como você vê. Mas hoje deverá ser um dia investigações.

– A minha clínica...

– Ora! Se você acha os seus casos mais interessantes do que os meus – Holmes disse, com alguma rispidez.

– Eu queria dizer que a minha clínica pode muito bem esperar um dia ou dois, já que é a época mais fraca do ano.

– Ótimo – ele disse, recuperando o bom humor. – Então, vamos analisar esse assunto juntos. Acho que deveríamos começar vendo o Forbes. Ele provavelmente vai nos contar todos os detalhes que precisamos saber para descobrir de que lado o caso deve ser abordado.

– Você disse que tem alguma pista?

– Bem, temos várias, mas só podemos testar o valor delas por meio de investigações mais aprofundadas. O crime mais difícil de ser rastreado é aquele que parece sem propósitos. Agora, este não é um crime sem propósitos. Quem se beneficia com isso? Temos o embaixador francês e o russo, e há quem possa vender o documento para um deles. Temos lorde Holdhurst.

– Lorde Holdhurst!

– Bem, é concebível que um estadista como ele possa estar em uma posição de não lastimar a perda desse documento destruído acidentalmente.

– Não um estadista com um histórico tão honroso como lorde Holdhurst.

– Mas é uma possibilidade e não podemos nos dar ao luxo de desconsiderá-la. Hoje veremos o nobre senhor e descobriremos se ele pode nos ajudar dizendo alguma coisa. Enquanto isso, já iniciei as investigações.

– Já?

– Sim, enviei telegramas da estação de Woking e este meu anúncio aparecerá em todos os jornais com edições noturnas de Londres.

Ele me mostrou uma folha rasgada de caderneta. Nela estava rabiscado a lápis o seguinte texto: "Ofereço recompensa de dez libras pelo número da charrete de aluguel que deixou um passageiro perto ou na porta do Ministério das Relações Exteriores, na Charles Street, às quinze para as dez da noite do dia 23 de maio. Comparecer com a informação no número 221B da Baker Street".

– Você tem certeza de que o ladrão chegou numa charrete de aluguel?

– Se não chegou, não tem importância. Mas, como o Phelps está certo quando afirma que não há esconderijo nem na sala nem nos corredores, a pessoa deve ter vindo de fora. Se veio de fora numa noite tão úmida e mesmo assim não deixou vestígios de umidade no piso de linóleo, que foi examinado poucos minutos depois de sua passagem, é extremamente provável que tenha vindo em uma charrete de aluguel. Sim, acho que podemos deduzir uma charrete com segurança.

– Parece plausível.

– Essa é uma das pistas mencionadas. Pode nos levar a algo. E depois, é claro, temos a sineta, que é a característica mais distinta do caso. Por que a sineta haveria de ser tocada? Será que o ladrão fez isso por bravata? Ou será que foi alguém que estava com o ladrão e fez isso para impedi-lo de cometer o crime? Será que foi por acidente? Ou será que foi...?

Holmes voltou a mergulhar fundo no estado de pensamento intenso e silencioso do qual emergira. Mas pareceu-me, acostumado como eu estava a todos os seus humores, que alguma nova possibilidade surgira de súbito em sua mente.

Eram vinte e três horas quando chegamos ao nosso terminal e, depois de uma refeição rápida no bufê, seguimos imediatamente para a Scotland Yard. Holmes já havia telegrafado para o Forbes e nós o encontramos pronto para nos receber. Era um sujeito pequeno e atarracado, com expressão atenta, mas de modo algum amável. Ele foi decididamente frio conosco, especialmente quando soube do motivo pelo qual estávamos ali.

– Tenho ouvido falar de seus métodos, sr. Holmes – ele disse com azedume. – O senhor está sempre disposto a usar todas as informações que a polícia pode colocar à sua disposição para, em seguida, tentar resolver o caso sozinho e nos desmoralizar.

– Muito pelo contrário! – Holmes retrucou. – Dos últimos cinquenta e três casos de que participei, o meu nome só apareceu em quatro deles e a polícia recebeu, assim, todo o crédito em quarenta e nove. Não o culpo por não saber disso, pois o senhor é jovem e inexperiente, mas se deseja continuar em suas novas atribuições, trabalhe comigo e não contra mim.

– Eu ficaria muito feliz tendo uma ou duas sugestões suas – o detetive respondeu, mudando de atitude. – Certamente não mereci o crédito deste caso até agora.

– Que providências o senhor tomou?

– Tangey, o porteiro, está sendo vigiado. Ele deu baixa nos *Guards* com um bom retrospecto e não encontramos nada contra ele. Mas a esposa é uma peste. Acho que ela sabe muito mais sobre isso do que aparenta.

– Ela foi vigiada?

– Colocamos uma das nossas policiais atrás dela. A sra. Tangey costuma beber e a nossa informante já esteve com ela duas vezes quando embriagada, mas não conseguiu tirar nada dela.

– Soube se cobradores foram à casa deles?
– Sim, mas foram pagos.
– De onde veio o dinheiro?
– De origem lícita. Haviam recebido a pensão. Eles não esbanjam dinheiro.
– Que explicação a sra. Tangey lhe deu para o fato de ela ter respondidoà sineta quando o sr. Phelps pediu o café?
– Ela disse que o marido estava muito cansado e queria ajudá-lo.
– Bem, certamente isso está de acordo com o fato de ele ter sido encontrado pouco depois dormindo em seu posto. Não há nada contra eles, a não ser o caráter ruim da mulher. O senhor perguntou por que ela foi embora naquela noite? A pressa dela chamou a atenção do policial.
– Estava mais atrasada do que o normal e queria chegar logo em casa.
– Comentou com ela que o senhor e o sr. Phelps, que saíram pelo menos vinte minutos depois, chegaram primeiro à casa dela?
– Ela explicou isso pela diferença entre pegar uma carruagem e uma charrete de aluguel.
– Ela deixou claro por que, ao chegar em casa, correu para a cozinha, nos fundos?
– Porque estava com o dinheiro lá, para pagar os cobradores.
– Pelo menos ela tem sempre uma boa resposta para tudo. O senhor perguntou se, ao sair, encontrou ou viu alguém vagando pela Charles Street?
– Ela não viu ninguém além do policial.
– Bem, o senhor parece tê-la interrogado minuciosamente. O que mais fez?
– O funcionário de sobrenome Gorot foi vigiado durante essas nove semanas, mas sem resultados. Não temos nada contra ele.
– Algo mais?
– Bem, não temos mais nada a considerar, nenhuma evidência de qualquer tipo.
– Você formulou alguma hipótese sobre como essa sineta foi tocada?

— Bem, devo confessar que isso me incomoda. Quem quer que tenha sido, foi alguém muito frio, para dar o alarme assim.

— Sim, foi uma uma ação estranha. Muito obrigado pelas informações. Terá notícias minhas, se eu puder colocar o homem em suas mãos. Venha, Watson.

— Para onde vamos agora? — perguntei quando saímos.

— Agora vamos entrevistar lorde Holdhurst, ministro do gabinete e futuro *premier* da Inglaterra.

Tivemos a sorte de descobrir que lorde Holdhurst ainda estava em seu gabinete na Downing Street e, quando Holmes apresentou seu cartão, fomos imediatamente recebidos. O estadista nos acolheu com a cortesia antiquada pela qual é conhecido e nos fez sentar nas duas luxuosas poltronas de cada lado da lareira. De pé no tapete entre nós, com sua figura alta, esguia, suas feições afiladas, o rosto pensativo e os cabelos encaracolados prematuramente grisalhos, ele parecia representar esse tipo tão pouco comum de um nobre que é realmente nobre.

— O seu nome é muito familiar para mim, sr. Holmes — ele disse, sorrindo. — E, é claro, não posso fingir que ignoro o assunto da sua visita. Só houve uma ocorrência nestes gabinetes que poderia despertar a sua atenção. Posso lhe perguntar no interesse de quem o senhor está atuando?

— No do sr. Percy Phelps — Holmes respondeu.

— Ah, o meu infeliz sobrinho! O senhor há de compreender que o nosso parentesco torna ainda mais difícil para mim protegê-lo de alguma maneira. Receio que o incidente tenha consequências muito prejudiciais para a carreira dele.

— Mesmo se o documento for encontrado?

— Bem, nesse caso, é claro, seria diferente.

— Tenho uma ou duas perguntas que gostaria de lhe fazer, lorde Holdhurst.

— Ficarei feliz em lhe fornecer qualquer informação ao meu alcance.

— Foi nesta sala que o senhor deu suas instruções sobre a cópia do documento?

– Foi aqui.
– Então, dificilmente alguém poderia tê-lo ouvido?
– Sim, isso está fora de cogitação.
– O senhor mencionou a alguém a sua intenção de dar o tratado a alguém para ser copiado?
– Jamais.
– Tem certeza disso?
– Absoluta.
– Bem, como o senhor jamais falou a mais ninguém sobre isso e o sr. Phelps também não, e como ninguém mais sabia nada sobre o assunto, então, a presença do ladrão na sala foi puramente acidental. Ele percebeu a oportunidade e a aproveitou.

O estadista sorriu.

– Isso está fora da minha alçada – ele comentou.

Holmes pensou um momento.

– Tem outro ponto muito importante que eu gostaria de discutir com o senhor – Holmes prosseguiu. – Pelo que entendi, o senhor temia que o vazamento de detalhes desse tratado pudesse ter consequências muito graves.

Uma sombra nublou o rosto expressivo do estadista.

– Sim, consequências muito graves, de fato.
– E elas ocorreram?
– Ainda não.
– Se o tratado tivesse chegado, digamos, ao Ministério das Relações Exteriores da França ou da Rússia, o senhor ficaria sabendo?
– Certamente... – lorde Holdhurst confirmou, com ironia.
– Considerando que quase dez semanas já se passaram e nada foi vazado, não seria incorreto supor que, por alguma razão, o tratado não tenha chegado a eles.

Lorde Holdhurst deu de ombros.

– Acho que não podemos supor, sr. Holmes, que o ladrão tenha levado o tratado para emoldurá-lo e pregá-lo na parede.
– Talvez ele esteja esperando por um preço melhor.

– Se ele esperar mais um pouco, não conseguirá preço nenhum, pois o tratado deixará de ser secreto em alguns meses.

– Isso é muito importante – Holmes disse. – É claro que outra suposição possível seria a de que o ladrão pudesse ter sofrido de uma doença repentina...

– Um ataque de febre aguda, por exemplo? – o estadista perguntou, olhando de relance para ele.

– Eu não disse isso – Holmes retrucou, imperturbável. – E agora, lorde Holdhurst, já ocupamos muito do seu precioso tempo e lhe desejamos um bom dia.

– Desejo todo sucesso em sua investigação, seja lá quem for o criminoso – o nobre respondeu, inclinando-se ao indicar a porta.

– Ele é um ótimo sujeito – Holmes disse, enquanto nos dirigíamos para Whitehall. – Mas tem de lutar para manter sua posição. Está longe de ser rico e tem muitas despesas. Como você notou, é claro, as botas são reformadas. Agora, Watson, não vou mais afastá-lo de seu trabalho legítimo. Não farei mais nada hoje, a menos que chegue alguma resposta para o anúncio da minha charrete de aluguel. Mas eu ficaria extremamente grato se você fosse comigo a Woking amanhã, no mesmo trem que pegamos ontem.

Conforme combinamos, eu o encontrei na manhã seguinte e viajamos juntos para Woking. Ele disse que não obteve resposta para o anúncio nem havia nenhuma novidade sobre o caso. Quando queria, Holmes ficava com a carranca tão absolutamente imóvel e impassível quanto um indígena pele-vermelha. Assim, por causa dessa atitude, eu não conseguia saber se ele estava satisfeito ou não com o andamento do caso. Lembro-me de que a conversa foi sobre o sistema de medidas Bertillon e de que ele manifestou admiração entusiasmada pelo sábio francês.

Encontramos o nosso cliente ainda sob os cuidados da dedicada cuidadora, mas parecendo consideravelmente melhor do que estava antes. Ele se levantou do sofá e nos cumprimentou sem dificuldade quando entramos.

– Alguma novidade? – ele perguntou, ansioso.

– O resultado das minhas diligências, como eu esperava, foi negativo – Holmes disse. – Estive com o Forbes, fui ver o seu tio e defini uma ou duas linhas de investigação que podem levar a alguma coisa.

– Então, não perdeu o interesse?

– De jeito nenhum.

– Deus o abençoe por isso! – a srta. Harrison exclamou. – Se nos mantivermos corajosos e pacientes, a verdade será revelada.

– Temos mais a lhe contar do que o senhor tem para nós – disse Phelps, recostando-se no sofá.

– Eu esperava que você tivesse alguma coisa.

– Sim! Tivemos de enfrentar um problema, durante a noite, cujas consequências poderiam ter sido gravíssimas.

A expressão dele foi se tornando muito séria enquanto ele falava e a visão de algo semelhante ao pavor parecia surgir em seus olhos.

– Como você sabe – ele disse –, começo a acreditar que, sem saber, estou no centro de alguma conspiração monstruosa, cujos alvos seriam tanto a minha vida quanto a minha honra.

– Ah! – Holmes exclamou.

– Parece incrível, pois eu não tenho, até onde sei, nenhum inimigo no mundo. No entanto, com base na experiência da noite passada, não chego a outra conclusão.

– Por favor, gostaria de saber o que aconteceu.

– Você precisa saber que a noite passada foi a primeira em que eu dormi sem alguém no quarto. Eu estava tão bem que achei melhor dispensá-la, mas mantive uma luz acesa durante a noite. Pois bem, por volta das duas da manhã, estava passando por um sono leve quando de repente fui despertado por algum ruído. O som era como se um rato roesse uma tábua. Fiquei ouvindo isso por algum tempo, com a impressão de que devia ser esse o motivo. Então, o barulho se tornou mais alto e, de repente, da janela veio um ruído metálico agudo. Sentei-me assustado. Não havia mais dúvidas do que seriam esses sons. O primeiro havia sido causado por alguém forçando a fenda entre os caixilhos com algum instrumento e o segundo, pela trava sendo pressionada.

– Em seguida, houve uma pausa por cerca de dez minutos, como se a pessoa estivesse esperando para ver se o barulho tinha me despertado. Então, ouvi o rangido suave da janela sendo aberta lentamente. Não aguentei mais, pois os meus nervos já não são o que costumavam ser. Pulei da cama e abri as persianas. Um homem estava agachado na janela. Pude ver pouca coisa dele, pois se foi feito um raio. Estava envolto em algum tipo de capa que lhe ocultava a parte inferior do rosto. Só tenho certeza de uma coisa: ele tinha uma arma na mão. Pareceu-me uma faca comprida. Vi claramente o brilho dela quando ele se virou para correr.

– Isso é muito interessante – Holmes comentou. – Por favor, o que você fez, então?

– Se estivesse mais forte, eu o teria seguido pulando pela janela aberta. De qualquer forma, toquei a campainha e acordei a casa. Isso demorou um pouco para acontecer, pois a campainha toca na cozinha e a criadagem dorme no andar de cima. Mas eu gritei. Joseph acordou e despertou os outros. Joseph e o criado encontraram marcas no canteiro do lado de fora da janela, mas o tempo está tão seco ultimamente que eles acharam impossível seguir os rastros na grama. Porém, em um trecho na cerca de madeira ao longo da estrada há sinais, pelo que me disseram, que indicam um esbarrão, como se alguém tivesse passado por cima, quebrando o topo da estaca ao fazer isso. Eu ainda não disse nada à polícia local, pois achei melhor saber da sua opinião antes.

Esse relato do nosso cliente parece que teve um efeito extraordinário sobre Sherlock Holmes. Ele se levantou da cadeira e começou a andar pela sala numa agitação descontrolada.

– Os infortúnios nunca andam sozinhos – Phelps disse sorrindo, embora fosse evidente que essa nova aventura o tivesse abalado de alguma maneira.

– Você certamente já teve a sua cota deles – Holmes disse. – Acha que poderia andar pela casa comigo?

– Oh, sim, eu gostaria de tomar um pouco de Sol. Joseph também virá.

– E eu também – a srta. Harrison disse.

— Receio que não — Holmes disse, balançando a cabeça. — Acho que devo pedir que a senhorita permaneça sentada exatamente onde está.

A jovem voltou a sentar-se com um ar de contrariedade. O irmão dela, porém, juntou-se a nós e partimos. Passamos no gramado pelo lado de fora da janela do jovem diplomata. Como ele disse, existiam marcas no canteiro, mas estavam irremediavelmente borradas e eram muito vagas. Holmes parou sobre elas por um instante e depois se retirou dando de ombros.

— Não acredito que alguém consiga aproveitar muito disso — ele comentou. — Vamos dar a volta na casa e ver por que esse quarto em particular foi escolhido pelo assaltante. Eu estaria mais inclinado a pensar que aquelas janelas maiores, da sala de estar e da sala de jantar, teriam mais atrativos para ele.

— Elas são mais visíveis da estrada — Joseph Harrison sugeriu.

— Ah! Sim, claro. Temos aqui uma porta que ele poderia ter usado. Para que serve?

— É a entrada de serviço para as pessoas do comércio. Claro que fica trancada à noite.

— Já aconteceu algo parecido antes?

— Nunca! — o nosso cliente disse.

— Você guarda dinheiro em casa, ou qualquer coisa que possa atrair ladrões?

— Não, nada de valor.

Holmes passeava pela casa com as mãos nos bolsos e um ar negligente que era incomum nele.

— A propósito — ele disse a Joseph Harrison —, pelo que ouvi dizer, você encontrou um local em que o sujeito pulou a cerca. Vamos dar uma olhada!

O jovem gorducho nos levou ao trecho em que o topo de uma estaca de madeira estava quebrado. Um pequeno fragmento de madeira restava pendurado. Holmes recolheu-o e o examinou detidamente.

— Você acha que isso foi feito ontem à noite? Parece bastante antigo, não é?

– Sim, é bem possível.

– Do outro lado, não existem marcas de que alguém tenha pulado. Não acho que isso nos ajude. Vamos voltar para o quarto e rediscutir o assunto.

Percy Phelps andava muito devagar, apoiando-se no braço de seu futuro cunhado. Holmes atravessou rapidamente o gramado e alcançamos a janela do quarto aberta bem antes de os outros aparecerem.

– Por favor, srta. Harrison, permaneça onde você está agora o dia todo – Holmes solicitou com a máxima seriedade. – Não saia e não deixe nada impedir que a senhorita fique o dia todo aí. Isso é muito importante.

– Certamente, se o senhor deseja, sr. Holmes – a garota replicou, espantada.

– Quando for dormir, tranque a porta desse quarto por fora e leve a chave. Prometa fazer isso.

– Mas e o Percy?

– Ele irá para Londres conosco.

– Eu vou ficar aqui?

– Sim, faça isso por ele. Você vai ajudá-lo. Ande logo, prometa!

Ela acenou com a cabeça, concordando, exatamente quando os outros dois apareceram.

– Por que você está sentada aí, Annie?! – o irmão exclamou. – Venha tomar Sol!

– Não, Joseph, obrigada. Estou com uma ligeira dor de cabeça e esse quarto é deliciosamente fresco e relaxante.

– O que propõe agora, sr. Holmes? – o nosso cliente perguntou.

– Bem, ao investigar este incidente menor, não devemos perder de vista o foco da nossa investigação principal. Seria de grande ajuda para mim se você fosse para Londres conosco.

– Já?

– Bem, assim que estiver em condições. Quem sabe em uma hora?

– Se precisa da minha ajuda, sinto-me bastante fortalecido.

— Será da maior relevância.
— Talvez queira que eu passe essa noite lá?
— Era exatamente isso o que eu gostaria de lhe propor.
— Então, se o meu visitante noturno retornar, verá que o pássaro voou da gaiola. Estamos em suas mãos, sr. Holmes. Por favor, diga-nos exatamente o que fazer. Prefere que o Joseph venha conosco, para cuidar de mim?
— Ora! Não é preciso; o meu amigo Watson é médico, como você sabe. Ele cuidará de você. Almoçaremos aqui, se nos permitir, e depois nós três partiremos juntos para a cidade.

A sugestão dele foi aceita e tudo foi providenciado nesse sentido. A srta. Harrison se desculpou por não sair do quarto, conforme o pedido de Holmes. Não conseguia imaginar outro objetivo para as manobras do meu amigo que não fosse afastar a jovem do Phelps, que, regozijando-se pela saúde recuperada e pela perspectiva de agir, almoçou conosco na sala de jantar. Holmes, porém, havia reservado uma surpresa ainda mais inacreditável para nós, porque, depois de nos acompanhar até a estação e de nos ver embarcar no vagão, ele calmamente anunciou que não tinha intenção de deixar Woking.

— Restam um ou dois detalhes que eu gostaria de esclarecer antes de partir — ele disse. — A sua ausência, sr. Phelps, me ajudará de alguma maneira. Por favor, Watson, quando chegar a Londres, dirija-se imediatamente para Baker Street com o nosso amigo aqui e permaneça com ele até o meu retorno. É uma sorte vocês serem antigos colegas de escola, pois terão muito o que conversar. O sr. Phelps pode ficar no quarto de hóspedes esta noite. Estarei com vocês a tempo de tomar o café da manhã, pois pegarei o trem que me levará a Waterloo às oito.

— Mas e a nossa investigação em Londres? — Phelps perguntou, pesaroso.

— Faremos isso amanhã. Mas creio que, neste exato momento, serei mais útil aqui.

— Avise a todos em Briarbrae que espero estar de volta amanhã à noite — Phelps exclamou, quando começamos a sair da plataforma.

— Eu mal posso esperar para voltar a Briarbrae — Holmes respondeu, acenando-nos alegremente com a mão quando deixamos a estação.

Phelps e eu conversamos a respeito disso durante a viagem, mas nenhum de nós conseguia imaginar uma razão satisfatória para esse novo desdobramento do caso.

— Suponho que ele queira descobrir alguma pista sobre o assalto na noite passada, se é que foi um assaltante. Para mim, não acredito que tenha sido um ladrão comum.

— Qual é a sua ideia pessoal, então? — perguntei.

— Na minha opinião, e você pode atribuir isso aos meus nervos fracos, acredito que haja alguma intriga política sórdida profunda acontecendo ao meu redor e que, por algum motivo que me foge à compreensão, a minha vida é visada pelos conspiradores. Parece exagero e absurdo, mas considere os fatos! Por que um ladrão tentaria arrombar a janela do quarto, em que não havia nada para roubar, e por que ele portaria uma faca comprida na mão?

— Tem certeza de que não era um pé de cabra?

— Oh, não! Era uma faca. Eu vi o clarão da lâmina, de maneira bem nítida.

— Mas por que diabos você haveria de ser perseguido com tanta animosidade?

— Ah! Eis a questão...

— Bem, se Holmes for da mesma opinião, isso explica a ação dele, não acha? Presumindo que a sua hipótese esteja correta, se ele conseguir colocar as mãos no homem que o ameaçou ontem à noite, terá avançado muito no sentido de descobrir quem levou o tratado naval. Seria absurdo supor que você tem dois inimigos, um que o rouba e outro que ameaça a sua vida.

— Mas o sr. Holmes disse que não estava indo para Briarbrae.

— Eu o conheço há algum tempo, mas nunca o vi fazer nada sem uma boa razão — comentei e, com isso, a nossa conversa derivou para outros assuntos.

Mas foi um dia cansativo para mim. Phelps ainda estava fraco após sua longa enfermidade e seu infortúnio o deixava inquieto e nervoso. Esforcei-me, em vão, para interessá-lo pelo Afeganistão, a Índia, as questões sociais ou qualquer outra coisa que pudesse tirar sua mente do fundo do poço. Ele sempre voltava ao tratado perdido, imaginando, adivinhando, especulando sobre o que Holmes estaria fazendo, que passos daria lorde Holdhurst, que notícias teríamos na manhã seguinte. À medida que a noite chegava, a agitação foi se tornando ainda mais penosa.

– Você tem uma fé irrestrita em Holmes? – ele perguntou.

– Tenho visto ele fazer algumas coisas notáveis.

– Mas ele já esclareceu um caso tão obscuro como esse?

– Claro que sim! Sei que ele resolveu problemas que apresentavam bem menos pistas do que o seu.

– Mas com interesses tão grandes em jogo?

– Muito maiores! Pelo que eu sei, ele atuou em questões vitais, a pedido de três casas da realeza europeia.

– Você o conhece bem, Watson. Ele é um sujeito tão indecifrável que eu nunca sei o que esperar dele. Você acha que ele está confiante? Acredita que ele espera obter sucesso?

– Ele não disse nada.

– Então, isso é mau sinal.

– Pelo contrário, tenho observado que ele geralmente demonstra quando está sem rumo. Mas quando fareja algo sem ter certeza absoluta do caminho certo é que ele se torna mais taciturno. Agora, meu caro colega, não vamos nos ajudar a respeito desses assuntos ficando nervosos com isso. Peço-lhe, então, que vá para a cama, descanse e prepara-se para enfrentar o que quer que nos aguarde amanhã.

Por fim, consegui convencer o meu colega a seguir o meu conselho, mesmo sabendo, pela maneira agitada de ele se comportar, que não havia muita esperança de que conseguisse dormir. De fato, seu estado de espírito era contagioso, pois até eu passei metade da noite meditando sobre essa estranha história, elaborando centenas de hipóteses, cada uma mais inverossímil que a anterior. Por que Holmes permaneceu em

Woking? Por que pediu à srta. Harrison que ficasse o dia todo no quarto do doente? Por que foi tão cuidadoso em não dizer às pessoas em Briarbrae que pretendia permanecer perto delas? Quebrei a cabeça até adormecer, esforçando-me para encontrar alguma explicação que pudesse abranger todos esses fatos.

Acordei às sete da manhã e fui imediatamente ao quarto de Phelps, onde o encontrei cansado e abatido depois de passar a noite sem dormir. A primeira pergunta que ele me fez foi para saber se Holmes ainda não havia chegado.

– Ele estará aqui no horário prometido, nenhum segundo mais cedo ou mais tarde – respondi.

As minhas palavras eram verdadeiras, pois logo após as oito uma charrete de aluguel parou na porta e dela desceu nosso amigo. Pela janela, reparamos que ele estava com a mão esquerda envolta num curativo e que seu rosto estava muito pálido e sombrio. Ele entrou na casa, mas demorou um pouco para subir as escadas.

– Ele parece um homem derrotado! – Phelps exclamou.

Fui forçado a reconhecer que ele estava certo.

– Afinal, provavelmente a pista do problema está aqui na cidade – eu disse, enfim.

Phelps deixou escapar um gemido.

– Não sei o motivo, mas eu esperava muito mais de seu retorno. Com toda a certeza, ele não estava com a mão amarrada assim ontem. Que problema pode ter acontecido? – ele retrucou.

– Você se machucou, Holmes? – perguntei, quando o meu amigo entrou na sala.

– Não foi nada, apenas um arranhão por ser desajeitado – ele respondeu, acenando para nos dar bom-dia. – Este seu caso, sr. Phelps, é certamente um dos mais intrigantes que já investiguei.

– Eu temia que chegasse a essa conclusão.

– Foi uma experiência extraordinária.

– Esse curativo revela aventuras – eu disse. – Não vai nos contar o que aconteceu?

— Depois do café da manhã, meu caro Watson. Lembre-se de que respirei o ar de Surrey por cinquenta quilômetros esta manhã. Suponho que não houve resposta para o meu anúncio sobre o sujeito da charrete de aluguel? Bem, bem, não podemos esperar marcar pontos toda vez.

A mesa estava posta e, quando eu estava prestes a chamá-la, a sra. Hudson entrou trazendo o chá e o café. Poucos minutos depois, ela voltou com três pratos tampados e nós nos aproximamos da mesa. Holmes se mostrava faminto, eu estava curioso e o Phelps, no mais sombrio estado de depressão.

— A sra. Hudson acertou em cheio — Holmes disse, destampando um prato de frango ao *curry*. — A culinária dela é um pouco limitada e sua noção de café da manhã é tão boa quanto a de uma escocesa. O que você encontrou, Watson?

— Presunto e ovos — respondi.

— Ótimo! O que prefere, sr. Phelps, frango ao *curry* ou ovos? Ou vai jejuar?

— Obrigado. Não vou conseguir comer nada — Phelps respondeu.

— Ora! Vamos! Experimente o seu prato...

— Obrigado, eu realmente prefiro não comer nada.

— Bem... — Holmes disse, piscando os olhos maliciosamente. — Nesse caso acho que você não faria objeção de compartilhar o seu almoço comigo. Poderia me servir, por gentileza?

Phelps levantou a tampa e, ao fazer isso, soltou um grito. Caiu sentado, de olhos esbugalhados e com um rosto tão branco quanto o prato que olhava, no qual havia um pequeno rolo de papel cinza-azulado. Ele o pegou, devorou-o com os olhos e depois começou a dançar feito louco pela sala, pressionando-o contra o peito e gritando de prazer. Então, ele desabou sobre uma poltrona tão fraco e exaurido pelas próprias emoções que tivemos de derramar um gole de conhaque na sua garganta para impedir que desmaiasse.

— Vamos lá! Vamos lá! — Holmes dizia, procurando acalmá-lo, dando-lhe tapinhas no ombro. — Sei que não foi uma ideia muito boa fazer isso com você, mas o nosso caro Watson, aqui presente, lhe dirá que jamais resisto a um toque dramático.

Phelps pegou e beijou as mãos dele.

– Deus o abençoe! – ele exclamou. – O senhor salvou a minha honra.

– Bem, a minha também estava em jogo, como você sabe – Holmes retrucou. – Garanto-lhe que para mim é tão odioso fracassar em um caso quanto pode ser para você cometer um erro em uma tarefa comissionada..

Phelps tratou de guardar o valioso documento no bolso mais protegido do casaco.

– Não tenho coragem de interromper por mais tempo o seu café da manhã, mas ainda estou morrendo de vontade de saber como você conseguiu recuperá-lo e onde isso estava.

Sherlock Holmes engoliu uma xícara de café e concentrou sua atenção no presunto e nos ovos. Então, ele se levantou, acendeu o cachimbo e sentou-se em sua poltrona.

– Vou lhe contar o que fiz primeiro e o que acabei fazendo depois – ele disse. – Após deixar vocês na estação, fiz um passeio encantador por um cenário admirável de Surrey até uma bonita vila chamada Ripley, onde tomei chá em uma pousada, tendo a precaução de encher o meu cantil e de colocar um pacote de sanduíches no bolso. Ali fiquei até a tarde, quando parti para Woking novamente e cheguei à estrada nos arredores de Briarbrae logo após o pôr do sol. Bem, esperei a estrada ficar deserta – acredito que não seja muito frequentada em qualquer momento – e depois pulei a cerca para entrar no terreno.

– Mas certamente o portão estava aberto! – Phelps exclamou.

– Sim, mas eu tenho um gosto peculiar por essas coisas. Escolhi o lugar em que ficam os três abetos e, à sombra deles, prossegui sem a menor chance de alguém na casa conseguir me ver. Agachei-me entre os arbustos do outro lado e rastejei de um para outro, o que pode ser comprovado pelo mau estado dos joelhos das minhas calças, até chegar à moita de rododendros que fica do lado oposto à janela do seu quarto. Lá, eu me agachei, aguardando algum possível desdobramento da situação. A persiana não estava fechada no seu quarto e eu pude ver a srta. Harrison sentada, lendo junto à mesa. Eram dez e quinze quando ela fechou o livro e as persianas e se retirou. Eu a ouvi fechar a porta e tive certeza de que ela girou a chave na fechadura.

– A chave! – Phelps exclamou.

– Sim, eu havia dado instruções à srta. Harrison para trancar a porta pelo lado de fora e levar a chave com ela quando fosse para a cama. Ela executou todas as minhas injunções ao pé da letra e, certamente, sem a cooperação dela, você não estaria agora com esse papel no bolso do casaco. Ela se retirou, as luzes se apagaram e eu permaneci agachado na moita de rododendros.

– A noite estava agradável, mas ainda assim a vigília era muito cansativa. É claro que você sente o mesmo tipo de empolgação que o caçador sente quando se deita ao lado do curso de água, à espera de um animal de grande porte. Porém, demorou muito, quase o mesmo tempo, Watson, que você e eu esperamos naquele quarto fatídico, quando investigamos o pequeno problema da Faixa Malhada. O relógio da igreja de Woking bate a cada quinze minutos e mais de uma vez pensei que ele estivesse parado. Por fim, por volta das duas da manhã, de repente ouvi o ruído suave de um ferrolho sendo empurrado para trás e o rangido de uma chave girando. Um momento depois, a porta dos criados se abriu e o sr. Joseph Harrison surgiu à luz da Lua.

– Joseph! – Phelps exclamou.

– Sim. Estava sem chapéu, mas tinha um casaco preto jogado por cima do ombro, para esconder o rosto instantaneamente se houvesse algum alarde. Ele andou na ponta dos pés embaixo da sombra da parede e, quando alcançou a janela, passou uma faca de lâmina longa pela fenda entre os caixilhos e afastou a trava. Então, abriu a janela e, enfiando a faca na brecha das persianas, empurrou o bastão, abrindo-as.

– De onde estava, eu tinha uma visão perfeita do interior da sala e de todos os movimentos dele, que acendeu as duas velas que estavam sobre a lareira e depois voltou para dobrar a ponta do tapete sobre a fresta da porta. Nesse momento, ele parou e levantou um tampo quadrado de madeira, que normalmente é instalado para permitir que encanadores alcancem as junções dos canos de gás. De fato, este tampo cobria uma junta em "T" do cano que abastece a cozinha por baixo. Desse esconderijo, ele retirou o pequeno rolo de papel, fechou o tampo, recolocou o tapete no lugar, assoprou as velas e caminhou direto para os meus braços, já que eu o esperava do lado de fora da janela.

– Bem, esse tal Joseph se mostrou muito mais violento do que eu poderia imaginar. Ele voou para cima de mim com a faca e eu me cortei duas vezes antes de conseguir agarrá-lo. Da única vez que me olhou, quando terminamos, ele me lançou um olhar assassino, mas ouviu a voz da razão e desistiu dos documentos. Depois de obtê-los, deixei meu homem fugir, mas enviei todos os detalhes para o Forbes hoje de manhã. Se ele for suficientemente rápido, pegará o pássaro, com facilidade. Mas, como astutamente suspeito, se ele encontrar o ninho vazio ao chegar lá, será melhor para o governo. Imagino que lorde Holdhurst, por um lado, e o senhor Percy Phelps, por outro, prefiram que o caso nunca chegue aos tribunais.

– Meu Deus! – o nosso cliente exclamou ofegante. – O senhor está me dizendo que durante todo o tempo dessas longas dez semanas de agonia os papéis roubados estavam dentro do mesmo quarto em que eu estive o tempo todo?

– Exatamente.

– E que Joseph é o vilão? Ele é um ladrão!

– Hum! Receio que o caráter de Joseph seja um pouco mais complicado e mais perigoso do que se possa julgar pela aparência. Pelo que ouvi falar hoje de manhã, concluo que ele perdeu muito dinheiro ao especular com ações, e estava pronto para fazer qualquer coisa na vida para recuperar a fortuna. Sendo um homem absolutamente egoísta, quando a chance se apresentou, ele não levou em consideração nem a felicidade da irmã nem a própria reputação.

Percy Phelps afundou-se na cadeira.

– A minha cabeça está girando – ele disse. – As suas palavras me deixaram atordoado.

— A principal dificuldade no seu caso — Holmes comentou de um jeito bem didático, — estava no fato de existirem muitas evidências. O que era vital ficou encoberto e oculto pelo que era irrelevante. De todos os fatos que nos foram apresentados, tivemos de escolher apenas aqueles que julgávamos essenciais, para depois reuni-los em sua ordem, de modo a reconstruir essa notável cadeia de eventos. Eu comecei a suspeitar do Joseph pelo fato de você ter pretendido viajar com ele para casa naquela noite, sendo provável, portanto, que a caminho, e conhecendo bem o Ministério das Relações Exteriores, ele fosse chamá-lo. Quando soube que havia alguém muito ansioso para entrar no quarto, no qual ninguém além de Joseph poderia ter escondido alguma coisa (e de onde, como você nos contou em seu relato, Joseph foi transferido quando você chegou com o dr. Ferrier), as minhas suspeitas viraram certezas, especialmente quando foi feita uma tentativa na primeira noite em que a enfermeira se ausentou, evidenciando que o intruso estava bem familiarizado com a rotina da casa.

— Como eu fui cego!

— Os fatos do caso, até o que descobri, são os seguintes: esse Joseph Harrison entrou no prédio pela porta da Charles Street e, conhecendo o caminho, foi direto para a sua sala, quase no mesmo momento em que você saiu. Não encontrando ninguém lá, ele prontamente tocou a sineta e, no instante em que fez isso, viu a papelada em cima da escrivaninha. Um olhar mostrou-lhe que o acaso havia colocado em seu caminho um documento do governo, de imenso valor. Imediatamente, ele o enfiou no bolso e fugiu. Alguns minutos se passaram, como você deve se lembrar, antes que o porteiro sonolento chamasse a sua atenção para a sineta. Esse foi o tempo suficiente para o ladrão escapar.

— Ele pegou o primeiro trem para Woking e depois de examinar o produto do roubo e certificar-se de que era realmente de imenso valor, ele o ocultou no que considerava um lugar muito seguro, com a intenção de retirá-lo novamente de lá um dia ou dois depois, para levá-lo à embaixada francesa, ou a qualquer outro lugar que pudesse negociar um preço justo. Então, ocorreu o seu súbito retorno. Ele, sem nenhum aviso, teve de trocar de quarto. E, a partir desse momento, sempre ficaram pelo menos duas pessoas lá para impedi-lo de recuperar o seu tesouro. A situação deve ter sido enlouquecedora para ele. Mas, por fim, pensou ter chegado sua chance. Tentou entrar, mas ficou perplexo diante da sua vigília. Lembra-se de não ter tomado o seu medicamento habitual naquela noite?

– Lembro.

– Imagino que ele deve ter tomado providências para tornar esse remédio muito mais forte e, portanto, contava com o fato de encontrar você inconsciente. Claro, percebi que ele repetiria essa tentativa sempre que pudesse fazer isso com segurança. A sua ausência do quarto lhe daria a chance que almejava. Coloquei a srta. Harrison de guarda o dia inteiro para que ele não se antecipasse a nós. Então, tendo passado a ele a ideia de que a situação estaria favorável, mantive a guarda como falei. Eu já sabia que os papéis provavelmente estavam na sala, mas não estava disposto a arrancar todas as tábuas e rodapés em busca deles. Assim, eu o deixei tirá-los do esconderijo, livrando-me de uma infinidade de problemas. Existe algum outro ponto que eu possa esclarecer?

– Por que ele tentou a janela na primeira ocasião, quando poderia ter entrado pela porta? – eu perguntei.

– Para chegar à porta, ele teria de passar por sete salas. Em contrapartida, pelo gramado ele poderia se movimentar com facilidade. Algo mais?

– O senhor não acredita que ele tinha alguma intenção assassina? – Phelps perguntou. – A faca se destinava apenas a ser usada como ferramenta?

– Não sei... – Holmes respondeu, dando de ombros. – Só sei dizer com certeza que o sr. Joseph Harrison é um cavalheiro de cuja boa vontade eu estaria extremamente disposto a desconfiar.

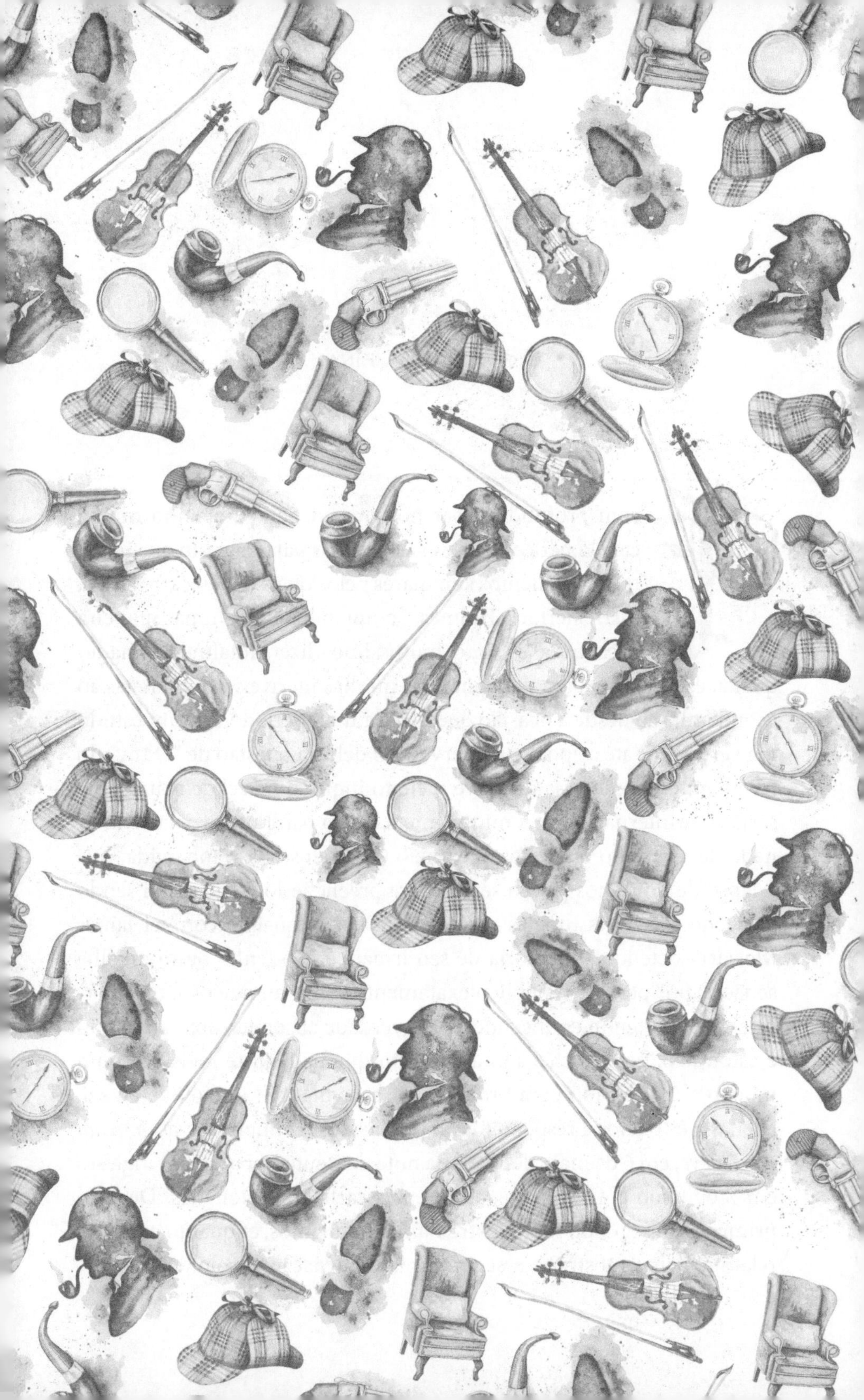

# Aventura XII

• O PROBLEMA FINAL •

É com profundo pesar no coração que eu apanho minha caneta para escrever estas últimas palavras com que registrarei os talentos singulares pelos quais o meu caro amigo, o sr. Sherlock Holmes, se notabilizou. De uma maneira desconexa e, sinto muitíssimo dizer, totalmente inadequada, esforcei-me para dar conta das minhas incríveis experiências ao acompanhá-lo desde a ocasião que nos uniu no período de "Um estudo em vermelho", até a época da intervenção dele na questão de "O tratado naval", intervenção essa que teve o efeito inquestionável de evitar uma séria crise internacional. A minha intenção era parar por aí e não contar nada deste evento que criou um vazio tão imenso na minha vida, que o lapso de dois anos pouco serviu para preenchê-lo. Mas acabei sendo obrigado a fazer isso pelas recentes cartas nas quais o coronel James Moriarty defende a memória de seu irmão, e não tenho outra escolha senão expor perante o público exatamente como foi que os fatos ocorreram. Só eu tenho conhecimento da verdade absoluta sobre a questão e estou feliz por ter chegado a hora em que não existe mais um bom motivo a ser alegado para procrastinar a divulgação. Até o que eu sei, apenas três relatos a respeito foram publicados na imprensa: no *Journal de Genève*, em 6 de maio de 1891, na nota da Reuters aos jornais ingleses em 7 de maio e, finalmente, as recentes cartas mencionadas. Deles, o primeiro e o segundo foram extremamente sucintos, enquanto o último relato é, como mostrarei a seguir, uma deturpação absoluta dos fatos.

Cabe a mim, pela primeira vez, contar o que realmente aconteceu entre o professor Moriarty e o sr. Sherlock Holmes.

É bom lembrar que, depois do meu casamento e da subsequente inauguração da minha clínica particular, as relações muito íntimas que eu mantinha com Holmes se modificaram em certa medida. Ele ainda me procurava de tempos em tempos, quando precisava de um companheiro para ajudá-lo nas investigações. Mas essas ocasiões foram se tornando cada vez mais raras, até eu descobrir que, no ano de 1890, ocorreram apenas três casos dos quais guardo algum registro. Durante o inverno daquele ano e o início da primavera de 1891, li nos jornais que ele havia sido contratado pelo governo francês para uma questão da máxima importância. Recebi, na época, duas notas de Holmes, remetidas de Narbonne e Nimes, pelas quais concluí que a estada dele na França provavelmente seria longa. Assim, foi com alguma surpresa que eu o vi entrar no meu consultório, na noite de 24 de abril. Tive a impressão de que ele parecia ainda mais pálido e magro do que o normal.

– Sim, estou me cansando muito facilmente – ele comentou, em resposta ao meu olhar e não às minhas palavras. – Tenho sido bastante pressionado ultimamente. Você faz alguma objeção se eu fechar as persianas?

A única claridade na sala vinha do abajur sobre a mesa em que eu estava lendo. Holmes contornou a parede e puxou as persianas, fechando-as com firmeza.

– Está com medo de alguma coisa? – perguntei.
– Bem, estou!
– Do quê?
– De golpes de ar.
– Meu caro Holmes, o que você quer dizer com isso?
– Acho que você me conhece suficientemente bem, Watson, para saber que eu não sou um sujeito nervoso. Ao mesmo tempo, é mais estupidez do que coragem alguém se recusar a reconhecer um perigo iminente. Posso incomodá-lo pedindo um fósforo?

Ele acendeu um cigarro e tragou a fumaça como se o efeito calmante lhe fizesse bem.

– Peço-lhe desculpas por chegar tão tarde – ele disse –, mas peço também que não me considere inconveniente na saída, se eu for embora da sua casa pulando o muro dos fundos do seu quintal.

– Mas o que significa tudo isso? – perguntei.

Ele mostrou a mão e eu vi, na claridade da lâmpada, que estava com dois dedos machucados e sangrando.

– Não foi em um sujeito delicado que eu bati, como você pode notar – ele disse rindo. – Pelo contrário, o canalha tinha dureza suficiente para quebrar a mão de um homem. A senhora Watson está?

– Ela se ausentou para fazer uma visita.

– Que bom! Você está sozinho?

– Totalmente.

– Então fica mais fácil para eu propor a você que me acompanhe numa viagem de uma semana ao continente.

– Para onde?

– Ora, para qualquer lugar. Dá no mesmo para mim.

Havia algo muito estranho nessa conversa toda. Não era da natureza do Holmes sair de férias sem rumo e, além disso, algo em seu rosto pálido e cansado me dizia que seus nervos estavam sob a mais alta tensão. Ele percebeu esse questionamento nos meus olhos e passou a explicar a situação, entrelaçando as pontas dos dedos e apoiando os cotovelos nos joelhos.

– Você já ouviu falar do professor Moriarty? – ele perguntou.

– Ainda não.

– Pois bem, veja só que situação genial e prodigiosa! – ele exclamou. – O homem permeia Londres e ninguém ainda ouviu falar dele. É isso que o coloca no topo da hierarquia dos registros criminais. Uma coisa eu lhe digo, Watson, com toda a seriedade: se pudesse derrotar esse sujeito, se pudesse libertar a sociedade dele, eu sentiria que a minha própria carreira estaria no auge e que deveria me preparar para seguir um caminho mais tranquilo na vida. Cá entre nós, esses casos recentes, em que ajudei a família real da Escandinávia e a República Francesa, deixaram-me em condições tais que eu poderia continuar vivendo da maneira mais tranquila e mais agradável para mim, ou seja, concentrando a minha atenção nas minhas pesquisas químicas. Mas eu não consigo descansar, Watson, não posso ficar quieto na minha cadeira, quando penso que um homem como o professor Moriarty circula pelas ruas de Londres sem ser molestado.

– Mas o que ele fez?

– A carreira dele é extraordinária. Trata-se de um homem de berço, com uma excelente educação e dotado pela natureza de um raciocínio matemático fenomenal. Aos 21 anos de idade, ele escreveu um tratado sobre o Teorema Binomial, que virou moda na Europa. Por força disso, conquistou a cátedra de Matemática em um instituto universitário de renome em nosso país e, ao que parece, teria uma carreira das mais brilhantes pela frente. Mas o sujeito tem tendências hereditárias do tipo mais diabólico. A vocação para o crime que corre em suas veias, em vez de modificada, foi amplificada e tornada infinitamente mais perigosa por suas extraordinárias capacidades mentais. Rumores sombrios foram se acumulando em torno dele no meio universitário e, por fim, foi obrigado a renunciar à cátedra. Assim, ele voltou para Londres, onde se estabeleceu como instrutor do Exército. Muita coisa se aprende com o que o mundo conhece, mas o que vou lhe dizer agora eu descobri por mim mesmo.

– Como você está ciente, Watson, não existe ninguém que conheça tão bem quanto eu o mundo da alta criminalidade londrina. Nos últimos anos, venho tomando consciência de que existe alguma força poderosa por trás dos malfeitores, algo ou alguém com uma profunda capacidade de organização, que sempre se interpõe no caminho da lei e lança seu escudo protetor sobre o criminoso. Repetidas vezes, em casos dos mais variados tipos – falsificação, assaltos, assassinatos – percebi a presença dessa força e deduzi sua ação em muitos crimes não solucionados sobre os quais não fui pessoalmente consultado. Durante anos, venho me esforçando para romper o véu que a encobria, até que finalmente chegou a hora em que encontrei o fio e, ao segui-lo, ele me levou, depois de mil enrolamentos astutos, ao ex-professor Moriarty, a celebridade matemática.

– Ele é uma espécie de Napoleão do crime, Watson. É o organizador de metade das atrocidades e de quase tudo o que é ilícito nesta grande cidade. Trata-se de um gênio, um filósofo, um pensador abstrato. Ele tem um cérebro de primeira linha. Fica imóvel como uma aranha no centro de sua teia, mas essa teia tem mil ramificações e ele conhece bem cada meandro em cada uma delas. Ele faz pouca coisa por conta própria; apenas planeja. Mas seus asseclas são muitos e estão esplendidamente organizados. Existe um crime a ser cometido, um documento a ser subtraído, uma casa a ser invadida, um homem a ser executado? A encomenda é passada ao professor e o projeto é pensado e realizado. O assecla pode ser pego? Nesse caso, dinheiro é fornecido para a fiança ou a defesa. Mas o poder central, que usa o assecla, jamais é capturado e nem sequer levanta suspeitas. A essa organização que eu descobri por dedução, Watson, eu venho dedicando todas as minhas energias, para denunciá-la e desbaratá-la.

– Mas o professor está cercado de salvaguardas tão habilmente planejadas que, se eu agisse como de costume, seria impossível obter provas para condená-lo nos tribunais. Você conhece as minhas capacidades, meu caro Watson; contudo, ao fim de três meses, sou forçado a confessar que finalmente encontrei um antagonista que intelectualmente se iguala a mim. O meu horror pelos crimes que ele comete quase se perde na minha admiração por sua habilidade. No entanto, afinal, ele acabou escorregando – apenas uma escorregadela, um simples deslize –, mas foi mais do que ele poderia se permitir, pois eu estava muito perto dele. Aproveitei a minha chance e, a partir desse ponto, joguei a minha rede em volta dele, e agora está tudo pronto para eu a puxar. Em três dias, isto é, na próxima segunda-feira, o caso estará consumado: o professor e todos os principais membros de sua quadrilha serão entregues nas mãos da polícia. Então ocorrerá o julgamento criminal do século, o maior já realizado, com o esclarecimento de mais de quarenta casos misteriosos e o enforcamento de todos os culpados. Mas, se nos movermos prematuramente, como você sabe, eles poderão escapar de nossas mãos, até mesmo no último instante.

– Então, se fosse possível eu fazer isso sem o conhecimento do professor Moriarty, tudo estaria bem. No entanto, ele é muito astuto e percebe cada passo que eu dou tentando armar a minha rede para apanhá-lo. Ele sempre consegue se afastar, mas eu sempre estou no seu encalço. Uma coisa posso lhe garantir, meu amigo: se você escrevesse um relato detalhado dessa disputa silenciosa, ganharia o primeiro prêmio como a mais brilhante obra sobre um duelo de esgrima da história da detecção de crimes. Jamais fui tão ousado e jamais fui tão desafiado por um oponente. Ele atacou com firmeza, mas ainda assim eu o rechacei. Na manhã de hoje, os últimos preparativos foram feitos e apenas três dias são necessários para liquidar o assunto. Assim, eu estava sentado na minha sala pensando no caso, quando a porta se abriu e o professor Moriarty em carne e osso surgiu diante de mim.

– Os meus nervos são bastante resilientes, Watson, mas devo confessar que, quando me vi na presença do mesmo homem que tantas vezes povoou os meus pensamentos, parado ali na soleira da porta da minha sala, quase tive um ataque. A aparência dele era bastante familiar. Trata-se de um sujeito extremamente alto e magro, com a testa larga se curvando no alto da cabeça esbranquiçada e os olhos profundamente inseridos no rosto. Ele é pálido, sem barba e mantém um pouco da aparência ascética de um professor nas feições. Como ele tem os ombros curvos e caídos pelo fato de estudar muito, então a cabeça se projeta para a frente, oscilando sempre lentamente de um lado para o outro, de uma maneira curiosamente reptiliana. Ele olhou para mim transparecendo grande curiosidade em seus olhos franzidos. "O senhor tem menos desenvolvimento frontal do que eu esperava", ele disse afinal. "É um hábito perigoso alguém andar com uma arma de fogo carregada no bolso do roupão e com o dedo no gatilho", Moriarty comentou.

– O fato é que, quando ele entrou, reconheci imediatamente o extremo perigo que eu corria. A única maneira concebível de ele escapar seria calar a minha voz. No mesmo instante, discretamente deslizei o revólver da gaveta para o bolso e o cobri com o roupão. Ao ouvir o comentário dele, mostrei a arma e a coloquei, engatilhada, em cima da mesa. Ele continuou sorrindo e piscando, mas algo em seu olhar me fez sentir muito feliz por estar com a arma ao alcance da minha mão.

– "É evidente que o senhor não me conhece", ele disse. "Muito pelo contrário! Acho que está bastante evidente que eu o conheço muito bem. Por favor, pegue uma cadeira. Posso lhe ceder cinco minutos se tiver algo a dizer", respondi. "Tudo o que eu teria para lhe dizer já passou pela sua cabeça", ele prosseguiu. "Então, provavelmente a minha resposta também já passou pela sua", repliquei. "O senhor pensa rápido?", ele perguntou. "Claro!", retruquei. Ele colocou a mão no bolso e eu levantei a pistola da mesa, mas ele tirou apenas uma agenda na qual havia rabiscado algumas datas. "O senhor cruzou o meu caminho no dia 4 de janeiro. No dia 23, voltou a me incomodar. Em meados de fevereiro, fui seriamente assediado pelo senhor. No final de março, fui absolutamente prejudicado em meus planos. E agora, no final de abril, colocou-me em tal posição, em virtude da sua contínua perseguição, que corro o sério risco de perder a minha liberdade. A situação está se tornando insustentável", ele disse.

– "Tem alguma sugestão a fazer?", perguntei. "O senhor precisa desistir, sr. Holmes! O senhor realmente sabe que precisa", ele disse balançando a cabeça. "Depois de segunda-feira", respondi. "Ah, ah! Tenho certeza de que um homem de sua inteligência verá que só pode existir um resultado nesse caso. É necessário que o senhor desista. O senhor trabalhou as coisas de tal maneira que nos resta apenas um recurso. Para mim, é um prazer intelectual ver o modo como o senhor lida com esta questão, e eu digo, sem fingimento, que seria lastimável para mim ser forçado a tomar qualquer medida extrema. O senhor sorri, mas eu lhe garanto que isso realmente aconteceria." "O perigo faz parte do meu negócio", comentei. "Isso não é perigo. É destruição, destruição inevitável. O senhor está se colocando no caminho não apenas de um indivíduo, mas de uma organização poderosa, cuja extensão total nem o senhor, com toda a sua esperteza, foi capaz de avaliar. O senhor terá de desistir, sr. Holmes, ou será esmagado", ele me ameaçou. "Receio que, pelo prazer desta conversa, eu esteja negligenciando assuntos importantes que me aguardam em outros lugares", respondi levantando-me.

– Ele também se levantou e olhou para mim em silêncio, balançando a cabeça com pesar. "Muito bem! É uma pena, mas eu fiz o que pude. Conheço todos os movimentos do seu jogo. O senhor não pode fazer nada antes da segunda-feira. Foi um bom combate entre nós, sr. Holmes. O senhor pretende me levar ao banco dos réus e eu lhe digo que jamais estarei no banco dos réus. O senhor espera me vencer e eu lhe digo que o senhor jamais me vencerá. Se o senhor se considera suficientemente esperto para me destruir, tenha certeza de que eu farei o mesmo com o senhor", ele replicou, por fim. "O senhor me fez vários elogios, sr. Moriarty. Permita-me retribuir dizendo que, se eu tivesse certeza do primeiro evento, em nome do interesse público aceitaria de bom grado o último", retruquei. "Pois eu posso lhe prometer este, mas não o outro!", ele rosnou. E, então, deu as costas para mim e se retirou da sala, sorrindo e piscando.

– Essa foi minha entrevista particular com o professor Moriarty. Confesso que causou um efeito desagradável em minha mente. Seu modo suave e preciso de falar deixou em mim uma convicção de sinceridade que um mero valentão não poderia produzir. Obviamente, você me dirá: "Por que não adota medidas policiais contra ele?". Ora, a razão é que estou convencido de que é da parte de seus asseclas que o golpe virá. Eu tenho as melhores provas de que será assim.

– Você já foi agredido?

– Meu caro Watson, o professor Moriarty não é um homem que deixa a grama crescer sob seus pés. Saí por volta do meio-dia para resolver alguns assuntos de negócios na Oxford Street. Quando eu atravessava para a esquina da Bentinck Street com a Welbeck Street, uma carroça de dois cavalos, conduzida furiosamente, avançou zunindo sobre mim como um raio. Eu pulei para a calçada e me salvei por um triz. A carroça deu a volta pela Marylebone Lane e desapareceu instantaneamente.

Segui pela calçada depois disso, Watson, mas, enquanto caminhava pela Vere Street, um tijolo caiu do telhado de uma casa e se espatifou aos meus pés. Chamei a polícia e o local foi examinado. Havia montes de pedras de ardósia e pilhas de tijolos no telhado, destinados a algum reparo, e por essa razão os policiais tentaram me convencer de que o vento derrubou um deles. Claro que eu sabia que não tinha sido bem isso o que aconteceu, mas não consegui provar nada. Em seguida, peguei uma charrete de aluguel e fui para os aposentos do meu irmão em Pall Mall, onde passei o dia. Então, resolvi vir para cá, mas no caminho fui atacado por um desocupado, que veio para cima de mim com um porrete, pretendendo me espancar. Eu o derrubei e a polícia o prendeu. Mas posso lhe afirmar com absoluta certeza de que nenhuma conexão possível jamais será traçada entre o cavalheiro sobre cujos dentes da frente descarreguei as articulações dos meus dedos, com a mão fechada, e o instrutor de matemática aposentado, que eu provavelmente estava resolvendo problemas em um quadro-negro a dezesseis quilômetros de distância. Então, Watson, não se surpreenda com o fato de que meu primeiro gesto ao entrar em seus aposentos tenha sido o de fechar as persianas e também por me ver obrigado a pedir a sua permissão para sair da casa por uma saída menos visível do que a porta da frente.

Eu sempre fui um admirador da coragem do meu amigo. Mas, naquele momento em que ele permanecia sentado em silêncio, examinando a série de incidentes que se combinaram para compor aquele dia de horror, eu passei a admirá-lo mais do que nunca.

– Vai passar a noite aqui? – perguntei.

– Não, meu amigo, é melhor que me considere um hóspede perigoso. Eu tenho os meus planos e tudo ficará bem. As coisas estão tão avançadas que agora seguirão seu curso normal sem a minha ajuda até a prisão, embora a minha presença seja necessária para que ele seja condenado. É óbvio, portanto, que eu não tenha nada melhor a fazer do que sumir pelos dias que restam para que a polícia entre em ação. Seria um grande prazer para mim se você pudesse viajar ao continente comigo.

– A clínica está tranquila – eu disse – e eu tenho um vizinho prestativo. Ficarei feliz em ir.
– Que tal partirmos amanhã de manhã?
– Já que é necessário...
– Oh! Sim, é mais do que necessário, é imprescindível. Então, estas são as suas instruções e eu lhe imploro, meu caro Watson, que as obedeça ao pé da letra, pois agora você está atuando de mãos dadas comigo contra o mais inteligente velhaco do mundo e contra a mais poderosa associação de criminosos da Europa. Portanto, escute! Você despachará a bagagem que quiser levar por um mensageiro de confiança, sem identificação de endereço, para a estação de Victoria, esta noite. De manhã, você mandará o seu criado chamar uma charrete de aluguel, orientando-o a não aceitar nem a primeira nem a segunda que se apresentar. Pegue então a charrete e vá até a saída pela Strand da Lowther Arcade, entregando o endereço ao cocheiro num pedaço de papel e pedindo-lhe que não o jogue fora. Prepare-se para pagar a corrida e, no instante em que a charrete de aluguel parar, entre na Arcade, calculando para chegar ao outro lado exatamente às nove e quinze. Você encontrará uma pequena carruagem esperando perto do meio-fio, conduzida por um sujeito com uma capa preta pesada, guarnecida com uma gola vermelha virada para fora. Você entrará nessa carruagem e chegará à estação de Victoria a tempo de pegar o Expresso Continental.
– Onde encontrarei você?
– Na estação. O segundo vagão de primeira classe da frente estará reservado para nós.
– O vagão é o nosso ponto de encontro, então?
– Sim.
Foi em vão o meu pedido para Holmes passar a noite em casa. Ficou evidente para mim que ele achava que poderia trazer problemas para quem estivesse embaixo do mesmo teto que ele, e por esse motivo foi embora. Com algumas palavras apressadas sobre os nossos planos para o dia seguinte, ele se levantou e saiu comigo para o quintal, pulando

o muro que dá para a Mortimer Street, e imediatamente chamou uma charrete de aluguel, na qual eu o ouvi partir.

De manhã, obedeci às instruções de Holmes. Logo após o café da manhã, uma charrete de aluguel foi chamada, com a precaução necessária para impedir que fosse alguma propositadamente reservada para nós. Segui então a toda velocidade para Lowther Arcade. Uma pequena carruagem me esperava com um cocheiro enorme envolto em uma capa escura. No instante em que entrei, chicoteou o cavalo e foi direto para a estação de Victoria. Quando desembarquei, ele virou a carruagem e se afastou novamente, sem sequer olhar na minha direção.

Até então tudo estava correndo admiravelmente bem. A minha bagagem esperava por mim e não tive dificuldades para encontrar o vagão indicado por Holmes, até porque era o único no trem marcado como "reservado". A minha única fonte de ansiedade naquele momento era o não comparecimento de Holmes. O relógio da estação marcava apenas sete minutos para o horário da nossa partida. Em vão procurei a figura ágil do meu amigo entre os grupos de viajantes que se despediam. Nenhum sinal dele! Passei alguns minutos ajudando um venerável padre italiano que tentava fazer com que um carregador entendesse, em seu inglês enrolado, que a bagagem dele deveria ser despachada para Paris. Depois, dando outra espiada, voltei ao meu vagão, onde descobri que o carregador, apesar da passagem, havia colocado o decrépito recém-conhecido italiano como meu companheiro de viagem. Tentei inutilmente explicar a ele que sua presença era uma intromissão, mas o meu italiano era ainda mais limitado do que o inglês dele, então dei de ombros e me resignei, continuando a procurar ansiosamente pelo meu amigo. Um calafrio tomou conta de mim, pois imaginei que sua ausência poderia significar que ele havia sofrido algum golpe durante a noite. Todas as portas já estavam fechadas e o apito do trem tocou. Foi então que...

– Meu caro Watson, você nem sequer se dignou a me dar bom-dia! – uma voz se queixou.

Levei um susto terrível, incontrolável. O velho padre olhou para mim. Por um instante suas rugas diminuíram, o nariz se afastou do queixo, o beiço já não era mais caído, a boca parou de murmurar, os olhos embaçados recuperaram o brilho, a figura retraída se expandiu. No momento seguinte, o quadro inteiro se reverteu novamente e Holmes sumiu tão rapidamente como havia chegado.

– Meu Deus! – exclamei. – Você me assustou!

– Todo cuidado é necessário – ele sussurrou. – Tenho motivos para acreditar que eles estejam quentes na nossa trilha. Ah! Aí vem o próprio Moriarty.

O trem já começava a se movimentar quando Holmes falou. Olhando para trás, vi um homem alto abrindo caminho desesperadamente no meio da multidão, acenando com a mão como se quisesse parar o trem. Mas era tarde demais, pois ganhávamos impulso rapidamente e um instante depois saímos da estação.

– Com todas as nossas precauções, você viu como escapamos por pouco – Holmes comentou rindo.

Ele se levantou, tirou a batina e o chapéu pretos que compunham seu disfarce e guardou tudo na maleta de mão.

– Viu os jornais da manhã, Watson?

– Não.

– Então você não passou pela Baker Street?

– Baker Street?

– Eles atearam fogo em nossos aposentos ontem à noite, embora sem maiores danos.

– Meu Deus, Holmes! Isso é inadmissível.

– Eles devem ter perdido completamente o meu rastro depois da prisão do espancador; caso contrário, não teriam imaginado que eu retornaria ao meu apartamento. Evidentemente, eles tomaram a precaução de vigiar você e foi isso que trouxe Moriarty a Victoria. Você cometeu algum deslize quando veio?

– Fiz exatamente o que você recomendou.

– Encontrou a carruagem?

– Sim, estava esperando.
– Reconheceu o cocheiro?
– Não.
– Era o meu irmão Mycroft. É uma vantagem agir assim, sem precisar confiar em um mercenário. Mas temos de planejar o que faremos a respeito do Moriarty agora.
– Como este é um trem expresso, que faz conexão com a barca, acho que conseguimos despistá-lo com muita eficiência.
– Meu caro Watson, você evidentemente não entendeu o significado do que eu disse quando falei que esse homem pode ser considerado alguém do mesmo nível intelectual que o meu. Você acha que, se eu fosse o perseguidor, deixaria de superar um obstáculo tão insignificante como esse? Por que você despreza tanto esse indivíduo?
– O que ele fará?
– O que eu faria?
– Pois bem, o que você faria?
– Pegaria um trem especial.
– Mas seria tarde demais!
– De jeito nenhum. O nosso trem faz uma parada em Canterbury e a barca sempre atrasa pelo menos quinze minutos. Ele vai nos alcançar lá.
– Desse jeito, até fica parecendo que os criminosos somos nós. Vamos prendê-lo assim que ele chegar.
– E, então, estaríamos arruinando o trabalho de três meses! Talvez pegássemos o peixe grande, mas os menores escapariam a torto e a direito para fora da rede. Na segunda-feira, pegaremos todos eles. Não, a prisão agora é inviável.
– O que devemos fazer?
– Vamos descer em Canterbury.
– E depois?
– Bem, depois seguiremos a viagem pelo interior até Newhaven e de lá para Dieppe. Moriarty continuará fazendo o que eu faria. Ele vai para Paris, onde marcará a nossa bagagem e aguardará por dois dias a nossa ida ao depósito da estação. Enquanto isso, estaremos adquirindo duas

bolsas artesanais feitas de tapeçaria, incentivando assim os fabricantes locais dos países pelos quais viajamos, e seguiremos em frente, rumo ao nosso destino de lazer na Suíça, via Luxemburgo e Basileia.

Desembarcamos, portanto, em Canterbury, mas descobrimos que teríamos de esperar uma hora antes da chegada do trem para Newhaven. Eu ainda olhava contrariado o carro de bagagem se afastando rapidamente, com todas as minhas roupas, quando Holmes me puxou pela manga e apontou a ferrovia.

– O trem especial está chegando – ele disse.

Ao longe, entre os bosques de Kent, surgia uma fina coluna de fumaça. Um minuto depois, avistamos a aproximação de um vagão e uma locomotiva na curva aberta que leva à estação. Mal tivemos tempo de nos esconder atrás de uma pilha de malas, quando a composição passou chiando e rangendo, soltando uma baforada de ar quente em nossos rostos.

– Lá vai ele – Holmes comemorou, enquanto assistíamos o vagão passar balançando nos trilhos. – A inteligência desse sujeito tem limites. Teria sido um golpe de mestre se ele deduzisse o que eu deduziria e agisse de acordo.

– E o que ele teria feito se tivesse nos encontrado?

– Não tenho a menor dúvida de que ele executaria um ataque assassino contra mim. Mas este é um jogo para dois jogadores. A questão agora é se devemos almoçar aqui antes do horário ou se arriscamos morrer de fome enquanto não chegamos ao bufê em Newhaven!

Naquela noite fomos para Bruxelas, onde passamos dois dias, seguindo no terceiro dia para Estrasburgo. Na manhã da segunda-feira, Holmes telegrafou para a polícia londrina e, à noite, encontramos a resposta nos esperando no hotel. Holmes rasgou-a e, deixando escapar uma maldição amarga, jogou-a na lareira.

– Eu devia saber! – Holmes lamentou. – Ele escapou!

– Moriarty?

– Pegaram toda a quadrilha, menos ele. O sujeito escapuliu, claro! Quando eu deixei o país, não sobrou ninguém para lidar com ele. Achei que tinha passado o jogo para as mãos dos policiais. Creio que é melhor você voltar para a Inglaterra, Watson.

– Por quê?

– Porque me tornei um companheiro perigoso agora. As atividades desse homem estão encerradas, e ele estará perdido caso volte para Londres. Se eu bem conheço sua personalidade, ele dedicará toda sua energia para se vingar de mim. Ele disse isso na curta conversa que tivemos, e eu acredito que ele quis dizer exatamente isso. Eu certamente recomendo que você retorne para a sua clínica.

Era um apelo difícil de aceitar, partindo de alguém que era um velho companheiro de combate, bem como um grande amigo. Nós nos sentamos na *salle-à-manger* de Estrasburgo e discutimos a questão por meia hora, mas na mesma noite retomamos nossa jornada e prosseguimos rumo a Genebra.

Durante uma semana agradabilíssima, passeamos pelo vale do rio Ródano. Depois, fomos para Leuk, atravessamos o passo de Gemmi, ainda no meio da neve e, em seguida, por Interlaken, chegamos até Meiringen. Foi uma viagem espetacular, com o delicado verde da primavera no solo e o branco virginal do inverno no alto. Mas, para mim, estava claro que nem por um instante Holmes esqueceu a sombra que o ameaçava. Nas pitorescas vilas alpinas ou entre as passagens solitárias das montanhas, eu podia dizer, pelos olhares furtivos e a postura alerta a todos os rostos que passavam por nós, que ele estava bem convencido de que, por onde quer que andássemos, não nos afastaríamos do perigo que rondava nossos passos.

Lembro-me de uma vez que, depois de passarmos pelo Gemmi e enquanto caminhávamos ao longo da margem do melancólico Daubensee, uma grande rocha se soltou do morro à nossa direita e caiu estrondosamente no lago atrás de nós. No mesmo instante, Holmes correu para o cume e, em pé sobre um pináculo elevado, esticou o pescoço em todas as direções. Foi em vão o nosso guia lhe garantir que a queda de pedras era uma ocorrência comum na primavera, naquele ponto. Ele não disse nada, mas sorriu para mim com o ar de alguém que viu se realizar aquilo que esperava.

No entanto, apesar de toda a vigilância, ele nunca ficava deprimido. Muito pelo contrário, eu jamais me lembro de tê-lo visto com uma disposição tão exuberante. Ele repetidamente se referia ao fato de que, quando tivesse certeza de que a sociedade havia se livrado do professor Moriarty, alegremente encerraria sua própria carreira.

– Acho que cheguei a um ponto, Watson, em que posso dizer que não vivi totalmente em vão – ele observou. – Se o registro da minha vida fosse fechado esta noite, ainda assim poderia examiná-lo com tranquilidade. O ar de Londres ficou mais doce com a minha presença. Em mais de mil casos, não tenho conhecimento de que tenha usado minhas capacidades do lado errado. Ultimamente, sinto-me tentado a examinar mais os problemas fornecidos pela natureza do que essas questões superficiais resultantes das condições artificiais da nossa sociedade. As memórias que você relata, Watson, chegarão ao fim no dia em que eu coroar minha carreira com a captura ou a eliminação do criminoso mais perigoso e hábil da Europa.

Serei breve, mas ainda assim exato, no pouco que me resta contar. Não é um assunto sobre o qual eu gostaria de me estender, porém tenho consciência de que sobre mim recai o dever de não omitir nenhum pormenor.

Foi no dia 3 de maio que chegamos à pequena vila de Meiringen, onde nos hospedamos no Englischer Hof, então administrado pelo velho Peter Steiler. O nosso hoteleiro era um homem inteligente, falava inglês com fluência, pois trabalhara três anos como garçom no Grosvenor Hotel, em Londres. Na tarde do dia 4, por sugestão dele, partimos juntos, com a intenção de atravessar as colinas, passando a noite na aldeia de Rosenlaui. Mas tínhamos recomendações estritas para em nenhuma hipótese passar pelas quedas de Reichenbach, que ficam a meio caminho da colina, sem fazer um pequeno desvio para admirá-las.

Na verdade, trata-se de um lugar apavorante. A correnteza de águas, engrossada pela neve derretida, mergulha em um abismo medonho do qual se levanta, em borrifadas, nuvens que se enrolam como a fumaça de uma casa em chamas. O poço no qual o rio se lança é um abismo insondável, forrado por uma rocha negra como carvão, e se estreita em uma cova espumante e efervescente, de uma profundidade incalculável, que transborda e arremessa o jato de água adiante sobre a margem denteada. A longa torrente esverdeada ruge sem parar e a espessa cortina formada pelas nuvens de gotículas trêmulas sobe constantemente, sibilando para as alturas, deixando qualquer pessoa tonta com o turbilhão perene e o clamor eterno. Ficamos parados perto da beira, espiando a água brilhante explodir abaixo de nós contra as rochas negras, quando ouvimos um grito quase humano surgir da espuma que saía do abismo.

O caminho em que estávamos contornava a cachoeira e proporcionava uma visão completa do local, mas terminava abruptamente e o viajante precisava voltar por onde chegou. Era isso que estávamos fazendo, quando vimos um rapaz suíço correndo com uma carta na mão. A correspondência tinha o timbre do hotel que havíamos acabado de deixar e era endereçada a mim pelo proprietário. Parece que pouco tempo depois de partirmos chegou uma senhora inglesa que estava no último estágio de uma grave moléstia. Ela tinha passado o inverno em Davos Platz e, então, estava viajando para se juntar a suas amigas em Lucerna, quando foi acometida de uma súbita hemorragia. O hoteleiro acreditava que ela dificilmente sobreviveria algumas horas, mas que seria muito reconfortante para ela ver um médico inglês. Por isso, pedia-me que, caso fosse possível, eu retornasse ao hotel. O bom Steiler me garantiu no pós-escrito que ele próprio veria a minha aceitação como um grande favor, já que a senhora se recusava absolutamente a procurar um médico suíço e ele não podia deixar de sentir que estava incumbido de uma grande responsabilidade.

Esse apelo era um daqueles que não podia ser ignorado. Era impossível recusar o pedido de uma compatriota à beira da morte em terras estrangeiras. No entanto, eu tinha os meus escrúpulos em deixar Holmes sozinho. Por fim, ficou acertado que o jovem mensageiro suíço ficaria com ele como guia e companheiro enquanto eu voltava a Meiringen.

O meu amigo disse que ficaria pouco tempo na cachoeira e depois caminharia lentamente pela colina até Rosenlaui, onde eu deveria me encontrar com ele à noite. Quando me virei, vi Holmes contemplando a correnteza das águas, de braços cruzados e de costas para uma rocha. Foi a última vez que eu estava destinado a vê-lo neste mundo.

Quando cheguei perto do final da descida, olhei para trás. A partir daquela posição era impossível ver a cachoeira, mas eu podia ver o caminho curvo que serpenteava pela encosta do rochedo e levava à queda d'água. Lembro-me de ter visto um homem caminhando muito apressado ao longo dessa trilha.

Eu podia ver sua silhueta claramente delineada contra a vegetação. Reparei na energia com a qual ele andava, mas logo sua imagem se afastou, enquanto eu me apressava para executar a minha missão.

Talvez eu tenha demorado um pouco mais de uma hora para chegar a Meiringen. O velho Steiler parecia tranquilo na recepção do hotel.

– Que bom! – eu disse, chegando apressado. – Então ela não piorou?

Um olhar de surpresa passou pelo rosto dele e, ao primeiro sinal de estranhamento em suas sobrancelhas, o meu coração disparou no peito.

– Você não escreveu isso? – indaguei, puxando a carta do bolso.

– Não existe nenhuma inglesa doente no hotel?

– Certamente que não! – ele exclamou. – Mas o papel tem o timbre do hotel! Já sei; deve ter sido escrito por aquele inglês alto que entrou aqui depois que vocês se foram. Ele disse...

Não esperei por nenhuma explicação do hoteleiro. Espicaçado pelo medo, saí correndo pela rua da vila e segui o caminho pelo qual havia acabado de chegar. Levei uma hora para voltar. Apesar de todos os meus esforços, duas horas haviam se passado antes que eu estivesse novamente nas quedas de Reichenbach. Vi o bastão de alpinismo do Holmes ainda encostado na rocha na qual eu o havia deixado, mas nenhum sinal dele! Em vão, eu gritei. A única resposta que obtive foi a minha própria voz reverberando no eco que se prolongava nos penhascos ao redor.

Foi a visão daquele bastão de alpinismo que me deixou gelado e aturdido. Então, Holmes não tinha voltado para Rosenlaui. Ele ficou naquele caminho de quase um metro de largura, entre a parede rochosa de um lado e a cachoeira do outro, até seu inimigo alcançá-lo. O jovem mensageiro suíço também havia sumido. Provavelmente recebeu algum pagamento do Moriarty e deixou os dois homens sozinhos. Então, o que aconteceu? Quem poderia nos contar o que aconteceu?

 Levei um minuto ou dois para me recompor, pois fiquei atordoado com o horror da situação. Então, comecei a pensar nos próprios métodos do Holmes, para tentar aplicá-los na leitura daquela tragédia. Infelizmente, foi algo muito fácil de fazer. Enquanto conversávamos, não fomos até o fim do caminho e o bastão de alpinismo marcava o local onde paramos. O solo enegrecido daquele lugar fica permanentemente encharcado pelo fluxo incessante de borrifos e até um pássaro deixaria seus rastros nele. Duas linhas de pegadas estavam claramente marcadas ao longo do final do caminho, ambas se afastando de mim. Nenhuma delas retornava. A poucos metros do fim, o solo estava totalmente enlameado. Os arbustos e as samambaias que rodeavam o abismo também estavam cheios de lama e tinham folhas arrancadas e galhos quebrados. Deitado de bruços, espiei a nuvem de água que jorrava ao meu redor. Tinha escurecido então e eu só conseguia ver aqui e ali a umidade brilhando nas rochas negras e ao longe, no final do poço, o brilho da água em remoinho. Gritei, mas apenas o eterno clamor inumano da cachoeira foi trazido de volta aos meus ouvidos.

 Mas quis o destino que, no fim de tudo, eu recebesse uma última palavra de saudação do meu amigo e companheiro. Eu disse que o seu bastão de alpinismo estava encostado em uma rocha que se projetava no caminho. Do alto dessa pedra, o lampejo de alguma coisa brilhante chamou a minha atenção e, erguendo o braço, descobri que vinha da cigarreira prateada que ele costumava carregar. Quando a peguei, um pedaço de papel dobrado sobre o qual a cigarreira estava rodopiou no ar e caiu no chão. Desdobrando-o, descobri que consistia em três páginas arrancadas da sua caderneta, endereçadas a mim. Era característica do meu amigo Holmes que o alinhamento fosse reto e o traço tão firme e claro como se tivesse sido escrito em seu escritório.

• O PROBLEMA FINAL •

"Meu caro, Watson!", dizia o bilhete. "Escrevo estas poucas linhas por cortesia do sr. Moriarty, que aguarda a minha disponibilidade para a resolução final das nossas divergências. Ele me apresentou um resumo dos métodos pelos quais evitou a polícia inglesa e se manteve informado dos nossos movimentos. Certamente isso confirma a opinião muito elevada que eu já havia formado a respeito das suas habilidades. Fico satisfeito em pensar que serei capaz de libertar a sociedade de quaisquer outros efeitos de sua presença, apesar de temer que isso acarrete custos aos meus amigos e especialmente a você, meu caro Watson. Eu já lhe expliquei, porém, que a minha carreira entrou em uma fase crítica e que nenhuma conclusão poderia ser mais agradável para mim do que esta. Na verdade, se eu puder fazer uma confissão sincera para você, fiquei imediatamente convencido de que a carta de Meiringen era uma cilada, mas permiti que você partisse nessa missão, mesmo persuadido de que algum desenvolvimento desse tipo ocorreria. Diga ao inspetor Patterson que os documentos necessários à condenação dos membros da quadrilha estão na pasta M. do arquivo, em um envelope azul com a inscrição 'Moriarty'. Providenciei todos os documentos sobre a destinação dos meus bens antes de deixar a Inglaterra e entreguei-os ao meu irmão Mycroft. Por favor, cumprimente a minha prezada senhora sua esposa e acredite nos meus sentimentos de amizade, meu caro Watson.
Muito sinceramente,
Sherlock Holmes."

Apenas algumas palavras bastarão para o pouco que resta a ser contado. Um exame realizado por especialistas eliminou quase todas as dúvidas de que a disputa pessoal entre os dois homens terminou – e dificilmente deixaria de terminar desse modo – com ambos escorregando no abismo, agarrados um nos braços do outro. Qualquer tentativa de resgatar os corpos seria absolutamente inútil, e lá no fundo daquele terrível sorvedouro de água e espuma turbilhonantes permanecerão para sempre o criminoso mais perigoso e o principal defensor da lei desta geração. O jovem suíço nunca mais foi encontrado e não restam dúvidas de que ele era um dos numerosos asseclas que Moriarty empregava.

Quanto ao bando, ficará na memória do público como as evidências recolhidas por Holmes desbarataram completamente a organização e quão pesadamente a mão do morto recaiu sobre todos eles. Do terrível chefe, poucos detalhes foram revelados durante o processo, e se agora eu me vejo na obrigação de fazer um claro depoimento acerca da carreira do facínora, isso se deve à vilania de defensores que tentam limpar sua memória, atacando aquele que sempre considerarei como o melhor e o mais sábio ser humano que já conheci.

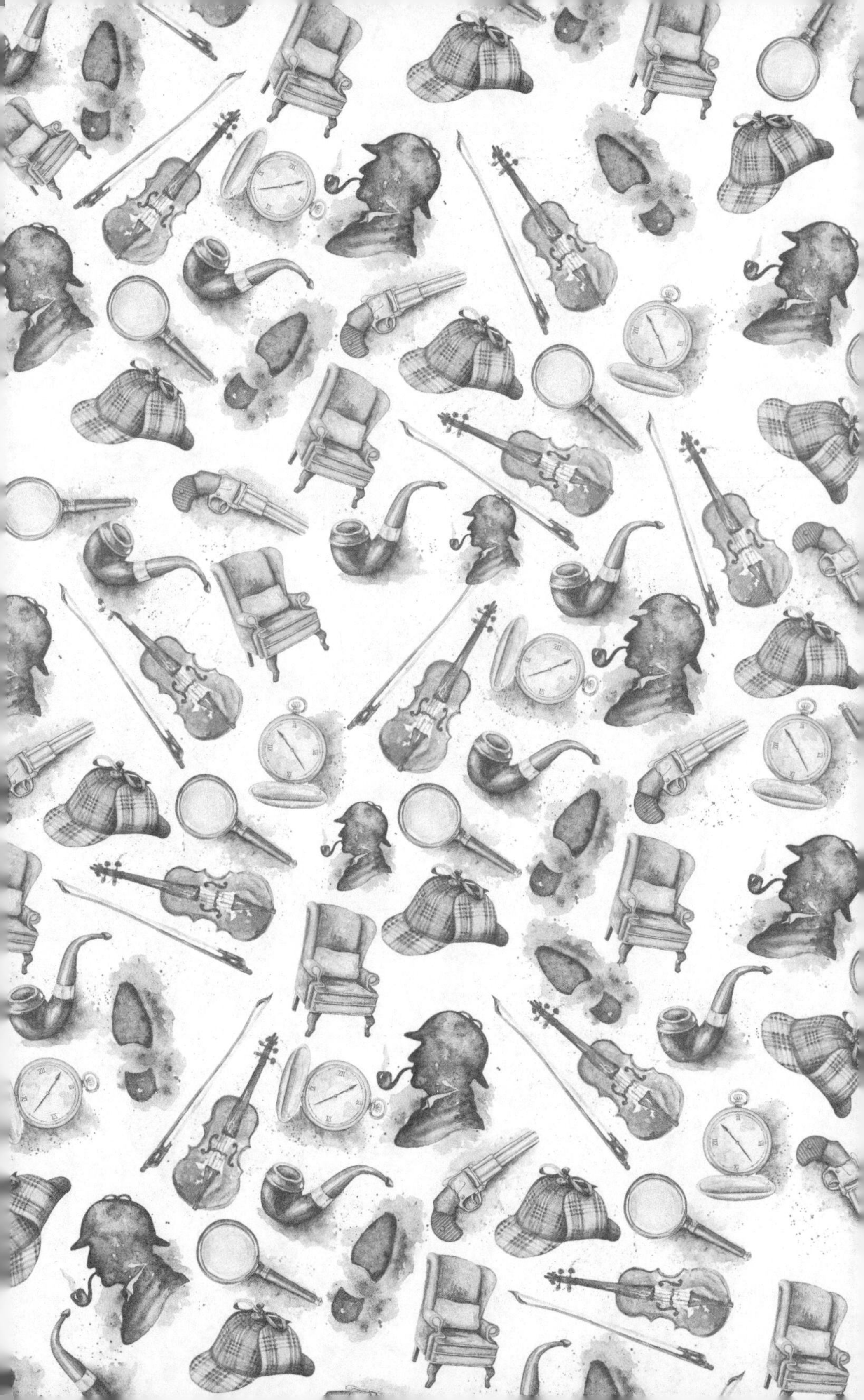

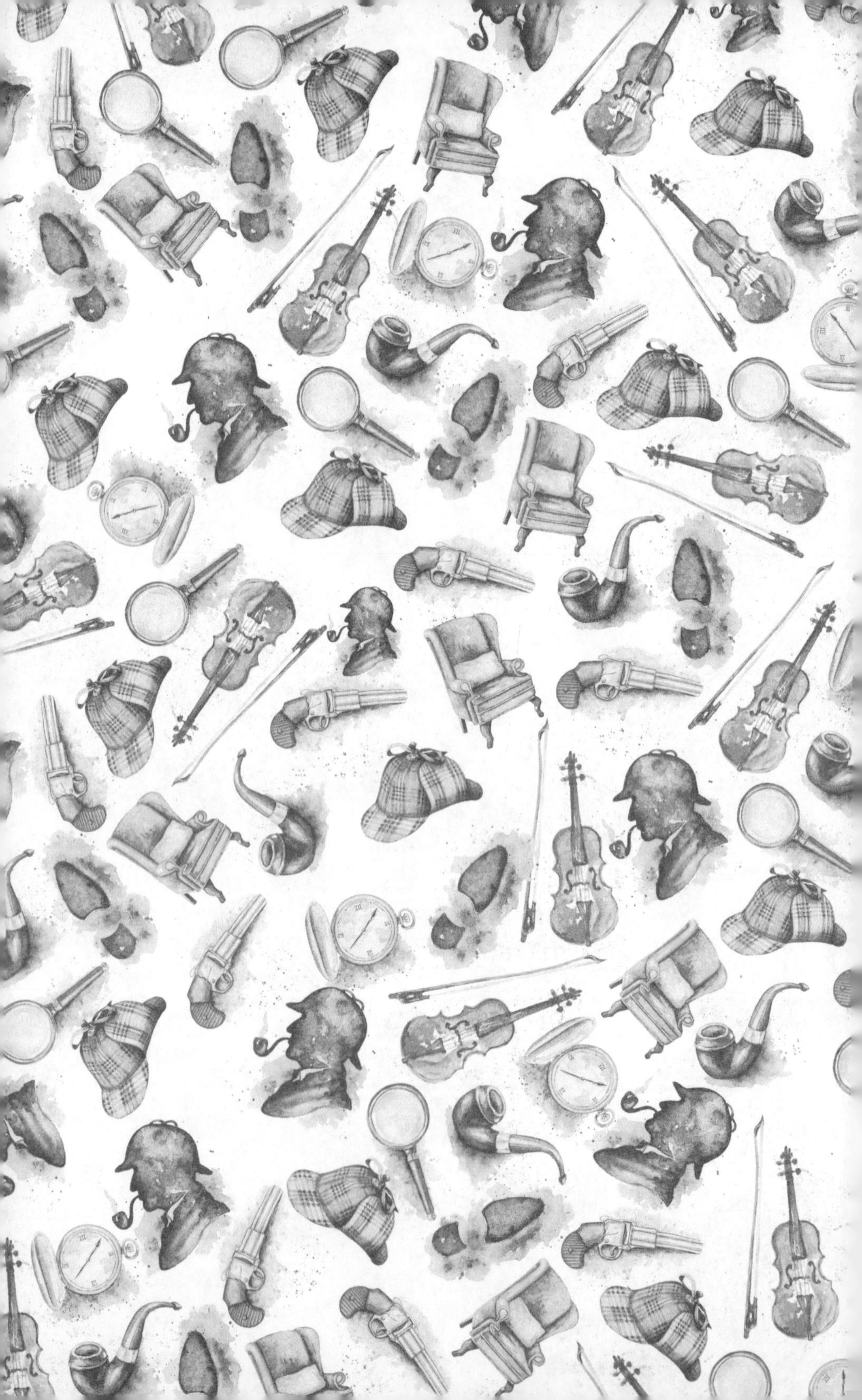